Um Sedutor sem Coração

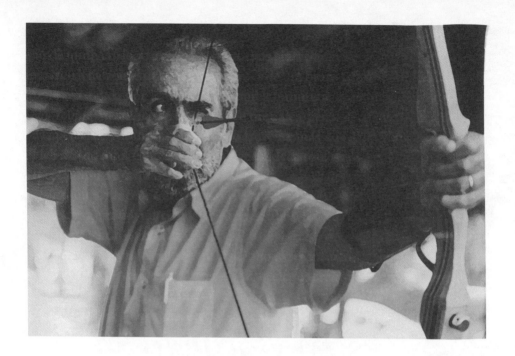

O Arqueiro

GERALDO JORDÃO PEREIRA (1938-2008) começou sua carreira aos 17 anos, quando foi trabalhar com seu pai, o célebre editor José Olympio, publicando obras marcantes como *O menino do dedo verde*, de Maurice Druon, e *Minha vida*, de Charles Chaplin.

Em 1976, fundou a Editora Salamandra com o propósito de formar uma nova geração de leitores e acabou criando um dos catálogos infantis mais premiados do Brasil. Em 1992, fugindo de sua linha editorial, lançou *Muitas vidas, muitos mestres*, de Brian Weiss, livro que deu origem à Editora Sextante.

Fã de histórias de suspense, Geraldo descobriu *O Código Da Vinci* antes mesmo de ele ser lançado nos Estados Unidos. A aposta em ficção, que não era o foco da Sextante, foi certeira: o título se transformou em um dos maiores fenômenos editoriais de todos os tempos.

Mas não foi só aos livros que se dedicou. Com seu desejo de ajudar o próximo, Geraldo desenvolveu diversos projetos sociais que se tornaram sua grande paixão.

Com a missão de publicar histórias empolgantes, tornar os livros cada vez mais acessíveis e despertar o amor pela leitura, a Editora Arqueiro é uma homenagem a esta figura extraordinária, capaz de enxergar mais além, mirar nas coisas verdadeiramente importantes e não perder o idealismo e a esperança diante dos desafios e contratempos da vida.

Um Sedutor sem Coração

OS RAVENELS 1

LISA KLEYPAS

Título original: *Cold-Hearted Rake*

Copyright © 2015 por Lisa Kleypas
Copyright da tradução © 2018 por Editora Arqueiro Ltda.

Todos os direitos reservados.
Nenhuma parte deste livro pode ser utilizada ou reproduzida sob quaisquer meios existentes sem autorização por escrito dos editores.

tradução: Ana Rodrigues

preparo de originais: Juliana Souza

revisão: Hermínia Totti e Sheila Louzada

diagramação: Aron Balmas

capa: Renata Vidal

imagem de capa: Lee Avison / Trevillion Images

impressão e acabamento: Cromosete Gráfica e Editora Ltda.

CIP-BRASIL. CATALOGAÇÃO NA PUBLICAÇÃO
SINDICATO NACIONAL DOS EDITORES DE LIVROS, RJ

K72s	Kleypas, Lisa
	Um sedutor sem coração/ Lisa Kleypas; tradução de Ana Rodrigues. São Paulo: Arqueiro, 2018.
	320 p.; 16 x 23 cm. (Os Ravenels; 1)
	Tradução de: Cold-hearted rake
	ISBN 978-85-8041-815-6
	1. Ficção americana. I. Rodrigues, Ana. II. Título. III. Série.
17-46800	CDD: 813
	CDU:821.111(73)-3

Todos os direitos reservados, no Brasil, por
Editora Arqueiro Ltda.
Rua Funchal, 538 – conjuntos 52 e 54 – Vila Olímpia
04551-060 – São Paulo – SP
Tel.: (11) 3868-4492 – Fax: (11) 3862-5818
E-mail: atendimento@editoraarqueiro.com.br
www.editoraarqueiro.com.br

*Para minha sensacional e talentosa editora,
Carrie Feron – obrigada por tornar meus sonhos realidade!*

Sempre com amor,

L.K.

**O controle de Devon começava a ruir,
fio a fio, no silêncio carregado de eletricidade**

Ele se viu inclinando-se para a frente, até Kathleen ser forçada a se apoiar na escrivaninha e se agarrar aos braços dele para se equilibrar. Ele esperou que ela protestasse.

Mas Kathleen o encarou como se estivesse hipnotizada, ofegante. Ela começou a apertar e soltar os braços dele, como um gato faz com as patas. Devon percebeu que ela estava atordoada, tamanha a força da atração indesejada que sentia por ele.

Mal consciente de que estava cheio de desejo, já no limite do autocontrole, ele se forçou a endireitar o corpo e tirar as mãos da escrivaninha. Então, começou a se afastar, mas Kathleen o acompanhou, ainda segurando seus braços, o olhar ligeiramente desfocado. *Deus...* era assim que deveria ser, o corpo dela seguindo o dele sem esforço, enquanto ele se erguia e a preenchia.

Cada batida de seu coração o aproximava mais dela.

CAPÍTULO 1

Hampshire, Inglaterra
Agosto de 1875

— Por que diabo a minha vida deve ser arruinada? – questionou Devon Ravenel, carrancudo. – Só porque um primo de quem nunca gostei caiu do cavalo?

— Theo não caiu, exatamente – corrigiu Weston, irmão mais novo de Devon. – Ele foi jogado do cavalo.

— Obviamente o cavalo o achou tão insuportável quanto eu o achava. – Devon andava de um lado para outro na sala de visitas, em passadas curtas e inquietas. – Se Theo já não estivesse com o maldito pescoço quebrado, eu mesmo teria prazer em fazer isso.

West relanceou um olhar ao mesmo tempo impressionado e divertido para o irmão.

— Como consegue reclamar quando acabou de herdar um condado que compreende uma propriedade em Hampshire, terras em Norfolk, uma casa em Londres...

— Mas não posso dispor de nada disso, pois estão todas em morgadio. Perdoe a minha falta de entusiasmo por terras e propriedades que nunca serão de fato minhas e que não posso vender.

— Você talvez consiga romper o morgadio, dependendo de como foi estabelecido. Se conseguir, poderá vender tudo e terminar com essa história.

— Que Deus permita. – Devon olhou para uma mancha de mofo no canto com uma expressão de nojo. – Ninguém com o mínimo de bom senso vai esperar que eu more aqui. O lugar está desmoronando.

Aquela era a primeira vez que os irmãos colocavam os pés no Priorado Eversby, a antiga propriedade de família construída sobre o que restara de um monastério e de uma igreja. Embora Devon tivesse recebido o título de nobreza logo depois da morte do primo, três meses antes, ele esperara o máximo possível, até deparar com a montanha de problemas que encarava naquele momento.

Até ali, ele só vira aquele cômodo e o saguão de entrada. As duas áreas, que mais deveriam impressionar os visitantes, tinham os tapetes desgastados, a mobília em mau estado, o reboco da parede rachado e escurecido. Nada daquilo gerava boas expectativas sobre o resto da casa.

– Precisa de uma reforma – admitiu West.

– Precisa ser demolida.

– Não está tão ruim assim... – West se interrompeu com um urro quando seu pé afundou no tapete. Ele recuou e observou no chão uma depressão do tamanho de uma tigela. – Que diabo...?

Devon se abaixou e levantou o canto do tapete, revelando um buraco na madeira apodrecida do piso. Balançou a cabeça, colocou o tapete de volta no lugar e foi até uma janela com painéis de vidro facetado. A moldura estava corroída, as dobradiças e os encaixes, enferrujados.

– Por que isso não foi consertado? – perguntou West.

– Por falta de dinheiro, é óbvio.

– Mas como isso é possível? A propriedade tem mais de 8 mil hectares. Todos aqueles arrendatários, os rendimentos anuais...

– Fazendas já não são mais lucrativas.

– Nem em Hampshire?

Devon lançou um olhar sombrio para o irmão antes de voltar a atenção para a paisagem do lado de fora da casa.

– Em qualquer lugar.

O cenário da região era verde e bucólico, caprichosamente dividido por sebes floridas. No entanto, em algum lugar além do alegre amontoado de chalés com teto de palha, das faixas de cultivo bem demarcadas e do bosque muito antigo, milhares de quilômetros de trilhos de aço estavam sendo instalados para a invasão dos motores de locomotivas e vagões. Por toda a Inglaterra surgiam novas fábricas e cidades ao redor desses trilhos, mais rápido que flores na primavera. Por pura má sorte, Devon herdara um título justo no momento em que uma onda de industrialização varria as tradições aristocráticas e os modos de vida da elite.

– Como você sabe? – perguntou o irmão.

– *Todo mundo* sabe, West. Os preços dos grãos desabaram. Quando foi a última vez que você leu o *Times*? Não presta atenção nas conversas que ouve no clube ou nas tabernas?

– Não quando o assunto é agricultura – foi a resposta sucinta de West. Ele se jogou em uma cadeira e esfregou as têmporas. – Não gosto disso. Achei que havíamos concordado em nunca levarmos assunto algum muito a sério.

– Estou tentando. Mas a morte e a pobreza têm seu modo de fazer tudo parecer bem pouco divertido. – Devon apoiou a cabeça no vidro da janela e continuou, irritado: – Sempre vivi com conforto, sem precisar me dedicar a um único dia de trabalho honesto. Agora tenho *responsabilidades*.

Ele pronunciou a última palavra como se fosse uma obscenidade.

– Vou ajudá-lo a pensar em maneiras de evitá-las.

West procurou no casaco e pegou uma garrafinha prateada no bolso interno. Ele a abriu e tomou um longo gole.

Devon arqueou as sobrancelhas.

– Não é um pouco cedo para isso? Na hora do almoço, você já estará bêbado.

– Sim, mas isso não vai acontecer se eu não começar agora.

West voltou a erguer a garrafinha.

Os hábitos de autoindulgência, refletiu Devon com preocupação, estavam começando a cobrar um preço ao seu irmão mais novo. West era um homem alto e belo, de 24 anos, com uma inteligência aguda que ele preferia usar o mínimo possível. Ao longo do ano anterior, o excesso de bebidas alcoólicas fortes tinha dado um contorno arredondado ao rosto de West e engrossado seu pescoço e sua cintura. Embora fizesse questão de nunca interferir na vida do irmão, Devon ainda se perguntava se deveria mencionar aquele inchaço. Não, West apenas ficaria ressentido pelo conselho não solicitado.

Depois de devolver a garrafinha ao bolso do casaco, West uniu as pontas dos dedos, formando uma pirâmide, e olhou para Devon por cima deles.

– Você precisa acumular capital e providenciar um herdeiro. Uma esposa rica resolveria os dois problemas.

Devon ficou pálido.

– Você sabe que eu nunca me casarei.

Ele compreendia as próprias limitações: não nascera para ser marido nem pai. A ideia de repetir a farsa da infância que tivera, agora no papel do pai cruel e indiferente, o deixava arrepiado.

– Quando eu morrer – continuou Devon –, você será o próximo na linha de sucessão.

– Acredita mesmo que vou viver mais do que você? – perguntou West.

– Com todos os meus vícios?

– Tenho tantos quanto você.

– Sim, mas trato os meus com muito mais entusiasmo.

Devon não conseguiu conter uma risada amarga.

Ninguém teria previsto que os dois irmãos seriam os últimos de uma linhagem que havia começado na Conquista Normanda da Inglaterra. Infelizmente, os Ravenels sempre foram muito ardentes e impulsivos. Cediam a todas as tentações, se permitiam todos os pecados e zombavam de todas as virtudes. Como resultado, tinham tendência a morrer mais rápido do que conseguiam se reproduzir.

E agora restavam apenas dois deles.

Embora Devon e West fossem bem-nascidos, nunca haviam feito parte da nobreza, uma ordem tão purista que os níveis mais elevados eram impenetráveis até mesmo para as altas classes. Devon sabia muito pouco das complexas regras e rituais que distinguiam os aristocratas das massas de plebeus, mas tinha conhecimento de que a propriedade de Eversby não era uma sorte inesperada, e sim uma armadilha. Um lugar que não gerava mais renda. Um lugar que devoraria o modesto rendimento anual do fundo fiduciário de Devon, que o destruiria e então faria o mesmo com o do irmão.

– Vamos deixar a linhagem dos Ravenels chegar ao fim – sugeriu Devon. – Nosso lote é e sempre foi péssimo. Quem vai se importar se o condado for extinto?

– Os criados e arrendatários podem não gostar de perder sua renda e suas casas – comentou West, com ironia.

– Que todos se enforquem. Vou lhe dizer como proceder: primeiro, vou mandar a viúva e as irmãs de Theo fazerem as malas. Elas não têm utilidade alguma para mim.

– Devon... – começou West, parecendo desconfortável.

– Depois, encontrarei uma forma de romper o morgadio, dividirei toda a propriedade e venderei por partes. Se isso não for possível, tirarei tudo de valor que há na casa, para, em seguida, colocá-la abaixo e vender os escombros...

– *Devon*. – West indicou a porta, onde estava parada uma mulher pequena e esguia, com um véu preto cobrindo o rosto.

A viúva de Theo.

Era filha de lorde Carbery, um nobre irlandês proprietário de um haras em Glengarrif. A jovem estava casada havia apenas três dias quando o marido morreu. Uma tragédia daquelas na sequência de um evento geralmente tão feliz devia ter sido um choque brutal. Como um dos últimos poucos membros de uma família que só diminuía, Devon supôs que deveria ter mandado uma carta de condolências à época do acidente, três meses antes. Mas, por algum motivo, a ideia acabou nunca se traduzindo em ação... ficou apenas na mente dele, como um fio solto na lapela de um casaco.

Talvez Devon tivesse se forçado a mandar os pêsames se não desprezasse tanto o primo. A vida favorecera Theo de várias maneiras, dotando-o de saúde, privilégios e boa aparência, mas, em vez de ser grato pela sorte, Theo sempre fora presunçoso e arrogante. Um tirano. E, como Devon nunca deixava passar um insulto ou uma provocação, acabava brigando com Theo sempre que o encontrava. Estaria mentindo se dissesse que lamentava nunca mais ver o primo.

Quanto à viúva de Theo, ela não precisava ser simpática. Era jovem, não tinha filhos e a viuvez a deixara financeiramente bem, então seria fácil se casar de novo. Embora tivesse fama de ser uma beldade, era impossível julgar se isso procedia, já que o pesado véu preto fazia parecer que ela estava atrás de um nevoeiro. Uma coisa era certa: depois do que acabara de ouvir, a mulher devia achar Devon desprezível.

Ele não se importava nem um pouco com isso.

Devon e West se inclinaram em uma mesura, e a viúva respondeu com meras formalidades:

– Seja bem-vindo, milorde. E Sr. Ravenel. Vou providenciar o mais rápido possível um inventário de tudo o que há na casa, assim o senhor poderá pilhar e saquear de forma organizada.

A voz dela era refinada, as sílabas pronunciadas com frieza, demostrando o desprezo que sentia.

Devon ficou em alerta quando ela penetrou na sala. A viúva era esguia demais para o gosto dele, parecia esquelética sob o peso das roupas de luto, mas havia algo instigante no movimento controlado dela, uma inconstância sutil contida na rigidez.

– Meus sentimentos por sua perda – disse ele.

– Meus parabéns pelo seu ganho.

Devon franziu o cenho.

– Eu lhe garanto que nunca desejei o título de seu marido.

– É verdade – confirmou West. – Ele reclamou disso durante todo o caminho, de Londres até aqui.

Devon lançou um olhar fulminante para o irmão.

– O mordomo, Sims, estará à disposição para lhe mostrar a casa e o terreno quando o senhor desejar – avisou a viúva. – Já que não tenho utilidade, como o senhor declarou, vou me recolher aos meus aposentos e começar a fazer as malas.

– Lady Trenear – falou Devon, em tom seco –, parece que começamos com o pé esquerdo. Peço perdão se a ofendi.

– Não é necessário se desculpar, milorde. Esse tipo de comentário é exatamente o que eu esperava do senhor. – Ela continuou antes que Devon pudesse retrucar: – Posso lhe perguntar quanto tempo pretende permanecer no Priorado Eversby?

– Duas noites, espero. No jantar, talvez possamos discutir...

– Sinto muito, mas minhas cunhadas e eu não poderemos jantar com o senhor. Estamos muito abatidas pelo luto e vamos fazer nossa refeição separadamente.

– Condessa...

Ela o ignorou e deixou a sala sem dizer mais nada, nem sequer uma cortesia.

Surpreso e indignado, Devon ficou encarando o portal vazio com os olhos semicerrados. Mulheres *nunca* o tratavam com tanto desdém. Ele sentiu que estava prestes a perder o controle. Como aquela mulher o acusava pela situação quando ele não tivera escolha em nada daquilo?

– O que eu fiz para merecer isso? – quis saber Devon.

West torceu os lábios.

– Além de dizer que a expulsaria e destruiria a casa dela?

– Eu pedi desculpas!

– Nunca peça desculpas a uma mulher. Isso só confirma que você está errado e a deixa ainda mais irritada.

Devon preferiria ser amaldiçoado a tolerar a insolência de uma mulher que deveria estar se oferecendo para ajudá-lo, em vez de disparando insultos. Viúva ou não, ela aprenderia uma lição muito necessária.

– Vou falar com ela – disse Devon, soturno.

West apoiou os pés no pufe acolchoado, espreguiçou-se e ajeitou uma almofada embaixo da cabeça.

– Acorde-me quando tudo isso tiver terminado.

Devon deixou a sala de visitas e foi a passos largos atrás da viúva. Vislumbrou-a no fim do corredor, o vestido e o véu ondulando conforme ela se movia rapidamente, como um navio-pirata com as velas ao vento.

– Espere! – chamou Devon. – Não tive a intenção de dizer aquilo.

– O senhor teve a intenção, *sim*. – Ela parou e se virou para encará-lo, em um movimento abrupto. – Pretende destruir a propriedade e o legado da sua família, tudo para atender aos seus propósitos egoístas.

Ele parou diante dela, os punhos cerrados.

– Veja bem – começou Devon friamente –, o máximo que já precisei administrar na vida foi um apartamento, uma cozinheira, um valete e um cavalo. Agora, querem que eu tome conta de uma propriedade falida com mais de duas centenas de arrendatários. Acredito que isso merece certa consideração. E até mesmo alguma compaixão.

– Coitado do senhor. Deve ser muito desafiador, além de inconveniente, ter que pensar em outra pessoa além de si próprio.

E com essa última tirada ela fez menção de ir embora. No entanto, parou perto de um nicho em arco na parede, feito para expor esculturas e objetos de arte sobre pedestais.

Agora Devon a tinha a sua mercê. Com cautela, ele apoiou as mãos uma em cada lado do nicho, bloqueando o caminho. Ouviu quando ela prendeu a respiração e – embora não sentisse orgulho disso – sentiu uma onda de satisfação por tê-la irritado.

– Deixe-me passar – pediu a viúva.

Devon não se moveu, mantendo-a encurralada.

– Primeiro, diga-me seu nome.

– Por quê? Eu jamais lhe daria permissão para usá-lo.

Exasperado, ele examinou a forma coberta pelo véu.

– Já lhe ocorreu que, se cooperarmos um com o outro, temos mais a ganhar do que se mantivermos essa hostilidade?

– Acabei de perder meu marido e minha casa. O que exatamente tenho a ganhar, milorde?

– Talvez a senhora deva descobrir antes de decidir fazer de mim um inimigo.

– O senhor já era o inimigo antes mesmo de colocar os pés aqui.

Devon tentou vê-la através do véu.

– Precisa mesmo usar essa coisa péssima cobrindo a cabeça? – perguntou ele, irritado. – Sinto como se estivesse conversando com um abajur.

– Isso é chamado de véu de luto, e, sim, devo usá-lo na presença de visitas.

– Não sou uma visita, sou seu primo.

– Não do meu sangue.

Enquanto a contemplava, Devon sentiu a raiva começar a ceder. Como ela era pequena... frágil e agitada como um pardal. Ele assumiu um tom mais gentil.

– Vamos, não seja teimosa. Não há necessidade de usar o véu perto de mim, a menos que esteja de fato chorando de luto, e nesse caso eu insistiria para que o colocasse de volta logo. Não suporto ver uma mulher chorando.

– Porque no fundo tem o coração mole? – perguntou ela com sarcasmo.

Uma lembrança distante o invadiu, algo em que Devon não se permitira pensar em anos. Ele tentou afastá-la, mas sua mente teimou em se apegar à imagem de si mesmo quando menino, aos 5 ou 6 anos, sentado diante da porta fechada do quarto de vestir da mãe, nervoso com o som de choro que vinha do outro lado. Devon não sabia o que a fizera chorar, mas sem dúvida tinha a ver com um dos casos amorosos fracassados dela, que haviam sido muitos. A mãe dele fora uma beldade conhecida que não raro se apaixonava e se desapaixonava em uma única noite. O pai, exausto dos caprichos dela e atormentado pelos próprios fantasmas, raramente ficava em casa. Devon se lembrava da sensação de impotência sufocante ao ouvi-la soluçar sem poder tocá-la. Ele começou, então, a empurrar lenços por baixo da porta, implorando para que ela a abrisse, perguntando sem parar qual era o problema.

– Dev, você é um amor... – disse ela, entre fungadas. – Todos os meninos pequenos são. Mas vocês crescem e se tornam egoístas e cruéis. Vocês nasceram para partir o coração das mulheres.

– Nunca farei isso, mamãe! – gritou Devon, alarmado. – Prometo.

Ele ouvira, então, um som que era um misto de risada com soluço, como se ele houvesse dito uma tolice.

– É claro que fará, meu bem. Fará sem sequer se dar conta.

A cena se repetiu em outras ocasiões, mas era daquela que Devon se lembrava com mais clareza.

No fim, a mãe estava certa. Afinal, muitas vezes foi acusado de partir o coração de mulheres. Mas sempre deixou claro que não tinha a menor intenção de se casar. Mesmo que se apaixonasse, jamais faria uma promessa dessas a uma mulher. Não havia razão para isso, já que qualquer promessa podia ser quebrada. Como já testemunhara a dor que as pessoas podem infligir a quem amam, não tinha o menor desejo de fazer o mesmo com ninguém.

A atenção de Devon se voltou novamente para a mulher à sua frente.

– Não, eu não tenho o coração mole – respondeu. – Na minha opinião, as lágrimas de uma mulher são manipuladoras e, pior, nada atraentes.

– O senhor é o homem mais vil que já conheci – acusou ela com determinação.

Devon achou divertido o modo como ela pronunciou cada palavra, como se as estivesse atirando com um arco.

– Quantos homens já conheceu?

– O bastante para saber quando estou diante de um patife.

– Duvido que consiga ver muita coisa através desse véu. – Ele estendeu o dedo até tocar a bainha do crepe preto. – Não é possível que goste de usar isso.

– Na verdade, gosto.

– Porque esconde seu rosto quando chora.

Foi mais uma afirmação do que uma pergunta.

– Nunca choro.

Devon foi pego de surpresa e se perguntou se havia escutado direito.

– Quer dizer que não chora desde o acidente de seu marido?

– Nem mesmo quando eu soube do ocorrido.

Que tipo de mulher diria uma coisa dessas, mesmo se fosse verdade? Devon segurou a frente do véu e começou a levantá-lo.

– Fique parada. – Ele empurrou várias camadas de crepe para cima da pequena tiara que o mantinha no lugar. – Não, não se afaste. Nós dois vamos ficar cara a cara e tentar ter uma conversa civilizada. Santo Deus, a senhora poderia equipar um navio mercante com todo esse...

Devon se interrompeu quando enfim viu o rosto dela. E se pegou encarando um par de olhos cor de âmbar, que se erguiam de leve nos cantos, como os de um gato. Por um momento, ele não conseguiu respirar nem pensar, pois todos os seus sentidos se esforçavam para absorver a visão da mulher à sua frente.

Nunca vira nada como ela.

A viúva de Theo era mais jovem do que ele imaginara, com pele clara e cabelos castanho-avermelhados que pareciam pesados demais para os grampos que os sustentavam. As maçãs do rosto eram pronunciadas e, combinadas com o queixo estreito, davam uma triangularidade felina às feições. Os lábios eram tão carnudos que mesmo quando ela os fechava com força, como fazia no momento, ainda pareciam macios. Embora não fosse uma beleza convencional, era tão original que tornava irrelevante qualquer debate sobre beleza.

O vestido de luto era justo do pescoço aos quadris, quando então se abria em uma série de pregas complexas. Restava a um homem apenas imaginar o corpo guardado sob tantos tecidos, dobras e costuras intrincadas. Até os pulsos e as mãos estavam obscurecidos por luvas negras. Além do rosto, a única parte visível da pele da viúva era o pescoço, no ponto em que a frente da gola alta se abria em U. Devon percebia movimentos mínimos quando ela engolia. Parecia muito macio aquele lugar privado do corpo dela, onde um homem pousaria os lábios e sentiria o ritmo de sua pulsação.

Era por ali que Devon queria começar, beijando o pescoço dela, enquanto a despiria como se ela fosse um presente embrulhado de forma complexa, até que estivesse arquejando e se contorcendo embaixo dele. Se fosse qualquer outra mulher e se as circunstâncias fossem diferentes, Devon a teria seduzido na mesma hora. Quando se deu conta de que não adiantaria nada ficar parado ali, arquejando como uma truta fora da água, ele revirou a mente ardente e desordenada em busca de algum comentário convencional e coerente que pudesse fazer.

Para sua surpresa, foi ela quem quebrou o silêncio.

– Meu nome é Kathleen.

Um nome irlandês.

– Por que não tem sotaque?

– Fui mandada para a Inglaterra quando criança, para morar com amigos da minha família, em Leominster.

– Por quê?

Ela franziu as sobrancelhas.

– Meus pais estavam sempre ocupados com os cavalos. Passavam vários meses do ano no Egito, onde compravam puros-sangues árabes para criar. Eu era... uma inconveniência. Um casal de amigos deles, lorde e lady Berwick, que também eram criadores de cavalos, se ofereceu para me receber e me criar junto com suas duas filhas.

– Seus pais ainda moram na Irlanda?

– Minha mãe faleceu, mas meu pai ainda vive lá. – O olhar dela ficou distante, os pensamentos perdidos em algum lugar. – Ele me mandou Asad como presente de casamento.

– Asad... – repetiu Devon, sem entender.

Kathleen voltou a se concentrar no rapaz, parecendo perturbada, o rubor colorindo sua pele do pescoço à cabeça.

Então Devon compreendeu.

– O cavalo que atirou Theo longe – disse baixinho.

– Não foi culpa de Asad. Ele foi tão mal treinado que meu pai o comprou de volta do homem que o havia adquirido.

– Por que lhe deram um cavalo problemático?

– Lorde Berwick permitia que eu o ajudasse a treinar os potros.

Devon deixou o olhar correr lentamente pelo corpo esguio dela.

– Você não é maior do que um pardal.

– Não é necessário usar força bruta para treinar um cavalo árabe. Eles são sensíveis, precisam apenas de compreensão e habilidade.

Duas coisas que Theo jamais tivera. O primo fora muito estúpido de arriscar o pescoço e, junto, a vida de um animal valioso.

– Theo foi descuidado? – Devon não conseguiu segurar a pergunta. – Estava tentando se exibir?

Um relance de frieza surgiu nos olhos luminosos de Kathleen, mas se extinguiu rápido.

– Ele estava de mau humor. Não havia como dissuadi-lo.

Típico de um Ravenel.

Se alguém ousasse contradizer Theo ou recusar qualquer coisa a ele, era o bastante para provocar uma explosão. Talvez Kathleen tivesse imaginado que conseguiria lidar com ele, ou que o tempo iria acalmá-lo. Ela não teria como saber que o temperamento de um Ravenel era mais forte do que qualquer senso de autopreservação. Devon gostaria de poder se considerar acima desse tipo de coisa, mas sucumbira mais de uma vez no passado, atirando-se de cabeça no poço vulcânico da fúria mais intensa. A sensação era sempre gloriosa até o momento de encarar as consequências.

Kathleen cruzou os braços, cada pequena mão coberta pela luva preta segurando firme o cotovelo oposto.

– Algumas pessoas disseram que eu deveria ter sacrificado Asad depois do acidente, mas seria uma crueldade, e um erro, punir o animal por algo que não foi culpa dele.

– Já considerou a possibilidade de vendê-lo?

– Eu não gostaria. E, mesmo se quisesse fazer isso, teria que adestrá-lo primeiro.

Devon achava que não seria uma boa ideia permitir que Kathleen sequer chegasse perto do cavalo que acabara de matar o marido dela, mesmo que de forma inadvertida. Além disso, ela provavelmente não ficaria no Priorado Eversby por tempo suficiente para alcançar qualquer progresso com o puro-sangue árabe.

No entanto, aquele não era o momento para argumentar.

– Eu gostaria de ver o terreno – falou Devon. – A senhora me acompanharia?

Kathleen recuou um passo. Parecia perturbada.

– Vou pedir ao jardineiro-chefe que o faça.

– Preferiria que fosse a senhora. – Devon fez uma pausa antes de perguntar: – Não está com medo de mim, está?

Ela franziu o cenho.

– Claro que não.

– Então, acompanhe-me.

Ela ignorou o braço estendido de Devon e o encarou com uma expressão cautelosa.

– Devemos chamar seu irmão?

Devon fez que não com a cabeça.

– Ele está cochilando.

– A essa hora do dia? Ele está doente?

– Não, meu irmão tem os mesmos horários de um gato. Longas horas de letargia interrompidas por breves períodos de autoindulgência.

Devon viu os cantos da boca de Kathleen se erguerem em um sorriso relutante.

– Vamos, então – murmurou ela, passando por ele e atravessando o corredor a passos rápidos.

Devon a seguiu sem hesitar.

CAPÍTULO 2

Depois de apenas alguns minutos na companhia de Devon Ravenel, Kathleen não teve mais dúvidas de que todos os rumores que ouvira sobre ele eram verdadeiros. O homem era um idiota egoísta. Um patife repulsivo e rude.

Mas era lindo... isso ela precisava admitir. Embora o moreno não tivesse o mesmo tipo de beleza de Theo, que fora abençoado com feições refinadas e os cabelos dourados de um jovem Apolo, sua boa aparência era arrojada e pouco convencional, temperada com um cinismo que o fazia parecer ter mesmo cada um de seus 28 anos. Kathleen sentia um ligeiro choque cada vez que fitava seus olhos, que eram do azul de um oceano revolto no inverno, as íris vivas e com as bordas de um azul quase preto. Ele estava bem barbeado, mas ainda assim havia em seu rosto um sombreado que nem a lâmina mais afiada removeria por completo.

Devon Ravenel parecia exatamente o tipo de homem sobre o qual lady Berwick, que criara Kathleen, havia alertado.

– Você vai encontrar muitos homens com segundas intenções, minha querida. Homens sem escrúpulos, que usarão de encanto, mentiras e táticas de sedução para arruinar jovens damas inocentes apenas para o próprio prazer impuro. Quando estiver na companhia de canalhas desse tipo, fuja sem hesitar.

– Mas como vou saber se um homem é canalha? – perguntara Kathleen.

– Pelo brilho doentio no olhar dele e pela sua facilidade de encantar as pessoas. A presença de um homem desses pode causar sensações terríveis. É o tipo de homem que tem algo especial em sua presença física... um certo "espírito animal", como minha mãe costumava chamar. Compreende, Kathleen?

– Acho que sim – respondera ela, embora na época não houvesse entendido.

Agora, ela sabia exatamente a que tipo de homem lady Berwick se referira. O jovem que caminhava ao lado dela naquele momento tinha um forte espírito animal.

– Pelo que vi até agora, seria mais sensato pôr fogo nesse monte de madeira apodrecida do que tentar consertar as coisas – comentou Devon.

Kathleen arregalou os olhos.

– O Priorado Eversby é uma propriedade histórica. Tem quatrocentos anos.

– Assim como o encanamento, aposto.

– O encanamento funciona a contento – disse ela, na defensiva.

Ele arqueou a sobrancelha.

– A contento o suficiente para me permitir um banho?

Ela hesitou.

– O senhor não poderá tomar um banho de chuveiro.

– De banheira, então? Que maravilha. Em que tipo de banheira moderna vou me afundar esta noite? Em um balde enferrujado?

Para desgosto de Kathleen, ela sentiu a boca estremecer com o esboço de um sorriso, mas conseguiu contê-lo antes de responder com muita dignidade:

– Uma banheira portátil de estanho.

– Não há banheiras de ferro fundido em nenhum dos banheiros?

– Lamento dizer que não há banheiros. A banheira é levada ao seu quarto de vestir e retirada quando o senhor termina.

– Existe água encanada em alguma parte da casa?

– Na cozinha e nos estábulos.

– Mas há privadas dentro de casa, espero.

Kathleen lançou-lhe um olhar de reprovação à menção de um assunto tão íntimo.

– Se a senhora não é delicada demais para treinar cavalos, que não costumam primar pela discrição em relação às funções corporais, com certeza consegue fazer o sacrifício de me contar quantas privadas há na mansão.

Ela ruborizou enquanto se forçava a responder.

– Nenhuma. Apenas urinóis à noite, e uma latrina do lado de fora durante o dia.

Ele a encarou como se não acreditasse, parecendo sinceramente ofendido.

– *Nenhuma*? Houve um tempo em que esta propriedade era uma das mais prósperas da Inglaterra. Por que nunca foi instalado encanamento?

– Theo dizia que, segundo o pai, não havia razão para isso quando eles tinham tantos criados.

– É claro. Que trabalho delicioso, subir e descer as escadas correndo com latas cheias de água. Isso sem falar nos urinóis. Os criados devem ser muito gratos por não os terem privado de tanto prazer.

– Não precisa ser sarcástico – disse Kathleen. – A decisão não foi minha.

Eles seguiram por uma trilha em curva, margeada por teixos e pereiras ornamentais, enquanto Devon se mantinha carrancudo.

Uma dupla de cafajestes, fora assim que Theo descrevera Devon e seu irmão mais novo.

"Evitam a alta sociedade e preferem se juntar a pessoas de baixo nível", dissera Theo. "É fácil encontrá-los em tabernas do East End e em casas de jogos. A educação que receberam foi desperdiçada. Na verdade, Weston abandonou os estudos em Oxford porque não quis ficar lá sem Devon."

Kathleen deduzira que, embora Theo não tivesse grande apreço pelos primos distantes, guardava um desprezo especial por Devon.

Que estranha reviravolta do destino, o fato de aquele homem vir a ocupar o lugar de Theo.

– Por que se casou com Theo? – Devon a surpreendeu ao perguntar. – Foi por amor?

Kathleen franziu o cenho.

– Prefiro limitar nossa conversa a temas corriqueiros.

– Temas corriqueiros são muito chatos.

– Ainda assim, espera-se que um homem de sua posição cumpra esse decoro.

– Theo cumpria? – perguntou ele, com sarcasmo.

– Sim.

Devon bufou.

– Nunca o vi demonstrar esse talento. Talvez eu não percebesse por estar sempre muito ocupado me esquivando dos socos dele.

– Pode-se dizer que o senhor e Theo não instigavam o que havia de melhor um no outro.

– Não mesmo. Tínhamos defeitos parecidos demais. – O tom de Devon foi mais zombeteiro quando ele acrescentou: – E parece que não tenho nenhuma das virtudes dele.

Kathleen permaneceu em silêncio e deixou o olhar se perder em uma profusão de hortênsias brancas, gerânios e caules altos de uma flor chamada penstêmon. Antes do casamento, ela achava que sabia tudo sobre os defeitos e virtudes de Theo. Durante os seis meses transcorridos desde que começara a corte entre eles até o noivado, os dois haviam comparecido a bailes e festas e saído para passear juntos de carruagem e a cavalo. Theo fora de um encanto ilimitado. Embora tivesse sido alertada por amigos sobre o temperamento abominável dos Ravenels, estava muito apaixonada para ouvir. Além disso, as restrições naturais do período de corte e noivado – estavam sempre acompanhados e tinham um número de saídas limitado – impediram que ela percebesse a verdadeira natureza de Theo. Só quando já fosse tarde demais, Kathleen descobriria um fato crucial da vida: só se conhece verdadeiramente um homem quando se convive com ele.

– Fale-me sobre as irmãs dele – continuou Devon. – Pelo que me lembro, são três. Todas solteiras?

– Sim, milorde.

A filha mais velha dos Ravenels, Helen, tinha 21 anos; as gêmeas, Cassandra e Pandora, 19. Nem Theo nem o pai haviam mencionado as moças em seus testamentos. Atrair um pretendente adequado não era tarefa fácil para uma jovem de sangue azul sem dote, e o novo conde não tinha obrigação legal de sustentá-las.

– Alguma das moças já debutou? – perguntou ele.

Kathleen fez que não com a cabeça.

– Elas passaram praticamente os últimos quatro anos de luto. A mãe foi a primeira a falecer, e depois, o conde. Este ano elas iriam debutar, mas agora...

Devon parou ao lado de um canteiro de flores, obrigando-a a parar também.

– Três damas de berço solteiras, sem renda própria e sem dote, despreparadas para assumir qualquer emprego e aristocráticas demais para se casar com plebeus. E, depois de passarem anos isoladas no campo, provavelmente são tão desinteressantes quanto mingau.

– Elas não são desinteressantes. Na verdade...

Kathleen foi interrompida por um grito agudo.

– *Socorro!* Estou sendo atacada por bestas cruéis! Tenham piedade, seus vira-latas selvagens!

A voz era feminina e jovem, com um tom alarmante muito convincente.

No mesmo instante, Devon saiu correndo pela trilha e passou pelo portão aberto de um jardim murado. Uma moça de vestido preto rolava em um trecho de relva margeado por flores, enquanto uma dupla de cães spaniel pretos pulava sem parar em cima dela. A velocidade dos passos de Devon diminuiu quando os gritos da jovem se transformaram em um ataque de riso.

Quando o alcançou, Kathleen disse, ofegante:

– As gêmeas estão só brincando.

– Maldição! – resmungou Devon, parando e se virando para o outro lado.

– *Para trás*, cães ordinários! – gritou Cassandra, imitando a voz de um pirata e atacando e recuando com um galho na mão, como se fosse uma espada. – Senão, arrancarei suas peles inúteis e as atirarei aos tubarões! – Ela quebrou o galho ao meio batendo-o com precisão no joelho. – Vão pegar, seus esfregões! – bradou a jovem, e jogou os pedaços do galho no outro extremo do gramado.

Os cães saíram em disparada para pegá-los, latindo alegres.

A menina na relva, Pandora, se apoiou nos cotovelos e protegeu os olhos com a mão sem luva quando viu os visitantes.

– Olá, marinheiros de primeira viagem – cumprimentou ela, com animação.

Nenhuma das duas usava touca ou luva. O punho de uma das mangas do vestido de Pandora não existia, e um babado rasgado pendia na frente da saia de Cassandra.

– Meninas, onde estão seus véus? – perguntou Kathleen em tom de repreensão.

Pandora afastou uma mecha de cabelo dos olhos.

– Transformei os meus em uma rede de pescar, e estamos usando o de Cassandra para lavar frutas silvestres.

As gêmeas eram tão estonteantes com seus membros longos e graciosos, a luz do sol dançando sobre os cabelos desalinhados, que parecia perfeitamente razoável que tivessem sido batizadas em homenagem a deusas gregas. Havia algo ingovernável nelas, uma alegria indômita naquele desleixo de faces rosadas.

Cassandra e Pandora viviam afastadas do mundo por tempo demais. Secretamente, Kathleen achava lamentável que o afeto de lorde e lady Trenear houvesse se concentrado quase exclusivamente em Theo, o único filho homem, cujo nascimento assegurou o futuro da família e do condado. Na esperança de terem um segundo filho homem, o casal viu a chegada de duas filhas mulheres como nada menos que um absoluto desastre. Foi fácil para os pais desapontados não prestarem atenção em Helen, que era tranquila e obediente. As gêmeas indisciplinadas foram deixadas por sua própria conta.

Kathleen foi até Pandora e a ajudou a se levantar. E se empenhou em limpar as folhas de árvores e de relva coladas às saias da menina.

– Querida, lembrei a vocês ainda hoje de manhã que receberíamos visitas. – Ela espanou, sem sucesso, um amontoado de pelos de cachorro. – Eu esperava que fossem encontrar alguma ocupação tranquila, como ler, por exemplo...

– Já lemos todos os livros da biblioteca – anunciou Pandora. – Três vezes.

Cassandra se aproximou de Devon e Kathleen com os cães latindo em seus calcanhares.

– O senhor é o conde? – perguntou ela a Devon.

Ele se abaixou para acariciar os cães, depois voltou a se erguer para encarar a jovem com seriedade.

– Sim. Minhas condolências. Não há palavras que expressem quanto eu gostaria que seu irmão ainda estivesse vivo.

– Pobre Theo – falou Pandora. – Sempre imprudente, mas nunca sofreu consequência alguma. Todas o achávamos invencível.

Cassandra acrescentou, pensativa:

– Theo achava o mesmo.

– Milorde – intercedeu Kathleen –, gostaria de lhe apresentar lady Cassandra e lady Pandora.

Devon observou as gêmeas: pareciam uma dupla de fadas mal-arrumadas. Cassandra era, provavelmente, a mais bela das duas, com cabelos dourados, grandes olhos azuis e a boca em forma de arco de cupido. Pandora era um tanto diferente, mais esguia, com cabelos castanho-escuros e um rosto mais anguloso.

Enquanto os spaniels pretos saltitavam e corriam ao redor delas, Pandora se dirigiu a Devon:

– Nunca o vi antes.

– Na verdade, viu, sim – retrucou ele. – Em uma reunião de família em Norfolk. Você era pequena demais, por isso não lembra.

– O senhor era próximo de Theo? – perguntou Cassandra.

– Um pouco.

– Gostava dele? – quis saber a jovem, pegando Devon de surpresa.

– Lamento, mas não – respondeu ele. – Nós brigamos em mais de uma ocasião.

– É o que os meninos fazem – declarou Pandora.

– Só os valentões e tolos – explicou Cassandra à irmã. Quando se deu conta de que acabara insultando Devon, ela o encarou com uma expressão inocente. – Menos o *senhor*, milorde.

Devon abriu um sorriso relaxado.

– No meu caso, temo que a descrição seja bem precisa.

– O temperamento dos Ravenels – pontuou Pandora, assentindo com uma expressão sábia e sussurrando de forma teatral: – Também o temos.

– Nossa irmã mais velha, Helen, foi a única que não herdou esse temperamento – acrescentou Cassandra.

– Nada a tira do sério – confirmou Pandora. – Tentamos bastante, mas nunca funciona.

– Milorde – disse Kathleen –, vamos seguir até as estufas?

– É claro.

– Podemos ir também? – perguntou Cassandra.

– Não, querida, acho melhor que entrem para trocar de roupa e se recompor.

– Vai ser ótimo ter gente nova no jantar! – exclamou Pandora. – Ainda mais alguém que acabou de chegar da cidade. Quero saber tudo sobre Londres.

Devon olhou com ar inquisitivo para Kathleen.

Ela respondeu diretamente às gêmeas:

– Já expliquei a lorde Trenear que estamos de luto fechado, vamos jantar separadamente.

A declaração foi recebida com uma onda de protestos.

– Mas Kathleen, tem sido tão tedioso não receber visitas...

– Vamos nos comportar, prometo...

– Eles são nossos primos!

– Que mal faria?

Kathleen sentiu uma pontada de arrependimento, pois sabia que as moças estavam ansiosas por algum tipo de diversão. No entanto, aquele era o homem que tinha a intenção de expulsá-las da única casa que já haviam conhecido. E o irmão dele, ao que tudo indicava, já estava meio bêbado. Uma dupla de patifes não era companhia adequada para meninas inocentes, em especial quando não se podia confiar nas próprias meninas para que se comportassem com decoro. Nada de bom poderia sair daquilo.

– Temo que não seja possível – disse Kathleen com firmeza. – Vamos deixar que o conde e seu irmão jantem em paz.

– Mas Kathleen – implorou Cassandra –, faz tanto tempo que não nos divertimos!

– É claro que faz – retrucou Kathleen, enrijecendo por dentro para suportar a pontada de culpa. – Não se espera que pessoas de luto se divirtam.

As gêmeas ficaram em silêncio, encarando-a, carrancudas.

Devon quebrou a tensão perguntando casualmente a Cassandra:

– Permissão para desembarcar, capitão?

– Sim, o senhor e a rapariga podem descer pela prancha – respondeu, ainda emburrada.

Kathleen franziu o cenho.

– Agradeço se não se referir a mim como rapariga, Cassandra.

– É melhor do que "rato de porão" – retrucou Pandora, mal-humorada. – Que é o termo que *eu* teria usado.

Depois de lançar um olhar severo para a menina, Kathleen voltou para a trilha de cascalhos, com Devon ao lado.

– E então? – perguntou ela, depois de um momento. – Não vai me criticar?

– Não consigo pensar em nada além de "rato de porão".

Kathleen não conseguiu conter um sorriso triste.

– Admito que não parece justo exigir que duas jovens espevitadas enfrentem mais um ano de reclusão, quando já passaram por quatro. Não sei como lidar com elas. Ninguém sabe.

– Elas nunca tiveram uma governanta?

– Pelo que entendi, tiveram várias, mas nenhuma durou mais do que alguns meses.

– É tão difícil assim encontrar uma governanta adequada?

– Desconfio que todas fossem perfeitamente capazes. O problema é ensinar bom comportamento a meninas que não têm qualquer motivação para aprender isso.

– E quanto a lady Helen? Também precisa aprender a se comportar?

– Não, ela teve tutores e aulas separadas. E sua natureza é bem mais pacífica.

Eles se aproximaram de uma fileira de quatro estufas divididas em compartimentos que cintilavam à luz do fim de tarde.

– Se as meninas desejam brincar ao ar livre em vez de ficar sentadas em uma casa triste, não vejo nada de mau nisso. A propósito, por que pendurar panos pretos nas janelas? Por que não tirá-los e deixar o sol entrar? – comentou Devon.

Kathleen meneou a cabeça.

– Seria escandaloso remover os tecidos de luto tão cedo.

– Mesmo aqui?

– Hampshire dificilmente poderia ser descrito como o último refúgio da civilização, milorde.

– Ainda assim, quem faria objeção?

– Eu faria. Não poderia desonrar a memória de Theo dessa forma.

– Pelo amor de Deus, ele não vai saber. Não ajuda ninguém, nem mesmo a meu falecido primo, que uma casa inteira viva na penumbra. Não consigo conceber que ele fosse querer isso.

– O senhor não o conheceu bem o bastante para julgar o que ele teria desejado – retorquiu Kathleen. – Além disso, as regras não podem ser deixadas de lado.

– Mas e se as regras não servirem? E se fizerem mais mal do que bem?

– Só porque o *senhor* não entende ou não aceita alguma coisa, não significa que falte mérito a isso.

– Concordo. Mas a senhora não pode negar que algumas tradições foram inventadas por idiotas.

– Não quero discutir isso – falou Kathleen, acelerando o passo.

– Duelar, por exemplo – continuou Devon, acompanhando o ritmo dela com facilidade. – Fazer sacrifício humano. Ter várias esposas… tenho certeza de que lamenta termos deixado de seguir essa tradição.

– Imagino que o senhor teria dez esposas se pudesse.

– Uma já me faria infeliz. As outras nove seriam redundantes.

Ela o encarou incrédula.

– Milorde, sou uma *viúva*. Não tem noção de como manter uma conversa apropriada com uma mulher na minha condição?

Ao que parecia, não, a julgar pela expressão dele.

– O que se conversa com viúvas?

– Nenhum assunto que possa ser considerado triste, ofensivo ou de humor inapropriado.

– Assim fico sem assunto.

– Graças a Deus – disse ela com ardor, e Devon sorriu com ironia.

Ele enfiou as mãos nos bolsos da calça e deu uma olhada ao redor.

– Quantos hectares tem o jardim?

– Oito, aproximadamente.

– E as estufas, o que contêm?

– Um laranjal, uma parreira, espaços para pessegueiros, palmeiras, samambaias e flores... e esta é para orquídeas.

Kathleen abriu a porta da primeira estufa, e Devon entrou com ela.

Eles foram envolvidos por aromas de baunilha e cítricos. A mãe de Theo, Jane, alimentara a paixão que tinha por flores exóticas cultivando orquídeas raras vindas de diversos lugares do mundo. A estufa era mantida o ano todo em uma temperatura de meados do verão por uma caldeira que ficava em um cômodo adjacente.

Assim que eles entraram, Kathleen viu a figura esguia de Helen entre as fileiras paralelas de flores. Desde que a mãe, a condessa, falecera, Helen tomara para si a tarefa de cuidar das 200 orquídeas em vasos. Era tão difícil discernir do que necessitava cada uma daquelas delicadas plantas que apenas alguns poucos da equipe de jardineiros tinham permissão para ajudar ali.

Ao ver os visitantes chegando, Helen levou a mão ao véu, que estava para trás, voltando a cobrir o rosto.

– Não se dê ao trabalho – disse Kathleen, em tom sarcástico. – Lorde Trenear se declarou contra os véus de luto.

Sensível às preferências dos outros, Helen soltou o véu na mesma hora. Ela se afastou de uma pequena chaleira com água e foi até Kathleen e Devon. Embora não tivesse a beleza robusta e banhada de sol das irmãs mais novas, Helen era atraente a seu modo, como o brilho frio do luar. Sua pele era muito clara, e os cabelos tinham o tom mais claro de louro.

Kathleen achava interessante que lorde e lady Trenear houvessem batizado três filhos com nomes da mitologia grega e que Helen fosse a única à qual deram o nome de uma mortal.

– Perdoe-me por interromper seu trabalho – disse Devon a Helen, depois que foram apresentados.

A jovem deu um sorriso hesitante.

– Não se desculpe, milorde. Estou apenas examinando as orquídeas para que não lhes falte nada.

– Como pode saber o que lhes falta? – perguntou ele.

– Vejo a cor das folhas, a condição das pétalas. Procuro por sinais de pulgões ou de alguma outra praga e tento me lembrar de quais variedades preferem o solo mais úmido e quais gostam dele mais seco.

– Pode mostrá-las para mim? – pediu Devon.

Helen assentiu e o guiou ao longo das fileiras, apontando para cada espécie.

– Todas são da coleção de minha mãe. Uma de suas favoritas era a *Peristeria elata*. – A jovem mostrou a Devon uma planta com flores de um branco marmorizado. – A parte central da flor lembra uma pomba minúscula, está vendo? E esta é a *Dendrobium aemulum*. É chamada de orquídea-pena, por causa do formato das pétalas. – Com uma expressão travessa mas ao mesmo tempo tímida, Helen olhou de relance para Kathleen e declarou: – Minha cunhada não é apreciadora de orquídeas.

– Eu as desprezo – confirmou Kathleen, franzindo o nariz. – Flores exigentes e mesquinhas, que demoram uma eternidade para desabrochar. E algumas cheiram a bota velha ou a carne rançosa.

– Não são as minhas favoritas – admitiu Helen. – Mas tenho esperanças de vir a amá-las um dia. Às vezes é preciso amar algo antes que ele se torne digno de amor.

– Discordo – objetou Kathleen. – Não importa quanto você se force a amar aquela branca inchada lá no canto...

– *Dressleria* – disse Helen, vindo em auxílio da cunhada.

– Isso. Mesmo se você amá-la loucamente, ela continuará com cheiro de bota velha.

Helen sorriu e continuou a guiar Devon pela fileira onde estavam, explicando que a temperatura da estufa era mantida estável graças à caldeira no cômodo adjacente e a um tanque que captava água da chuva.

Quando notou o olhar avaliador de Devon percorrendo o corpo de Helen, Kathleen sentiu os pelos da nuca se arrepiarem de forma desconfortável. Ele e o irmão, West, pareciam ser exatamente como os patifes amorais dos antigos folhetins sobre a aristocracia: encantadores por fora, traiçoeiros e cruéis por dentro. Quanto mais rápido Kathleen conseguisse tirar as irmãs Ravenels da propriedade, melhor.

Ela já decidira usar a renda vitalícia que receberia como viúva para levar as três moças embora do Priorado Eversby. Não era uma grande soma, mas bastaria para sustentá-las se fosse complementada com ganhos provenientes de ocupações que serviam à aristocracia, tais como a de costureira. Encontraria um pequeno chalé onde todas pudessem viver, ou talvez alguns cômodos para alugar em uma casa.

Não importavam as dificuldades que tivessem de enfrentar, qualquer coisa seria melhor do que deixar três jovens indefesas à mercê de Devon Ravenel.

CAPÍTULO 3

Naquela noite, Devon e West comeram no esplendor dilapidado da sala de jantar. A refeição estava muito melhor do que esperavam: sopa de pepino fria, faisão assado com laranjas e, de sobremesa, doces cobertos por farelo açucarado.

– Fiz o mordomo da casa destrancar a adega para que eu pudesse avaliar a coleção de vinhos – contou West. – É fantástica, muito bem abastecida. Entre os despojos, há pelo menos 10 variedades de champanhe importado, 20 Cabernets e uma quantidade equivalente de Bordeaux, além de várias garrafas de conhaque francês.

– Se eu beber bastante desse estoque – comentou Devon –, pode ser que acabe esquecendo o fato de a casa estar desmoronando na nossa cabeça.

– Não há sinais evidentes de fragilidade nos alicerces, nenhuma parede fora do prumo, por exemplo, nem qualquer rachadura visível na pedra exterior que eu tenha visto até agora.

Devon olhou para o irmão com certa surpresa.

– Para um homem que com frequência está apenas meio sóbrio, você reparou em muitas coisas.

– Reparei? – West pareceu perturbado. – Perdoe-me... parece que acabei ficando acidentalmente sóbrio. – Ele estendeu a mão para o cálice de vinho. – O Priorado Eversby é uma das melhores propriedades de caça na Inglaterra. Talvez possamos atirar em tetrazes amanhã.

– Esplêndido – disse Devon. – Adoraria começar o dia abatendo algum animal.

– Depois, vamos nos encontrar com o administrador da propriedade e com o advogado, para concluirmos o que fazer com este lugar. – West fitou Devon com expectativa. – Você ainda não me contou o que aconteceu esta tarde, enquanto conversava com lady Trenear.

Devon deu de ombros, irritadiço.

– Nada aconteceu.

Depois de apresentá-lo a Helen, Kathleen se tornara brusca e fria pelo resto do passeio pelas estufas. Quando eles se separaram, ela deixou o ar escapar com alívio, como se tivesse concluído uma tarefa desagradável.

– Ela usou o véu o tempo todo? – perguntou West.

– Não.

– Como ela é?

Devon o encarou com uma expressão sarcástica.

– Que importância tem isso?

– Estou curioso. Theo tinha bom gosto para mulheres... não teria se casado com uma que fosse feia.

Devon voltou a atenção para o cálice que segurava, girando o vinho de boa qualidade até o líquido cintilar como rubis negros. Parecia não haver um modo de descrever Kathleen com precisão. Ele poderia dizer que os cabelos dela eram acobreados e que os olhos de um castanho-dourado se inclinavam para cima nos cantos, como os de um gato. Poderia descrever a pele clara e o tom rosado que vinha à superfície como um nascer do sol no inverno. O modo como ela se movia, a graça atlética e flexível contida por rendas, espartilhos e várias camadas de roupa. Mas nada disso explicava a fascinação que ela lhe despertava... a sensação de que, de algum modo, Kathleen tinha o poder de destrancar algum sentimento totalmente novo de dentro dele, caso ela se desse ao trabalho de tentar.

– A julgar estritamente pela aparência – falou Devon, por fim –, considerei agradável o bastante para levá-la para a cama. Mas a mulher tem o temperamento de um texugo ferido. Vou chutá-la para fora da propriedade o mais rápido possível.

– E quanto às irmãs de Theo? O que será delas?

– Lady Helen é bem preparada para trabalhar como governanta, acho. Mas nenhuma mulher casada, em seu juízo perfeito, contrataria uma moça tão bonita.

– Ela é bonita?

Devon lançou um olhar repreensivo para o irmão.

– Fique longe dela, West. *Bem* longe. Não a procure, não fale com ela, nem sequer olhe para ela. O mesmo vale para as gêmeas.

– Por que não?

– São jovens inocentes.

West lançou um olhar cáustico para Devon.

– São flores tão frágeis que não suportariam uns poucos minutos na minha companhia?

– Frágil não é a palavra que eu usaria. As gêmeas passaram anos correndo pela propriedade como uma dupla de raposas. Não têm a menor sofisticação e são um tanto selvagens. Só Deus sabe qual será o rumo delas.

– Terei pena das moças se forem mandadas para o mundo sem a proteção de um homem.

– Isso não é problema meu. – Devon pegou o jarro de vinho e encheu novamente o cálice, tentando não pensar no que seria das meninas. O mundo não era bondoso com jovens inocentes. – Elas eram responsabilidade de Theo, não minha.

– Acho que esta é a parte na peça em que o nobre herói apareceria para salvar o dia, resgatar as donzelas e colocar tudo nos devidos lugares.

Devon esfregou os cantos internos dos olhos com o polegar e o indicador.

– A verdade, West, é que eu não poderia salvar esta maldita propriedade, nem as donzelas, mesmo se quisesse. Nunca fui um herói, e não tenho desejo algum de ser.

~

– ... diante da incapacidade do falecido conde de garantir uma sucessão masculina legítima – começou o advogado da família, em uma voz arrastada, na manhã seguinte –, de acordo com a lei geral de perpetuações, que dita que o morgadio é anulado pelo distanciamento, a determinação expirou.

Enquanto um silêncio cheio de expectativa tomava conta do escritório, Devon levantou os olhos de uma pilha de arrendamentos, escrituras e livros contábeis. Estava reunido com o administrador da propriedade e com o advogado, Sr. Totthill e Sr. Fogg respectivamente, nenhum dos dois parecendo ter menos de 90 anos.

– O que isso significa? – perguntou Devon.

– Pode fazer o que quiser com a propriedade, milorde – explicou Fogg, ajustando o *pince-nez* para olhar para Devon com uma expressão que lembrava muito a de uma coruja. – Neste momento, o senhor não está mais atrelado por morgadio, ou seja, o título não o impede de dispor do que herdou.

Devon se virou rapidamente para West, que estava parado em um canto. Eles trocaram um olhar de alívio. *Graças a Deus.* Poderia vender a propriedade, em partes ou inteira, pagar as dívidas e seguir seu caminho sem mais obrigações.

– Ficarei honrado em auxiliá-lo a restabelecer o morgadio, milorde – disse Fogg.

– Isso não será necessário.

Tanto o administrador da propriedade quanto o advogado pareceram perturbados com a resposta.

– Milorde – introduziu Totthill –, posso lhe assegurar a competência do Sr. Fogg nesses assuntos. Ele já auxiliou duas vezes a restabelecer o morgadio para os Ravenels.

– Não duvido da competência dele. – Devon recostou o corpo na cadeira e colocou os pés calçados com botas sobre a escrivaninha. – No entanto, não quero ficar limitado por um morgadio, já que planejo vender a propriedade.

A declaração foi recebida com um silêncio sepulcral.

– Que parte dela? – Totthill ousou perguntar.

– Tudo, incluindo a casa.

Horrorizados, os dois homens não contiveram protestos inflamados... O Priorado Eversby era uma herança histórica, conquistada com o esforço e o sacrifício dos ancestrais dele... Devon não teria uma posição respeitável caso não ficasse com pelo menos uma pequena parte da propriedade... Certamente ele não tinha a intenção de desgraçar o futuro dos próprios filhos deixando para eles um título sem terras.

Exasperado, Devon gesticulou para que ambos se calassem.

– Tentar preservar o Priorado Eversby envolveria muito mais esforço do que vale a propriedade – afirmou ele, de forma categórica. – Nenhum homem racional chegaria a outra conclusão. Quanto a meus futuros filhos, não haverá nenhum, já que não pretendo me casar.

O administrador da propriedade lançou um olhar de súplica para West.

– Sr. Ravenel, não é possível que apoie seu irmão nessa insensatez.

West estendeu as mãos como se fossem pratos de balança e comparou pesos invisíveis.

– De um lado, ele tem uma vida inteira de responsabilidades, dívidas e trabalho penoso. De outro, liberdade e prazer. Será difícil escolher?

Antes que os dois senhores pudessem responder, Devon falou, de modo brusco:

– A linha de atuação está determinada. Para começar, quero uma lista de investimentos, escrituras e renda, assim como um inventário completo de cada item da casa de Londres e da propriedade. Isso inclui quadros, tapeçarias, mobília, bronzes, mármores, prataria e o conteúdo das estufas, dos estábulos e da cocheira.

Totthill perguntou, atordoado:

– Também quer uma estimativa da quantidade de animais, milorde?

– Com certeza.

– Não contabilize o meu cavalo. – Uma nova voz entrou na conversa. Todos os quatro homens se viraram para a porta, onde Kathleen estava parada, rígida como uma estátua. Ela encarava Devon com repugnância declarada. – O cavalo árabe pertence a mim.

Todos se colocaram de pé, menos Devon, que permaneceu sentado diante da escrivaninha.

– A senhora já entrou em algum cômodo de um jeito normal? – perguntou ele, lacônico. – Ou é seu hábito se esgueirar pelo batente da porta e surgir de repente, como aqueles bonecos que saltam de uma caixa?

– Só quero deixar claro que, quando o senhor estiver fazendo a contagem do espólio, deve remover meu cavalo da lista.

– Lady Trenear – interveio o Sr. Fogg –, lamento dizer que no dia do seu casamento a senhora abriu mão de todos os direitos sobre sua propriedade móvel.

Kathleen estreitou os olhos.

– Tenho o direito de manter os bens que me foram deixados e todas as posses que trouxe para o casamento.

– Os bens que lhe foram deixados, sim – concordou Totthill –, mas *não* as suas posses. Posso lhe assegurar que nenhum tribunal da Inglaterra tratará uma mulher casada como apenas um indivíduo legal. O cavalo era de seu marido, e agora pertence a lorde Trenear.

O rosto de Kathleen ficou de um branco cadavérico e então vermelho.

– Lorde Trenear está desmantelando a propriedade como um chacal com uma carcaça apodrecida. Por que deve ficar com um cavalo que me foi dado por meu pai?

Furioso por Kathleen mostrar tão pouca deferência a ele na frente dos outros, Devon se levantou e se aproximou dela em poucas passadas. Para ser justo, ela não se acovardou, embora ele tivesse duas vezes seu tamanho.

– Que diabo – atacou Devon –, nada disso é minha culpa!

– É claro que é. O senhor vai usar qualquer desculpa para vender o Priorado Eversby porque não quer assumir o desafio.

– Só seria um desafio se houvesse alguma mínima esperança de sucesso. Estamos falando de um desastre. A lista de credores é mais longa do que o meu braço, os cofres estão vazios e os rendimentos anuais caíram pela metade.

– Não acredito no senhor. Está planejando vender a propriedade para pagar dívidas pessoais que nada têm a ver com o Priorado Eversby.

Devon cerrou os punhos diante da ânsia que sentiu de destruir alguma coisa. Sua sede crescente de sangue só seria satisfeita com o som de objetos se espatifando. Nunca enfrentara uma situação como aquela, e não havia ninguém para lhe dar um conselho confiável; não conhecia nenhum aristocrata gentil, nenhum amigo nobre bem-informado. E a única coisa que aquela mulher fazia era acusá-lo e insultá-lo.

– Eu não tinha dívida alguma até herdar esta confusão – grunhiu Devon. – Pelo amor de Deus, o idiota do seu marido nunca lhe contou nenhum dos problemas da propriedade? Depois de se casar, a senhora permaneceu completamente ignorante sobre como lidar com a situação? Não importa... alguém precisa encarar a realidade, e, que Deus nos ajude, parece que essa pessoa terá que ser eu. – Ele deu as costas a Kathleen e voltou à escrivaninha. – Sua presença não é desejada – disse sem olhar para trás. – Pode ir.

– O Priorado Eversby sobreviveu a quatrocentos anos de revoluções e guerras estrangeiras – Devon ouviu Kathleen dizer em tom insolente –, e agora vai bastar um patife egocêntrico para arruiná-lo.

Como se a culpa da situação fosse dele. Como se ele fosse o único culpado pelo estado deplorável da propriedade. Que ela fosse para o inferno.

Com muito esforço, Devon engoliu o ultraje. De forma calculada, esticou as pernas com uma insolência relaxada e olhou para o irmão.

– West, temos certeza absoluta de que o primo Theo pereceu em uma queda? – perguntou friamente. – Parece mais provável que ele tenha congelado até a morte no leito matrimonial.

West riu, já que não tinha a nobreza de não se divertir com um comentário malicioso.

Totthill e Fogg, por sua vez, mantiveram o olhar baixo.

Kathleen saiu do escritório e bateu a porta com violência.

– Irmão – disse West, em uma repreensão zombeteira –, isso foi baixo demais para você.

– Nada é baixo demais para mim – retrucou Devon, impassível. – Você sabe disso.

Por um longo tempo depois de Totthill e Fog partirem, Devon permaneceu à escrivaninha, pensativo. Abriu um livro contábil e o folheou distraidamente. Mal notou quando West saiu do escritório, bocejando e resmungando. Como estava se sentindo estrangulado, Devon desfez o nó do lenço no pescoço com puxões impacientes e abriu o colarinho.

Deus, como queria estar de volta à sua casa em Londres, onde tudo era bem cuidado, confortável e familiar! Se Theo ainda fosse o conde e ele fosse apenas o primo ovelha negra, naquele momento sairia para um passeio a cavalo na trilha do Hyde Park e depois saborearia uma boa refeição no clube de cavalheiros. Mais tarde, encontraria os amigos para assistir a uma luta de boxe ou a uma corrida de cavalos, iria ao teatro e correria atrás de algum rabo de saia. Sem responsabilidades, sem nada com que se preocupar.

Nada a perder.

O céu rugiu, como se para sublinhar o humor sombrio de Devon, que lançou um olhar mortal para a janela. O ar pesado de chuva chegara ao interior e pairava sobre os montes, deixando o céu negro. Seria uma tempestade e tanto.

– Milorde.

Uma batida tímida na porta atraiu a atenção dele.

Ao reconhecer Helen, Devon ficou de pé. Tentou assumir uma expressão mais agradável.

– Lady Helen.

– Perdoe-me por perturbá-lo.

– Entre.

A jovem entrou com cautela no escritório. Olhou para a janela antes de encará-lo novamente.

– Obrigada, milorde. Vim dizer-lhe que, com a tempestade chegando tão rápido, eu gostaria de mandar um criado em busca de Kathleen.

Devon franziu o cenho. Nem sabia que Kathleen deixara a casa.

– Onde ela está?

– Saiu para visitar um arrendatário na fazenda, do outro lado da colina. Levou caldo e vinho de sabugueiro numa cesta para a Sra. Lufton, que está se recuperando de uma febre. Perguntei a Kathleen se queria que eu a acompanhasse, mas ela insistiu em ir caminhando sozinha. Falou que precisava ficar só. – Helen entrelaçou os dedos com força. – Mas já deveria ter retornado a esta altura, e o tempo virou tão rapidamente que tenho medo de que ela seja pega pela tempestade.

Nada no mundo daria mais prazer a Devon do que a visão de Kathleen toda ensopada e desgrenhada. Ele teve que se conter para não esfregar as mãos uma na outra com um brilho cruel nos olhos.

– Não há necessidade de mandar um criado – comentou, despreocupado. – Estou certo de que lady Trenear terá o bom senso de permanecer nas terras do arrendatário até que a chuva passe.

– Sim, mas as planícies terão virado um lamaçal.

Só melhorava. Kathleen abrindo caminho entre a lama e o barro. Devon se esforçou para manter a expressão séria, quando por dentro era pura alegria. Foi até a janela. Ainda não chovia, mas as nuvens escuras tomavam conta do céu como tinta nanquim sobre um pergaminho úmido.

– Vamos esperar mais um pouco. Ela pode retornar a qualquer momento.

Relâmpagos cortaram o céu, um trio de rajadas brilhantes acompanhado por uma série de estalos que soavam como vidro se estilhaçando.

Helen se aproximou mais.

– Milorde, estou ciente de que o senhor e minha cunhada trocaram algumas palavras mais cedo...

– "Trocaram palavras" significa que tivemos um debate civilizado – retrucou Devon. – Se a discussão tivesse demorado um pouco mais, teríamos arrancado a pele um do outro.

Uma ruga de preocupação marcou a testa lisa da jovem.

– Vocês dois se encontram em circunstâncias difíceis. Às vezes, isso faz com que as pessoas digam coisas que não pretendiam. No entanto, se o senhor e Kathleen conseguissem colocar suas diferenças de lado...

– Lady Helen...

– Pode me chamar de prima.

– Prima, você se poupará de muitos aborrecimentos se aprender a ver as pessoas como elas realmente são, não como deseja que sejam.

Helen deu um sorrisinho.

– Já faço isso.

– Se o fizesse mesmo, já teria compreendido que lady Trenear e eu temos a visão correta um do outro. Sou um canalha e ela é uma megera sem coração, perfeitamente capaz de cuidar de si mesma.

Os olhos de Helen, do azul-prateado das pedras lunares, se arregalaram em preocupação.

– Milorde, acabei conhecendo Kathleen muito bem nesse tempo em que temos compartilhado o luto pelo falecimento do meu irmão...

– Duvido que ela esteja sofrendo tanto – interrompeu Devon bruscamente. – Como sua própria cunhada admitiu, ela não derramou uma única lágrima pela morte do seu irmão.

Helen pareceu confusa.

– Ela lhe contou isso? Mas não explicou por quê?

Devon fez que não com a cabeça.

A jovem pareceu perturbada.

– Então não cabe a mim contar – disse apenas.

Devon disfarçou um lampejo de curiosidade e deu de ombros.

– Não se preocupe com isso, então. Minha opinião sobre ela não vai mudar.

Como fora a intenção dele, a demonstração de indiferença fez Helen falar.

– Se for ajudá-lo a compreender Kathleen um pouco melhor – disse a jovem, insegura –, talvez eu deva lhe explicar uma coisa. O senhor promete, por sua honra, que guardará segredo?

– É claro – respondeu Devon de imediato.

Como não tinha honra, nunca hesitava em prometer algo baseado nela.

Helen foi até uma das janelas. Relâmpagos rasgaram o céu, iluminando suas feições delicadas com um lampejo branco-azulado.

– Quando percebi que Kathleen não tinha chorado depois do acidente de Theo, presumi que ela preferisse guardar as emoções para si. As pessoas têm formas diferentes de encarar o sofrimento. Mas uma noite, Kathleen e eu estávamos sentadas na sala de estar com nossas costuras e vi quando ela espetou o dedo e... não reagiu. Foi como se nem tivesse sentido a picada. Kathleen ficou sentada, observando a gota de sangue se formar, até que eu não consegui mais suportar. Enrolei um lenço no dedo dela e perguntei qual era o problema. Ela ficou constrangida e confusa... disse que nunca chorava, mas que pensara que conseguiria derramar ao menos algumas lágrimas por Theo.

Helen fez uma pausa, parecendo focada em remover um pedaço da tinta descascada da parede.

– Continue – murmurou Devon.

Helen pousou o pedaço de tinta descascada com todo o cuidado no parapeito e arrancou mais um, como se estivesse tirando a casca de um machucado ainda não totalmente cicatrizado.

– Perguntei a Kathleen se ela se lembrava de já ter chorado um dia. Ela disse que sim, quando era pequena, no dia em que deixou a Irlanda. Os pais lhe haviam contado que todos viajariam para a Inglaterra em um barco a vapor de três mastros. Eles foram até o porto com ela e fingiram que embarcariam no navio, mas, quando Kathleen e a babá subiram na prancha de embarque, a pequena percebeu que os pais não tinham ido junto. A mãe explicou, então, que Kathleen ficaria com pessoas muito boas na Inglaterra e que eles mandariam buscá-la algum dia, quando não tivessem mais que viajar ao exterior com tanta frequência. Kathleen ficou quase histérica, mas os pais lhe deram as costas e foram embora, enquanto a babá a arrastava para dentro do navio. – Helen olhou para Devon. – Kathleen tinha apenas 5 anos.

Devon praguejou baixinho. Apoiou a palma das mãos na escrivaninha e ficou encarando o nada enquanto a prima continuava:

– Horas depois de ter sido levada para a cabine do navio, Kathleen ainda gritava e chorava, até que a babá ficou muito irritada e disse: "Se insistir em fazer esse estardalhaço horroroso, vou embora, e você ficará sozinha no mundo, sem ninguém para tomar conta de você. Seus pais a mandaram embora porque você é um estorvo." – Helen fez uma pausa. – Kathleen ficou quieta na mesma hora. E encarou as palavras da babá como um aviso de que nunca mais deveria chorar. Foi o preço da sobrevivência.

– Os pais mandaram buscá-la?

Helen fez que não com a cabeça.

– Aquela foi a última vez que ela viu a mãe. Alguns anos depois, lady Carbery sucumbiu à malária durante uma viagem, voltando do Egito. Quando Kathleen soube da morte da mãe, sofreu bastante, mas não conseguiu se permitir o alívio das lágrimas. O mesmo aconteceu quando Theo morreu.

O som da chuva caindo forte era como o tilintar de moedas.

– Então perceba, Kathleen não é uma mulher sem coração – murmurou Helen. – Ela sofre profundamente. Só não demonstra.

Devon não sabia ao certo se deveria agradecer a Helen ou amaldiçoá-la por aquelas revelações. Não queria sentir compaixão por Kathleen. Mas a rejeição que ela sofrera dos pais com tão pouca idade sem dúvida fora devastadora. Ele conhecia bem o desejo de evitar lembranças e emoções dolorosas e... a necessidade incontrolável de manter certas portas fechadas.

– Lorde e lady Berwick foram bons para ela? – perguntou Devon, de súbito.

– Acredito que sim. Kathleen fala deles com muito carinho. – Ela parou por um instante. – A família era muito rígida. Havia muitas regras, que eram impostas com severidade. Eles valorizavam o autocontrole, talvez um pouco demais. – Helen sorriu sem se dar conta. – A única exceção a essa regra são os cavalos. Todos os Berwicks são completamente loucos por cavalos. Na véspera do casamento de Kathleen, durante o jantar, eles tiveram uma conversa animada sobre pedigrees e treinamentos de cavalos, e descreveram com entusiasmo exagerado a fragrância dos estábulos, como se falassem do aroma do perfume mais sofisticado. Isso durou quase uma hora. Theo ficou um pouco entediado, eu acho. Sentiu-se excluído de certo modo, já que não tinha a mesma paixão pelo assunto.

Devon reprimiu a vontade de comentar que o primo tinha falta de interesse por qualquer assunto que não fosse ele mesmo. Olhou para fora.

A tempestade caía nos pastos altos, a água se derramando em pequenos riachos e alagando as planícies. Agora, a ideia de Kathleen pegar aquela tempestade não lhe parecia mais tão divertida.

Era intolerável.

Devon praguejou baixinho e se afastou da escrivaninha.

– Se me der licença, lady Helen...

– Vai mandar um criado em busca de Kathleen? – perguntou a jovem, esperançosa.

– Não, eu mesmo vou atrás dela.

Helen pareceu aliviada.

– Obrigada, milorde. O senhor é muito gentil!

– Não é gentileza. – Devon se encaminhou para a porta. – Só estou fazendo isso para ter a oportunidade de vê-la com lama até os tornozelos.

~

Kathleen caminhava a passos largos pela trilha de terra que serpenteava entre as sebes altíssimas e um amplo bosque de carvalhos. A floresta farfalhava com a aproximação da tempestade, enquanto pássaros e animais selvagens se protegiam, e as folhas desciam em pálidas correntes de água. Um trovão ribombou com tanta força que fez tremer o chão.

Kathleen apertou mais o xale ao redor do corpo e considerou a possibilidade de voltar para a fazenda dos Luftons. A família com certeza lhe daria abrigo. Mas já chegara à metade do caminho entre a fazenda do arrendatário e sua propriedade.

O céu pareceu se abrir e a chuva começou a cair com força, encharcando a trilha até deixá-la cheia de poças, com água correndo. Kathleen encontrou uma brecha e saiu da trilha para seguir na direção de uma área inclinada coberta por pasto. Além dos campos nas terras baixas, o chão de calcário estava cheio de argila, formando uma mistura densa e pegajosa que transformaria a caminhada em uma tarefa árdua e desagradável.

Kathleen pensou que deveria ter se dado conta mais cedo dos sinais de que o tempo iria virar, que teria sido mais inteligente adiar a visita à Sra. Lufton para o dia seguinte, mas a briga com Devon a desestabilizara, deixara sua mente turva. Agora, depois da conversa que tivera com a Sra. Lufton, a névoa vermelha de fúria cedera o bastante para permitir que ela visse a situação com mais clareza.

Enquanto estava sentada ao lado da cama da Sra. Lufton, Kathleen perguntara pela saúde da esposa do arrendatário e da filhinha recém-nascida deles, e acabaram conversando sobre a fazenda. Em resposta a Kathleen, a Sra. Lufton admitiu que já fazia muito tempo, muito mais do que alguém conseguia se lembrar, desde a última vez que os Ravenels haviam feito melhorias nas terras. Pior ainda, os termos dos arrendamentos os desencorajavam a fazer mudanças por conta própria. A Sra. Lufton ouvira dizer que alguns arrendatários de outras propriedades haviam adotado práticas de cultivo avançadas, mas nas terras do Priorado Eversby as coisas permaneciam como eram cem anos antes.

Tudo o que a mulher disse confirmava o que Devon comentara mais cedo.

Por que Theo não comentara com a esposa sobre os problemas financeiros da propriedade? Ele tinha explicado a Kathleen que a casa havia sido negligenciada porque ninguém quisera mudar a decoração feita pela falecida mãe dele. Prometera que Kathleen ficaria responsável por encomendar seda adamascada e papel de parede francês, cortinas novas de veludo, gesso e pintura para as paredes, tapetes e mobília. Eles deixariam os estábulos lindos e instalariam os equipamentos mais modernos para os cavalos.

Theo inventara um conto de fadas tão encantador que Kathleen escolhera acreditar nele. Mas nada daquilo era verdade. Theo sabia que a esposa acabaria descobrindo que eles não tinham meios para sequer começar a cumprir o que ele prometera. Como esperava que ela reagisse?

Kathleen nunca saberia a resposta. Theo se fora, e o casamento deles terminara antes mesmo de começar. Só restava a ela esquecer o passado e dar à própria vida um novo rumo.

Mas primeiro precisava encarar o desconfortável fato de que não fora justa com Devon. Ele era grosseiro e arrogante, sem dúvida, mas tinha todo o direito de decidir o destino do Priorado Eversby. A propriedade pertencia a ele agora. Ela se intrometera sem ser chamada e se comportara como uma megera, e era por isso que precisava se desculpar, mesmo sabendo que Devon não daria o menor crédito a ela.

Kathleen arrastava os pés, atravessando com dificuldade a relva encharcada. A água entrava pelos cadarços e costuras de seus sapatos, molhando as meias. Logo o véu de viúva, que ela colocara para trás, também estava encharcado e pesado. O cheiro de anilina, usada para tingir as roupas de luto, se tornava especialmente pungente quando a peça tingida ficava molhada. Ela deveria ter colocado uma touca em vez do véu, que era para ser usado dentro de casa, mas saíra com muita pressa. Ao que parecia, ela não era melhor do que as gêmeas. Que belo exemplo dera às meninas, saindo correndo como uma louca.

Kathleen se sobressaltou quando um relâmpago rasgou o céu, furioso. Seu coração disparou. Ela segurou as saias e correu ainda mais rápido pelo campo. O terreno estava fofo demais, fazendo seus calcanhares afundarem a cada passo. A chuva caía agora em jatos violentos, vergando as flores-de-viúva azuis e as centáureas e lançando à relva as flores mais abertas. O solo barrento mais além do campo já se tornara lama quando ela o alcançou.

Outro trovão ribombou no ar, o som tão explosivo que Kathleen se encolheu e cobriu os ouvidos. Quando percebeu que deixara cair o xale, virou-se para procurá-lo, protegendo os olhos com uma das mãos. O amontoado delicado de lã jazia no chão, a vários metros de distância.

– Ah, não... – resmungou Kathleen, e voltou para recuperá-lo.

Parou com um grito baixo quando um enorme borrão escuro se adiantou em sua direção, tão rápido que Kathleen nem pôde desviar. Instintivamente, ela se virou e cobriu o rosto com os braços. Ensurdecida pelo som do trovão somado ao latejar da própria pulsação nos ouvidos, ela esperou, tremendo. Quando pareceu que nenhum desastre imediato se abatera sobre ela, Kathleen endireitou o corpo e secou o rosto molhado com a manga do vestido.

Um vulto bem grande surgiu ao lado dela... um homem montado em um cavalo robusto, preto, usado nos trabalhos de cultivo. Era Devon, percebeu Kathleen, perplexa. Não conseguiria dizer uma palavra mesmo se dependesse disso para salvar a própria vida. Ele não estava vestido para cavalgar; nem sequer usava luvas. Mais espantoso ainda: estava com um chapéu de feltro baixo, do tipo usado por cavalariços, dando a entender que o havia pegado emprestado às pressas, já de saída.

– Lady Helen me pediu para resgatá-la – disse Devon bem alto, com uma expressão indecifrável. – A senhora pode subir no cavalo comigo ou ficar parada aí discutindo sob esse temporal com relâmpagos, até terminarmos fritos. Pessoalmente prefiro a última opção... seria melhor do que ler o restante daqueles livros contábeis.

Kathleen apenas o encarava, confusa e surpresa.

Em termos práticos, era possível voltar para casa montada com Devon. O cavalo, de compleição forte e bom temperamento, seria mais do que capaz de levar ambos. Mas quando Kathleen imaginou a situação, seus corpos se tocando... os braços de Devon ao redor dela...

Não. Ela não suportaria ficar tão perto daquele homem. Sua pele ficou toda arrepiada diante da ideia.

– Eu... não posso montar com o senhor.

Embora tenha tentado soar decidida, a voz dela saiu hesitante e ranhenta. A chuva escorria pelo seu rosto e entrava em sua boca.

Devon entreabriu os lábios, como se estivesse prestes a retrucar de forma agressiva. No entanto, quando seu olhar percorreu o corpo encharcado de Kathleen, sua expressão se abrandou.

– Então a senhora fica com o cavalo e eu volto caminhando.

Chocada com a oferta, Kathleen só conseguiu encará-lo.

– Não – conseguiu dizer ela, por fim. – Mas... obrigada. Por favor, o senhor deve voltar para casa.

– Vamos os dois a pé – retrucou Devon com impaciência –, ou vamos ambos a cavalo. Não vou deixá-la sozinha.

– Estarei em perfeitas...

Ela foi interrompida pelo ribombar ensurdecedor de um trovão, encolhendo-se.

– Deixe-me levá-la para casa.

O tom de Devon foi pragmático, como se estivessem em uma sala de estar, não sob uma violenta tempestade de fim de verão. Se ele tivesse falado aquilo de forma autoritária, Kathleen talvez tivesse conseguido recusar. Mas, de algum modo, Devon percebera que uma abordagem mais sutil era a melhor maneira de convencê-la.

O cavalo inclinou a cabeça e esfregou o casco no chão.

Kathleen percebeu, em desespero, que teria que voltar no mesmo cavalo que ele. Não havia alternativa. Ela passou os braços ao redor do próprio corpo e disse, tensa:

– P-primeiro, tenho algo a lhe dizer.

Devon ergueu as sobrancelhas, a expressão fria.

– Eu... – Kathleen engoliu com dificuldade, e então as palavras saíram em um rompante: – O que eu disse mais cedo no escritório foi cruel, e não era verdade; peço p-perdão por isso. Foi muito errado da minha parte. Deixarei isso muito claro para o Sr. Totthill e para o Sr. Fogg. E também para o seu irmão.

A expressão dele se transformou, um dos cantos da boca sugerindo um sorriso, o que fez o coração de Kathleen bater descompassado.

– Não precisa se preocupar em mencionar isso a eles. Todos os três estarão falando coisas muito piores de mim quando essa história estiver encerrada.

– Não fui justa...

– Assunto encerrado. Venha, a chuva está piorando.

– Preciso pegar meu xale.

Devon seguiu o olhar dela até o amontoado de tecido longe de seu alcance.

– É aquilo? Santo Deus, deixe onde está.

– Não posso...

– A essa altura, já está destruído. Eu lhe comprarei outro.

– Não posso aceitar nada tão pessoal do senhor. Além do mais... o senhor não pode se permitir despesas extras, agora que tem o Priorado Eversby.

Ela viu a sugestão de um sorriso.

– Eu lhe comprarei outro xale – repetiu Devon. – Pelo que percebo, pessoas com o meu nível de dívidas nunca se preocupam em economizar.

Ele deslizou para trás na sela e estendeu a mão. Parecia muito grande e esguio contra o céu tempestuoso, as linhas duras do rosto marcadas pelas sombras.

Kathleen o encarou, hesitante. Seria necessária uma força considerável para que ele a erguesse do cavalo.

– Não vai me deixar cair? – perguntou ela, insegura.

Devon pareceu insultado.

– Não sou exatamente um fracote de punhos frágeis, madame.

– Minhas saias estão molhadas e pesadas...

– Dê-me sua mão.

Kathleen se aproximou, e a mão de Devon segurou a dela com força. Um arrepio de nervosismo percorreu todo o corpo da jovem.

Ela não tocara em nenhum homem desde a morte de Theo, três meses antes. Lorde Berwick comparecera ao funeral e, depois da cerimônia, lhe oferecera um abraço constrangido, mas ela preferira estender a mão enluvada a ele.

– Não consigo – sussurrara na ocasião, e lorde Berwick assentira, compreensivo.

Embora fosse um homem bondoso, era raro que ele fizesse demonstrações de afeto. Lady Berwick era, da mesma forma, uma mulher benevolente mas contida, que tentara ensinar às filhas e a Kathleen o valor do autocontrole.

"Dominem suas emoções", sempre aconselhara ela, "ou com certeza elas irão dominá-las."

A água gelada da chuva escorreu para dentro da manga do vestido de Kathleen, contrastando de maneira cortante com o calor da mão de Devon, e ela estremeceu.

O cavalo esperava com paciência sob chuva e vento fortes.

– Quero que impulsione o corpo para cima – Kathleen ouviu Devon dizer –, e eu a levantarei até que encontre o estribo com o pé esquerdo. Não tente passar a perna por cima da sela. Apenas suba como se fosse uma sela lateral.

– Quando devo pular?

– Agora seria uma boa hora – sugeriu Devon em tom irônico.

Ela reuniu forças e saltou do chão com o máximo de impulso que conseguiu dar às pernas. Devon aproveitou e a ergueu, com uma facilidade impressionante. Kathleen nem precisou encontrar o estribo: aterrissou tranquilamente na sela, com a perna direita dobrada. Ela arquejou e se esforçou para se equilibrar, mas Devon já a acomodara, o braço esquerdo envolvendo-a em segurança.

– Peguei você. Está tudo certo... calma.

Ela se enrijeceu ao sentir o abraço firme de Devon, os músculos se contraindo ao redor dela, o hálito quente em seu ouvido.

– Isto vai lhe ensinar a não levar cestas para vizinhos necessitados – comentou Devon. – Espero que se dê conta de que todas as pessoas egoístas estão em casa, secas e em segurança.

– Por que veio atrás de mim? – conseguiu perguntar Kathleen, tentando conter os calafrios que continuavam reverberando por seu corpo.

– Lady Helen estava preocupada. – Depois de verificar que Kathleen estava segura na sela, Devon puxou o véu e o arco que o prendia à cabeça dela e jogou ambos no chão. – Desculpe – falou, antes que ela pudesse reclamar. – Essa tintura tem o cheiro do chão de uma taberna no East End. Venha, passe a perna para o outro lado da sela.

– Não posso, minha perna está presa nas minhas saias.

O cavalo se moveu sob eles. Como não conseguiu se firmar na sela lisa e escorregadia, Kathleen se desequilibrou e agarrou sem querer a coxa de Devon, dura como uma pedra. Ela arquejou e retirou a mão. Parecia que não importava quanto ar inspirasse, nunca seria suficiente.

Devon transferiu as rédeas temporariamente para a mão esquerda, tirou o chapéu de feltro e o colocou na cabeça de Kathleen. Então, começou a puxar as camadas de saias retorcidas e emboladas, até que ela conseguisse desdobrar o joelho o bastante para passar a perna por cima do cavalo.

Na infância, Kathleen montava o mesmo cavalo que as filhas dos Berwicks quando elas saíam para passear de pônei, mas a experiência não se comparava ao que acontecia naquele momento, com a sensação do corpo poderoso de um homem bem atrás de si, as pernas dele apoiando as suas. Além da crina do cavalo, não havia onde se segurar, pois as rédeas não estavam com ela e seus pés não alcançavam o estribo.

Devon colocou o cavalo a meio-galope, um passo muito fácil e fluido para um cavalo árabe ou para um puro-sangue, mas diferente para um animal de trabalho, de peito largo, cujas pernas eram distantes de seu centro de gravidade. Kathleen percebeu na mesma hora que Devon era um cavaleiro talentoso, que cavalgava com facilidade e se comunicava com o animal por meio de sinais. Ela conseguiu coordenar o ritmo do corpo ao meio-galope, mas não foi o mesmo que montar sozinha, e ficou mortificada ao se ver saltando na sela como uma novata.

Devon a abraçou com mais força.

– Fique tranquila. Não a deixarei cair.

– Mas não há nada em que eu possa...

– Apenas relaxe.

Quando notou que ele de fato conseguia manter o equilíbrio do peso combinado dos dois, Kathleen tentou relaxar os músculos. Suas costas se encaixaram com perfeição no peito dele, e então, como por encanto, ela encontrou o ritmo e o equilíbrio em relação ao movimento do cavalo. Ajustou-se à cadência do animal e sentiu uma curiosa satisfação com seu corpo se movendo em perfeita harmonia com o dele.

A mão de Devon estava espalmada na frente do corpo dela, fazendo pressão para segurá-la com firmeza. Mesmo através da massa de saias que usava, Kathleen sentia os músculos rijos das coxas dele flexionando-se com ritmo. Uma doce agonia começava a crescer em seu corpo, ficando mais e mais intensa até Kathleen ter a sensação de que algo poderia se romper.

Quando começaram a subir a colina, Devon fez o cavalo reduzir bastante a velocidade e se inclinou para distribuir mais peso sobre as patas dianteiras do animal. Kathleen se viu obrigada a se inclinar para a frente também, e agarrou a crina negra e áspera. Então Devon disse alguma coisa, a voz abafada pelo som alto de um trovão. Para ouvi-lo melhor, Kathleen virou a cabeça, e sentiu a textura eletrizante da barba feita quando o maxilar de Devon roçou no rosto dela, o que lhe provocou cócegas no pescoço.

– Estamos quase chegando – repetiu Devon, seu hálito fazendo arder a pele molhada de Kathleen.

Eles subiram a colina e seguiram a meio-galope em direção à área dos estábulos, avistando uma construção de dois andares em tijolos cor de ameixa, com entradas em arco e colunas de pedra em volta. Em um lado da estrutura havia uma dúzia de cavalos selados; no outro, dez cavalos e uma mula para trabalho, com arreios. Na área dos estábulos também existia um lugar só para as selas, outro para arreios, um local onde ficavam guardados os equipamentos e palheiro para a forragem, e havia espaço para as carruagens e para os aposentos dos cavalariços.

Comparados aos do Priorado Eversby, aqueles estábulos estavam em condição muito superior. Sem dúvida por causa do chefe dos estábulos, Sr. Bloom, um cavalheiro robusto de Yorkshire, com suíças brancas e olhos azuis cintilantes. O que lhe faltava em altura, Bloom compensava em força muscular. Suas mãos eram tão grandes e fortes que ele seria capaz de abrir uma casca de noz com os dedos. Nenhum estábulo já fora administrado de forma mais exemplar: o piso estava sempre meticulosamente limpo, os equipamentos e o couro, muito polidos. Os cavalos aos cuidados de Bloom viviam melhor do que a maior parte das pessoas. Kathleen o conhecera cerca de 15 dias antes do acidente de Theo, e gostara dele na mesma hora. Bloom conhecia o haras Carbery Park, os cavalos árabes que o pai de Kathleen conseguira, e ficara encantado com a chance de incluir Asad nos estábulos Ravenel.

Depois do acidente de Theo, o Sr. Bloom apoiou a decisão de Kathleen de manter Asad vivo, apesar de os amigos e colegas de Theo terem feito pressão para que o animal fosse sacrificado. Bloom compreendeu que a imprudência de Theo contribuíra para a tragédia.

– Um cavaleiro nunca deve se aproximar de sua montaria com raiva – comentou Bloom com Kathleen em particular após o acidente, com seu sotaque e chorando. Ele conhecera Theo quando o dono do Priorado Eversby ainda era menino, e o ensinara a montar. – Principalmente quando se trata de um cavalo árabe. Avisei a lorde Trenear: "Se o senhor entrar em uma batalha de vontades com Asad, ele vai ficar incontrolável." E percebi que o patrão estava tendo um de seus surtos. Avisei que havia várias outras montarias que seriam melhores para ele naquele dia. Ele não me ouviu, mas me culpo da mesma forma.

Kathleen não conseguira voltar aos estábulos desde a morte de Theo. Não culpava nem um pouco Asad pelo que acontecera, mas tinha medo do que poderia sentir quando o visse. Fracassara com o cavalo por tê-lo abandonado, assim como fracassara com Theo, e não sabia quando – nem como – aceitaria isso.

Ao perceber que passavam pelo arco principal do estábulo, Kathleen fechou os olhos e sentiu um frio na barriga. Cerrou os lábios e conseguiu se manter em silêncio. A cada respiração lhe vinha o cheiro familiar dos cavalos, das estrebarias, da ração – os odores reconfortantes da infância.

Devon parou o cavalo e desmontou primeiro, enquanto um rosto familiar se aproximava.

– Passem um tempo extra cuidando dos cascos dele, camaradas – disse a voz agradável do Sr. Bloom. – Esse tempo úmido favorece o surgimento de fungos. – Ao ver Kathleen, seus modos mudaram. – Milady. É muito bom vê-la aqui de novo.

Os dois se fitaram. Kathleen esperava ver nos olhos dele um toque de acusação por ela ter evitado o lugar e abandonado Asad, mas só encontrou amizade e preocupação. Ela abriu um sorriso trêmulo.

– É bom vê-lo também, Sr. Bloom.

Quando foi desmontar, ficou surpresa por Devon se adiantar para ajudá-la. As mãos dele se encaixaram com facilidade na cintura dela. Kathleen se virou para encará-lo. Devon retirou com cuidado o chapéu da cabeça dela.

Ele entregou o chapéu de feltro ensopado para o chefe dos estábulos.

– Obrigado pelo empréstimo, Sr. Bloom.

– Fico feliz que o senhor tenha conseguido encontrar lady Trenear no meio de toda essa chuva e ventania. – Ao perceber que Kathleen estava olhando para a fileira de estrebarias, o Sr. Bloom comentou: – Asad está em ótima forma, milady. Nas últimas semanas, foi o rapazinho mais comportado do estábulo. Mas imagino que ficaria feliz em ouvir uma ou duas palavras da madame.

Kathleen sentiu o coração disparar. O piso do estábulo pareceu se mover sob seus pés quando, meio hesitante, ela considerou a ideia.

– A-acho que eu poderia vê-lo por um momento.

Perplexa, Kathleen sentiu os dedos de Devon sob seu queixo, instando-a delicadamente a levantar os olhos para ele. O rosto de Devon estava molhado, seus cílios com gotas de água, os cabelos cacheados encharcados, cintilando.

– Talvez mais tarde – disse ele ao Sr. Bloom, o olhar intenso preso ao rosto de Kathleen. – Não queremos que lady Trenear pegue um resfriado.

– Verdade, claro que não queremos – apressou-se em dizer o chefe dos estábulos.

Kathleen engoliu em seco e desviou o olhar. Tremia muito por dentro, o pânico crescendo.

– Quero vê-lo – sussurrou.

Sem dizer uma palavra, Devon a seguiu quando ela se encaminhou para a fileira de estrebarias. Kathleen ouviu o Sr. Bloom dando orientações aos funcionários sobre como cuidar do cavalo que os levara até ali.

– Sem preguiça, rapazes! Deem uma boa esfregada na pelagem e providenciem ração fresquinha.

Asad esperava em uma das estrebarias, observando com atenção Kathleen se aproximar. O animal ergueu a cabeça, as orelhas se inclinando para a frente em reconhecimento. Era um castrado compacto, com ancas potentes, uma estrutura física elegante que conferia a ele velocidade e resistência. A cor era de um castanho tão claro que parecia dourado, a crina e a cauda alouradas.

– Aqui está o meu garoto! – exclamou Kathleen com doçura, e estendeu a mão para o cavalo com a palma para cima.

Asad cheirou a mão dela e soltou um relincho de boas-vindas. Ele abaixou a cabeça e se adiantou na estrebaria. Kathleen lhe acariciou o focinho e a testa, e Asad reagiu com a mais pura alegria, resfolegando baixinho e se aproximando mais.

– Eu não deveria ter esperado tanto tempo para vê-lo – disse ela, dominada pelo remorso. E se inclinou desajeitadamente para beijar o cavalo entre os olhos. Sentiu Asad mordiscar de leve o ombro dela, tentando retribuir o carinho. Um sorriso torto curvou os lábios de Kathleen. Ela afastou a cabeça do animal e coçou o pescoço acetinado do jeito que ele gostava.

– Eu não deveria tê-lo deixado tanto tempo sozinho, meu pobre garoto.

E entrelaçou os dedos na crina de um louro quase branco.

Kathleen sentiu o peso da cabeça de Asad em seu ombro. O gesto de confiança a deixou com um nó na garganta e fez com que soltasse o ar rapidamente.

– Não foi culpa sua – sussurrou ela. – Foi minha. Desculpe, lamento tanto...

Kathleen sentia a garganta doer de tão apertada. Não importava quanto ela se esforçasse para engolir, o aperto na garganta não passava. Ela estava ficando sem ar. Kathleen se afastou de Asad e lhe deu as costas. Sibilando, cambaleante, deixou-se cair contra o muro firme que era o peitoral de Devon.

Ele a segurou pelos ombros e a firmou.

– O que foi?

Kathleen mal o ouvia, tão intenso era o bater desenfreado do próprio coração.

Ela balançou a cabeça, tentando não sentir nada, não fraquejar.

– Fale comigo.

Devon sacudiu-a com delicadeza, mas demonstrando preocupação.

Nenhuma palavra saía. Apenas a respiração entrecortada que se partia em soluços e tosse. A pressão na garganta dela cedeu subitamente, e seus olhos se encheram de ardência. Kathleen empurrou Devon em um desespero cego. *Deus, não, por favor...* Ela estava perdendo o controle nas circunstâncias mais humilhantes que se podia imaginar, com a última pessoa no mundo que desejaria que testemunhasse aquela situação.

Devon a abraçou. Ignorando os esforços de Kathleen para se desvencilhar, levou-a para longe das estrebarias.

– Milorde? – perguntou o Sr. Bloom com seu sotaque, parecendo um pouco alarmado. – De que a menina precisa?

– De privacidade – respondeu Devon sem rodeios. – Para onde posso levá-la?

– Para o local onde ficam as selas – respondeu Bloom, apontando para a passagem em arco adiante.

Devon meio empurrou, meio carregou Kathleen para o cômodo sem janelas com pranchas idênticas de madeira enfileiradas nas paredes. Ela resistiu, debatendo-se como se estivesse se afogando. Devon repetiu o nome dela várias vezes, com paciência, os braços firmes para contê-la. Quanto mais Kathleen esperneava, com mais firmeza Devon a segurava, até ela ficar encolhida no peito dele, menos nervosa. Tentar engolir de volta os sons trêmulos que saíam de sua garganta só os tornava piores.

– Está tudo bem – garantiu ele. – Calma... Não vou soltá-la.

Kathleen percebeu vagamente que já não estava tentando fugir, mas lutando para pressionar mais o corpo ao dele, para se perder nele. Ela passou os braços ao redor da nuca de Devon, o rosto escondido no pescoço dele enquanto soluçava com intensidade demais para conseguir pensar ou respirar. A emoção chegou toda em um dilúvio, inadiável. Sentir tanto de uma só vez parecia um tipo de loucura.

O espartilho estava muito apertado, como se fosse algo vivo prendendo as mandíbulas. A moça ficou fraca, os joelhos cederam. O corpo se dobrou em um colapso lento, mas ela sentiu que estava sendo erguida por braços fortes. Não havia como se recompor, nenhum modo de controle. Só lhe restava entregar-se, deixar-se dissolver nas sombras que a devoravam.

CAPÍTULO 4

Depois de um tempo imensurável, Kathleen sentiu a consciência voltar aos poucos. Ela se mexeu, ciente de uma breve conversa murmurada e de passos se afastando, e do incansável tamborilar da chuva no telhado. Irritada, virou o rosto para o outro lado; queria cochilar um pouco mais. Algo macio e quente tocou seu rosto, demorando-se gentilmente, e aquela sensação lhe despertou os sentidos.

Kathleen sentia os membros pesados e relaxados, a cabeça apoiada com conforto em uma superfície firme que se erguia e se abaixava em um ritmo constante. A cada inspiração, ela sentia o cheiro de cavalos, couro e de algo fresco, como capim-vetiver. Tinha a impressão de que era de manhã... mas ficou confusa, pois isso não parecia possível.

Ao se lembrar da tempestade, sentiu o corpo se enrijecer.

Um murmúrio indistinto fez cócegas em seu ouvido.

– Está tudo bem. Descanse o corpo contra o meu.

Kathleen abriu os olhos de pronto.

– O que... – balbuciou, perturbada. – Onde... *Ah*.

Ela se viu fitando um par de olhos azul-escuros. Uma leve pontada, não de todo desagradável, a atingiu em algum lugar abaixo das costelas quando descobriu que Devon a estava abraçando. Estavam no local onde ficavam as selas, no chão, sobre uma pilha de mantas de cavalo e tapetes dobrados. Era o lugar mais quente e mais seco dos estábulos, localizado perto das estrebarias, para fácil acesso. Uma claraboia iluminava as fileiras de suportes para selas presos nas paredes de pinho brancas, e a chuva que escorria desenhava sombras que deslizavam para o chão.

Kathleen decidiu que não estava preparada para confrontar o absoluto constrangimento pela situação em que se encontrava, e fechou novamente os olhos. Suas pálpebras coçavam e davam a sensação de estarem inchadas, e ela se agitou para esfregá-las.

Devon segurou seus pulsos e os afastou.

– Não, vai acabar piorando a situação. – Ele pressionou um pano macio na mão dela, um dos trapos usados para polir metais. – Está limpo. O chefe dos estábulos trouxe há alguns minutos.

– Ele... quer dizer, eu já estava... assim? – perguntou Kathleen, a voz fraca e rouca.

Devon achou a pergunta divertida.

– Nos meus braços, você quer dizer? Temo que sim.

Um muxoxo fez os lábios dela estremecerem.

– O que ele deve ter pensado...

– Ele não pensou nada. Na verdade, disse que seria bom se você fizesse um pouco de berreiro.

A palavra que o Sr. Bloom, que era de Yorkshire, usava para descrever o choro descontrolado de uma criança.

Sentindo-se humilhada, Kathleen secou os olhos e assoou o nariz.

Ela sentiu as mãos de Devon em seus cabelos desarrumados, as pontas dos dedos dele encontrando o couro cabeludo e acariciando gentilmente, como se ela fosse um gato. Era um tanto impróprio da parte dele tocá-la daquele modo, mas Kathleen sentiu tanto prazer que não conseguiu fazer objeções.

– Conte-me o que aconteceu – pediu ele, baixinho.

Ela se sentia oca por dentro, e o corpo parecia frouxo como um saco quase vazio de farinha. Até mesmo balançar a cabeça era exaustivo.

Devon continuou acariciando os cabelos dela.

– Conte-me.

Kathleen estava exausta demais para se recusar a atender o pedido.

– Foi minha culpa – começou. Um fluxo contínuo de lágrimas quentes escorria pelo canto do olho e desaparecia entre seus cabelos. – Theo morreu por minha culpa.

Devon permaneceu em silêncio, esperando calmamente que ela continuasse.

As palavras saíram de uma vez só, Kathleen envergonhada.

– Eu o levei a fazer o que fez. Havíamos brigado. Se eu tivesse me comportado bem, se tivesse sido dócil em vez de rancorosa, Theo ainda estaria vivo. Eu havia planejado montar Asad naquela manhã, mas Theo queria que eu ficasse e continuasse a discussão, e eu disse que não, não com ele naquele estado... então Theo disse que iria cavalgar comigo, mas eu disse que... – Ela se interrompeu, com um soluço arrasado, mas logo continuou, determinada: – Disse que ele não conseguiria acompanhar meu ritmo. Theo tinha bebido na noite anterior, e ainda não estava sóbrio.

Devon deixou o polegar correr pela têmpora dela, passando pela trilha de lágrimas.

– Então ele decidiu provar que você estava errada – concluiu ele depois de um instante.

Kathleen assentiu, o queixo tremendo.

– Theo saiu em disparada para os estábulos, furioso e meio bêbado – continuou Devon –, e insistiu em montar um cavalo que ele provavelmente não conseguiria controlar nem sóbrio.

Ela sentiu espasmos no rosto.

– Porque eu não o guiei como uma boa esposa teria...

– Espere – pediu Devon, enquanto um soluço escapava dela. – Não, não comece com isso de novo. Shhhh. Respire.

Tirando as mãos dos cabelos dela, Devon a puxou mais para cima em seu colo, até que seus olhares ficassem quase no mesmo nível. Em seguida, pegou um pano limpo e secou os olhos e o rosto de Kathleen como se ela fosse uma criança.

– Vamos analisar a situação racionalmente – disse ele. – Primeiro, em relação a essa história de guiar Theo... um marido não é um cavalo para ser treinado. Meu primo era um homem adulto, em pleno comando do próprio destino. Ele escolheu assumir um risco idiota e pagou por isso.

– Sim, mas ele tinha bebido...

– O que também foi opção dele.

Kathleen ficou surpresa com as palavras diretas e o modo trivial de Devon. Esperava que ele a culpasse, talvez ainda mais do que ela mesma se culpava, se isso era possível. Ninguém poderia negar sua culpa, era óbvia.

– Foi minha culpa, sim – insistiu Kathleen. – Theo perdia o controle de si mesmo quando estava furioso. Sua capacidade de julgamento estava comprometida. Eu deveria ter encontrado um modo de apaziguá-lo, mas em vez disso o provoquei.

– Não era responsabilidade sua salvar Theo de si mesmo. Quando ele decidia agir como um tolo de cabeça quente, ninguém conseguia detê-lo.

– Mas entenda, não foi uma *decisão*. Theo não teria como evitar, depois de eu ter provocado sua fúria.

Devon torceu os lábios como se ela tivesse dito um absurdo.

– É claro que teria.

– Como pode saber?

– Eu sou um Ravenel. Tenho o mesmo maldito temperamento. Sempre que me entrego a ele, continuo perfeitamente consciente do que estou fazendo.

Ela balançou a cabeça, incapaz de aceitar.

– O senhor não me ouviu falando com ele. Fui muito sarcástica e grosseira... Ah, o senhor deveria ter visto a reação dele...

– Sim, estou certo de que a senhora foi uma perfeita cobrinha. No entanto, algumas palavras ácidas não seriam razão suficiente para que Theo se lançasse em uma explosão de fúria suicida.

Enquanto refletia, Kathleen se deu conta, com um sobressalto, de que seus dedos haviam envolvido os cachos grossos e curtos dos cabelos da nuca dele, os braços no pescoço do rapaz. Quando aquilo acontecera? Muito ruborizada, Kathleen afastou com rapidez as mãos do corpo dele.

– O senhor não sente empatia por Theo porque não gostava dele – comentou ela, constrangida –, mas...

– Também não decidi ainda se gosto da senhora. Isso não muda a minha opinião sobre a situação.

Kathleen o encarou com os olhos arregalados. Estranhamente, a declaração fria e nada sentimental de Devon foi mais reconfortante do que a compaixão dele.

– Correram para me chamar assim que souberam do ocorrido – ela continuou relatando. – Theo estava caído no chão. Tinha quebrado o pescoço, então ninguém queria movê-lo até que o médico chegasse. Eu me inclinei sobre ele e chamei seu nome. Quando ouviu minha voz, Theo abriu os olhos. E eu soube que ele estava morrendo. Toquei o rosto dele e disse que o amava, e Theo disse: "Você não é minha esposa..."

Mais lágrimas brotaram dos olhos de Kathleen. Ela não tinha se dado conta de que estava torcendo o pano de polir até que Devon segurou a mão dela, acalmando o movimento.

– Eu não perderia tempo com as últimas palavras de Theo – falou Devon. – Não se poderia esperar sensatez dele. Pelo amor de Deus, o pescoço do homem estava quebrado. – Com a palma da mão, ele ficou acariciando os nós dos dedos de Kathleen. – Escute, meu docinho, era da natureza do meu primo fazer algo imprudente a qualquer momento. Sempre foi assim. O traço da inquietude persevera há séculos na família Ravenel. Theo poderia ter se casado com uma santa e, ainda assim, teria perdido a cabeça.

– Eu certamente não sou uma santa – afirmou Kathleen, triste, e abaixou a cabeça.

Havia um tom zombeteiro na voz de Devon quando ele voltou a falar:

– Soube disso no minuto em que a conheci.

Ela manteve a cabeça baixa, fitando a mão sobre as dela, elegante mas brutalmente forte, e com uma leve penugem.

– Como eu queria voltar e fazer tudo diferente – sussurrou ela.

– Ninguém pode culpá-la pelo que aconteceu.

– Eu posso.

– "Deixe-a cobrir a marca como desejar, a dor dessa marca sempre estará em seu coração" – citou Devon, com sarcasmo.

Kathleen reconheceu o trecho de *A letra escarlate* e levantou os olhos para ele, arrasada.

– Está me comparando a Hester Prynne?

– Apenas em suas aspirações ao martírio. Embora até mesmo Hester tenha se divertido um pouco antes de receber a punição merecida, enquanto a senhora, ao que parece, não se divertiu muito.

– Como assim me divertir? – O desespero deu lugar à perplexidade. – Do que está falando?

Ele a encarou com intensidade.

– Eu penso que mesmo as damas decentes devem encontrar algum prazer no abraço conjugal.

Kathleen arquejou, perturbada e ultrajada.

– Eu... o senhor... como ousa abordar um assunto desses... – Ele vinha sendo muito gentil e tranquilizador, e agora voltara a ser o grosseirão insuportável de antes. – Como se algum dia eu fosse falar disso com alguém, quanto mais com o senhor!

Kathleen se contorceu e começou a tentar sair do colo dele, mas Devon a manteve no lugar com facilidade.

– Antes de sair em disparada em sua indignação virtuosa – disse ele –, talvez queira fechar o corpete do seu vestido.

– Do meu... – Ela olhou para baixo e viu, horrorizada, que os primeiros botões do vestido e os dois ganchos de cima do espartilho haviam sido abertos. Ficou ruborizada. – Ah, como pôde?

Uma lampejo de bom humor iluminou os olhos dele.

– A senhora não estava respirando bem. Achei que precisava mais de oxigênio do que de decoro. – Depois de observar os esforços frenéticos dela para prender novamente os ganchos do espartilho, ele perguntou, de forma educada: – Posso ajudá-la?

– *Não*. Embora eu esteja certa de que o senhor é muito experiente em "ajudar" damas com suas roupas de baixo.

– Elas dificilmente são damas.

Devon riu baixinho enquanto Kathleen, com pânico crescente, lutava com o espartilho.

A tensão da tarde a deixara tão enervada que até mesmo a tarefa mais simples parecia difícil. Ela bufou de raiva, contorcendo-se para juntar as duas extremidades do espartilho.

Depois de observá-la por um momento, Devon disse, de modo brusco:
– Permita-me.

Ele afastou as mãos dela e começou a fechar os ganchos do espartilho com eficiência. Kathleen arquejou quando sentiu os nós dos dedos dele roçarem a pele do seu colo. Quando terminou com os ganchos, Devon passou à fileira de botões no corpete do vestido.

– Relaxe. Não vou violá-la. Não sou tão depravado quanto minha reputação pode indicar. Além do mais, seios de proporções tão modestas... embora encantadoras... não são o bastante para me causar um frenesi de luxúria.

Kathleen o encarou com raiva e se manteve imóvel, secretamente aliviada por Devon ter lhe dado uma razão para odiá-lo de novo. Os longos dedos dele manusearam os botões com agilidade, até cada um estar devidamente seguro em sua casinha de seda. Os cílios dele projetavam sombras no próprio rosto enquanto ele mantinha os olhos fixos no corpo dela.

– Pronto – murmurou Devon.

Kathleen desceu do colo dele com a rapidez de um gato escaldado.

– Cuidado! – Devon se encolheu ao detectar o posicionamento descuidado do joelho dela. – Ainda tenho que produzir um herdeiro, o que torna certas partes da minha anatomia mais valiosas para a propriedade do que as joias da família.

– Não são valiosas para mim – retrucou ela, cambaleando ao ficar de pé.

– Ainda assim, tenho muito carinho por elas.

Ele sorriu, levantou-se em um movimento ágil e estendeu a mão para dar apoio a Kathleen.

Consternada com o estado deplorável de suas saias – amassadas e cobertas de lama –, Kathleen bateu nelas com força para tirar os fiapos de feno e os pelos de cavalo que haviam ficado presos no crepe preto.

– Posso acompanhá-la até a casa? – ofereceu-se Devon.

– Prefiro ir sozinha.

– Como desejar.

Kathleen endireitou o corpo e acrescentou:

– Nunca falaremos sobre o que aconteceu aqui.

– Tudo bem.

– Além disso... ainda não somos amigos.

Ele manteve o olhar fixo no dela.

– Somos inimigos, então?

– Isso depende. – Kathleen inspirou fundo, ainda um pouco trêmula. – O que... o que vai fazer com Asad?

Algo no rosto de Devon se suavizou.

– Ele permanecerá na propriedade até poder voltar a ser treinado. Isso é tudo o que posso lhe prometer por enquanto.

Embora não fosse exatamente a resposta que Kathleen desejava, era melhor do que ver Asad ser vendido de imediato. Se o cavalo pudesse ser treinado novamente, talvez ao menos terminasse sendo comprado por alguém que lhe desse valor.

– Então... acho que... não somos inimigos.

Devon ficou parado diante dela, sem paletó, sem lenço de pescoço nem colarinho à vista. A bainha da calça estava suja de lama. Os cabelos precisavam ser penteados, e havia um pouco de feno preso nos fios... mas de algum modo, naquele desalinho, ele estava mais belo do que antes. Kathleen se aproximou dele, hesitante, e ele ficou imóvel quando ela estendeu a mão para tirar um pequeno fiapo de feno dos cabelos dele. Os cabelos escuros estavam tentadoramente desarrumados, com um cacho caído do topete para o lado direito, e ela quase se sentiu tentada a alisá-los.

– Quanto tempo dura o período de luto? – Devon a surpreendeu ao perguntar de súbito.

Kathleen ficou desconcertada.

– Para uma viúva? São quatro períodos de luto.

– Quatro?

– O primeiro dura um ano, o segundo seis meses, o terceiro três meses e então tem o meio-luto, que dura pelo resto da vida.

– E se a viúva desejar se casar de novo?

– Ela pode fazer isso depois de um ano e um dia, mas é reprovável se casar tão cedo, a menos que ela tenha filhos ou que precise de dinheiro.

– É reprovável, mas não proibido?

– Exato. Mas por que a pergunta?

Devon deu de ombros.

– Apenas curiosidade. Dos homens exige-se um luto de apenas seis meses... provavelmente porque não toleraríamos nada mais longo que isso.

– O coração de um homem é diferente do de uma mulher.

Devon a fitou com o olhar interrogativo.

– As mulheres amam mais – explicou ela. Ao ver a expressão dele, Kathleen perguntou: – Discorda?

– Acho que conhece pouco dos homens – retrucou ele com gentileza.

– Fui casada. Sei tudo o que desejo saber. – Ela caminhou até o portal, parou e olhou para trás, para Devon. – Obrigada – disse por fim, e partiu antes que ele pudesse falar mais alguma coisa.

~

Devon caminhou lentamente até a porta depois que Kathleen se foi. Ele fechou os olhos, apoiou a cabeça no batente e deixou escapar um suspiro controlado.

Santo Deus... ele a desejava além da decência.

Devon se virou, apoiou as costas na parede de painéis de madeira e tentou compreender o que estava acontecendo com ele. Uma terrível sensação de euforia o invadira. Sentia que sua vida dera uma guinada da qual não haveria retorno.

Devon *odiava* quando as mulheres choravam. Ao primeiro sinal de lágrimas, sempre saía em disparada, como uma lebre sendo caçada. Mas assim que passara os braços ao redor de Kathleen, de forma casual, o mundo, o passado e todas as suas certezas foram completamente apagados. Ela o buscara, não por paixão ou medo, mas pela simples necessidade humana de proximidade. Foi como tomar um choque elétrico. Ninguém buscara conforto em Devon antes, e o ato de dar esse conforto pareceu muito mais íntimo do que o mais tórrido encontro sexual. Devon sentiu a força de todo o seu ser envolver Kathleen em um doce e rudimentar momento de conexão.

Os pensamentos dele estavam desgovernados. O corpo ainda ardia com a sensação do peso leve de Kathleen no colo. Antes que ela voltasse a si, ele beijara seu rosto sedoso, úmido de lágrimas salgadas e de chuva de verão. Devon queria beijá-la de novo, por todo o corpo, por horas. Ele a desejava nua e exausta em seus braços. Depois de todas as suas experiências, o prazer físico perdera qualquer traço de novidade, mas naquele momento ele queria Kathleen Ravenel de um modo que o estava deixando chocado.

Que situação terrível, pensou Devon, inconformado. Uma propriedade arruinada, uma fortuna quase no fim e uma mulher que não poderia ter. Kathleen permaneceria de luto por um ano e um dia, e mesmo depois disso estaria fora do alcance dele. Ela nunca se rebaixaria a ser amante de qualquer homem, e, depois do que suportara com Theo, não desejaria nada com outro Ravenel.

Taciturno, Devon adiantou-se para pegar o casaco jogado no chão. Vestiu-o e voltou para as estrebarias. No extremo da construção, dois cavalariços conversavam enquanto limpavam uma baia. Quando se deram conta da presença de Devon, calaram-se na mesma hora, e tudo o que ele conseguiu ouvir foi o deslizar da vassoura e o arranhar de uma pá. Alguns dos cavalos em fila o observaram com curiosidade, enquanto outros aparentaram desinteresse.

Procurando se movimentar com calma, Devon foi até a estrebaria do cavalo árabe. Asad virou a cabeça para o lado ao vê-lo, o focinho do tamanho de uma xícara de chá se estreitando em sinal de desconforto.

– Não precisa se preocupar – murmurou Devon. – Embora não se possa culpá-lo por torcer o nariz diante da aproximação de um Ravenel.

Asad arrastou os cascos no chão e balançou a cauda, nervoso. Lentamente, foi se aproximando dele.

– Fique atento, milorde. – A voz com sotaque do Sr. Bloom veio de trás de Devon. – O camarada gosta de morder... pode tirar um naco do senhor, se não o conhecer. Ele prefere a companhia das damas.

– Isso mostra sua boa capacidade de julgamento – disse Devon ao cavalo.

O homem estendeu a mão com a palma para cima, como vira Kathleen fazer mais cedo.

Asad cheirou a mão dele, cauteloso. Seus olhos estavam semicerrados. Com a boca fechada, o cavalo abaixou a cabeça, demonstrando submissão, e encaixou o focinho nas mãos de Devon, que sorriu e acariciou os dois lados da cabeça do cavalo.

– Você é um camarada bonito, sabia?

– Ele sabe bem disso – comentou o chefe dos estábulos, com uma risadinha, enquanto se aproximava. – Ele está sentindo o cheiro da patroa no senhor. Agora esse cavalo vai obedecê-lo como um cachorrinho. Depois que eles se sentem seguros com a pessoa, fazem qualquer coisa que ela pedir.

Devon correu a mão por todo o pescoço gracioso de Asad, descendo até os ombros firmes. O pelo do animal era quente e sedoso.

– O que o senhor acha do temperamento dele? – perguntou Devon. – Há algum perigo se lady Trenear continuar a treiná-lo?

– Nenhum, milorde. Asad será uma perfeita montaria para uma dama, se for treinado da forma certa. Ele não é desobediente, apenas sensível. Vê, ouve e cheira tudo. Os melhores são astutos assim. É melhor montá-los com mãos gentis e calçados macios. – Bloom hesitou, puxando lentamente os bigodes brancos. – Uma semana antes do casamento, Asad foi trazido de Leominster para cá. Lorde Trenear veio vê-lo. Foi uma bênção que a patroa não estivesse aqui para testemunhar. Asad mordiscou lorde Trenear, que na mesma hora acertou um golpe forte no focinho do bicho. Eu o alertei: "Se usar o punho contra ele, milorde, pode até ganhar o medo dele, mas não terá sua confiança." – Bloom balançou a cabeça com tristeza, os olhos marejados. – Eu conhecia o patrão desde que ele era um menininho muito querido. Todos no Priorado o amavam, mas ninguém pode negar que ele era um espalha-brasas.

Devon o encarou confuso.

– O que significa isso?

– É como chamamos em Yorkshire o carvão quente que salta da lareira. Mas também é o nome que se dá a um homem que não consegue dominar o próprio temperamento.

Asad levantou a cabeça e encostou o focinho delicadamente no queixo de Devon, que conteve a vontade de afastar a cabeça e se manteve firme.

– Assopre de leve no focinho dele – murmurou Bloom. – Asad está querendo fazer amizade com o senhor.

Devon obedeceu. Em seguida, Asad enfiou a cabeça no peito de Devon e lambeu sua camisa.

– O senhor o conquistou, milorde – disse o chefe dos estábulos, e um sorriso se abriu em seu rosto redondo até suas bochechas se dobrarem por cima do bigode branco e basto.

– Isso não tem nada a ver comigo – retrucou Devon, acariciando a cabeça lisa de Asad –, é graças ao perfume de lady Trenear.

– Sim, mas o senhor tem uma boa mão com ele. – E o chefe dos estábulos acrescentou, de forma branda: – E com a patroa também, ao que parece.

Devon o encarou com os olhos semicerrados, mas o homem lhe devolveu um olhar inocente.

– Lady Trenear ficou perturbada com a lembrança do acidente do marido – começou a explicar Devon. – Eu teria oferecido ajuda a qualquer mulher em tal estado. – Ele fez uma pausa. – Para o bem de lady Trenear, quero que o senhor e os homens do estábulo não comentem nada sobre o descontrole dela.

– Eu disse aos rapazes que arrancaria o couro deles se ouvisse um sussurro que fosse a respeito. – Bloom franziu o cenho, preocupado. – Naquela manhã... houve uma briga entre a patroa e o patrão, antes de ele vir correndo para os estábulos. Temo que ela fique se culpando por isso.

– Sim, ela se culpa – confirmou Devon, em voz baixa. – Mas eu disse a lady Trenear que ela não é responsável de forma alguma pelas ações dele. Nem o cavalo. Meu primo trouxe a tragédia para si.

– Concordo, milorde.

Devon deu uma última batidinha carinhosa em Asad.

– Adeus, rapaz... visitarei você antes de partir. – Ele se virou e voltou pelas estrebarias, Bloom o acompanhando. – Imagino que os rumores estejam correndo soltos por toda a propriedade depois da morte do conde.

– Rumores? Sim, o ar está pesado por causa disso.

– Alguém disse qual foi o motivo da discussão entre lorde e lady Trenear naquela manhã?

O rosto de Bloom não mostrou qualquer expressão.

– Eu não poderia dizer.

Não havia dúvidas de que o homem sabia algo sobre o conflito. Os criados sabiam de tudo. No entanto, não seria decente continuar a questioná-lo sobre assuntos particulares da família. Com relutância, Devon desistiu do assunto... por enquanto.

– Obrigado por ajudar lady Trenear – disse ele ao chefe dos estábulos. – Se ela resolver continuar a treinar Asad, vou permitir, com a condição de que o senhor supervisione o treinamento. Confio em sua habilidade para mantê-la em segurança.

– Obrigado, milorde! – exclamou Bloom. – O senhor, então, tem a intenção de manter a dama no Priorado Eversby?

Devon apenas o encarou, incapaz de responder.

A pergunta parecia simples, mas era assombrosamente complexa. Quais eram os planos dele para Kathleen? E para as irmãs de Theo? O que ele pretendia fazer com o Priorado Eversby, os estábulos e a casa, e com as famílias que trabalhavam no cultivo na propriedade?

Ele realmente teria coragem de lançar todas à mercê do destino?

Mas, maldição, como poderia passar o resto da vida com uma dívida inimaginável e obrigações pairando sobre a cabeça, como se fossem a espada de Dâmocles? Devon fechou os olhos por um momento quando se deu conta: a espada já estava ali.

Estava acima dele desde o momento em que fora informado da morte de Theo.

Não havia escolha. Quisesse ele ou não, a responsabilidade que vinha com o título era sua.

– Sim – respondeu Devon, por fim, sentindo-se um pouco nauseado. – Pretendo manter todos por aqui.

O homem sorriu e assentiu, e parecia não ter esperado outra resposta.

Devon saiu dos estábulos pelo lado que se ligava à casa e seguiu até o saguão de entrada. Sentiu-se assombrosamente alheio ao momento, como se seu cérebro tivesse decidido recuar e ver a situação como um todo antes de se dedicar aos detalhes.

O som de piano e de vozes femininas chegou até ele, vindo dos andares de cima. Talvez estivesse enganado, mas Devon pensou ter ouvido um tom distintamente masculino misturado à conversa.

Ele reparou em uma criada com um espanador limpando o corrimão da grande escadaria e perguntou a ela:

– De onde vem esse barulho?

– A família está tomando o chá da tarde na sala de estar do andar de cima, milorde.

Devon começou a subir a escada a passos lentos e calculados. Quando chegou à sala de estar, não teve mais dúvida de que a voz pertencia a seu incorrigível irmão.

– Devon! – exclamou West, com um sorriso, quando o irmão surgiu no salão. – Veja o encantador bando de priminhas que encontrei.

Ele estava sentado em uma cadeira, ao lado de uma mesa de jogos, e derramava da garrafinha que sempre carregava uma dose substancial de bebida alcoólica em uma xícara de chá. As gêmeas pairavam ao redor dele, ocupadas em montar o quebra-cabeça de um mapa. West lançou um olhar especulativo na direção do irmão e comentou:

– Você parece ter sido arrastado ao longo da sebe.

– Você não deveria estar aqui – disse Devon ao irmão. E se virou para as outras presentes na sala. – Alguém aqui foi corrompido ou desonrado?

– Desde os 12 anos – retrucou West.

– Eu não estava perguntando a você, e sim às moças.

– Ainda não – respondeu Cassandra, em tom animado.

– Maldição! – reagiu Pandora, examinando um punhado de peças do quebra-cabeça. – Não consigo encontrar Luton.

– Não se preocupe com isso – tranquilizou-a West. – Podemos deixar Luton de fora, e a Inglaterra não ficará nada pior. Na verdade, será uma melhoria.

– Dizem que são feitos chapéus elegantes em Luton – comentou Cassandra.

– Ouvi dizer que fazer chapéus deixa as pessoas loucas – rebateu Pandora. – O que não compreendo, porque essa atividade não parece ser tão tediosa assim.

– Não é o trabalho que deixa as pessoas loucas, e sim a solução de mercúrio que usam para amaciar o feltro – explicou West. – Depois de repetidas exposições, o cérebro acaba sendo afetado. Daí a expressão "louco como um chapeleiro".

– Então por que a solução é usada, se é prejudicial para os empregados? – perguntou Pandora.

– Porque sempre há trabalhadores para substituir os prejudicados – respondeu West com cinismo.

– Pandora, eu gostaria sinceramente que você não forçasse uma peça do quebra-cabeça a entrar em um lugar no qual ela obviamente não encaixa! – exclamou Cassandra.

– Encaixa, sim – insistiu a gêmea, teimosa.

– Helen – chamou Cassandra –, a Ilha de Man fica localizada no mar do Norte?

A música cessou por um instante. Helen respondeu do canto da sala onde estava sentada diante de um pequeno piano vertical. Embora o instrumento estivesse desafinado, o talento da jovem para tocá-lo era perceptível.

– Não, querida, fica no mar da Irlanda.
– Que absurdo! – Pandora jogou a peça de lado. – Isso é *frustirritante*.
Diante da expressão interrogativa de Devon, Helen explicou:
– Pandora gosta de inventar palavras.
– Não *gosto* – retrucou Pandora, irritada. – É só que às vezes uma palavra comum não expressa o modo como me sinto.
Helen se levantou do banco do piano e se aproximou de Devon.
– Obrigada por encontrar Kathleen, milorde – disse ela, com um sorriso no olhar. – Ela está descansando lá em cima. As criadas estão preparando um banho quente para Kathleen, e depois a cozinheira vai levar algo para ela.
– Ela está bem? – quis saber Devon, perguntando-se o que exatamente Kathleen teria contado a Helen.
A jovem assentiu.
– Acho que sim. Embora esteja um pouco cansada.
É claro que estaria cansada. Pensando bem, até ele estava.
Devon voltou sua atenção para o irmão.
– West, quero falar com você. Pode vir comigo à biblioteca, por favor?
West terminou o chá, se levantou e fez uma mesura para as irmãs Ravenels.
– Obrigado pela tarde deliciosa, minhas queridas. – Ele fez uma pausa antes de partir. – Pandora, meu doce, você está tentando espremer Portsmouth no País de Gales, e posso lhe assegurar que nenhuma das partes ficará satisfeita com isso.
– Eu falei – disse Cassandra para Pandora, e as gêmeas começaram a discutir enquanto Devon e West deixavam a sala.

CAPÍTULO 5

– Animadas como gatinhos – comentou West, enquanto seguia com Devon para a biblioteca. – Estão sendo completamente desperdiçadas aqui no campo. Confesso que nunca imaginei que a companhia de moças inocentes pudesse ser tão divertida.
– E se elas fossem participar da temporada social em Londres? – pergun-

tou Devon. Essa era uma das cerca de mil dúvidas que zumbiam na mente dele. – Que chances você acha que teriam as três?

West pareceu perplexo.

– De conseguir marido? Nulas.

– Mesmo lady Helen?

– Lady Helen é um anjo. Adorável, tranquila, talentosa... deve conseguir sua leva de pretendentes. Mas os homens que seriam apropriados para ela nunca vão sequer chegar perto. Atualmente, ninguém pode arcar com uma moça sem dote.

– Há homens que podem arcar com ela – afirmou Devon, distraído.

– Quem, por exemplo?

– Alguns rapazes que conhecemos... Severin, Winterborne...

– Se são seus amigos, eu não juntaria lady Helen com um deles. Ela foi criada para se casar com um homem refinado, não com um bárbaro.

– Eu não chamaria o proprietário de uma loja de departamentos de bárbaro.

– Rhys Winterborne é vulgar, implacável, disposto a passar por cima de qualquer princípio para conseguir algo... qualidades que admiro, é claro... mas ele jamais serviria para lady Helen. Eles seriam muito infelizes juntos.

– É claro que seriam. É um casamento.

Devon se sentou em uma poltrona mofada posicionada atrás de uma escrivaninha em um dos profundos nichos das janelas. A biblioteca era o cômodo favorito dele na casa, cercada por painéis de carvalho, com estantes que iam do chão ao teto nas paredes, contendo pelo menos três mil volumes. Uma das estantes fora projetada com gavetas estreitas para guardar mapas e documentos. A mistura agradável dos aromas de tabaco, tinta e poeira de livro temperava o ar, sobrepujando a doçura do pergaminho e do velino.

Em um movimento preguiçoso, Devon esticou a mão para um cinzeiro de madeira na escrivaninha e o examinou. O objeto era entalhado na forma de uma colmeia, com minúsculas abelhas de metal espalhadas pela superfície.

– O que Winterborne mais precisa é de algo que ele não pode comprar.

– Se Winterborne não pode comprar, é algo que não vale a pena ter.

– E quanto à filha de um aristocrata?

West caminhou lentamente pelas estantes de livros, prestando atenção nos títulos. Pegou um volume em uma prateleira e o observou sem grande interesse.

– Por que diabo estamos conversando sobre arranjar um casamento para lady Helen? O futuro dela não é problema seu. Depois que vendermos a propriedade, é provável que você nunca mais a veja.

Devon ficou passando o dedo pelas abelhas enquanto respondia:

– Não vou vender a propriedade.

West se atrapalhou e quase deixou cair o livro.

– Ficou louco? *Por que não?*

Ele não queria explicar suas razões, pois ainda estava tentando compreendê-las.

– Não quero ser um conde sem terras.

– E desde quando seu orgulho tem importância?

– Desde que me tornei um aristocrata.

West examinou o irmão com um olhar intenso.

– O Priorado Eversby não é nada que você já tenha esperado herdar, nem desejado, e você não está nem um pouco preparado para administrá-lo. É um fardo. Eu não havia me dado conta disso até a reunião com Totthill e Fogg hoje pela manhã. Você será um tolo se fizer qualquer outra coisa que não vender a propriedade e manter o título.

– Um título não é nada sem uma propriedade.

– Você não tem como manter a propriedade.

– Então terei que encontrar um modo de fazer isso.

– Como? Você não tem a menor ideia de como gerenciar finanças complexas. Quanto à fazenda, nunca plantou uma única semente de nabo. Quaisquer que sejam suas qualificações, e sei que não são muitas, certamente não incluem a de estar à frente de um lugar como este.

De um modo estranho, quanto mais o irmão ecoava as dúvidas que já estavam na mente de Devon, mais determinado ele ficava.

– Se Theo era qualificado, quero ser amaldiçoado se não me tornar também.

West balançou a cabeça, incrédulo.

– De onde está vindo toda essa falta de sensatez? Você está tentando competir com nosso primo morto?

– Não seja idiota – retrucou Devon, irritado. – Não é óbvio que há muito mais em jogo do que isso? Olhe ao redor, pelo amor de Deus. Esta propriedade sustenta centenas de pessoas. Sem ela, muitas não sobreviverão. Diga-me que você estaria disposto a ficar frente a frente com um dos arrendatários e avisar que ele precisará levar a família para Manchester, para que todos trabalhem em uma fábrica imunda.

– Como a fábrica pode ser pior do que viver em uma fazenda que não passa de uma sucata lamacenta?

– Considerando doenças urbanas, crimes, cortiços e pobreza abjeta – comentou Devon com acidez –, eu diria que é muito pior. E se todos os meus arrendatários e criados partirem, que consequências isso vai trazer para o vilarejo de Eversby em si? O que será dos mercadores e negociantes depois que a propriedade não puder mais ser utilizada? Preciso fazer isso dar certo, West.

O irmão o fitou como se ele fosse um estranho.

– *Seus* arrendatários e criados.

Devon lançou-lhe um olhar severo.

– Sim. De quem mais seriam?

Os lábios de West se curvaram em um sorriso sarcástico.

– Diga-me, então, ó altivo lorde... e se não der certo?

– Não posso pensar nisso. Se pensar, estarei condenado desde o início.

– Você *já* está condenado. Vai se pavonear de lorde da mansão enquanto o teto desaba e os arrendatários passam fome, e que eu seja amaldiçoado se compactuar com essa sua tolice narcisista.

– Eu não lhe pediria isso – retorquiu Devon, encaminhando-se para a porta. – Você está sempre bêbado como um gambá, então não teria utilidade para mim.

– Quem diabo você pensa que é? – gritou West para as costas do irmão.

Devon parou no batente da porta e o encarou com um olhar frio.

– Sou o conde de Trenear – finalizou, e deixou a biblioteca.

CAPÍTULO 6

Pela primeira vez desde o acidente de Theo, Kathleen dormira sem pesadelos. Depois de emergir de um descanso profundo, ela se sentou na cama, enquanto sua camareira, Clara, entrava com o desjejum em uma bandeja.

– Bom dia, milady. – Clara pousou a bandeja no colo de Kathleen, ao mesmo tempo que uma criada abria as cortinas para deixar entrar a luz fraca do céu nublado. – Lorde Trenear me deu um bilhete para colocar em sua bandeja.

Kathleen franziu o cenho, curiosa, e desdobrou o pequeno retângulo. A letra de Devon era angulosa e decidida, as palavras escritas em tinta preta.

> Madame,
>
> como partirei em breve para Londres, gostaria de conversar sobre uma questão de certa importância. Por favor, venha à biblioteca assim que lhe for conveniente.
>
> Trenear

Todos os nervos de Kathleen ficaram à flor da pele diante da mera ideia de encarar Devon. Ela sabia por que ele queria conversar... iria pedir para que deixasse a propriedade o mais rápido possível. Devon não queria o fardo da presença da viúva de Theo, ou das irmãs do primo, e com certeza ninguém esperaria o contrário.

Kathleen decidiu começar a buscar uma casa naquele dia mesmo. Com o orçamento bem apertado, ela, Helen e as gêmeas poderiam viver dos lucros da renda dela. Talvez fosse melhor mesmo recomeçar em algum outro lugar. Poucas coisas boas aconteceram a ela naqueles três meses em que morara no Priorado Eversby. E, embora Helen e as gêmeas adorassem a única casa que já haviam conhecido, uma mudança lhes faria bem. Elas haviam sido apartadas do mundo por tempo demais... Precisavam de pessoas novas, um novo cenário, novas experiências. Sim... as quatro, juntas, conseguiriam dar um jeito.

Mas Kathleen também estava preocupada com o que seria dos criados e arrendatários. Era uma pena que, com a morte de Theo, a família Ravenel e seu legado digno de orgulho chegassem ao fim.

Melancólica, e com a ajuda de Clara, ela vestiu múltiplas camadas de anáguas, um espartilho e pequenos enchimentos. Depois, veio um vestido de crepe preto, justo, com babados sobrepostos atrás que terminavam em uma cauda curta. O vestido era fechado na frente por botões de azeviche, as mangas longas se ajustavam aos pulsos e culminavam em punhos removíveis feitos de linho branco. Kathleen considerou usar um véu, mas desistiu, decidindo, ironicamente, que ela e Devon estavam além dessas formalidades.

Enquanto arrumava os cabelos de Kathleen em tranças torcidas e presas com firmeza na parte de trás da cabeça, Clara perguntou com cautela:

– Milady... o patrão comentou alguma coisa sobre os planos dele para os criados? Muitos estão preocupados.

– Até agora ele não me falou nada sobre seus planos – respondeu Kathleen, irritada, no íntimo, com a própria impotência. – Mas o seu emprego está a salvo.

– Obrigada, milady.

Clara não pareceu muito aliviada, mas Kathleen compreendia o conflito de sentimentos da camareira. Depois de ser uma criada de boa posição em uma propriedade grande, seria um retrocesso trabalhar em um chalé ou em um cortiço.

– Farei o que puder para persuadir lorde Trenear em benefício dos criados – prometeu Kathleen –, mas temo não ter grande influência sobre ele.

As duas trocaram sorrisos tristes e Kathleen deixou o quarto.

Conforme se aproximava da biblioteca, ela sentiu o coração acelerar de forma desconfortável. Então, endireitou os ombros e atravessou o umbral da porta.

Devon estava examinando uma fileira de livros e estendeu a mão para endireitar um trio de volumes que havia caído para o lado.

– Milorde – disse Kathleen, baixinho.

Devon se virou, o olhar encontrando o dela de imediato. Ele estava lindíssimo, usando um terno preto no corte que era a última moda, mais solto no corpo, e o paletó, o colete e a calça eram do mesmo tecido. O corte informal do terno não disfarçava em nada as linhas marcadas do corpo do homem que o usava. Por um momento, Kathleen não conseguiu evitar recordar a sensação dos braços de Devon ao redor dela, o peito firme sob seu rosto... que ficou quente no mesmo instante.

Devon se inclinou em uma cortesia, a expressão insondável. Ele parecia relaxado à primeira vista, mas um olhar mais atento detectaria sombras sutis sob seus olhos e uma leve tensão atrás da fachada de calma.

– Espero que esteja passando bem esta manhã – falou ele, em voz baixa.

O rubor dela se aprofundou, piorando o desconforto.

– Estou sim, obrigada. – Kathleen fez uma mesura e entrelaçou os dedos de forma resoluta. – O senhor deseja tratar de algum assunto antes de partir?

– Sim. Em relação à propriedade, cheguei a algumas conclusões...

– Espero sinceramente... – começou Kathleen, mas não terminou a frase. – Perdoe-me, não tive a intenção...

– Continue.

Kathleen baixou os olhos para as mãos juntas e voltou a falar:

– Milorde, se decidir dispensar alguns dos criados... ou mesmo todos... espero que leve em consideração que muitos deles vêm servindo os Ravenels por toda a vida. Talvez possa considerar a possibilidade de oferecer pequenas somas de dinheiro para os mais velhos, que têm pouca chance de conseguir outro emprego.

– Terei isso em mente.

Ela sentia que ele a olhava, o olhar tão tangível quanto o calor do sol. O relógio de mogno sobre o console marcava o silêncio com um tique-taque suave.

Devon falava de forma branda.

– A senhora está nervosa por falar comigo.

– Depois de ontem...

Ela voltou a se interromper, engoliu com dificuldade e assentiu.

– Ninguém além de nós dois vai saber sobre aquilo.

Kathleen não ficaria mais tranquila mesmo se escolhesse acreditar nele. A lembrança do que ocorrera era um vínculo indesejado com Devon. Ele a vira em seu momento de maior fraqueza e vulnerabilidade, e ela preferia que Devon estivesse zombando dela em vez de tratá-la com gentileza.

Kathleen se forçou a encontrar o olhar dele enquanto admitia, envergonhada:

– É mais fácil pensar no senhor como um adversário.

Devon deu um sorrisinho.

– Isso nos coloca em uma situação complicada, então, já que decidi não vender a propriedade.

Kathleen ficou perplexa demais para falar alguma coisa. Não conseguia acreditar. Será que ouvira direito?

– A situação do Priorado Eversby é tão desesperadora – continuou Devon – que poucos homens conseguiriam torná-la pior. É claro que provavelmente sou um deles. – Ele indicou duas poltronas posicionadas perto da escrivaninha. – Importa-se de se sentar um pouco comigo?

Ela fez que sim, os pensamentos em disparada enquanto se acomodava. Na véspera, Devon parecera tão determinado... não houvera dúvida de que ele passaria adiante o mais rápido possível a propriedade e todos os problemas que ela apresentava.

Depois de arrumar as saias e cruzar as mãos no colo, Kathleen o encarou com curiosidade.

– Posso perguntar o que o fez mudar de ideia, milorde?

Devon demorou a responder, a expressão perturbada.

– Tentei pensar em tudo que indicava que eu deveria lavar as mãos em relação a este lugar. Mas acabava sempre voltando à conclusão de que preciso tentar salvá-lo, pois devo isso a cada homem, mulher e criança nesta propriedade. O Priorado Eversby tem sido o trabalho da vida de gerações de pessoas. Não posso destruir isso.

– Acho uma decisão realmente muito admirável – comentou Kathleen com um sorriso hesitante.

Ele torceu os lábios.

– Meu irmão diz que é vaidade da minha parte. E prevê um grande fracasso, é claro.

– Então, para equilibrar, prevejo seu sucesso – rebateu ela, em um impulso.

Devon a encarou com uma expressão alerta e a deixou zonza após abrir um sorriso.

– Não aposte nisso – aconselhou ele. O sorriso desapareceu, deixando apenas uma leve inclinação do canto da boca. – Continuo a acordar durante a noite, debatendo comigo mesmo sobre o assunto. Mas então me ocorreu me perguntar o que meu pai teria feito, se tivesse vivido o bastante para se encontrar em minha posição.

– Ele teria salvado a propriedade?

– Não, meu pai não teria considerado essa possibilidade nem por um segundo. – Devon deu uma risadinha. – Acho seguro dizer que fazer o oposto do que meu pai teria feito é sempre a escolha certa.

Kathleen o encarou com simpatia.

– Ele bebia? – ousou perguntar.

– Ele fazia tudo. E, se gostasse do que estava fazendo, continuava a fazer em excesso. Um Ravenel até a raiz dos cabelos.

Ela concordou, pensando em Theo.

– Ocorreu-me aqui que o temperamento da família não é muito adequado a responsabilidades administrativas – aventurou-se a dizer Kathleen.

Os olhos dele cintilaram, com uma expressão divertida.

– Falando como um homem que tem o temperamento forte no sangue, eu concordo. Gostaria de poder alegar que tenho um estoque de pragmatismo e bom senso por parte da minha mãe, para equilibrar a loucura dos Ravenels, mas infelizmente ela era pior que meu pai.

– Pior? – perguntou Kathleen, os olhos arregalados. – Sua mãe também tinha um temperamento difícil?

– Não, mas era uma mulher instável. Excêntrica. Não é exagero dizer que por vários dias seguidos ela chegava a esquecer que tinha filhos.

– Meus pais eram muito atenciosos e comprometidos... – confessou Kathleen depois de um instante – ... com os cavalos.

Devon sorriu, se inclinou para a frente e descansou os braços sobre as pernas, abaixando a cabeça por um momento. Era uma postura casual demais para um homem na presença de uma dama... mas mostrava como ele estava cansado. E sobrecarregado. Pela primeira vez, Kathleen sentiu um traço de simpatia genuína pelo primo do marido. Não era justo que um homem tivesse que lidar com tantos problemas desafiadores de uma só vez, sem aviso ou preparo.

– Há outra questão que preciso conversar com a senhora – continuou ele, por fim, erguendo novamente o corpo. – Não posso, em sã consciência, expulsar as irmãs de Theo do único lar que já tiveram. – Devon arqueou a sobrancelha ao ver a expressão de Kathleen. – Sim, eu tenho uma consciência. Ela foi maltratada e negligenciada por anos, mas mesmo assim consegue funcionar de vez em quando.

– Se está considerando permitir que as moças permaneçam aqui...

– Estou. Mas o cenário impõe dificuldades óbvias. Elas precisarão de uma acompanhante. Isso sem falar em uma educação rigorosa, se vierem a ser apresentadas à sociedade em algum momento.

– Apresentadas à sociedade? – ecoou Kathleen, mais uma vez perplexa. – As três?

– Por que não? Elas estão na idade, não estão?

– Sim, mas... o custo disso...

– Deixe que eu me preocupe com isso. – Ele fez uma pausa. – A senhora assumiria a parte mais difícil de todo o negócio, que é se responsabilizar pelas gêmeas. Civilizá-las o máximo que conseguir.

– Eu? – Kathleen voltou a arregalar os olhos. – O senhor... o senhor está propondo que eu permaneça no Priorado Eversby com elas?

Devon assentiu.

– Obviamente a senhora é pouco mais velha que Helen e as gêmeas, mas acredito que conseguiria orientá-las muito bem. Com certeza melhor que um estranho. Elas merecem ter as mesmas oportunidades de que outras jovens damas de sua categoria desfrutam. Eu gostaria de tornar isso possível, mas não conseguirei sem a senhora aqui para cuidar delas. – Ele esboçou um sorriso. – E é claro que a senhora também estaria livre para treinar Asad. Desconfio que ele vá aprender boas maneiras à mesa antes de Pandora.

O coração de Kathleen batia loucamente. Continuar ali com Helen e as gêmeas... e com Asad... era mais do que ela jamais teria ousado sonhar.

– O senhor também vai morar aqui? – perguntou ela com cautela.

– Farei visitas ocasionais, mas a maior parte do trabalho de organizar as questões financeiras da propriedade será feito em Londres. Na minha ausência, todo o funcionamento da casa ficará sob a sua supervisão. Isso basta para convencê-la a ficar?

Kathleen começou a assentir antes mesmo que ele terminasse a frase.

– Sim, milorde – disse ela, quase ofegante de alívio. – Ficarei. E o ajudarei de todas as formas possíveis.

CAPÍTULO 7

Um mês depois de Devon e West deixarem Hampshire, um pacote endereçado a Kathleen foi entregue no Priorado Eversby.

Na sala de estar do segundo andar, com as irmãs Ravenels ao redor, ela abriu o pacote, afastando camadas e mais camadas de papel farfalhante. Todas reagiram impressionadas quando foi revelado um xale de caxemira. A peça era a última moda em Londres, tecida à mão na Pérsia e arrematada com uma barra de flores bordadas e uma franja de seda. A trama de lã era tingida em um dégradê de cores que garantiu o belo efeito de pôr do sol, o vermelho cintilante se dissolvendo em laranja e ouro.

– Isso é chamado de *ombré* – informou Cassandra em tom reverente. – Já vi fitas tingidas dessa forma. Que chique!

– Vai combinar lindamente com a cor dos seus cabelos – comentou Helen.
– Mas quem mandou? – perguntou Pandora. – E por quê?

Kathleen pegou o bilhete que acompanhava o pacote, escrito em uma letra incisiva.

Como prometido.
Trenear

Devon escolhera um xale com as cores mais vibrantes que se pode imaginar. Uma peça que uma viúva jamais, em tempo algum, usaria.

– Não posso aceitar isto – afirmou ela, o cenho franzido. – Lorde Trenear que mandou, e também é muito pessoal. Talvez se fosse um lenço ou uma caixa de doces...

– Mas ele é parente seu – argumentou Helen, para surpresa de Kathleen. – E um xale não é assim *tão* pessoal, concorda? Afinal, não é sequer usado em contato com a pele.

– Pense no xale como um lenço bem grande – sugeriu Cassandra.

– Mesmo se eu o aceitasse, teria que tingi-lo de preto – retrucou Kathleen.

As moças ficaram tão chocadas que parecia que Kathleen tinha sugerido assassinar alguém. Todas falaram ao mesmo tempo.

– Você não pode...
– Oh, mas por quê?
– Arruinar cores tão lindas...

– Como eu poderia usar isso com essas cores? – quis saber Kathleen. – Ficaria chamativa como um papagaio. Conseguem imaginar o falatório que provocaria?

– Você pode usá-lo em casa – interrompeu Pandora. – Ninguém vai ver.
– Pelo menos experimente – incentivou Cassandra.

Apesar da resistência de Kathleen, as moças insistiram em colocar o xale nos ombros dela, só para ver como ficava.

– Que lindo... – comentou Helen, sorrindo.

Era o tecido mais magnífico que Kathleen já sentira sobre a pele, macio e suave. Ela passou a mão pelos detalhes rebuscados e suspirou.

– Acho que não vou ter coragem de estragá-lo com anilina – murmurou.
– Mas direi a ele que fiz isso.

– Você vai mentir? – perguntou Cassandra, os olhos arregalados. – Isso não é um bom exemplo para nós.

– Para desencorajá-lo a mandar presentes inadequados.

– Ele não tem culpa de não ser bem informado – lembrou Pandora.

– Ele conhece as regras – retrucou Kathleen, muito séria. – E gosta de quebrá-las.

Milorde,

foi muita gentileza sua mandar o adorável presente, que está sendo muito útil agora que o tempo esfriou. Fico feliz em informá-lo que a caxemira absorveu muito bem a aplicação de tinta preta e agora está apropriada para o luto.
Obrigada por sua atenção.
Lady Trenear

– Você *tingiu* o xale? – perguntou Devon em voz alta, pousando o bilhete na escrivaninha com um misto de divertimento e irritação.

Ele pegou uma caneta de prata, inseriu uma ponta nova e pegou uma folha de papel de uma pilha próxima. Naquela manhã, Devon já escrevera meia dúzia de missivas para advogados, para seu banqueiro e para empreiteiros, e contratara um analista para avaliar as finanças da propriedade. Fez uma careta ao reparar nos dedos manchados de tinta. A mistura de sal e limão que o valete lhe dera não removeria as manchas por completo. Cansado de escrever e mais cansado ainda de ver números, a carta de Kathleen acabou sendo uma distração bem-vinda.

O desafio dela não ficaria sem resposta.

Devon encarou a carta com um sorrisinho, enquanto ponderava qual seria a melhor maneira de irritá-la.

Enfiou a ponta da caneta no tinteiro e escreveu:

Madame,

fico encantado em saber que tem achado o xale útil nesses dias mais frios de outono.

A propósito, escrevo para informá-la de minha recente decisão de doar todas as cortinas pretas que atualmente cobrem as janelas do Priorado Eversby para uma instituição de caridade de Londres. Todo esse tecido servirá para fazer casacos de inverno para os necessitados, e estou certo de que concordará comigo: trata-se de um propósito muito nobre. Tenho plena confiança em sua habilidade para encontrar novas formas de manter a atmosfera lúgubre e triste no Priorado Eversby.

Se eu não receber logo as cortinas, entenderei que a senhora está ansiosa por meu auxílio. Nesse caso, será um prazer me deslocar imediatamente para Hampshire e atendê-la.

Trenear

A resposta de Kathleen chegou uma semana depois, junto com uma caixa enorme contendo as cortinas pretas.

Milorde,
em sua preocupação com as massas oprimidas, parece ter lhe escapado me informar que já havia tomado as devidas providências para que um batalhão de operários invadisse o Priorado Eversby. No momento em que lhe escrevo, encanadores e carpinteiros andam livres pela casa arrebentando paredes e pisos, alegando que estão sob suas ordens.
A exorbitante despesa com encanamento é desnecessária. O barulho e a ausência de decoro são indesejados, principalmente em uma casa em luto.
Insisto em que o trabalho seja interrompido imediatamente.
Lady Trenear

Madame,
todo homem tem os próprios limites. O meu, por acaso, é ter que usar sanitários do lado de fora de casa.
O trabalho de encanamento continua.

Trenear

Milorde,

com tantas melhorias absolutamente necessárias em suas terras, incluindo reparos nos chalés dos trabalhadores, nas construções da fazenda, nos sistemas de drenagem e nas cercas, vale perguntar se seu conforto físico pessoal é de fato mais importante do que todas as outras considerações.
Lady Trenear

Madame,

em resposta a sua pergunta,

sim.

Trenear

– Ah, como eu o desprezo... – desabafou Kathleen, batendo com a carta na mesa da biblioteca.

Helen e as gêmeas, que estavam debruçadas sobre livros de comportamento e etiqueta, levantaram os olhos para ela, interrogativas.

– Trenear – explicou Kathleen, ainda com o cenho franzido. – Eu o informei sobre o caos que ele causou, com todos esses operários subindo e descendo as escadas, martelando e cerrando o dia todo, mas o sujeito não dá a menor importância ao conforto de ninguém que não seja ele mesmo.

– O barulho não me incomoda – comentou Cassandra. – Na verdade, me dá a sensação de que a casa está viva de novo.

– Estou ansiosa pelas latrinas dentro de casa – confessou Pandora, envergonhada.

– Não me diga que sua lealdade foi comprada pelo preço de uma privada! – indignou-se Kathleen.

– Não é só uma – retrucou Pandora. – Uma em cada andar, incluindo o dos criados.

Helen sorriu para Kathleen.

– Pode ser mais fácil tolerar uma pequena inconveniência se tivermos em mente como será agradável quando as obras terminarem.

A declaração otimista foi ressaltada por uma série de baques nas escadas que fizeram o piso tremer.

– Uma *pequena* inconveniência? – repetiu Kathleen, bufando. – Parece que a casa está prestes a desmoronar.

– Eles estão instalando um sistema de aquecimento de água – explicou Pandora, enquanto folheava um livro. – É um conjunto de dois cilindros de cobre grandes com canos de água que são aquecidos por queimadores a gás. Não é necessário esperar que a água esquente... ela sai na hora, pelos canos de expansão presos no alto da caldeira.

– Pandora, como você sabe disso tudo? – perguntou Kathleen, desconfiada.

– O chefe dos encanadores me explicou.

– Querida – disse Helen, com gentileza –, não é adequado que você converse com um homem a quem não foi apresentada. Especialmente se ele for um operário trabalhando em nossa casa.

– Mas Helen, ele é *velho*. Parece o Papai Noel.

– Idade não tem relevância nisso – retrucou Kathleen, ríspida. – Pandora, você prometeu obedecer as regras.

– E estou fazendo isso – protestou Pandora, mortificada. – Sigo todas as regras de que consigo me lembrar.

– E como consegue memorizar detalhes do sistema de encanamento, mas não se lembra da etiqueta básica?

– Porque encanamento é mais interessante.

Pandora debruçou-se sobre um livro de comportamento, fingindo se concentrar em um capítulo intitulado "Comportamento adequado de uma dama".

Kathleen observou a menina com preocupação. Depois de duas semanas de tutoria, Pandora fizera pouco progresso se comparada a Cassandra. Kathleen também percebeu que Cassandra estava tentando disfarçar o próprio progresso, para evitar que Pandora parecesse ainda pior. Ficara claro que Pandora era, de longe, a mais indisciplinada das duas.

Naquele exato momento, a Sra. Church, a governanta rechonchuda e simpática, entrou na sala de estar para informar que o chá logo seria servido na saleta do andar de cima.

– Viva! – exclamou Pandora, levantando-se da cadeira de um salto. – Estou tão faminta que seria capaz de comer uma roda de carruagem.

E saiu em disparada.

Cassandra lançou um olhar de desculpas para Kathleen e foi correndo atrás da irmã.

Como sempre, Helen começou a recolher os livros e papéis, arrumando-os em pilhas. Kathleen ficou arrumando as cadeiras ao redor da mesa.

– Pandora sempre foi assim tão... – começou a perguntar Kathleen, mas se deteve em busca de uma palavra diplomática.

– Sim – confirmou Helen, pesarosa. – Por isso nenhuma governanta durou muito.

– Como vou prepará-la para a temporada social se não consigo mantê-la sentada por mais de cinco minutos?

– Não sei se isso é possível.

– Cassandra está fazendo um excelente progresso, mas não creio que Pandora estará pronta ao mesmo tempo.

– Cassandra jamais irá a um baile ou a uma *soirée* sem Pandora.

– Mas não é justo que Pandora faça tamanho sacrifício.

Helen deu de ombros, em um movimento gracioso.

– As duas sempre foram assim. Quando eram pequenas, falavam uma com a outra em uma linguagem própria que inventaram. Quando uma ficava de castigo, a outra insistia em ficar também. Elas odeiam ficar separadas.

Kathleen suspirou.

– Mas terão que ficar, se quisermos ver algum progresso. Vou passar algumas tardes ensinando apenas a Pandora. Você estaria disposta a estudar com Cassandra?

– Sim, é claro.

Helen organizou os livros, marcando as páginas com pedaços de papel antes de fechar cada um. Ela era sempre tão cuidadosa com livros... eles vinham sendo sua companhia, sua diversão e sua única janela para o mundo exterior. Kathleen temia que fosse difícil para a jovem se adaptar ao cinismo e à sofisticação de Londres.

– Você vai querer fazer parte da sociedade, quando o período de luto terminar? – perguntou Kathleen.

Helen fez uma pausa, pensando no que responder.

– Eu gostaria de me casar um dia – admitiu ela.

– Que tipo de marido deseja? – quis saber Kathleen, com um sorriso brincalhão. – Belo e alto? Arrojado?

– Ele não precisa ser belo nem alto, desde que seja bondoso. Eu ficaria muito feliz se ele amasse livros e música... e crianças, é claro.

– Prometo que encontraremos um homem assim para você – disse

Kathleen, olhando para a moça com ternura. – Você não merece nada menos do que isso, Helen querida.

⁓

– Por que você não foi comer no clube de cavalheiros? – perguntou West, entrando de súbito na sala de estar de Devon. A mobília havia sido retirada da maior parte dos cômodos. A casa moderna e elegante acabara de ser passada a um diplomata italiano para que morasse ali com sua amante. – Serviram bife e purê de nabos – continuou West. – Nunca imaginei que você perderia... – Ele se deteve de súbito. – Por que está sentado na escrivaninha? Que diabo fez com as cadeiras?

Devon, que examinava uma pilha de correspondência, levantou os olhos com uma expressão de aborrecimento.

– Eu avisei que estava me mudando para Mayfair.

– Não tinha noção de que seria tão cedo.

A Casa Ravenel era uma residência de 12 quartos, em estilo jacobino, em pedra e tijolos, como se o Priorado Eversby tivesse gerado uma versão menor de si mesma. Felizmente, o casarão havia sido mantido em melhores condições do que Devon imaginara. Era mobiliada em excesso, mas confortável, o interior de madeira escura e os tapetes também escuros criando um ambiente marcadamente masculino. Embora fosse grande demais para uma pessoa só, Devon não tivera escolha a não ser passar a residir ali. E convidara West para morar com ele, mas o irmão não tinha o menor desejo de desistir do conforto e da privacidade de seu elegante apartamento.

Compreensível.

– Você parece um tanto chateado – comentou West. – Sei o que vai animá-lo. Esta noite, meus amigos e eu vamos a uma casa de espetáculos para ver um trio de mulheres contorcionistas que foram anunciadas como as "maravilhas sem ossos". Elas se apresentam apenas vestidas em peças íntimas mínimas e douradas...

– Obrigado, mas não posso.

– Maravilhas sem ossos – repetiu West, como se Devon não tivesse escutado direito.

Pouco tempo antes, a oferta lhe teria parecido um tanto tentadora. Naquele momento, no entanto, com a pressão dos afazeres acumulados, Devon não estava interessado em contorcionistas. Ele, West e os amigos já tinham visto inúmeras outras apresentações semelhantes – não havia mais qualquer novidade nesse tipo de performance.

– Vá e se divirta – disse Devon –, depois me conte como foi.

E voltou a se concentrar na carta que tinha em mãos.

– Não vai adiantar nada lhe contar sobre elas – comentou West, decepcionado. – Precisa vê-las, ou não faz diferença. – Ele fez uma pausa. – O que há de tão fascinante nessa carta? De quem é?

– De Kathleen.

– Novidades na propriedade?

Devon deixou escapar uma risadinha.

– As novidades nunca param de chegar. Todas ruins.

Ele estendeu a carta para West, que a leu rapidamente.

Milorde,

hoje recebi a visita do Sr. Totthill, que parece estar com a saúde abalada. Penso que ele esteja sobrecarregado com as demandas de seu cargo como administrador geral da propriedade e não seja mais capaz de dar conta das responsabilidades de modo satisfatório tanto para o senhor quanto para qualquer outra pessoa. O assunto que ele trouxe a minha atenção diz respeito a cinco de nossos arrendatários das terras mais baixas, que receberam promessa de melhorias na drenagem há três anos. O solo argiloso das fazendas deles está grosso e pegajoso como cola de pássaros, e é quase impossível de arar. Para minha consternação, acabo de saber que o antigo conde pegou dinheiro emprestado de uma empresa particular de melhoria de terras para fazer o trabalho necessário, que nunca foi feito. Como resultado, recebemos uma notificação do tribunal. Ou pagamos imediatamente o empréstimo ou instalamos um sistema de drenagem adequado nas fazendas dos arrendatários.

Por favor, diga-me se posso ajudar. Conheço as famílias dos arrendatários envolvidos e estou disposta a falar com eles em seu nome.

Lady Trenear

– O que é cola de pássaros? – perguntou West, devolvendo a carta ao irmão.

– É uma cola feita de casca de árvore, que é espalhada nos galhos para capturar pássaros. Quando pousam ali, ficam presos.

Devon entendia exatamente como os pássaros deviam se sentir.

Depois de um mês de trabalho incessante, ele mal começara a atender as necessidades básicas do Priorado Eversby. Sabia que levaria anos para adquirir conhecimento adequado sobre cultivo, melhoria de terras, criação de gado e de animais em geral, silvicultura, contabilidade, investimentos, leis de propriedade e políticas locais. Por enquanto, era essencial não se deixar perder nos detalhes. Devon estava tentando pensar de modo amplo, ver as relações entre uns problemas e outros, buscar padrões. Mas, embora estivesse começando a compreender o que precisava ser feito, não sabia exatamente *como* fazer.

Teria que contratar homens em quem confiasse para gerenciar a situação nos termos dele, mas demoraria para encontrá-los. Totthill era velho demais e um conservador ferrenho, e o mesmo se aplicava a Carlow, administrador das fazendas. Era necessário que fossem substituídos imediatamente, mas por toda a Inglaterra havia apenas um punhado de homens com talento para administrar propriedades.

Naquela manhã mesmo, Devon mergulhara no desespero, lamentando-se pelo erro de ter assumido tamanho fardo. Então a carta de Kathleen chegara, e foi o bastante para lhe renovar a determinação.

Valia a pena fazer qualquer coisa para tê-la. Qualquer coisa.

Devon não conseguia explicar sua obsessão por Kathleen, nem para si mesmo. Era como se o sentimento sempre tivesse estado ali, entremeado no tecido do seu ser, esperando para ser descoberto.

– O que você vai fazer? – perguntou West.

– Primeiro, vou perguntar a Totthill o que sabe sobre empréstimos. Como ele provavelmente não me dará uma resposta satisfatória, terei que investigar o livro-razão para descobrir o que aconteceu. Em qualquer um dos casos, pedirei ao administrador da propriedade que estime o custo da melhoria nas terras.

– Não o invejo – comentou West, distraído. Mas então seu tom mudou, ficou ríspido. – Também não o compreendo. Venda a maldita propriedade, Devon. Você não deve nada àquelas pessoas. O Priorado Eversby não é seu por direito de nascimento.

Devon lançou um olhar irônico para o irmão.

– Então, como ele veio parar nas minhas mãos?

– Por um maldito acidente!

– De qualquer modo, é meu. Agora vá, antes que eu acerte seu crânio com uma dessas prateleiras.

West permaneceu imóvel, encarando Devon com uma expressão sinistra.

– Por que isso está acontecendo? O que fez você mudar?

Devon esfregou os cantos dos olhos, exasperado. Não dormia bem havia semanas e comera apenas bacon torrado e chá fraco para o desjejum.

– Você achou que passaríamos a vida sem sofrer nenhuma transformação? – perguntou ele. – Que não nos ocuparíamos com mais nada além de prazeres egoístas e divertimentos triviais?

– Eu estava contando com isso!

– Bem, o inesperado aconteceu. Não se preocupe com isso, não lhe pedi nada.

A agressividade de West enfraqueceu até restar apenas o ressentimento. Ele se aproximou da escrivaninha e se sentou sobre ela sem esforço, perto de Devon.

– Talvez deva pedir, seu idiota.

Eles ficaram lado a lado. No silêncio sepulcral que se seguiu, Devon observou a fisionomia inchada e sem definição do irmão, a pele flácida sob o queixo. O álcool começara a desenhar uma teia de veias finas em sua face. Ficou difícil conciliar a imagem do homem desencantado ao lado dele com o menino risonho e bem-humorado que West já fora.

Ocorreu a Devon, então, que, em sua determinação para salvar a propriedade, os arrendatários, os criados e as irmãs de Theo, negligenciara o fato de que o próprio irmão também estava precisando ser salvo de alguma forma. West sempre fora tão bem resolvido que Devon o julgara capaz de tomar conta de si mesmo. Mas as pessoas mais espertas às vezes causam os piores problemas para si mesmas.

Parecera inevitável que Devon e West se tornariam perdulários egoístas. Depois que o pai deles morrera, em uma briga, a mãe os deixou num colégio interno enquanto viajava pelo continente, pulando de um affair para outro, o coração se partindo um pouco mais a cada rompimento, até que as pequenas fraturas acabaram se tornando fatais. Devon nunca soube se a mãe havia morrido por doença ou suicídio, e também não queria saber.

Devon e West mudavam de escola com frequência, indo da casa de um parente para a de outro, insistindo em permanecer juntos por mais que tentassem separá-los. Ao se lembrar daqueles anos turbulentos, em que um era a única constante na vida do outro, Devon percebeu que precisava incluir West em sua nova vida, mesmo que ele não quisesse ser incluído. A força do laço que os unia não permitiria que um dos dois se movesse em qualquer direção sem puxar o outro junto de forma inexorável.

– Preciso de sua ajuda, West – disse Devon, em voz baixa.

O irmão pensou por algum tempo antes de responder:

– O que quer que eu faça?

– Que vá para o Priorado Eversby.

– Você confiaria em mim perto das primas? – perguntou West, emburrado.

– Não tenho escolha. Além do mais, você não pareceu particularmente interessado em nenhuma delas quando estávamos lá.

– Não é divertido seduzir inocentes. É fácil demais. – West cruzou os braços. – Qual é a necessidade de me mandar para lá?

– Preciso que cuide das questões referentes à drenagem do solo para os arrendatários. Que se encontre com cada um deles. Que descubra o que foi prometido e o que tem que ser feito...

– De forma alguma.

– Por quê?

– Porque isso exigiria que eu visitasse fazendas e conversasse sobre o clima e sobre as criações de animais. E, como você sabe, não tenho interesse em animais, a menos que sejam servidos com molho de vinho do porto e acompanhados por batatas.

– Vá para Hampshire – pediu Devon, secamente. – Encontre-se com os fazendeiros, escute os problemas deles e, se conseguir, finja alguma solidariedade. Depois disso, quero um relatório e uma lista de recomendações sobre como melhorar a propriedade.

West se levantou, resmungando de insatisfação e ajeitando o colete amassado.

– Minha única recomendação para sua propriedade – falou ele, já deixando a sala – é que se livre dela.

CAPÍTULO 8

Madame,

meus sinceros agradecimentos por se oferecer para falar com os arrendatários sobre as questões de drenagem. No entanto, como a senhora já está assoberbada com muitas demandas, envio meu irmão, Weston, para lidar com o problema. Ele chegará ao Priorado Eversby na quarta-feira e permanecerá por duas semanas. Já o alertei à exaustão sobre a necessidade de que se comporte como um perfeito cavalheiro. Se ele causar qualquer aborrecimento, avise-me, e o problema logo será resolvido.

Meu irmão chegará à estação ferroviária de Alton ao meio-dia de sábado. Espero sinceramente que a senhora mande alguém buscá-lo, pois tenho certeza de que ninguém o fará de livre e espontânea vontade.

Trenear

P.S.: A senhora de fato tingiu o xale de preto?

Milorde,

em meio ao tumulto diário das obras, que fazem mais barulho do que um corpo de tambores do Exército, é provável que a presença do seu irmão passe despercebida.

Nós o buscaremos na quarta-feira.

Lady Trenear

P.S.: Por que me mandou um xale tão obviamente inadequado a uma mulher enlutada?

Em resposta à carta de Kathleen, foi enviado um telegrama ao posto do correio do vilarejo na manhã da chegada prevista de West.

Madame,

a senhora não permanecerá de luto para sempre.

Trenear

Kathleen abaixou a carta com um sorriso distraído no rosto. E se pegou desejando, apenas por um momento, que fosse Devon a chegar a Hampshire, no lugar do irmão. Logo tentou afastar o pensamento absurdo. Lembrou a si mesma com firmeza como Devon a irritava. Isso sem falar na cacofonia da instalação do encanamento que a vinha atormentando diariamente, por insistência dele. E não poderia esquecer que Devon a forçara a tirar as cortinas de luto – embora admitisse para si mesma que todos na casa, incluindo os criados, tiveram grande prazer com os cômodos mais claros e as janelas livres.

Não, não queria ver Devon. De forma alguma. Estava ocupada demais para pensar nele, ou para se perguntar o que o tom de azul-escuro e límpido dos olhos dele a fazia lembrar... vidro bristol, talvez... e já até se esquecera da sensação daqueles braços firmes a envolvendo, dos lábios dele sussurrando em seus ouvidos... *eu a peguei...* e do tremor provocado pelo atrito da barba cerrada na pele dela.

Kathleen não pôde deixar de imaginar quais seriam as razões de Devon para mandar o irmão conversar com os arrendatários. Ela convivera pouco com West na visita anterior, mas o que percebera não fora animador. Era um beberrão e provavelmente seria mais um atraso de vida do que uma ajuda. No entanto, não cabia a ela fazer objeções. E como West era o próximo na linha de sucessão do condado, era justo que se familiarizasse com a propriedade.

As gêmeas e Helen ficaram encantadas com a perspectiva da visita de West e fizeram uma lista de atividades para propor a ele.

– Duvido que ele tenha muito tempo, se é que terá algum, para diversões – alertou Kathleen, quando estavam todas sentadas na sala de estar da família fazendo seus bordados. – O Sr. Ravenel virá a negócios, e os arrendatários precisam da atenção dele muito mais do que nós.

– Mas Kathleen – disse Cassandra, preocupada –, não podemos permitir que ele trabalhe até a exaustão.

Kathleen caiu na gargalhada.

– Querida, duvido que ele tenha trabalhado sequer um dia na vida. Não vamos distraí-lo em sua primeira tentativa.

– Cavalheiros supostamente não trabalham, não é? – perguntou Cassandra.

– Não exatamente – admitiu Kathleen. – Homens da nobreza costumam se preocupar com a administração de suas terras, ou às vezes se interessam por política. – Kathleen parou um pouco e continuou: – No entanto, acho que até mesmo um trabalhador plebeu pode ser chamado de cavalheiro, se for honrado e bom.

– Concordo – afirmou Helen.

– Não me incomodaria trabalhar – anunciou Pandora. – Eu poderia ser telegrafista ou ter minha própria livraria.

– Você poderia fazer chapéus – sugeriu Cassandra de forma doce, mas fez uma careta, envesgando os olhos – e ficar *louca*.

Pandora sorriu.

– As pessoas vão me ver correndo em círculos e balançando os braços e dirão, "Oh céus, Pandora hoje é uma galinha".

– Então lembrarei a todos que você já se comportava assim antes de começar a fazer chapéus – disse Helen com serenidade, os olhos cintilando.

Pandora riu e se concentrou em sua agulha para consertar um ponto solto.

– Eu não gostaria de trabalhar se isso me impedisse de fazer exatamente o que eu desejasse.

– Quando você for dona de uma grande casa, terá responsabilidades que ocuparão a maior parte do seu tempo – comentou Kathleen, achando graça.

– Então não serei dona de uma grande casa. Morarei com Cassandra quando ela se casar. A menos que o marido dela proíba, é claro.

– Sua tola – esbravejou Cassandra à irmã gêmea. – Eu jamais me casaria com um homem que nos mantivesse separadas.

Pandora terminou a costura de um punho branco removível e, ao tentar colocar o trabalho de lado, se irritou quando sentiu a saia sendo puxada.

– Que aborrecimento! Quem tem uma tesoura? Prendi a costura ao meu vestido de novo.

~

West chegou à tarde, acompanhado por uma variedade grande e pesada de bagagens, incluindo um enorme baú para viagens a navio que dois criados tiveram dificuldade em carregar escadas acima. Para certa consternação de Kathleen, as três irmãs Ravenels o receberam como se ele fosse um herói voltando da guerra. West enfiou a mão em sua bolsa de couro e começou a pegar belos pacotes embrulhados em delicadas camadas de papel e amarrados com fitas combinando, finas como fios.

Helen percebeu as pequenas etiquetas presas aos embrulhos, cada uma marcada com uma letra W estilizada, e perguntou:

– O que significa isso?

West deu um sorriso indulgente.

– Isso mostra que o embrulho é da loja de departamentos Winterborne's, onde fiz compras ontem à tarde. Eu não poderia visitar minhas priminhas de mãos vazias, não é?

Para mais preocupação ainda de Kathleen, qualquer decoro próprio de uma dama desapareceu imediatamente das meninas. As gêmeas começaram a gritar de prazer e a dançar ao redor de West, ali mesmo no saguão de entrada. Até mesmo Helen estava ruborizada e ofegante.

– Já basta, meninas – disse Kathleen por fim, tentando conter o desespero. – Não há necessidade de ficar pulando como coelhos.

Pandora já começara a rasgar o papel de embrulho de um dos pacotes.

– Não destrua o papel! – gritou Helen. Ela levou um dos pacotes até Kathleen e ergueu a primeira camada de papel. – Veja só, Kathleen, como é fino e elegante.

– Luvas! – exclamou Pandora assim que abriu seu presente. – Ah, vejam, são lindas de *morrer*!

Ela segurou as luvas contra o peito. Eram luvas de criança que iam até o pulso, tingidas de um rosa suave.

– Luvas coloridas são a última moda este ano – explicou West. – Ao menos foi o que disse a balconista da loja. Há um par para cada uma de vocês. – Ele sorriu diante da nítida desaprovação de Kathleen, um brilho travesso cintilando nos olhos cinza. – Primas – completou, como se aquilo pudesse justificar presentes tão inadequados.

Kathleen estreitou os olhos.

– Minhas queridas – falou ela, com calma –, por que não abrem seus presentes na sala de visitas?

Ainda rindo e tagarelando, as irmãs saíram correndo para a sala de visitas e colocaram os presentes sobre uma mesa de madeira acetinada. Desembrulharam cada pacote com um cuidado minucioso, abrindo os papéis de presente e alisando cada um antes de colocá-lo de lado, formando uma pilha que logo pareceria uma enorme espuma de leite fresco.

Havia mais luvas nos pacotes, tingidas de delicados tons de violeta e azul-claro, doces, leques de papel com estampas douradas e prateadas, romances e um livro de poesia, além de frascos de água de flores, um toque perfumado para o rosto, o corpo ou mesmo para os travesseiros. Embora nada daquilo fosse apropriado, a não ser, talvez, os livros, Kathleen não teve coragem de fazer qualquer objeção. As moças já haviam passado muito tempo privadas de pequenos luxos.

Theo jamais teria pensado em levar presentes para as irmãs. E, apesar da relativa proximidade da casa da família com Londres, as jovens nunca haviam ido à Winterborne's. Kathleen também não, já que lady Berwick não gostava da ideia de ficar esbarrando em pessoas dos mais diversos estilos, em uma loja grande e cheia. Em vez disso, lady Berwick frequentava lojas minúsculas e exclusivas, onde as mercadorias eram mantidas fora de vista, em vez de expostas de qualquer modo em cima de balcões.

Kathleen lançou olhares furtivos para West, desconcertada ao perceber semelhanças entre ele e o irmão: os mesmos cabelos escuros e uma boa estrutura óssea. Mas a aparência impactante de Devon estava desgastada no irmão, cujas feições eram ruborizadas e arredondadas demais graças à vida desregrada. West andava muito bem-vestido. Na verdade, ele estava com ostentação excessiva para o gosto de Kathleen, usando um colete de seda bordado e um lenço de pescoço muito chamativo, além de abotoaduras de ouro, enfeitadas com o que pareciam ser granadas ou rubis. E no meio do dia o homem já cheirava fortemente a bebida alcoólica.

– Talvez seja melhor a senhora não me encarar com um desprazer tão óbvio – murmurou West para Kathleen em voz baixa, enquanto as três irmãs recolhiam os presentes e saíam com eles da sala. – As moças ficariam chateadas se percebessem quanto não gosta de mim.

– Eu o desaprovo – retrucou Kathleen, muito séria, caminhando com ele até a grande escadaria. – Não é o mesmo que não gostar.

– Lady Trenear, até *eu* me desaprovo. – Ele sorriu para ela. – Portanto, temos algo em comum.

– Sr. Ravenel, se o senhor...

– Podemos nos chamar de primos?

– Não. Sr. Ravenel, se vai passar duas semanas aqui, terá que se comportar como um cavalheiro, ou me verei obrigada a fazer com que seja levado à força para a estação de Alton e jogado dentro do primeiro trem que parar na estação.

West pareceu surpreso e a encarou, claramente se perguntando se Kathleen estava falando sério.

— Essas moças são a coisa mais importante no mundo para mim — continuou Kathleen. — E não permitirei que o senhor lhes faça mal.

— Não tenho intenção de fazer mal a ninguém — retrucou West, ofendido. — Estou aqui a pedido do conde, para falar com um bando de caipiras sobre as plantações de nabo deles. Assim que essa missão estiver concluída, posso lhe prometer que voltarei para Londres o mais rápido possível.

Caipiras? Kathleen respirou fundo, pensando nas famílias dos arrendatários e no modo como trabalhavam, perseveravam e suportavam as dificuldades do cultivo... tudo para colocar comida na mesa de um homem como aquele, que os olhava de cima.

— As famílias que moram aqui são dignas de respeito — conseguiu dizer ela. — Gerações de arrendatários construíram esta propriedade e receberam muito pouco em retorno. Entre nos chalés deles, veja as condições em que vivem e compare com suas próprias circunstâncias de vida. Então, talvez, possa se perguntar se o senhor é digno do respeito *deles*.

— Santo Deus — murmurou West —, meu irmão estava certo. A senhora tem o temperamento de um texugo irritado.

Os dois trocaram olhares de asco e seguiram em direções diferentes.

~

Por sorte, as moças se encarregaram de manter a conversa animada durante o jantar. Apenas Helen pareceu perceber a tensão pungente entre Kathleen e West, e dirigiu olhares discretos de preocupação a Kathleen. A cada prato, West pedia um novo vinho, obrigando o ajudante de mordomo a pegar garrafas e mais garrafas na adega. Fumegando de raiva diante do desperdício, Kathleen mordeu a língua para evitar fazer qualquer comentário, enquanto ele ia ficando cada vez mais bêbado. No fim da refeição, Kathleen apressou as meninas para que subissem e deixou West sozinho à mesa com uma garrafa de vinho do Porto.

Na manhã seguinte, ela levantou cedo, vestiu a roupa de montar e foi para o estábulo, como sempre. Com a ajuda do Sr. Bloom, estava treinando Asad para que ele não se sobressaltasse diante de determinados objetos. Bloom a acompanhou até o pátio de treinamento enquanto ela guiava Asad com um cabresto especial para treino.

Kathleen logo se deu conta de como eram valiosos os conselhos de

Bloom. Ele não acreditava que restringir fisicamente um cavalo, sobretudo um árabe, fosse o modo certo de ajudá-lo a superar o medo.

– Isso só destruiria a alma dele, subjugando-o como uma mosca presa em uma teia de aranha – explicou ele, com seu sotaque de Yorkshire. – É com a senhora que ele vai aprender a ficar calmo, milady. Vai confiar que o protegerá e que sabe o que é melhor para ele.

Seguindo a orientação de Bloom, Kathleen pegou a corda guia sob o focinho de Asad e o guiou um passo para a frente, depois um passo para trás.

– Novamente – disse Bloom, aprovando. – Para a frente e para trás, e de novo.

Asad parecia confuso, mas disposto, indo facilmente para a frente e para trás, quase como se estivesse aprendendo a dançar.

– Muito bem, moça – elogiou Bloom, tão envolvido no treinamento que se esqueceu de se dirigir a Kathleen pelo título. – Agora a senhora está ocupando todo o pensamento dele, sem deixar espaço para o medo. – Ele pousou um chicote na mão esquerda de Kathleen. – Isto é para bater na lateral do corpo dele, se for preciso. – Parado ao lado de Asad, Bloom começou a abrir um guarda-chuva preto. O cavalo se agitou e relinchou, afastando-se instintivamente do objeto desconhecido. – Esse guarda-chuva deixa você um pouco assustado, não é mesmo, rapaz? – Ele abriu e fechou o guarda-chuva repetidamente, enquanto dizia a Kathleen: – Torne a tarefa que quiser que ele execute mais importante do que a coisa que o assusta.

Kathleen continuou a mover Asad um passo para a frente e outro para trás, distraindo-o do movimento ameaçador do objeto preto que crescia. Quando o cavalo tentou girar o flanco para longe, ela o trouxe de volta ao lugar com um toque do chicote, sem permitir que ele se afastasse do guarda-chuva. Embora fosse nítido que Asad estava inquieto, as orelhas se movendo em todas as direções, o animal fez exatamente o que Kathleen mandou. Seu corpo estava trêmulo por causa da proximidade do guarda-chuva, mas nem assim ele arremeteu para se afastar.

Quando Bloom finalmente fechou o guarda-chuva, Kathleen sorriu e deu um tapinha carinhoso no pescoço de Asad, cheia de orgulho.

– Bom garoto! – exclamou ela. – Você aprende rápido, hein?

Ela tirou um pedaço de cenoura do bolso da saia e o deu ao cavalo. Asad aceitou o presente e mastigou fazendo bastante barulho.

– Da próxima vez, vamos tentar a mesma coisa com você montada nele... – começou Bloom, mas foi interrompido por um menino que trabalhava no estábulo, Freddie.

– Sr. Bloom! – chamou o menino, ofegante, subindo correndo na cerca do pátio. – O chefe dos cavalariços me pediu para lhe dizer que o Sr. Ravenel está nos estábulos para pegar sua montaria.

– Sim, pedi aos rapazes que selassem Royal.

A expressão no rostinho de Freddie era de ansiedade.

– Há um problema, senhor. O Sr. Ravenel não bebe pouco e não está em bom estado para montar, mas ordenou que levassem um cavalo para ele. O chefe dos cavalariços tentou se opor, mas o Sr. Carlow também está lá e disse que entregassem Royal ao Sr. Ravenel, porque eles precisam ir para a fazenda de um arrendatário.

Kathleen estava furiosa e em pânico ao mesmo tempo ao saber que mais uma vez um Ravenel bêbado tentaria montar.

Sem dizer uma palavra, ela passou por cima da cerca do pátio de treinamento, tamanha sua pressa, agarrou a saia de montaria e saiu correndo na direção dos estábulos, ignorando os chamados de Bloom.

Assim que entrou na construção principal, Kathleen viu West gesticulando com raiva para o chefe dos cavalariços, John, que desviava o rosto. O administrador das fazendas, Carlow, estava parado ao lado, parecendo impaciente e constrangido. Era um homem corpulento e de meia-idade que morava na cidade, contratado pela família de Theo havia mais de uma década. Seria dele a tarefa de acompanhar West às fazendas dos arrendatários.

Bastou um olhar para que Kathleen compreendesse a situação. West estava com o rosto vermelho e suado, os olhos trincados, e cambaleava.

– Sou *eu* que julgo a minha capacidade – dizia West, em tom agressivo. – Já cavalguei em condições muito piores do que esta... e maldito seja eu se...

– Bom dia, cavalheiros – interrompeu Kathleen, o coração em disparada.

A imagem do rosto ferido de Theo surgiu em sua mente. O modo como ele a encarara, os olhos como brasas, que foram esfriando enquanto seus últimos segundos de vida se esvaíam. Ela piscou com força, afastando a lembrança. O cheiro de álcool invadiu suas narinas, provocando certa náusea.

– Lady Trenear! – exclamou o administrador, parecendo aliviado. – Talvez a senhora seja capaz de colocar um pouco de bom senso nesse cabeça-oca.

– Com certeza. – Sem expressão, ela segurou o braço de West, cravando os dedos com força quando percebeu a resistência dele. – Vamos lá fora comigo, Sr. Ravenel.

– Milady – disse o administrador, parecendo desconfortável –, eu estava me referindo ao chefe dos cavalariços.

– John não é o cabeça-oca aqui – retrucou Kathleen, seca. – Quanto a você, Carlow... talvez queira cuidar de suas outras responsabilidades. O Sr. Ravenel ficará indisposto pelo resto do dia.

– Sim, milady.

– Que diabo está acontecendo? – perguntou West, irritado enquanto Kathleen o puxava para o lado de fora e dava a volta com ele na área dos estábulos. – Eu me vesti e vim para cá ao nascer do dia...

– O nascer do dia foi há quatro horas.

Quando eles chegaram a um lugar relativamente reservado atrás de um barracão de equipamentos, West desvencilhou o braço e encarou Kathleen com irritação.

– Qual é o problema?

– O senhor está cheirando a álcool.

– Sempre começo o dia com um café com conhaque.

– Como espera montar se não consegue nem ficar de pé direito?

– Do mesmo modo que sempre monto: mal. Sua preocupação com o meu bem-estar é desnecessária.

– Minha preocupação não é com o *seu* bem-estar. É com o cavalo que o senhor pretendia montar, e com os arrendatários que pretendia visitar. Eles já têm dificuldades suficientes para enfrentar, não precisam se ver sujeitos à companhia de um bêbado tolo.

West olhou com raiva.

– Estou indo.

– Não se atreva a se afastar um passo. – Ela se deu conta de que ainda segurava o chicote de montar e o brandiu em um gesto significativo. – Ou eu o agredirei.

O olhar incrédulo de West se desviou para o chicote. Com velocidade impressionante, ele estendeu a mão, arrancou o chicote dela e o jogou no chão. No entanto, o efeito do gesto foi arruinado quando ele cambaleou para recuperar o equilíbrio.

– Diga logo o que tem a dizer – falou West de forma abrupta.

Kathleen cruzou os braços.

– Por que se deu ao trabalho de vir para Hampshire?

– Vim ajudar o meu irmão.

– O senhor não está ajudando ninguém! – exclamou ela com desprezo. – Não consegue compreender *nada* do fardo que lorde Trenear assumiu? Não se dá conta de como as apostas são altas? Se ele fracassar e a propriedade for dividida e vendida, o que acha que acontecerá com essas pessoas? Duzentas famílias serão deixadas à míngua, sem meios de sustento. Além de cinquenta criados, sendo que a maior parte deles passou a vida toda servindo aos Ravenels.

Quando percebeu que West não estava sequer olhando para ela, Kathleen respirou fundo, trêmula, tentando conter a fúria.

– Todos nesta propriedade estão lutando para sobreviver... e todos nós dependemos do seu irmão, que está tentando resolver problemas que de forma alguma ajudou a criar. Mas, em vez de tentar ajudar, o senhor escolhe beber até o estupor e ficar cambaleando por aí como um tolo egoísta e *idiota*... – Ela se esforçou para engolir um soluço de raiva, antes de continuar, baixinho: – Volte para Londres. O senhor não tem utilidade para ninguém aqui. Coloque a culpa em mim, se quiser. Diga a lorde Trenear que fui uma megera e que não conseguiu me suportar. Ele não terá dificuldade em acreditar nisso.

Kathleen deu as costas a West e jogou algumas últimas palavras por sobre o ombro:

– Talvez um dia o senhor encontre alguém que o salve de seus excessos. Pessoalmente, não acredito que valha o esforço.

CAPÍTULO 9

Para surpresa de Kathleen, West não partiu. Voltou para casa e foi para o quarto que ocupava. Ao menos não fez outra tentativa de montar um cavalo enquanto estava bêbado, o que supostamente o colocava acima do falecido marido dela em termos de inteligência, pensou ela, soturna.

West passou o resto do dia no quarto, provavelmente dormindo, embora fosse possível que houvesse continuado a consumir bebidas fortes. Ele não desceu para jantar, pediu que lhe levassem a refeição ao seu aposento.

Em resposta às perguntas preocupadas das meninas, Kathleen disse apenas que o primo delas ficara doente e que provavelmente retornaria a Londres na manhã seguinte. Quando Pandora abriu a boca para fazer mais perguntas, foi Helen que a calou, com um murmúrio baixo. Kathleen olhou agradecida para a mais velha das irmãs. Por mais inexperiente que Helen fosse, tinha bastante familiaridade com o tipo de homem que bebia em excesso e perdia a cabeça.

Na manhã seguinte, Kathleen desceu para o salão de desjejum e ficou chocada ao encontrar West sentado diante de uma das mesas redondas, encarando carrancudo as profundezas de uma xícara de chá. Estava com péssima aparência, a pele sob os olhos enrugada, muito pálido e suado.

– Bom dia – murmurou Kathleen, surpresa. – Está doente?

Ele a encarou com uma expressão turva, os olhos injetados e vermelhos na pele acinzentada.

– Só se a sobriedade for considerada uma doença. Eu considero.

Kathleen foi até o aparador, pegou um pegador prateado e começou a empilhar bacon sobre uma fatia de pão. Então, colocou outra fatia de pão no topo da pilha, cortou o sanduíche ao meio com cuidado e levou o prato até West.

– Coma isto – disse ela. – Lorde Berwick sempre disse que sanduíche de bacon era a melhor cura para o dia seguinte.

West olhou com asco para o prato oferecido, mas pegou uma das metades e deu uma mordida, enquanto Kathleen preparava o próprio desjejum.

Ela se sentou ao lado dele e perguntou em tom calmo:

– Devo mandar preparar a carruagem a tempo de o senhor pegar o último trem da manhã?

– Lamento, mas a senhora não terá essa sorte. – West deu um gole no chá. – Não posso voltar para Londres. Tenho que ficar em Hampshire até me encontrar com todos os arrendatários que planejei visitar.

– Sr. Ravenel...

– *Preciso* fazer isso – insistiu ele, rabugento. – Meu irmão nunca me pede nada. E é por isso que cumprirei essa tarefa mesmo que seja a última coisa a fazer.

Kathleen olhou surpresa para West.

– Muito bem – disse ela depois de um momento. – Devemos chamar o Sr. Carlow para acompanhá-lo?

– Eu tinha a esperança de que a senhora fosse comigo. – Ao ver a expressão dela, West acrescentou com cautela: – Só hoje.

– O Sr. Carlow está muito mais familiarizado com os arrendatários e a situação deles...

– A presença dele talvez acabe inibindo os arrendatários. Quero que eles sejam francos comigo. – West baixou o olhar para o prato. – Não que eu espere mais do que meia dúzia de palavras de qualquer um deles. Sei o que esses tipos pensam de mim, me acham um almofadinha da cidade. Um grande pavão inútil que não sabe nada das virtudes superiores da vida nas fazendas.

– Não acho que o julgarão com severidade, desde que acreditem que o senhor não os está julgando. Apenas tente ser sincero e não deverá ter dificuldade.

– Não tenho talento para sinceridades – murmurou West.

– Não é um talento – falou Kathleen. – É uma disposição que se tem para falar com o coração, em vez de tentar ser divertido ou evasivo.

– Por favor – pediu West secamente. – Já estou nauseado.

Emburrado, ele deu outra mordida no sanduíche de bacon.

∼

Kathleen ficou satisfeita ao ver que, apesar da expectativa de West de ser tratado pelos arrendatários com insolência, ou ao menos com claro desdém, o primeiro que ele encontrou foi muito cordial.

George Strickland era um homem de meia-idade robusto e musculoso, com olhos bondosos e um rosto largo e quadrado. Suas terras, que cultivava com a ajuda dos três filhos, eram um sítio de aproximadamente 24 hectares. Kathleen e West o encontraram no chalé onde ele morava, uma estrutura em péssimo estado erguida perto de um celeiro grande, onde o milho era trilhado e armazenado. Os animais eram mantidos em um conjunto de barracões também em mal estado que foram construídos sem planejamento, ao que parecia espalhados ao acaso, ao redor de um pátio onde o estrume se liquefazia com a água que corria dos telhados sem canos de escoamento.

– Prazer em conhecê-lo, senhor – disse o arrendatário, segurando o chapéu nas mãos. – Gostaria de saber se o senhor e a boa dama se incomodariam de caminhar um pouco comigo até o campo. Poderemos conversar enquanto eu trabalho. A aveia precisa ser colhida e guardada antes que a chuva volte.

– O que acontece se não for colhida a tempo? – perguntou West.

– Muitos grãos caem no chão – explicou Strickland. – Depois que estão maduros, até mesmo uma rajada de vento forte pode fazê-los cair. Perderíamos cerca de um terço dos grãos.

West olhou para Kathleen, que assentiu brevemente para mostrar que concordava. Eles foram em direção ao campo de cultivo, onde a aveia de um dourado-esverdeado, crescia à altura do ombro de West. Kathleen sentiu prazer ao inspirar o aroma doce e terroso do ar e viu dois homens ceifando a aveia com gadanhas afiadas, de aparência perigosa. Dois outros homens seguiam atrás, recolhendo os talos cortados e os reunindo em feixes. Depois disso, outros trabalhadores amarravam os feixes em fardos e um menino limpava a palha caída com um ancinho leve.

– Quanto um homem consegue cortar em um dia? – perguntou West, enquanto Strickland se agachava para amarrar com destreza um fardo.

– O melhor ceifador que já conheci consegue cortar 1 hectare em um dia. Mas estou me referindo à aveia, que é colhida com mais rapidez do que outros grãos.

West olhou especulativo para os trabalhadores.

– E se o senhor tivesse uma ceifadeira mecânica?

– Daquelas que vêm com um engate? – Strickland tirou o chapéu e coçou a cabeça. – Uns 5 hectares ou mais, imagino.

– Em um dia? E de quantos trabalhadores precisaria para operá-la?

– De dois homens e um cavalo.

– Dois homens produzindo pelo menos seis vezes mais? – West pareceu incrédulo. – Por que não compra uma?

O fazendeiro bufou.

– Porque custaria 25 libras ou mais.

– Mas ela logo se pagaria.

– Não consigo pagar por cavalos *e* por uma máquina, e não poderia usar a máquina sem um cavalo.

West franziu o cenho enquanto observava Strickland amarrar feixes.

– Posso ajudá-lo a transportar os fardos, se me mostrar como fazer.

O fazendeiro olhou de relance para as roupas de West, feitas sob medida.

– Não está vestido para o campo, senhor.

– Eu insisto – disse West, tirando o paletó e o entregando a Kathleen. – Com alguma sorte, conseguirei um calo para mostrar às pessoas depois.

Ele se agachou ao lado de Strickland, que mostrou como passar uma faixa no alto da palha.

– Logo abaixo do grão, sem apertar muito – alertou o fazendeiro. – Assim, quando os feixes estiverem de pé sobre uma das extremidades e amarrados juntos, haverá espaço entre os caules para permitir que o ar circule e que os grãos sequem mais rápido.

Embora Kathleen tivesse esperado que West se cansasse rapidamente da novidade, ele foi persistente e determinado, e aos poucos ganhou destreza. Enquanto trabalhavam, West fez perguntas sobre drenagem e plantio, e Strickland respondeu em detalhes.

Foi inesperado o modo como a polidez de West pareceu se transformar em interesse genuíno no processo que acontecia diante dele. Kathleen o observou pensativa, achando difícil associar o bêbado desajeitado da véspera com aquele estranho envolvido e atencioso. Era quase possível acreditar que ele de fato se importava com a propriedade e os arrendatários.

Assim que terminou, West se levantou, limpou as mãos e tirou um lenço do bolso para secar o rosto.

Strickland secou a testa com a manga da camisa.

– Depois daqui eu posso lhe mostrar como ceifar – ofereceu, animado.

– Obrigado, mas não – retrucou West com um sorrisinho torto. Ele lembrou tanto Devon naquele momento que Kathleen sentiu uma pontada dolorosa no estômago. – Estou certo de que não se deve confiar em mim com uma lâmina afiada. – West observou o campo com curiosidade e perguntou: – Já considerou criar gado, Sr. Strickland?

– Não, senhor – respondeu o arrendatário com firmeza. – Mesmo com renda baixa, ainda há mais lucro no ramo dos grãos do que na produção de leite ou de carnes. No mercado, se costuma dizer que "o chifre abaixa, o milho se ergue".

– Talvez isso seja verdade por enquanto – disse West, pensando alto. – Mas com a ida de todos para as cidades fabris, a demanda por leite e carne vai aumentar, então...

– Criação de gado, não. – A simpatia hesitante de Strickland desapareceu. – Não para mim.

Kathleen foi até West e lhe entregou seu paletó. Ela tocou de leve o braço dele para chamar sua atenção.

– Acredito que o Sr. Strickland tinha receio de que o senhor esteja tentando evitar pagar pelo trabalho de drenagem – murmurou ela.

O rosto de West se desanuviou no mesmo instante em que ele compreendeu.

– Não – garantiu ele ao fazendeiro –, o senhor terá as melhorias, como foi prometido. Na verdade, lorde Trenear não tem escolha em relação a isso. É uma obrigação legal.

Strickland pareceu cético.

– Peço que me perdoe, senhor, mas, depois de tantas promessas não cumpridas, é difícil pôr fé em mais uma.

West ficou em silêncio por um momento, examinando a expressão perturbada do homem.

– O senhor tem a minha palavra – determinou, de um modo que não deixava espaço para dúvidas.

E estendeu a mão.

Kathleen o encarou, surpresa. Um aperto de mãos só era trocado entre amigos próximos, ou em uma ocasião de grande importância, e, ainda assim, apenas entre cavalheiros do mesmo nível social. No entanto, depois de um momento de hesitação, Strickland estendeu a mão e aceitou a de West, e os dois trocaram um aperto de mão caloroso.

∼

– O senhor agiu bem – elogiou Kathleen quando eles cavalgavam de volta pela estrada de terra da fazenda. Ela estava impressionada com o modo como ele se comportara e lidara com as preocupações de Strickland. – Foi inteligente da sua parte se mostrar inclinado a aprender o trabalho do campo. Deixou o Sr. Strickland à vontade.

– Eu não quis ser inteligente. – West pareceu preocupado. – Queria conseguir informações.

– E conseguiu.

– Eu esperava que essa questão da drenagem pudesse ser resolvida de um modo mais fácil – falou West. – Que bastaria cavar algumas valas, colocar canos de argila dentro delas e cobrir tudo com terra novamente.

– Não parece assim tão complicado.

– Mas é. Há complicações que eu não havia considerado. – West balançou a cabeça. – Drenagem é uma parte tão pequena do problema que seria um desperdício de dinheiro resolver isso sem cuidar do resto.

– Qual é o resto?

– Ainda não sei bem, mas se não resolvermos tudo, não há esperança de tornarmos o Priorado Eversby rentável de novo. Ou mesmo autossustentável. – Ele lançou um olhar sombrio para Kathleen quando ela já abria a boca para falar. – Não me acuse de estar armando um esquema para que a propriedade seja vendida.

– Eu não ia fazer isso – retrucou Kathleen, indignada. – Ia dizer que, até onde sei, a fazenda de Strickland está mais ou menos na mesma condição da dos outros arrendatários.

– "O chifre abaixa, o milho se ergue" – murmurou West. – Tolice. Em poucos anos, vai ser "O chifre se ergue, o milho abaixa", e permanecerá assim. Strickland não tem ideia de que seu mundo mudou para sempre. Até eu sei disso, e eu dificilmente poderia ser mais ignorante sobre cultivo.

– O senhor acha que ele deveria passar a criar gado e outros animais? – questionou Kathleen.

– Seria mais fácil e mais rentável do que tentar cultivar terras baixas e argilosas.

– O senhor pode estar certo – disse ela, em tom de lamento. – Mas nesta parte da Inglaterra criar animais não é considerado tão respeitável quanto trabalhar na terra.

– Que diferença isso faz? Das duas formas a pessoa acaba mexendo com esterco.

A atenção de West foi desviada quando seu cavalo tropeçou em um buraco na estrada em mau estado.

– Vá com calma com as rédeas – alertou Kathleen. – Afrouxe-as um pouco mais e deixe o cavalo encontrar seu ritmo no caminho.

West obedeceu na mesma hora.

– Aceitaria mais um conselho? – ousou perguntar Kathleen.

– Vá em frente.

– O senhor tem tendência a largar o corpo sobre a sela. Quando faz isso, fica mais difícil acompanhar o movimento do cavalo, e suas costas ficam doloridas mais tarde. Se sentar ereto e relaxado... sim, desse jeito... agora está mais centralizado na sela.

– Obrigado.

Kathleen sorriu, satisfeita com a disposição dele de aceitar orientações de uma mulher.

– O senhor não monta mal. Com uma prática regular, seria um ótimo cavaleiro. – Ela fez uma pausa. – Imagino que não monte com frequência na cidade.

– Costumo me locomover a pé ou em um veículo de aluguel.

– Mas seu irmão... – começou Kathleen, lembrando-se da forma segura como Devon montava.

– Ele monta toda manhã. Um grande malhado cinza, arisco como o diabo se passa um dia sem que se exercite com vigor. – West parou um pouco e continuou: – Eles têm isso em comum.

– Por isso Trenear está em tão boa forma, então – murmurou Kathleen.

– Ele não monta apenas. Devon pertence a um clube de pugilismo, onde os participantes batem um no outro até terminarem desacordados, no estilo savate.

– O que é isso?

– Um estilo de luta que nasceu nas ruas da Velha Paris. Extremamente cruel. Meu irmão torce em segredo para ser atacado por bandidos algum dia, mas até agora não teve sorte.

Kathleen sorriu.

– Por que ele se empenha tanto?

– Ele quer manter o temperamento sob controle.

O sorriso dela desapareceu.

– O senhor também costuma ficar de mau humor?

West deu uma risadinha.

– Sem dúvida. Só que eu prefiro beber até adormecer meus demônios, em vez de surrá-los.

Theo fazia o mesmo, pensou Kathleen, mas não comentou nada.

– Prefiro o senhor sóbrio – opinou ela.

West lançou um olhar divertido na direção dela.

– Só se passou metade de um dia. Espere mais um pouco e mudará de ideia.

Mas Kathleen não mudou de ideia. Nas duas semanas que se seguiram,

West permaneceu relativamente sóbrio, limitando-se a uma ou duas taças de vinho no jantar. Ele se dividia entre visitar as fazendas dos arrendatários, debruçar-se sobre livros contábeis dos arrendamentos, ler sobre agricultura e acrescentar cada vez mais páginas ao relatório que estava escrevendo para Devon.

Certa noite, durante o jantar, West contou que estava planejando visitar ainda mais arrendatários, para compreender melhor seus problemas. A cada nova informação que conseguia, ele tinha uma visão melhor da verdadeira condição da propriedade... e não era uma imagem bonita de se ver.

– Por outro lado, nem tudo está perdido, desde que Devon esteja fazendo seu trabalho – concluiu West.

– E qual é o trabalho dele? – perguntou Cassandra.

– Conseguir capital – respondeu West. – Um montante bem alto.

– Deve ser difícil para um cavalheiro conseguir dinheiro sem trabalhar – comentou Pandora. – Ainda mais quando todos os criminosos estão tentando fazer o mesmo.

West afogou um sorriso em seu copo de água.

– Acredito piamente em que ou meu irmão será mais astuto do que os criminosos, ou se juntará a eles. – West voltou a atenção para Kathleen. – Esta manhã, percebi que preciso ficar aqui um pouco mais do que planejara a princípio. Mais uns quinze dias, ou melhor, um mês. Ainda preciso aprender muita coisa.

– Fique, então – disse Kathleen, tranquila.

West a encarou, surpreso.

– A senhora não teria objeções?

– Se isso for ajudar os arrendatários, não.

– E se eu permanecer durante o Natal?

– Não vejo problema – retrucou Kathleen, sem hesitar. – O senhor tem mais direito de ficar aqui do que eu. Mas não vai sentir falta da sua vida na cidade?

Os lábios de West se curvaram e ele baixou o olhar para o prato.

– Sinto falta de... certas coisas. No entanto, há muito que fazer aqui, e meu irmão não conhece tantos conselheiros confiáveis. Na verdade, poucos donos de terra do nível social dele parecem compreender o que deve ser feito.

– Mas o senhor e lorde Trenear compreendem?

West abriu um sorriso.

– Não, nós também não compreendemos. A única diferença é que temos consciência disso.

CAPÍTULO 10

– *P*rimo West – chamou Kathleen um mês mais tarde, descendo a grande escadaria atrás dele –, espere! Precisamos trocar uma palavrinha.

West não diminuiu o passo.

– Não enquanto ficar me perseguindo como Átila, o Huno.

– Diga-me por que fez isso. – Ela chegou à base da escada ao mesmo tempo que West e se virou para bloquear o caminho dele. – Faça a gentileza de me explicar que *loucura* foi essa de trazer um porco para dentro de casa!

Encurralado, West respondeu com sinceridade:

– Eu nem pensei nas consequências. Estava na fazenda de John Potter, e ele estava prestes a abater o porquinho, porque era pequeno demais.

– Uma prática comum, pelo que sei – disse ela, secamente.

– A criatura olhou para mim – protestou West. – Parecia estar sorrindo.

– *Todos* os porcos parecem estar sorrindo. A boca deles se curva para cima.

– Não consegui evitar, tive que trazê-lo para casa.

Kathleen balançou a cabeça em desaprovação enquanto o encarava. As gêmeas já haviam dado de mamar ao bicho com uma garrafa cheia de leite de vaca misturado com um ovo cru, enquanto Helen cobrira uma cesta com um tecido macio para que o bichinho dormisse ali. Agora já não havia mais como se livrar do porco.

– O que imagina que teremos que fazer com o porco depois que ele crescer? – quis saber Kathleen.

West considerou a pergunta.

– Comê-lo?

Ela deixou escapar um suspiro exasperado.

– As meninas já o batizaram de Hamlet. Vai nos fazer comer um animal de estimação, Sr. Ravenel?

– Eu faria isso se ele se transformasse em bacon. – West sorriu diante da expressão dela. – Devolverei o porco ao fazendeiro quando ele estiver desmamado.

– O senhor não pode...

Ele a deteve, erguendo a mão.

– Terá que me perturbar mais tarde, não tenho tempo para isso agora. Estou saindo para a estação de Alton e não posso perder o trem da tarde.

– Trem? Para onde vai?

West teve que contorná-la para chegar à porta da frente.

– Eu lhe disse ontem. Sabia que não estava me escutando.

Kathleen o encarou furiosa e foi atrás dele, achando que seria bem feito para West se, em algum momento, o bacon fosse banido do lar Ravenel.

Eles pararam no saguão da frente, onde operários arrancavam placas do piso e as jogavam para o lado com espalhafato. Perto dali, o som de marteladas incessantes agitava o ar.

– Como lhe expliquei ontem – disse West, erguendo a voz para ser ouvido acima do barulho infernal –, vou a Wiltshire visitar um homem que assumiu um arrendamento para experimentar métodos modernos de cultivo.

– Quanto tempo ficará fora?

– Três dias – respondeu ele, animado. – Mal terá tempo de sentir a minha falta.

– Eu não sentiria a sua falta não importa quanto tempo passasse longe. – Mas Kathleen o examinou com preocupação enquanto o mordomo o ajudava com o chapéu e o paletó. Ficou pensando que, quando West voltasse, teriam que apertar novamente suas roupas, pois até ali ele perdera pelo menos 5 quilos. – Não se esqueça de comer – lembrou Kathleen. – Logo será confundido com um espantalho, se continuar a perder o jantar.

O exercício constante de cavalgar pelas terras da propriedade, andar pelos campos, ajudar um fazendeiro a consertar um portão ou a recuperar uma ovelha que pulara a cerca havia provocado mudanças consideráveis em West. Ele perdera tanto peso que suas roupas pendiam no corpo. Seu rosto e seu pescoço não estavam mais inchados e agora revelavam uma linha de maxilar bem marcada e um perfil determinado. Todo o tempo passado ao ar livre também o deixara com uma cor mais saudável, e ele parecia anos mais novo. Agora, um ar de vitalidade substituíra a aparência de indolência sonolenta.

West se inclinou e pousou um beijo suave na testa de Kathleen.

– Adeus, Átila – disse com afeto. – Tente não apavorar a todos com esse seu olhar matador.

Depois da partida de West, Kathleen foi até os aposentos da governanta, ao lado da cozinha. Era dia de lavanderia, a temida ocasião em que as roupas da casa eram coletadas, fervidas, lavadas, esfregadas e penduradas em um cômodo junto à copa para secarem. Juntas, Kathleen e a Sra. Church fariam o inventário do que tinham e encomendariam tecido.

Elas haviam acabado de começar a discutir a necessidade de novos aventais para as criadas quando o mordomo, Sims, apareceu.

– Perdão, milady. – O tom de Sim era comedido, mas o rosto franzido deixava clara sua insatisfação. – Um arrendatário e a esposa, Sr. e Sra. Wooten, estão pedindo para falar com o Sr. Ravenel. Expliquei que ele não estava, mas eles não querem ir embora. Alegam ter necessidades urgentes. Achei melhor informar à senhora antes de pedir a um criado que os tirasse daqui.

Kathleen franziu o cenho.

– Não, não faça isso. Os Wootens não apareceriam sem uma boa razão. Por favor, leve-os até a sala de visitas e eu os encontrarei lá.

– Eu temia que a senhora dissesse isso – falou Sims, muito sério. – Devo protestar, milady. Como uma viúva de luto, sua paz e tranquilidade não devem ser perturbadas.

Um estrondo no andar de cima fez o teto tremer.

– Santo Deus! – exclamou a governanta.

Kathleen disfarçou um sorriso e olhou para o mordomo com severidade.

– Pedirei para os Wootens entrarem – disse ele, resignado.

Quando entrou na sala de visitas, Kathleen percebeu que o jovem casal estava perturbado. Os olhos da Sra. Wooten estavam inchados e marejados, e o rosto do marido, pálido de tensão.

– Espero que ninguém esteja doente ou ferido! – afirmou Kathleen.

– Não, milady – retrucou o Sr. Wooten, enquanto a esposa se curvava em uma mesura.

Ele torceu o chapéu para um lado e para outro enquanto explicava que um dos trabalhadores contratados havia encontrado dois invasores, que se identificaram como representantes da companhia ferroviária.

– Eles disseram que estavam inspecionando a área – continuou Wooten –, e, quando pedi que fossem embora, informaram que lorde Trenear lhes dera permissão. – A voz dele ficou trêmula. – Explicaram que minha fazenda seria vendida para a companhia ferroviária. – Os olhos dele se encheram de lágrimas. – Meu pai passou o arrendamento da fazenda para mim, milady. Vão colocar trilhos sobre ela, perfurar meus campos e tirar a mim e a minha família de nossa casa sem nem um tostão...

Ele teria continuado, mas a Sra. Wooten começou a soluçar.

Chocada, Kathleen balançou a cabeça.

– O Sr. Ravenel não mencionou nada disso comigo, e lorde Trenear não faria uma coisa dessas sem antes conversar a respeito com o irmão. Estou certa de que essa alegação não tem fundamento.

– Eles sabiam que meu tempo de arrendamento estava chegando ao fim – argumentou o Sr. Wooten, os olhos assombrados. – Sabiam exatamente quando isso aconteceria e disseram que o contrato não seria renovado.

Aquilo fez Kathleen parar.

Que diabo Devon estava aprontando? Com certeza ele não seria tão cruel e sem coração a ponto de vender a fazenda de um arrendatário sem notificá-lo.

– Vou descobrir o que está acontecendo – disse ela com firmeza. – Nesse meio-tempo, não há motivo para desespero. O Sr. Ravenel está ao lado dos arrendatários e tem influência sobre lorde Trenear. Até o Sr. Ravenel voltar, daqui a apenas três dias, meu conselho é que continuem com suas atividades cotidianas. Sra. Wooten, acho que seria melhor parar de chorar... tenho certeza de que todo esse desespero não é bom para o bebê.

Depois que os Wootens partiram, aparentemente sem terem encontrado grande conforto nas palavras tranquilizadoras de Kathleen, ela foi correndo para o escritório e se sentou diante da grande escrivaninha. Furiosa, pegou uma caneta, destampou o vidro de tinta e começou a escrever uma mensagem cáustica para Devon, informando-o da situação e exigindo saber o que estava acontecendo.

Para garantir, acrescentou uma ameaça nada sutil de uma ação legal em benefício dos Wootens. Embora não houvesse nada que um advogado pudesse fazer, já que Devon tinha o direito de vender qualquer pedaço da propriedade, aquilo sem dúvida chamaria a atenção dele.

Kathleen dobrou o papel, enfiou-o em um envelope e tocou a sineta, chamando um criado para levar a correspondência ao posto do correio.

– Gostaria que fosse despachada imediatamente – avisou ela. – Diga ao agente dos correios que é uma questão de máxima urgência.

– Sim, milady.

Quando o criado partiu, a governanta apareceu à porta.

– Lady Trenear – chamou, parecendo constrangida.

– Sra. Church, juro que não esqueci o rol da lavanderia nem os aventais.

– Obrigada, milady, mas não é isso. São os operários. Eles terminaram o encanamento do banheiro principal.

– Esta é uma boa notícia, não?

– Eu imaginaria que sim, só que agora eles começaram a converter um cômodo do andar de cima em um banheiro adicional, e precisam passar um cano por baixo do piso do seu quarto.

Kathleen se levantou de um salto.

– Está dizendo que há homens no meu quarto? Ninguém me informou nada a respeito disso.

– O chefe dos encanadores e o carpinteiro dizem que é a única forma de fazer o que precisam.

– Não vou aceitar isso!

– Eles já arrancaram parte do piso, sem pedir permissão.

Kathleen balançou a cabeça, incrédula.

– Acredito que consigo tolerar isso por uma tarde.

– Milady, eles disseram que vão precisar de vários dias, provavelmente uma semana, para deixar tudo como estava.

Kathleen ficou boquiaberta.

– Onde vou dormir e me vestir enquanto meu quarto estiver sendo devastado?

– Já orientei as criadas a levarem seus pertences para o quarto principal – avisou a Sra. Church. – Lorde Trenear não precisará dele, já que está em Londres.

Aquilo não ajudou em nada a melhorar o humor de Kathleen. Ela *odiava* o quarto principal, o lugar onde vira Theo pela última vez antes do acidente, quando haviam discutido de forma cáustica e Kathleen dissera coisas das quais se arrependeria pelo resto da vida. Lembranças sombrias espreitavam dos cantos daquele cômodo como criaturas noturnas malévolas.

– Há algum outro quarto que eu possa usar? – perguntou ela.

– No momento, não, milady. Os operários removeram o piso de três outros quartos além do seu. – A governanta hesitou, compreendendo o motivo da relutância de Kathleen. – Vou orientar as criadas a arejar um quarto de dormir na ala leste e fazer uma boa limpeza, mas aqueles quartos estão fechados há tanto tempo que vão exigir bastante trabalho para que fiquem adequados ao uso.

Kathleen suspirou e se recostou na cadeira.

– Então parece que terei que dormir no quarto principal esta noite.

– A senhora será a primeira a experimentar a nova banheira de cobre – disse a governanta, em um tom que poderia ser usado para oferecer um bombom a uma criança emburrada.

Kathleen deu um sorrisinho fraco.

– Já é algum consolo.

No fim, o banho que ela tomou na banheira de cobre foi tão delicioso, tão magnífico, que quase compensou o fato de ter que dormir no quarto principal. A banheira não apenas era mais funda do que qualquer outra que Kathleen já utilizara, como tinha uma borda curva que permitia que ela descansasse a cabeça com conforto. Foi o primeiro banho que ela tomou na vida em que pôde se recostar e submergir todo o corpo, até o pescoço. Foi divino.

Kathleen permaneceu no banho o máximo de tempo possível, relaxando e meio boiando até que a água começasse a esfriar. Clara, a camareira, entrou para envolver seu corpo em toalhas turcas muito macias e para vesti-la em uma camisola branca limpa.

Arrepiada de frio, Kathleen se acomodou em uma poltrona perto do fogo e descobriu que seu xale *ombré* estava dobrado e repousado no encosto da poltrona. Ela o puxou para o colo e se aconchegou na caxemira macia. Seu olhar se desviou para a cama imponente, com o dossel de madeira entalhada apoiado sobre quatro colunas elaboradas.

Esse olhar foi o bastante para destruir todo o bem que o banho lhe fizera.

Kathleen se recusara a dormir naquela cama com Theo depois do desastre da noite de núpcias. O som da voz furiosa e indistinta dele emergiu das lembranças.

Faça o que estou mandando, pelo amor de Deus. Deite-se de costas e pare de dificultar as coisas... Comporte-se como uma esposa, maldição...

Pela manhã, Kathleen estava exausta, os olhos inchados e sombreados por olheiras. Antes de sair para os estábulos, ela foi encontrar a governanta na despensa de especiarias.

– Sra. Church, perdoe-me por interrompê-la, mas eu gostaria de me certificar de que a senhora terá preparado um novo aposento para mim esta noite. Não posso ficar no quarto principal nunca mais... Preferiria dormir no banheiro externo com uma horda de gatos ferozes.

A governanta olhou de relance para ela, preocupada.

– Sim, milady. As moças já começaram a limpar um quarto com vista para o roseiral. Estão batendo os tapetes e esfregando o chão.

– Obrigada.

Kathleen sentiu o humor melhorar assim que chegou aos estábulos. Uma cavalgada pela manhã sempre restaurava seu ânimo. Ao entrar no local onde ficavam as selas, ela tirou a saia removível da roupa de montar e a pendurou em um gancho na parede.

Era costume que uma dama usasse calções de camurça ou de lã por baixo de uma saia de montar, para evitar que a pele se irritasse com o atrito da sela, mas não era exatamente adequado usar *apenas* os calções, como Kathleen estava fazendo.

No entanto, ela ainda não tentara a sela lateral com Asad. Escolhera treiná-lo montando da forma tradicional, que é muito mais segura quando o cavalo tenta derrubar a pessoa. Uma bela saia de montar, com sua enorme quantidade de tecido esvoaçante, tinha grande possibilidade de acabar presa em algum gancho ou em galhos baixos de árvores, ou mesmo de se enrolar nas pernas do cavalo.

Kathleen sentira-se constrangida a primeira vez que saíra de calção para o pátio de treinamento. Os cavalariços a encararam com tanto espanto que se poderia pensar que ela estava completamente nua. No entanto, o Sr. Bloom, que estava mais preocupado com a segurança do que com o decoro, aprovou o traje na mesma hora. Logo os cavalariços se acostumaram à aparência nada convencional de Kathleen, e agora pareciam nem reparar mais. Sem dúvida, ajudava o fato de ela ser tão esguia. Com a falta de curvas voluptuosas, seria difícil ser acusada de estar sendo provocativa.

Asad foi calmo e colaborativo durante o treino, deslocando-se em meios círculos e padrões mais sinuosos. As transições dele foram impecáveis, a coordenação perfeita. Kathleen decidiu sair do pátio de treinamento para cavalgar em um pasto próximo, e ele se saiu tão bem que ela estendeu o tempo de treino daquela manhã.

Encalorada e com um cansaço agradável depois do exercício, Kathleen voltou para casa e subiu por uma das escadas dos fundos. Quando já estava chegando ao topo, percebeu que havia esquecido a saia removível nos estábulos. Mandaria um criado pegá-la mais tarde. Quando andava na direção do quarto principal, foi obrigada a parar e encostar bem o corpo contra a parede, para que um trio de operários conseguisse atravessar o corredor com os braços carregados de canos de cobre. Ao perceber os calções de Kathleen, um deles quase deixou cair os canos, enquanto outro se apressou em dizer ao colega para guardar os olhos de volta na cabeça e seguir em frente.

Kathleen ficou ruborizada, apressou-se até o quarto principal e seguiu direto para a porta aberta do banheiro, já que Clara não estava à vista. Apesar de suas objeções quanto aos gastos com encanamento, precisava admitir que era delicioso ter água quente sem a necessidade de chamar as criadas. Depois de entrar no banheiro, ela fechou a porta com firmeza.

Um grito de surpresa escapou de seus lábios quando viu que a banheira estava ocupada.

– Santo Deus!

Kathleen cobriu o rosto com as mãos.

Mas a imagem de Devon Ravenel, molhado e nu, já estava gravada em seu cérebro.

CAPÍTULO 11

Não era possível. Devon estava em Londres! Sua imaginação estava lhe pregando uma peça... era uma alucinação. A não ser pelo fato de que o ar estava quente e úmido, tomado pelo aroma que, sem dúvida, era dele... um cheiro picante e de limpeza, de pele e sabonete.

Apreensiva, Kathleen afastou os dedos apenas o bastante para conseguir espiar.

Devon estava reclinado na banheira de cobre, encarando Kathleen com uma expressão que misturava curiosidade e sarcasmo. O vapor quente se erguia ao redor dele como um véu de fumaça. Gotas de água se espalhavam pelos montes firmes e musculosos dos braços e ombros, cintilando nos pelos escuros do peito.

Kathleen se virou para a porta, os pensamentos tão desencontrados quanto pinos espalhados na pista de boliche.

– O que está fazendo aqui? – ela conseguiu perguntar.

O tom da resposta dele foi cáustico:

– Recebi sua intimação.

– Minha... minha... está se referindo ao telegrama? – Era difícil encontrar um pensamento coerente na confusão que estava o cérebro dela. – Não foi uma intimação.

– Mas eu interpretei assim.

– Não esperava vê-lo tão cedo. E menos ainda ver tanto do senhor!

Ela ficou ruborizada ao ouvir a risada baixa dele.

Desesperada para escapar, Kathleen estendeu a mão para a maçaneta, uma peça que acabara de ser instalada pelo empreiteiro, e a puxou. A maçaneta permaneceu teimosamente fechada.

– Madame – ouviu Devon dizer atrás de si –, sugiro que a senhora...

Kathleen ignorou-o, em pânico, e continuou a puxar a maçaneta com violência. De repente, a peça de metal se soltou e Kathleen cambaleou para trás. Aturdida, ela abaixou os olhos para a maçaneta quebrada em sua mão.

Por um momento, o banheiro ficou no mais completo silêncio.

Devon pigarreou com força. A voz dele saiu rouca na tentativa de disfarçar o riso.

– É uma tranca Norfolk. É preciso abaixar a peça para encaixe do polegar antes de puxar a maçaneta.

Kathleen atacou a peça para encaixe do polegar, agora pendurada, abaixando-a repetidas vezes até a porta chacoalhar.

– Meu bem... – Agora Devon estava rindo tanto que mal conseguia falar. – Isso... Isso não vai ajudar.

– Não me chame assim – disse ela, permanecendo de costas para ele. – Como vou sair daqui?

– Meu valete foi pegar algumas toalhas. Quando ele voltar, abrirá a porta pelo lado de fora.

Com um gemido de desespero, Kathleen encostou a cabeça no painel de madeira.

– Ele não pode saber que estou aqui com o senhor. Será minha ruína.

Ela ouviu o barulho preguiçoso de água escorrendo sobre a pele.
– Ele não dirá nada. É discreto.
– Não, não é.
O barulho de água cessou.
– Por que diz isso?
– Seu valete abasteceu os criados com uma quantidade interminável de fofocas sobre suas proezas no passado. De acordo com a minha camareira, houve uma história particularmente impressionante envolvendo uma corista. – Kathleen fez uma pausa antes de acrescentar, em tom severo: – Vestida de penas.
– Maldição – resmungou Devon.
O barulho de água retornou.
Kathleen permaneceu colada na porta, o corpo todo tenso. O corpo nu de Devon estava a poucos metros de distância, na mesma banheira que ela usara na véspera. Kathleen não conseguiu evitar pensar nas imagens que acompanhavam os sons, a água escurecendo os pelos dele, a espuma do sabonete deslizando na pele.
Ela colocou a maçaneta no chão, tomando cuidado para manter o olhar afastado de Devon.
– Por que está tomando banho tão cedo?
– Vim de trem e aluguei uma carruagem na estação de Alton. Uma roda se soltou no caminho para o Priorado Eversby. Tive que ajudar o motorista a colocá-la de volta. Um trabalho lamacento.
– Não poderia ter pedido ao seu valete que fizesse isso em seu lugar?
Um som zombeteiro.
– Sutton não consegue erguer a roda de uma carruagem. Os braços dele são finos como uma vareta.
Kathleen franziu o cenho e passou o dedo pela camada úmida que se colara à porta.
– O senhor não precisava ter vindo com tanta pressa.
– A ameaça de advogados e da Suprema Corte me deu a impressão de que eu precisava me apressar – retrucou ele, em tom sombrio.
Talvez o telegrama dela tivesse sido um pouco dramático.
– Eu não colocaria advogados no caso. Só queria chamar a sua atenção.
A resposta dele foi em tom suave:
– A senhora tem sempre a minha atenção.

Kathleen não soube como reagir à insinuação. Antes que pudesse falar algo, no entanto, a tranca da porta do banheiro fez um clique. Os painéis de madeira tremeram quando alguém começou a empurrar a porta para entrar. A jovem arregalou os olhos e apoiou as mãos na porta, os nervos à flor da pele. Um chapinhar violento se elevou atrás dela quando Devon saiu da banheira e pousou a mão na porta para impedi-la de se abrir mais. A outra mão, ele passou ao redor de Kathleen para cobrir-lhe a boca. Aquilo não era necessário: Kathleen não teria deixado escapar um pio mesmo que dependesse disso para salvar a própria vida.

Ela estremeceu ao sentir nas costas a mão larga e úmida dele.

– Senhor? – chamou o valete, soando confuso.

– Está louco, esqueceu como bater na porta? – repreendeu Devon. – Não entre desse modo intempestivo em um cômodo a menos que seja para me dizer que a casa está pegando fogo.

Kathleen se pegou cogitando se deveria desmaiar. Estava quase certa de que era isso que lady Berwick teria esperado que fizesse naquelas circunstâncias. Infelizmente, a mente de Kathleen permaneceu desperta. Ela desequilibrou, e o corpo dele de pronto a escorou, os músculos firmes se flexionando para apoiá-la. Devon estava com o corpo pressionado ao longo do dela, a água quente escorrendo por trás da roupa de montar de Kathleen. A cada respiração ela inalava calor e o perfume do sabonete. O coração dela parecia hesitar a cada batida, fraco demais, rápido demais.

Zonza, Kathleen se concentrou na mão grande que impedia a porta de se abrir. Ele tinha a pele de um moreno claro, do tipo que bronzearia facilmente ao sol. Um dos nós dos dedos estava arranhado e ferido, e ela imaginou que fosse por ter erguido a roda da carruagem. As unhas eram curtas e rigorosamente limpas, mas ainda era possível ver pequenos rastros de tinta na lateral de dois dedos.

– Perdão, milorde – falou o valete. Com um respeito exagerado, que beirava o sarcasmo, ele acrescentou: – O senhor nunca primou pela discrição.

– Sou um aristocrata, agora – retrucou Devon. – Preferimos não expor nosso patrimônio.

O corpo de Devon estava pressionado com tanta força contra o dela que Kathleen chegou a sentir a voz dele ressoando. A masculinidade vital e potente dele a cercava. A sensação era desconhecida, assustadora e agradável de uma forma desconcertante. A respiração dele e o calor de seu corpo nas costas dela fizeram pequenas labaredas dançarem no ventre de Kathleen.

– ... há certa confusão sobre onde colocar sua bagagem – estava explicando Sutton. – Um dos criados a carregou para dentro de casa, como orientado, mas a Sra. Church disse a ele que não a levasse para o quarto principal, já que lady Trenear o ocupou temporariamente.

– É mesmo? A Sra. Church lhe explicou por que lady Trenear invadiu meu quarto?

– Os homens estão instalando canos sob o piso do quarto dela, e me disseram que lady Trenear não ficou nem um pouco satisfeita com a situação. Um dos criados falou que a ouviu jurar que causaria danos físicos ao senhor.

– Que lamentável. – O tom de Devon foi sutilmente provocador. Kathleen sentiu o queixo dele roçar seus cabelos quando ele sorriu. – Sinto muito que tenha sido uma inconveniência para ela.

– Não foi uma mera inconveniência, milorde. Lady Trenear deixou o quarto principal imediatamente depois da morte do falecido conde e desde então não tinha passado nem mais uma noite ali. Até agora. De acordo com um dos criados...

O corpo de Kathleen se retesou.

– Não preciso saber o motivo – interrompeu Devon. – Isso diz respeito apenas a lady Trenear, e não a qualquer um de nós.

– Sim, senhor – falou o valete. – Voltando ao assunto, o criado levou sua bagagem para um dos quartos do andar de cima, mas ninguém sabe para qual deles.

– Alguém pensou em perguntar a ele? – sugeriu Devon com sarcasmo.

– No momento, ninguém consegue encontrar o homem em parte alguma. Lady Pandora e lady Cassandra o recrutaram para ajudá-las a procurar o porco delas, que desapareceu.

O corpo de Devon ficou tenso.

– Você disse "porco"?

– Sim, milorde. É o novo animal de estimação da família.

Com delicadeza, Devon afastou a mão dos lábios de Kathleen e deixou os dedos correrem pelo queixo dela em uma carícia.

– Há alguma razão para estarmos mantendo animais da fazenda na...

Kathleen se virou para levantar os olhos para ele bem no momento em que Devon inclinava a cabeça para baixo. A boca dele colidiu com a têmpora dela, o toque acidental deixando os sentidos de Kathleen bastante confusos. Os lábios de Devon, tão firmes e suaves, o hálito quente e provocante... Ela começou a tremer.

– ... casa? – completou Devon, a voz meio rouca.

Ele estendeu a mão para segurar a placa de metal da porta, evitando que voltasse a fechar.

– Não preciso lhe dizer que esse tipo de pergunta não é levantada na maior parte das casas abastadas – respondeu Sutton em tom afetado. – Devo passar as toalhas pela porta?

– Não, deixe-as aí fora. Pegarei quando estiver pronto.

– No chão? – Sutton soou horrorizado. – Milorde, permita-me colocá-las em uma cadeira.

Eles ouviram o ruído de objetos sendo movidos dentro do quarto, e o baque de uma peça de mobília leve.

Através das pálpebras pesadas, Kathleen viu que a ponta do polegar de Devon já estava branca de tanto segurar a porta com força, e o pulso e o braço estavam retesados. Como ele era quente... e como eram firmes o peito e os ombros que a apoiavam. O único lugar em que o corpo deles não estava completamente encaixado era na base da coluna dela, onde o corpo de Devon era inflexível e a cutucava com força. Ela se contorceu, procurando uma posição mais confortável. Devon inspirou rápido e abaixou para segurar o lado direito do quadril dela com firmeza, forçando Kathleen a se manter imóvel.

Então ela se deu conta do que a estava cutucando com força.

Kathleen ficou tensa, a garganta apertada prestes a deixar escapar um ganido. Todo o calor que a envolvia desapareceu, sua pele ficou fria e ela começou a tremer de modo descontrolado. Estava prestes a ser agredida. Atacada.

O casamento lhe ensinara que os homens esqueciam tudo quando estavam excitados. Perdiam o controle e se transformavam em bestas.

Desesperada, Kathleen calculou se Devon representava uma ameaça, até que ponto ele poderia ir. Se ele a machucasse, ela gritaria. Reagiria, lutaria, quaisquer que fossem as consequências para ela ou para sua reputação.

Quando Devon a segurou pela cintura, Kathleen sentiu a pressão mesmo através do espartilho. Ele a acariciou lentamente em círculos, como alguém faria para acalmar um cavalo assustado.

Por cima do sangue que latejava em seus ouvidos, Kathleen ouviu o valete perguntar se a bagagem deveria ser levada para o quarto principal. Devon respondeu que decidiria mais tarde, que por ora o valete deveria apenas levar algumas peças para lá, e rápido.

– Ele se foi – disse Devon após alguns instantes. Depois de respirar fundo e deixar o ar escapar devagar, ele enfiou a mão pela fresta da porta para mexer na tranca, puxando a lingueta para que não fechasse. – Embora ninguém tenha pedido minha opinião sobre o porco, sou contra qualquer animal doméstico que possa acabar ficando mais pesado que eu.

Como se preparara para um ataque, Kathleen ficou confusa. Ele estava se comportando de modo *tão pouco* característico para uma besta dominada pelo desejo que a deixou sem ação.

Em resposta ao silêncio de Kathleen, Devon levou a mão ao queixo dela e a fez olhar para ele. Incapaz de evitar o olhar calmo e avaliativo, Kathleen percebeu que não havia perigo imediato de Devon forçá-la a receber suas atenções.

– É melhor você desviar o olhar agora, a não ser que queira encher os olhos com um Ravenel – aconselhou ele. – Vou pegar as toalhas.

Kathleen assentiu e fechou os olhos com força enquanto ele deixava o banheiro.

Ela esperou, deixando assentar o caos de seus pensamentos. Mas seus nervos ainda reverberavam com a sensação do corpo de Devon, com os detalhes da excitação dele.

Certa vez, não fazia muito tempo, Kathleen fora visitar o Museu Nacional com lorde e lady Berwick e com as filhas deles. A caminho da exposição de objetos dos Mares do Sul, que haviam sido recolhidos pelo capitão James Cook, o lendário explorador, eles passaram por uma galeria de estátuas italianas, onde duas esculturas de nus masculinos tinham sido posicionadas na entrada da porta. Uma das folhas de figueira de gesso removíveis, que haviam sido pensadas por um diretor do museu para esconder os órgãos genitais das estátuas, caíra no chão e se partira em pedaços. Lady Berwick, horrorizada pelo que considerara uma agressão visual, apressou Kathleen e as filhas para longe da ofensiva carne de mármore... mas não antes de as moças verem exatamente o que a folha de figueira deveria cobrir.

Kathleen ficara chocada mas intrigada pela escultura, maravilhada pela delicadeza do escultor que fizera o mármore frio parecer carne viva: cheia de veias, vulnerável, lisa por toda parte exceto pelo pequeno tufo de pelos no ventre. O volume que se erguia ali, tímido, nada invasivo, não parecia merecer toda a agitação que lady Berwick provocara.

No entanto, em sua noite de núpcias, Kathleen vira e sentira o corpo de Theo, percebendo que um homem vivo era favorecido com muito mais substancialidade do que a escultura de mármore do museu.

E ali, no banheiro, a pressão do corpo de Devon...

Kathleen desejou ter olhado.

No mesmo instante, repreendeu-se pelo pensamento. Ainda assim, não podia evitar se sentir curiosa. Faria algum mal se desse uma olhada rápida? Aquela era a única chance que teria de ver um homem como Deus o fizera. Antes que conseguisse se convencer do contrário, Kathleen se aproximou um pouco mais da beira da porta e olhou para o outro lado com cautela.

Que visão impactante... um homem viril e saudável em seu auge. Forte, todo musculoso... bruto e ainda assim lindo. Por sorte, Devon estava meio longe, e a espiadinha passou despercebida. Ele secou os cabelos até os cachos cheios ficarem arrepiados e passou aos braços e ao peito, esfregando-os vigorosamente. As costas dele eram poderosas, a linha da coluna pronunciada. As colinas largas dos ombros se flexionaram quando ele passou a toalha por trás e começou a se secar simulando o movimento de uma serra. Muitos pelos cobriam as pernas e os braços e a parte superior do peito, e havia muito mais no ventre dele do que o tufo decorativo que ela esperara. Quanto ao vislumbre de sua parte mais máscula... tinha tamanho semelhante ao de Theo, mas talvez fosse ainda mais prodigiosa. Parecia de fato inconveniente ter um apêndice daquele. Como era possível um homem montar a cavalo?

Com o rosto muito vermelho, Kathleen voltou para trás da porta antes que Devon a flagrasse.

Logo ela o ouviu se aproximar, o chão rangendo sob seus pés, e uma toalha turca seca foi estendida na porta parcialmente aberta. Agradecida, Kathleen pegou a toalha e a enrolou no corpo.

– O senhor está devidamente coberto? – conseguiu perguntar.

– Duvido que alguém chamaria isso de devidamente.

– Gostaria de esperar aqui dentro? – ofereceu ela, relutante.

O banheiro estava mais quente do que o quarto.

– Não.

– Mas aí está frio como gelo.

– Exato – foi a resposta brusca. A julgar pela voz de Devon, ele estava bem do outro lado da porta. – Que diabo a senhora está vestindo, a propósito?

– Minha roupa de montar.

– Parece só metade de uma roupa de montar.

– Eu tirei a saia de cima para treinar Asad. – Diante da ausência de resposta dele, Kathleen acrescentou: – O Sr. Bloom aprova meus calções. Ele diz que quase poderia me confundir com um dos rapazes dos estábulos.

– Então, ele deve ser cego. Nenhum homem com olhos bem posicionados no rosto a confundiria com um rapaz. – Devon fez uma pausa. – De agora em diante, a senhora vai usar a saia para montar a cavalo, ou não vai montar.

– O quê? – disse Kathleen, incrédula. – Está me dando ordens?

– Alguém precisa fazer isso, se a senhora pretende se comportar com tão pouco decoro.

– *O senhor* ousa *me* falar sobre decoro, seu hipócrita dos infernos?

– Imagino que tenha aprendido essa linguagem suja nos estábulos.

– Não, aprendi com o seu irmão – devolveu ela com rapidez.

– Estou começando a me dar conta de que eu não deveria ter ficado tanto tempo longe do Priorado Eversby – disse Devon em tom soturno. – A casa toda enlouqueceu.

Incapaz de se conter por mais tempo, Kathleen foi até a fresta da porta e o encarou com raiva.

– Foi o *senhor* que contratou os encanadores! – sibilou.

– Os encanadores são o menor dos problemas. Alguém precisa tomar as rédeas da situação.

– Se o senhor é tolo de achar que pode tomar conta de *mim*...

– Ah, eu começaria com a senhora – garantiu Devon com intensidade.

Kathleen teria retrucado com mordacidade, mas começou a bater os dentes. Embora a toalha turca tivesse absorvido parte da umidade de suas roupas, ainda estavam molhadas.

Devon percebeu o desconforto dela, se virou e examinou o quarto, obviamente em busca de algo para cobri-la. Embora ele estivesse de costas, Kathleen soube o exato momento em que ele viu o xale na poltrona diante da lareira.

Quando Devon falou, seu tom era outro.

– A senhora não o tingiu.

– Passe-me o xale.

Kathleen esticou o braço através da porta.

Devon pegou a peça. Um sorriso se abriu em seu rosto.

– A senhora o usa com frequência?

– Passe-me o xale, por favor.

Devon levou o xale até ela, propositalmente devagar. Ele ficara chocado com a indecência dos trajes dela, mas parecia bastante confortável apenas de toalha, aquele grande pavão desavergonhado.

Assim que pôde, Kathleen arrancou o xale das mãos de Devon.

Ela deixou a toalha de lado e passou o xale ao redor do corpo. A peça era confortável e familiar, e a lã macia a aqueceu na mesma hora.

– Não consegui destruir este xale – resmungou Kathleen.

Ela se sentiu tentada a dizer que, embora o presente tivesse sido inadequado, na verdade o adorara. Houve dias em que não teve certeza se as roupas lúgubres de viúva estavam refletindo seu humor melancólico ou se o estavam provocando, e quando passava o xale colorido ao redor dos ombros, sentia-se melhor no mesmo instante.

Nunca um presente a deixara tão feliz.

Não podia dizer isso a Devon, mas teve vontade.

– Você fica linda com essas cores, Kathleen.

A voz dele era baixa e suave.

Ela se sentiu enrubescer.

– Não use meu primeiro nome.

– Claro – zombou Devon, baixando o olhar para o próprio corpo enrolado na toalha –, vamos permanecer formais.

Kathleen cometeu o erro de acompanhar o olhar dele e ficou ainda mais profundamente ruborizada diante do espetáculo que via... os pelos escuros intrigantes no peito, os músculos do abdômen que pareciam entalhados como um ornamento em mogno.

Ouviram uma batida na porta do quarto. Kathleen se recolheu para o fundo do banheiro, como uma tartaruga se escondendo em sua casca.

– Entre, Sutton – chamou Devon.

– Suas roupas, senhor.

– Obrigado. Deixe-as na cama.

– Não vai precisar da minha ajuda?

– Hoje, não.

– O senhor vai se vestir sozinho? – perguntou o valete, espantado.

– Ouvi dizer que alguns homens fazem isso – retrucou Devon com sarcasmo. – Pode ir.

O valete deixou escapar um suspiro longo e sofrido.

– Sim, senhor.

Depois que a porta foi aberta e fechada de novo, Devon voltou a falar com Kathleen:

– Dê-me um minuto. Logo estarei vestido.

Kathleen não falou nada. Estava pensando, com desalento, que jamais seria capaz de olhar para Devon novamente sem pensar no que estava por baixo daquelas camadas de roupas elegantes.

Acima do farfalhar de tecidos, Devon disse:

– Fique à vontade para ocupar o quarto principal, se desejar. O cômodo era seu antes de ser meu.

– Não, eu não quero o quarto.

– Como preferir.

Kathleen estava desesperada para mudar de assunto.

– Precisamos conversar sobre os arrendatários. Como mencionei no telegrama...

– Mais tarde. Não adianta falar sobre isso sem a presença do meu irmão. A governanta disse que ele foi para Wiltshire. Quando West voltará?

– Amanhã.

– Por que ele foi para lá?

– Para se aconselhar com um especialista sobre métodos modernos de cultivo.

– Conhecendo meu irmão, é mais provável que ele tenha ido caçar rabos de saia.

– Ao que parece, o senhor *não* o conhece, então. – Kathleen não só ficou satisfeita por poder contradizê-lo, como se sentiu afrontada em nome de West. – O Sr. Ravenel tem trabalhado muito desde que chegou. Ouso dizer que ele sabe mais dos arrendatários e das fazendas da propriedade do que qualquer um, incluindo o administrador de fazendas. Passe alguns minutos lendo os relatórios e livros de contabilidade que ele tem no escritório e mudará de opinião.

– Veremos. – Devon abriu a porta do banheiro. Estava completamente vestido, com um terno de veludo cinza, embora não usasse lenço no pescoço e tivesse deixado abertos os punhos e o colarinho. Seu rosto estava sem expressão. – Pode me ajudar com isso? – perguntou ele, estendendo o braço.

Hesitante, Kathleen se aproximou para fechar um dos punhos. As costas de seus dedos roçaram na parte de dentro do pulso dele, onde a pele era quente e acetinada. Sentindo por completo o ritmo da respiração dele, ela fechou o outro punho. Então, levantou os braços até as laterais do colarinho aberto, juntou-as e fechou o botão que estava pendurado. Quando passou os dedos por dentro da frente do colarinho, sentiu o movimento da garganta dele.

– Obrigado.

A voz dele soou ligeiramente rouca, como se a garganta estivesse seca. Quando ele se virou para sair, Kathleen falou:

– Por favor, tome cuidado para não ser visto quando deixar o quarto.

Devon parou à porta e se voltou novamente para encará-la. O brilho provocador que ela já conhecia se acendeu nos olhos dele.

– Não tema. Tenho talento para sair com discrição do quarto de uma dama.

Devon riu da expressão reprovadora dela, deu uma olhada no corredor e saiu sorrateiro.

CAPÍTULO 12

O sorriso de Devon desapareceu assim que ele deixou o quarto principal. Sem destino em mente, seguiu pelo corredor até chegar a um espaço com um atalho onde havia uma janela com um nicho. Dali ele chegaria a uma escada circular apertada que subia em espiral até os quartos dos criados e os sótãos. O teto era tão baixo que Devon foi obrigado a abaixar a cabeça para passar. Uma casa tão antiga quanto aquela havia passado por múltiplas expansões ao longo das décadas, os anexos criando cantos esquisitos e inesperados. Ele achou o efeito menos encantador do que outras pessoas talvez tivessem achado – excentricidade não era algo que valorizasse em arquitetura.

Ele se abaixou para se sentar em um degrau estreito, apoiou os braços nos joelhos, inclinou a cabeça e deixou escapar um suspiro trêmulo. Tinha sido o pior tormento que já sofrera, ficar naquele banheiro com o corpo de Kathleen contra o dele. Ela ficara trêmula como um potro recém-nascido, com dificuldade para se manter de pé. Devon nunca desejara nada na vida como desejara virar o rosto de Kathleen para si e capturar sua boca em beijos longos e profundos até que ela se dissolvesse em seus braços.

Ele gemeu baixinho e esfregou a parte interna de um dos pulsos, onde permanecia uma lembrança de calor, como se tivesse sido marcado pelo toque de Kathleen.

O que o valete ia dizer sobre ela? Por que Kathleen teria se recusado a dormir no quarto principal depois da morte de Theo? A lembrança da última discussão com o marido devia ter algo a ver com isso... mas poderia haver mais coisas nessa história? Talvez a noite de núpcias tivesse sido desagradável para ela. Muitas jovens privilegiadas eram mantidas na ignorância sobre esses assuntos até estarem casadas.

Devon por certo não se incomodou em especular sobre as proezas do primo no quarto, mas até mesmo Theo teria sabido tratar uma virgem com cuidado e paciência, não teria? Até ele teria tido consciência o bastante para tranquilizar e seduzir uma recém-casada nervosa, afastando os medos dela antes de ceder ao próprio prazer.

A ideia dos dois juntos, das mãos de Theo em Kathleen, fez com que uma sensação ruim e nada familiar o dominasse. Diabo, aquilo era... ciúme?

Nunca sentira ciúme de uma mulher antes.

Devon se levantou, praguejando baixinho, e passou as mãos pelos cabelos úmidos. Ficar elucubrando sobre o passado não mudaria o fato de que Kathleen pertencera primeiro a Theo.

Mas, no fim, pertenceria a Devon.

Ele recuperou o controle e andou pelo Priorado Eversby investigando as mudanças que haviam acontecido desde a última vez que estivera na propriedade. A atividade na casa estava vertiginosa, com vários cômodos em diversos estágios de destruição e reconstrução. Até o momento, os reparos ali haviam custado uma pequena fortuna, e seria necessário mais dez vezes esse valor para que tudo ficasse pronto.

Por fim, entrou no escritório, onde livros de contabilidade e maços de documentos formavam pilhas altas sobre a escrivaninha. Ele reconheceu a letra precisa e compacta do irmão e pegou um relatório de West descrevendo o que apreendera sobre a propriedade até então.

Devon levou duas horas para ler esse apanhado, que estava mais completo do que ele esperava, apesar de parecer não estar sequer na metade. Ao que tudo indicava, West estava visitando cada fazenda de arrendatário da propriedade, tomando notas detalhadas sobre os problemas e preocupações de cada família, sobre as condições das propriedades, suas técnicas e pontos de vista sobre cultivo.

Ele percebeu um movimento, virou a cadeira e viu Kathleen parada à porta.

Estava com o traje de viúva de novo, havia prendido os cabelos em uma trança, e então em um coque, os punhos da roupa de um tecido branco discreto. Suas faces estavam muito rosadas.

Devon poderia tê-la devorado em uma única mordida. Em vez disso, a encarou com uma expressão neutra, levantando-se.

– Saias – comentou, fingindo certa surpresa, como se fosse uma novidade vê-la de vestido. – Aonde vai?

– Para a biblioteca, para uma aula com as meninas. Mas percebi que o senhor estava aqui e me perguntei se teria lido o relatório do Sr. Ravenel.

– Li, sim. Estou impressionado com a dedicação dele. Também estou um tanto admirado, já que, pouco antes de deixar Londres, West me aconselhou a vender a propriedade com tudo dentro.

Kathleen sorriu e o examinou com os olhos semicerrados. Devon conseguiu ver o que pareciam minúsculos raios nas íris castanho-claras dela, como filetes de ouro.

– Fico feliz por não ter seguido o conselho dele – disse ela em tom tranquilo. – Acho que seu irmão pensa o mesmo.

Todo o calor do incidente mais cedo retornou com tanta rapidez que chegou a ser doloroso, o membro dele enrijecendo com uma velocidade também dolorosa sob as camadas de roupa. Devon ficou bastante grato pelo disfarce que o paletó do terno garantia.

Kathleen pegou um lápis que estava sobre a escrivaninha. A ponta do grafite estava totalmente gasta.

– Às vezes me pergunto...

Ela pegou uma tesoura e começou a apontar o lápis com uma das lâminas, arrancando filetes finos de madeira.

– O quê? – quis saber Devon.

Kathleen estava concentrada na tarefa, parecendo perturbada quando respondeu:

– Eu me pergunto o que Theo teria feito com a propriedade. Se não a teria passado adiante.

– Desconfio de que ele se teria feito de cego até ser tarde demais.

– Mas por quê? Theo não era estúpido.

Um impulso latente de justiça fez Devon dizer:

– Isso não tem nada a ver com inteligência.

Kathleen fez uma pausa e o fitou com um olhar interrogativo.

– O Priorado Eversby era a casa de infância de Theo – continuou Devon. – Estou certo de que foi doloroso para ele encarar o declínio da propriedade.

A expressão no rosto dela se suavizou.

– Mas o senhor o está enfrentando, não está? Mudou toda a sua vida por isso.

Devon deu de ombros, despreocupado.

– Eu apenas não tinha algo melhor para fazer.

– No entanto, não é fácil para o senhor. – Um sorriso ligeiramente culpado passou pelos lábios de Kathleen. – Nem sempre me lembro disso.

Ela abaixou a cabeça e voltou a focar no lápis.

Devon observou-a, sem conseguir conter o encantamento ao observar Kathleen apontando um lápis como uma aluna dedicada.

– Nesse ritmo – disse ele depois de um instante – a senhora vai passar o dia todo fazendo isso. Por que não usa uma faca?

– Lorde Berwick jamais teria permitido. Ele dizia que tesouras são mais seguras.

– Na verdade, é o oposto. Estou surpreso que a senhora nunca tenha perdido um dedo. Esqueça a tesoura. – Devon pegou um canivete na bandeja do tinteiro, desdobrou a lâmina e estendeu o punho do objeto a Kathleen. – Segure-o assim. – E ajeitou os dedos dela ao redor do cabo, afastando seus protestos. – Sempre vire a ponta do lápis para longe do seu corpo enquanto o aponta.

– Sinceramente, não há necessidade. Sou melhor com as tesouras.

– Tente. É mais eficiente. Não pode passar a vida apontando lápis da forma errada. Os minutos desperdiçados poderiam ser convertidos em dias. Semanas.

Uma risadinha inesperada escapou dela, como se fosse uma menina com quem houvessem implicado de brincadeira.

– Não uso lápis com *tanta* frequência.

Devon passou os braços ao redor de Kathleen para segurar suas mãos. Ela permitiu e ficou imóvel, o corpo cauteloso mas obediente. Uma confiança frágil fora estabelecida entre os dois durante o encontro mais cedo. Não importava o que mais Kathleen pudesse temer da parte dele, ela parecia ter compreendido que ele não a machucaria.

O prazer de abraçá-la o invadiu em incessantes ondas. Kathleen era pequena, de estrutura frágil, e o perfume delicioso de rosas alcançou as narinas dele. Devon já o sentira, quando a abraçara mais cedo. Não era um perfume doce e forte, mas um aroma floral marcado pelo frescor agudo do ar de inverno.

– Vai precisar de apenas seis cortes – começou ele, junto ao ouvido dela. Kathleen assentiu, relaxando o corpo, enquanto suas mãos eram guiadas com precisão. Um golpe profundo da lâmina removeu uma parte da madeira em um movimento limpo. Eles giraram o lápis e fizeram outro corte, então um terceiro, criando um prisma triangular preciso. – Agora acerte as arestas afiadas.

Concentraram-se na tarefa com as mãos dele ainda envolvendo as dela, usando a lâmina para estreitar cada canto da madeira até terem criado uma ponta afiada, perfeitamente satisfatória.

Feito.

Depois de inspirar uma última vez a volúpia do perfume de Kathleen, Devon a soltou com calma, sabendo que, pelo resto da vida, bastaria cheirar uma rosa para voltar àquele momento.

Kathleen colocou o canivete e o lápis de lado e se virou para Devon.

Estavam muito próximos; não exatamente se tocando, não exatamente separados.

Ela parecia insegura, os lábios entreabertos como se pretendesse dizer algo, mas não conseguisse atinar o quê.

O controle de Devon começou a ceder, pouco a pouco, naquele silêncio carregado de eletricidade. Ele se viu inclinando-se um pouco para a frente, até apoiar as mãos na escrivaninha, uma de cada lado de Kathleen. Ela se viu forçada a recuar e agarrou os braços dele para manter o equilíbrio. Devon esperou que ela protestasse, que o empurrasse, que o mandasse sair dali.

Mas ela apenas o encarava como se estivesse hipnotizada, a respiração ofegante. Então começou a apertar e soltar os braços dele, como um gato faz com as patas. Devon abaixou a cabeça e a tocou com os lábios na altura da têmpora, onde era possível ver um leve traço azul das veias. Ele percebeu que ela estava atordoada, tamanha a força da atração indesejada que sentia.

Mal consciente de que seu autocontrole estava por um fio, Devon se forçou a endireitar o corpo e começou a se afastar, mas Kathleen o impediu, ainda segurando os braços dele, o olhar desfocado. *Deus...* era assim que deveria ser, o corpo dela seguindo o dele sem esforço, enquanto ele se erguesse e a preenchesse.

Cada batida do coração de Devon o aproximava mais dela.

Ele levou a mão ao rosto dela, erguendo-o um pouco, enquanto a envolvia com o outro braço.

Kathleen abaixou as pálpebras, os cílios projetando sombras na pele rosada. A confusão que sentia era marcada por uma ruga de tensão entre as sobrancelhas, e Devon beijou essa linha fina antes de colar a boca à dela.

Ele esperou que Kathleen protestasse, que o afastasse, mas ela cedeu, deixando escapar um barulhinho de prazer que fez um arrepio de desejo subir pela espinha dele. Devon levou as duas mãos ao rosto de Kathleen, ajustando com delicadeza o ângulo do maxilar dela, enquanto a instava a abrir os lábios. E começou a explorar sua boca macia, arrancando sensações e doçura da boca que se entregava a ele com tanta inocência. Mas Kathleen recolheu a língua ao sentir o toque da dele.

Ardendo de desejo e de uma ternura com certo divertimento, Devon levou a boca ao ouvido dela.

– Não – sussurrou –, deixe-me saboreá-la... deixe-me sentir como é macia por dentro.

Ele a beijou de novo, lentamente, determinado mas suave, até que a boca de Kathleen se colasse à dele, a língua respondendo ao toque. Ela levou as mãos ao peito dele e inclinou a cabeça para trás, enquanto se entregava ao momento sem defesa. O prazer era inimaginável, tão pouco familiar a ele quanto devia ser a ela. Dominado por um desejo agoniante, Devon passou as mãos pelo corpo dela, acariciando e tentando puxá-la para mais perto. Sentia os movimentos dela dentro do vestido farfalhante, a carne doce e firme presa sob todas aquelas camadas de goma, renda e barbatanas. Devon teve vontade de arrancar tudo aquilo. Ele a queria vulnerável e exposta, a pele, até então escondida, nua sob sua boca.

Mas quando tocou de novo o rosto de Kathleen e tentou acariciá-lo, sentiu a pele úmida.

Uma lágrima.

Devon ficou imóvel. Ergueu a cabeça e baixou o olhar para Kathleen, enquanto suas respirações ofegantes se misturavam. Os olhos dela estavam marejados e a expressão desnorteada. Kathleen levou os dedos aos lábios e tocou-os com cuidado, como se estivessem queimados.

Devon se repreendeu em silêncio. Sabia que fora longe demais, cedo demais.

Enfim conseguiu soltá-la e se afastar, abrindo uma distância considerável entre os dois.

– Kathleen... – começou, a voz rouca. – Eu não deveria...

Ela fugiu antes que ele pudesse dizer outra palavra.

~

Na manhã seguinte, Devon foi com a carruagem da família buscar West na estação. O mercado da cidade de Alton era cortado ao meio por uma longa rua principal, ladeada por lojas prósperas, belas casas, uma fábrica de bombazina e outra de papel. Infelizmente, o fedor sulforoso da fábrica de papel se anunciava bem antes de se avistar a estação.

O criado chegou mais perto do prédio da estação, abrigando-se do vento cruel de novembro. Sentindo-se inquieto, Devon começou a andar de um lado para outro na plataforma, as mãos nos bolsos do sobretudo preto de lã. No dia seguinte, teria que retornar a Londres. A lembrança da silenciosa casa que ocupava lá, tão cheia de mobília e ainda assim tão vazia, lhe provocou repulsa. Mas tinha que ficar longe de Hampshire. Precisava manter distância de Kathleen, ou não conseguiria evitar seduzi-la muito antes de ela estar pronta para isso.

Estava envolvido em um jogo de longa duração, não podia se permitir esquecer isso.

Maldito período de luto.

Devon se viu obrigado a encurtar o passo quando a plataforma se encheu de pessoas segurando passagens ou esperando passageiros. Logo a conversa e o riso dos transeuntes foram abafados pela aproximação da locomotiva, uma enormidade trovejando e sibilando que se adiantava chacoalhando, impaciente.

Depois que o trem parou, com um rangido metálico, carregadores tiraram valises e baús dos vagões, enquanto passageiros que chegavam ou partiam se misturavam em uma multidão agitada. As pessoas colidiam conforme seguiam em inúmeras direções. Objetos caíam e eram rapidamente recuperados, viajantes acabavam se perdendo uns dos outros e tentavam se achar, nomes eram gritados em meio à cacofonia geral. Devon abriu caminho pela confluência de corpos, buscando o irmão. Como não o encontrou, olhou para trás, para o criado, querendo saber se o homem vira West. O criado gesticulou e gritou alguma coisa, mas sua voz se perdeu no clamor.

Enquanto seguia na direção do criado, Devon o viu conversando com um estranho de roupas largas, do tipo que era de boa qualidade mas de péssimo caimento, como as que um secretário ou um comerciante usavam. Era um jovem esguio, com cabelos escuros e cheios que precisavam de um corte. E tinha uma impressionante semelhança com o West nos tempos de Oxford, especialmente o sorriso, com o queixo inclinado para baixo, como se refletindo sobre alguma piada secreta. Na verdade...

Por Deus. Era seu irmão. Era West.

– Devon! – exclamou ele, com uma risada surpresa, e estendeu a mão para cumprimentá-lo com vigor. – Por que não está em Londres?

Devon custou a se recuperar do susto. West parecia anos mais novo... saudável, os olhos límpidos como pensara que nunca veria de novo.

– Kathleen mandou me chamar – respondeu Devon finalmente.

– É mesmo? Por quê?

– Explicarei mais tarde. O que aconteceu com você? Mal o reconheci.

– Não aconteceu nada. O que você... Ah, sim, emagreci um pouco. Não se preocupe com isso. Acabei de fechar a compra de uma ceifadeira mecânica.

O rosto de West cintilava de prazer. Em um primeiro momento, Devon pensou que o irmão estivesse sendo sarcástico.

Meu irmão está empolgado com um equipamento agrícola, pensou.

Conforme seguiam para a carruagem, West descreveu a visita que fizera a Wiltshire e conversou animado sobre o que aprendera com um agricultor que estava experimentando técnicas de cultivo modernas em sua fazenda-modelo. Com uma combinação de drenagem profunda e motor a vapor, o homem duplicara a renda de sua terra usando menos da metade da força de trabalho. Além disso, o agricultor queria adquirir máquinas ainda mais modernas e estava disposto a vender as que tinha por uma barganha.

– Vai exigir algum investimento – admitiu West –, mas o retorno será exponencial. Tenho algumas estimativas para lhe mostrar...

– Já vi algumas. Você fez um trabalho impressionante.

West deu de ombros.

Eles subiram na carruagem e se acomodaram nos bancos de ótimo couro.

– Você parece estar prosperando no Priorado Eversby – comentou Devon quando o veículo se pôs a caminho.

– Só Deus sabe por quê. Nunca tenho um momento de paz ou privacidade. Não se pode ficar sentado e pensar sem que tenha sobressaltos com um cachorro empolgado demais ou seja perturbado por mulheres tagarelas. Há sempre uma emergência... algo quebrando, explodindo, desmoronando...

– Explodindo?

– Houve uma explosão. O forno do cômodo de secagem da lavanderia não estava adequadamente ventilado... Não, não precisa se preocupar... uma parede de tijolos absorveu a maior parte do impacto. Ninguém ficou ferido. A questão é que a casa está em um estado de perpétuo caos.

– Por que não volta para Londres, então?

– Não posso.

– Se é por causa de seu plano de visitar cada arrendatário da propriedade, não vejo necessidade...

– Não, não é isso. Acontece que... o Priorado Eversby me agrada. Apesar de eu não ter a mínima ideia do motivo.

– Você criou apego por... alguém? – perguntou Devon, sentindo a alma gelar com a suspeita de que West desejava Kathleen.

– Por todos – admitiu West de imediato.

– Por ninguém específico?

West pareceu confuso por um instante.

– Quer dizer um interesse romântico por uma das moças? Santo Deus, *não*. Eu as conheço bem demais. São como irmãs para mim.

– Até mesmo Kathleen?

– Especialmente ela. – Um sorriso distraído passou pelo rosto de West. – Passei a gostar dela – disse com sinceridade. – Theo escolheu bem. Ela o teria feito uma pessoa melhor.

– Theo não a merecia – resmungou Devon.

– Não consigo pensar em um homem que a mereça.

Devon cerrou o punho até a cicatriz sobre o nó do dedo se esticar de forma dolorosa.

– Ela fala sobre Theo?

– Poucas vezes. Acho que nunca verei alguém mais empenhado em demonstrar luto, mas é óbvio que o coração dela não sente o mesmo. – West percebeu o olhar atento de Devon e continuou: – Kathleen conhecia Theo havia poucos meses e ficou casada com ele por três dias. Três dias! Quanto tempo uma mulher deve permanecer de luto por um homem que mal conheceu? É um absurdo que a sociedade insista em um período fixo de luto sem levar em consideração as circunstâncias. Certas coisas não podem acontecer naturalmente, sem imposições?

– O propósito da sociedade é evitar o comportamento natural – comentou Devon, seco.

West sorriu.

– Com certeza. Mas Kathleen não foi feita para o papel da viuvinha triste. Ela tem muito vigor. Aliás, foi sobretudo por isso que se sentiu atraída por um Ravenel.

~

A relação de parceria entre West e Kathleen ficou óbvia assim que os irmãos chegaram ao Priorado Eversby. Kathleen apareceu no saguão de entrada quando o mordomo ainda estava recolhendo os chapéus e casacos, e pôs as mãos na cintura, observando West com uma expressão zombeteira de desconfiança.

– Trouxe mais algum animal da fazenda para casa? – perguntou.

– Não desta vez.

West sorriu e foi dar um beijo na testa dela.

Para surpresa de Devon, Kathleen aceitou o gesto de afeto sem protestar.

– Aprendeu tanto quanto esperava? – quis saber ela.

– Dez vezes mais – respondeu West. – Eu poderia entretê-la por horas falando apenas sobre fertilizantes.

Kathleen riu, mas assumiu um ar distante quando se voltou para Devon.

– Milorde.

Chateado com o cumprimento formal, Devon apenas assentiu.

Ao que parecia, Kathleen havia decidido mantê-lo a distância e fingir que o beijo nunca acontecera.

– O conde alega que a senhora mandou buscá-lo – falou West. – Devo presumir que ansiava pela encantadora companhia do meu irmão ou houve outra razão?

– Depois que o senhor partiu, houve um problema com os Wootens – explicou Kathleen. – Informei Trenear da situação e perguntei o que sabia a respeito. Até agora ele insiste em fazer mistério sobre o assunto.

– O que aconteceu com os Wootens? – perguntou West, olhando de um para o outro.

– Vamos conversar sobre isso na biblioteca – sugeriu Devon. – Lady Trenear, não é necessário participar...

– Eu *participarei*. – Kathleen ergueu as sobrancelhas. – Dei minha palavra aos Wootens de que tudo seria resolvido.

– Eles não deveriam ter procurado a senhora – falou Devon bruscamente. – Deveriam ter esperado para falar com meu irmão ou com o Sr. Carlow.

– Eles foram primeiro ao Sr. Carlow – retrucou ela –, que não sabia nada sobre a situação. E o Sr. Ravenel não estava aqui. Eu era a única pessoa disponível.

– De agora em diante, eu preferiria que não se mostrasse disponível no que se referir a discussões sobre arrendamentos. Deve se limitar ao que a senhora da casa costuma fazer. Levar cestas quando as pessoas estiverem doentes e assim por diante.

– Que condescendente e presunçoso... – começou Kathleen.

– Vamos ficar discutindo aqui no saguão? – apressou-se a interceder West. – Que tal fingirmos que somos civilizados e seguirmos para a biblioteca? – Ele enganchou um braço no de Kathleen e se afastou com ela. – Eu não me incomodaria se fossem servidos chá e sanduíches – continuou. – Estou faminto, depois da viagem de trem. Você mesma está sempre me mandando comer, lembra?

Devon os seguiu, pisando firme e mal ouvindo a conversa. Irritado, ele fixou os olhos no braço de Kathleen entrelaçado ao de West. Por que ele a estava tocando? Por que ela estava permitindo? O veneno pouco familiar do ciúme voltou a atormentá-lo, apertando seu peito.

– ... e a Sra. Wooten não conseguia falar, de tanto que chorava – comentou Kathleen, indignada. – Eles têm quatro filhos, e ainda há a tia idosa da Sra. Wooten, de quem cuidam, e se perderem a fazenda...

– Não se preocupe – murmurou West, em tom tranquilizador. – Vamos resolver tudo. Eu prometo.

– Sim, mas se Trenear tomou uma decisão tão importante sem dizer *nada*...

– Nada foi decidido ainda – afirmou Devon em tom áspero, seguindo a dupla.

Kathleen olhou por sobre o ombro, os olhos estreitados.

– Então por que os topógrafos da companhia ferroviária estavam nas terras da propriedade?

– Prefiro não discutir meus negócios no corredor.

– O senhor lhes deu permissão para estarem ali, não foi?

Kathleen tentou parar para encará-lo, mas West a puxou com determinação na direção da biblioteca.

– Será que eu deveria tomar um chá preto? – ponderou West em voz alta. – Não, talvez um mais forte... e alguns daqueles pãezinhos com creme e geleia... Como é mesmo o nome, Kathleen?

– *Cornish splits*.

– Ah. Não me espanta eu ter gostado deles. Soa como o título de um espetáculo a que assisti certa vez em um cabaré.

Entraram na biblioteca. Kathleen tocou o sininho ao lado da porta e esperou até que uma criada aparecesse. Depois de pedir chá, sanduíches e doces, foi até a comprida mesa, onde Devon desenrolava um mapa da propriedade.

– Afinal, o senhor deu ou não?

Devon a encarou com uma expressão ameaçadora.

– Dei o quê?

– Deu permissão aos homens da companhia ferroviária para que inspecionassem suas terras?

– Sim. Mas não para falarem com alguém a respeito. Deveriam ter ficado quietos.

Os olhos dela cintilaram de raiva.

– Então é verdade? O senhor vendeu a fazenda dos Wootens?

– Não, e nem pretendo fazer isso.

– Então o que...

– Kathleen – interrompeu West com delicadeza –, passaremos a noite toda aqui se você não o deixar terminar.

Ela ficou emburrada mas se calou, enquanto observava Devon prender os cantos do mapa com alguns objetos.

Ele pegou um lápis e desenhou uma linha ao longo da área leste da propriedade.

– Eu me reuni faz pouco tempo com o diretor da companhia ferroviária London Ironstone. – E explicou para Kathleen: – É uma empresa privada, cujo dono é um amigo. Tom Severin.

– Frequentamos o mesmo clube de cavalheiros, em Londres – acrescentou West.

Devon examinou o mapa com atenção antes de traçar uma linha paralela.

– Severin quer reduzir a distância da rota já existente para Portsmouth. Também está planejando substituir todos os quase 100 quilômetros da linha, do começo ao fim, por trilhos mais pesados, para comportar trens mais rápidos.

– Ele consegue arcar com um projeto desses? – perguntou West.

– Severin já garantiu 1 milhão de libras.

West articulou uma exclamação silenciosa.

– Exato – concordou Devon, e continuou em tom tranquilo: – De todos os projetos em perspectiva para a construção de uma rota mais curta, a inclinação natural é melhor passando por esta área. – Ele coloriu levemente o espaço entre as linhas paralelas. – Se permitíssemos que a London Ironstone atravessasse o perímetro leste da propriedade, receberíamos uma grande soma anual que nos ajudaria muito.

Kathleen se debruçou sobre a mesa e examinou com atenção as marcas a lápis.

– Mas isso é impossível – opinou. – De acordo com o que desenhou, os trilhos passariam não apenas pela fazenda dos Wootens, mas também por pelo menos outros três arrendamentos.

– Quatro fazendas de arrendatários seriam afetadas – admitiu Devon.

West também examinou o mapa, o cenho franzido.

– Os trilhos parecem atravessar duas estradas particulares. Não teríamos acesso à área leste da propriedade.

– A companhia ferroviária custearia pontes de ligação, para manter conectadas todas as áreas.

Antes que West pudesse fazer qualquer comentário, Kathleen se levantou e encarou Devon do outro lado da mesa. Parecia chocada.

– O senhor não pode concordar com isso. Não pode tirar as fazendas dessas famílias.

– O advogado confirmou que é legal.

– Não estou falando legalmente, e sim moralmente. Não pode privá-los de suas casas e de suas fontes de renda. O que aconteceria com essas famílias? Com todos aqueles filhos? Nem mesmo o senhor conseguiria viver com isso na consciência.

Devon lançou um olhar sarcástico para Kathleen, aborrecido por ela pensar o pior dele.

– Não vou abandonar os arrendatários. Estou firme na decisão de ajudá-los a se reacomodarem.

Kathleen começara a balançar a cabeça antes mesmo que ele terminasse.

– Há gerações, o trabalho dessas pessoas é cultivar a terra. Está no sangue delas. Elas ficarão arrasadas se suas terras lhes forem retiradas.

Devon sabia que ela ia reagir exatamente daquele modo. As pessoas em primeiro lugar, os negócios em segundo. Mas nem sempre era possível que fosse assim.

– Estamos falando de quatro entre 200 famílias – argumentou ele. – Se eu não fechar um acordo com a London Ironstone, *todos* os arrendatários do Priorado Eversby podem perder suas fazendas.

– Tem que haver outro modo – insistiu Kathleen.

– Se houvesse, eu teria encontrado.

Ela não sabia nada sobre as noites que ele passara insone ou sobre os dias exaustivos em que buscara alternativas. Não havia uma boa solução, apenas a possibilidade de escolha entre várias soluções ruins, e aquela era a menos danosa.

Kathleen o encarou como se tivesse acabado de surpreendê-lo arrancando um pedaço de pão das mãos de um órfão.

– Mas...

– Não me pressione – disse ele com rispidez, perdendo a paciência. – Já é difícil o bastante sem demonstrações de drama pueril.

Kathleen ficou lívida. Sem mais uma palavra, ela lhe deu as costas e saiu rápido da biblioteca.

West suspirou e olhou irritado para o irmão.

– Muito bem! Por que se dar ao trabalho de argumentar com ela quando pode simplesmente esmagá-la para que ela se submeta?

Antes que Devon pudesse responder, West já saíra atrás de Kathleen.

CAPÍTULO 13

Kathleen já chegara ao meio do corredor quando West a alcançou.

Como já se familiarizara com o jeito de ser de Kathleen, e como conhecia Devon melhor que ninguém, West podia dizer categoricamente que os dois faziam despertar o que havia de pior um no outro. Quando estavam no mesmo cômodo, pensou ele, exasperado, os temperamentos se inflamavam e as palavras se tornavam dardos. Só Deus sabia por que era tão difícil para aqueles dois serem civilizados.

– Kathleen – chamou West em voz baixa, quando a alcançou.

Ela parou e se virou para fitá-lo. Seu rosto estava tenso, a boca rígida.

Como já aguentara os ataques do temperamento explosivo de Devon algumas vezes no passado, West compreendia como magoavam de forma profunda.

– O desastre financeiro da propriedade não é responsabilidade de Devon – disse ele. – Meu irmão só está tentando minimizar os danos. Você não pode culpá-lo por isso.

– Diga-me pelo que posso culpá-lo, então.

– Nesta situação? – O tom dele tinha um toque de desculpas. – Por ser realista.

Kathleen o encarou com reprovação.

– Por que quatro famílias devem pagar o preço para que o restante possa sobreviver? Ele precisa encontrar outra maneira.

West esfregou a nuca, que estava rígida depois de duas noites dormindo em uma cama cheia de grumos na casa da fazenda.

– A vida quase nunca é justa, minha amiga. Como você bem sabe.

– Não pode falar com ele? – Kathleen conseguiu pedir.

– Não, porque eu tomaria a mesma decisão. A verdade é que, depois que arrendarmos a terra para a London Ironstone, aquela minúscula área no leste da propriedade vai se tornar a nossa única fonte confiável de lucro.

Ela abaixou a cabeça.

– Pensei que você ficaria do lado dos arrendatários.

– Eu estou. Você sabe que estou. – West estendeu as mãos e envolveu os ombros estreitos dela em um toque cálido, para lhe dar força. – Juro a você que faremos de tudo para ajudar essas quatro famílias. As fazendas delas serão reduzidas em tamanho, mas, se estiverem dispostas a aprender métodos mais modernos de cultivo, poderão produzir mais e obter o dobro de sua renda anual. – Para se certificar de que Kathleen estava escutando, ele a balançou com o máximo de gentileza possível. – Vou convencer Devon a oferecer todas as vantagens a essas quatro famílias. Reduziremos o valor dos aluguéis e ofereceremos drenagem e melhorias nas construções. Garantiremos até maquinário para ajudá-las a lavrar a terra e a colher. – Ao ver a expressão rebelde no rosto dela, West disse, triste: – Não fique assim. Santo Deus, parece até que estamos conspirando para assassinar alguém.

– Tenho inclusive uma pessoa em mente – resmungou ela.

– É melhor você rezar para que nada aconteça com ele, porque então eu me tornaria conde. E eu passaria a propriedade adiante.

– Faria isso mesmo?

Ela pareceu de fato chocada.

– Antes que você tivesse tempo de piscar.

– Mas você trabalhou tanto pelos arrendatários...

– Como você mesma disse uma vez, Devon está carregando um fardo pesado. Não há nada neste mundo de que eu goste tanto a ponto de me dispor a fazer o que meu irmão está fazendo. O que significa que não tenho escolha senão apoiá-lo.

Kathleen assentiu, ainda que aborrecida.

– Agora você está sendo prática. – West deu um sorrisinho. – Vai me acompanhar de volta à cova do leão?

– Não, estou cansada de brigar.

Ela apoiou a cabeça por um instante no peito dele, um movimento tão próximo e que demonstrava tanta confiança que comoveu West quase tanto quanto o surpreendeu.

Depois de deixá-la, West voltou para a biblioteca.

Devon parecia calmo quando se levantou da mesa e baixou os olhos para o mapa. No entanto, o lápis fora quebrado em vários pedaços, que estavam espalhados pelo tapete.

West observou o perfil rígido do irmão e perguntou com suavidade:

– Você poderia tentar ter um pouco mais de jeito para lidar com ela? Talvez usar um pouco de diplomacia? Porque, apesar de eu por acaso concordar com sua posição, você está sendo uma cavalgadura em relação ao que pensa.

Devon o encarou com uma expressão indignada.

– Maldito seja eu se precisar da aprovação dela antes de tomar decisões sobre a minha propriedade.

– Ao contrário de nós dois, ela tem consciência. Não fará mal algum a você ouvir a opinião dela. Especialmente porque, por acaso, ela está certa.

– Você acabou de dizer que concorda comigo!

– De um ponto de vista prático. Moralmente, Kathleen está certa. – West observou o irmão se afastar da mesa e logo depois voltar a se aproximar, como um tigre enjaulado. – Você precisa compreender uma coisa sobre ela. Kathleen é vigorosa por fora, mas sensível no íntimo. Se você mostrar um mínimo de consideração por ela...

– Não preciso que você a decifre para mim.

– Eu a conheço melhor que você – disse West, com um toque de irritação. – Morei com ela, pelo amor de Deus.

Aquilo mereceu um olhar letal.

– Você a deseja? – perguntou Devon bruscamente.

West foi pego de surpresa pela pergunta, que parecia ter surgido do nada.

– Se eu a *desejo*? No sentido bíblico? É claro que não, Kathleen é uma viúva. A viúva de Theo. Como alguém poderia...

Ele se calou ao ver que Devon voltara a andar de um lado para outro, com uma expressão assassina no rosto.

Aturdido, West se deu conta do motivo mais provável para toda a hostilidade declarada e para a tensão crescente entre Devon e Kathleen. Fechou os olhos por um instante. Aquilo era ruim. Era ruim para todos, para o futuro, péssimo de todas as formas. E decidiu testar a teoria, na esperança de estar enganado.

– Embora – continuou West – ela seja uma belezinha, não acha? Um homem poderia encontrar vários usos para aquela boca doce. Eu não me importaria de pegá-la em um canto escuro e me divertir um pouco. Kathleen talvez resistisse a princípio, mas logo eu a teria ronronando como uma gatinha...

Devon se atirou em cima dele em uma fração de segundo, agarrando West pelas lapelas.

– Encoste nela e eu o matarei! – grunhiu.

West o encarou, incrédulo e horrorizado.

– Eu sabia! Santa Mãe de Deus! *Você* a deseja.

A fúria visceral de Devon pareceu diminuir um pouco quando ele se deu conta de que acabara de ser manipulado. Ele soltou o irmão abruptamente.

– Você assumiu o título e a casa de Theo – prosseguiu West, ainda incrédulo e horrorizado –, e agora quer a esposa dele.

– A *viúva* dele – corrigiu Devon.

– Você a seduziu?

– Ainda não.

West bateu com a mão na testa.

– *Cristo*. Não acha que ela já sofreu o bastante? Ah, isso mesmo, me olhe com essa fúria toda. Parta-me em pedaços como fez com aquele pobre lápis. Isso só confirmará que você não é melhor do que Theo. – Ao ver a expressão ultrajada de Devon, continuou: – Seus relacionamentos em geral não duram mais do que carne no açougue. Você tem um temperamento terrível, e se o modo como acabou de lidar com ela puder servir de exemplo de como vai agir quando houver desentendimentos entre vocês...

– Já chega – cortou Devon, com suavidade.

West esfregou a testa, suspirou e continuou com cautela:

– Devon, você e eu sempre fizemos vista grossa para os defeitos um do outro, mas isso não quer dizer que os ignoremos. O que você está sentindo não passa de luxúria cega e tola. Tenha a decência de deixá-la em paz. Kathleen é uma mulher sensível e compassiva, que merece ser amada. E se você tem alguma capacidade de suprir essa demanda, eu nunca percebi. Mas já vi o que acontece com as mulheres com quem se envolve. Nada esfria o seu desejo mais rápido que o afeto.

Devon o encarou com frieza.

– Você vai comentar alguma coisa com ela?

– Não, vou segurar minha língua e torcer para que você recupere o bom senso.

– Não precisa se preocupar – falou Devon em tom sombrio. – A esta altura, eu a deixei tão contrariada em relação a mim que seria um milagre se algum dia eu conseguisse atraí-la para a minha cama.

~

Depois de considerar a ideia de não descer para jantar pela segunda noite seguida, Kathleen optou por desafiar Devon com sua frieza. Era a última noite dele no Priorado Eversby, e ela se forçaria a suportar uma hora e meia na mesma mesa que ele. Devon fez questão de puxar a cadeira para ela, a expressão indecifrável, e Kathleen agradeceu com algumas poucas palavras. Mas mesmo com aquela distância civilizada entre eles, ela estava um misto angustiante de nervosismo e raiva... a maior parte dirigida a si mesma.

Aqueles beijos... o prazer terrível e impossível que encontrara neles... Como Devon fizera aquilo com ela? Como ela pudera reagir de forma tão devassa? A culpa era mais dela do que de Devon. Ele era um libertino de Londres, e claro que faria avanços sobre ela, ou sobre qualquer mulher que estivesse próxima. Ela deveria ter resistido e o esbofeteado, mas em vez disso ficara parada e o deixara... o deixara...

Ela não conseguia encontrar as palavras certas para o que ele fizera. Devon lhe mostrara um lado dela mesma que Kathleen nunca imaginara existir. Fora criada para acreditar que a luxúria era um pecado e se considerava acima do desejo carnal, até Devon provar o contrário. Ah, o calor chocante da língua dele na dela, o tremor e a fraqueza que a haviam deixado com vontade de se deitar no chão e permitir que ele a cobrisse. Ela seria capaz de chorar de vergonha.

Só lhe restou permanecer sentada ali, sufocando, enquanto a conversa fluía ao redor. Era uma pena que não conseguisse saborear a refeição, uma suculenta torta de perdiz, servida com bolinhos de ostra e uma salada fresca de aipo, rabanete e pepino. Apesar de se forçar a comer um pouco, cada porção parecia ficar colada à garganta.

Quando o assunto passou a ser o feriado que se aproximava, Cassandra perguntou a Devon se ele planejava passar o Natal no Priorado Eversby.

– Isso a agradaria? – perguntou Devon.

– Ah, sim!

– O senhor trará presentes? – quis saber Pandora.

– Pandora! – repreendeu Kathleen.

Devon sorriu.

– O que vocês gostariam de ganhar? – perguntou às gêmeas.

– *Qualquer coisa* da Winterborne's! – exclamou Pandora.

– Quero pessoas para o Natal – disse Cassandra, melancólica. – Pandora, você se lembra dos bailes de Natal que mamãe oferecia quando éramos pequenas? Todas as damas em suas roupas mais elegantes, e os cavalheiros em trajes formais. A música, as danças...

– E o banquete... – acrescentou Pandora. – Doces, bolos, tortas de carne e especiarias...

– No ano que vem, voltaremos a fazer festa – disse Helen com carinho, sorrindo para as irmãs. Ela se virou para West. – Como costuma celebrar o Natal, primo?

Ele hesitou, parecendo ponderar se deveria responder com sinceridade. A honestidade venceu.

– No dia de Natal eu visito vários amigos, indo de casa em casa, até finalmente cair inconsciente no sofá de um deles. Então, alguém me coloca em uma carruagem, me manda para casa, e meus criados me colocam na cama.

– Não parece muito divertido – comentou Cassandra.

– A partir deste ano – atalhou Devon –, faremos justiça ao Natal. Na verdade, convidei um amigo para passar a data conosco aqui no Priorado Eversby.

A mesa ficou em silêncio, todos se encarando em um estado coletivo de surpresa.

– Quem? – perguntou Kathleen, desconfiada.

Pelo bem dele, ela esperava que não fosse um daqueles homens da companhia ferroviária que planejavam destruir as fazendas dos arrendatários.

– O próprio Sr. Winterborne.

Em meio aos arquejos e gritinhos das meninas, Kathleen encarou Devon com severidade. Maldito! Ele *sabia* que não era certo convidar um estranho para uma casa em luto.

– O proprietário de uma loja de departamentos? – perguntou ela. – Sem dúvida, acompanhado por uma multidão de amigos e agregados elegantes. Milorde, com certeza não esqueceu que estamos todos de luto!

– Como eu poderia? – retrucou ele, com um olhar afiado que a enfureceu. – Winterborne virá sozinho, na verdade. Duvido que vá fazer grande mal à minha casa colocar mais um lugar à mesa na noite de Natal.

– Um cavalheiro com a influência do Sr. Winterborne por certo já deve ter milhares de convites para as festas. Por que viria para cá?

Os olhos de Devon cintilaram de prazer diante da fúria mal contida dela.

– Winterborne é um homem discreto. Imagino que a ideia de um feriado tranquilo no campo o tenha atraído. Em homenagem a ele, eu gostaria que tivéssemos um banquete de Natal adequado. E talvez pudéssemos cantar algumas músicas típicas da data.

As meninas falaram todas ao mesmo tempo.

– Ah, diga que sim, Kathleen!

– Seria esplêndido!

Até mesmo Helen murmurou algo sobre não ver como aquilo poderia fazer mal.

– Por que parar por aí? – perguntou Kathleen em tom sarcástico, encarando Devon com animosidade declarada. – Por que não ter músicos, dança e uma árvore enorme toda iluminada com velas?

– Que excelentes sugestões! – foi a resposta de Devon, em um tom excessivamente simpático. – Sim, teremos tudo isso.

Tão furiosa que não conseguia encontrar palavras, Kathleen o fitou com raiva enquanto Helen, discretamente, tirava a faca de manteiga dos dedos rígidos da cunhada.

CAPÍTULO 14

Dezembro chegou a Hampshire, levando brisas frias e deixando árvores e arbustos brancos sob o gelo. Diante do entusiasmo geral na casa pelo Natal que se aproximava, Kathleen logo perdeu as esperanças de conter as celebrações. Primeiro, ela consentiu que os criados planejassem a própria festa na noite de Natal, e depois permitiu que um grande abeto fosse deixado no saguão de entrada.

Então West perguntou se as festividades poderiam ser estendidas.

Ele encontrou Kathleen no escritório, conferindo as correspondências.

– Posso interrompê-la por alguns instantes?

– É claro. – Ela indicou uma cadeira perto da escrivaninha e pousou a caneta. Ao perceber a expressão propositalmente suave no rosto dele, perguntou: – O que está arquitetando?

West se mostrou surpreso.

– Como sabe que estou arquitetando alguma coisa?

– Sempre que você tenta parecer inocente, fica óbvio que está aprontando alguma.

West abriu um sorriso irônico.

– As meninas não ousariam abordar esse assunto com você, mas prometi a elas que eu falaria, já que foi confirmado que consigo correr mais do que você quando necessário. – Ele fez uma pausa. – Parece que lorde e lady Trenear costumavam convidar todas as famílias de arrendatários e alguns negociantes locais para uma festa na noite de Natal...

– De forma alguma.

– Sim, essa foi a minha primeira reação. No entanto... – Ele a encarou com uma expressão paciente e bajuladora. – Encorajar um espírito de comunidade beneficiaria a todos na propriedade. Não seria tão diferente daquelas visitas de caridade que você faz a cada família.

Kathleen enfiou o rosto entre as mãos com um gemido. Uma grande festa. Música. Presentes, doces, alegria. Ela sabia exatamente o que lady Berwick diria: era indecente que ocorresse uma farra daquelas em uma casa de luto. Era errado ter um ou dois dias de alegria em um ano que deveria ser dedicado à tristeza. E o pior de tudo era que, no fundo, Kathleen desejava tudo aquilo.

– Não é adequado – disse Kathleen de modo pouco convincente. – Não fizemos nada direito. Os tecidos pretos foram retirados da janela cedo demais, mais ninguém está usando véus, e...

– Ninguém se importa com isso – interrompeu West. – Acha que algum dos arrendatários a censuraria por interromper seu período de luto por apenas uma noite? Pelo contrário, eles veriam como um gesto de bondade e boa vontade. Não sei quase nada sobre o Natal, é claro, mas mesmo assim me parece que permitir a festa manteria o espírito da data. – Diante da longa hesitação dela, ele partiu para o golpe de misericórdia: – Pagarei do próprio bolso pela festa. Afinal... – um toque de autopiedade marcou sua voz – ... de que outro modo poderei aprender sobre o Natal?

Kathleen baixou as mãos e o encarou com severidade.

– Você é um manipulador desavergonhado, Weston Ravenel.

Ele deu um sorrisinho.

– Eu sabia que você concordaria.

~

– É uma árvore muito alta – comentou Helen uma semana depois, no saguão de entrada.

– Nunca tivemos uma tão grande assim – admitiu a Sra. Church, o cenho franzido em preocupação.

Juntas, elas observavam West, dois criados e o mordomo se esforçarem para enfiar o tronco de um enorme abeto em um tubo de metal cheio de pedras. O ambiente se encheu de grunhidos masculinos e murmúrios profanos. Agulhas verdes e cintilantes da árvore se espalhavam pelo chão, cones finos como lápis que caíam conforme o abeto era erguido. O ajudante do mordomo estava no meio da grande escadaria curva, segurando a extremidade de uma corda que fora amarrada a uma parte alta do tronco. Do outro lado do saguão, Pandora e Cassandra seguravam outra corda, no balcão do segundo andar. Quando o tronco ficasse perfeitamente posicionado, as cordas seriam amarradas às grades da balaustrada para evitar que a árvore pendesse de um lado para outro.

O ajudante de mordomo puxava a corda com firmeza, enquanto West e os criados empurravam de baixo. Aos poucos, o abeto se ergueu, os ramos se estendendo de forma majestosa e exalando um aroma pungente.

– Que cheiro divino! – exclamou Helen, inspirando profundamente. – Lorde e lady Berwick tinham uma árvore de Natal, Kathleen?

– Todo ano. – Kathleen sorriu. – Mas era pequena, porque lady Berwick considerava um costume pagão.

– Cassandra, vamos precisar de mais enfeites! – avisou Pandora, do balcão. – Nunca tivemos uma árvore tão alta antes.

– Faremos mais uma boa quantidade de velas – respondeu a gêmea.

– Sem mais velas – alertou Kathleen. – Esta árvore por si só já é um risco de incêndio.

– Mas Kathleen – objetou Pandora –, a árvore vai ficar horrorosa se não tivermos muitos enfeites. Vai parecer *nua*.

– Talvez possamos fazer pacotinhos com doces dentro de sacos de filó, amarrados com fitas – sugeriu Helen. – Ficarão bonitos pendurados nos galhos.

West bateu as mãos para retirar as folhas e limpou um pouco de seiva que grudara nas palmas.

– Talvez vocês queiram dar uma olhada no caixote da Winterborne's que chegou esta manhã – disse ele. – Tenho certeza de que contém alguns enfeites natalinos.

Os movimentos e sons no saguão se extinguiram no mesmo instante, enquanto todos olhavam para ele.

– Que caixote? – quis saber Kathleen. – Por que o manteve em segredo até agora?

West a fitou com um olhar expressivo e apontou para o canto, onde se encontrava um enorme caixote de madeira.

– É pouco provável que aquilo seja um segredo... está ali há horas. Estive ocupado demais com essa maldita árvore para conversarmos.

– Você que encomendou?

– Não. Devon mencionou em sua última carta que Winterborne estava mandando alguns adornos de Natal, como um gesto de agradecimento pelo convite para passar a data conosco.

– Eu não convidei o Sr. Winterborne – retrucou Kathleen –, e acho que não podemos aceitar presentes de um estranho.

– Não são presentes para você, são para a casa. Pendure tudo, são só algumas quinquilharias brilhantes.

Kathleen hesitou.

– Acho que não devemos. Não estou certa do que manda a etiqueta neste caso, mas não me parece apropriado. Ele é um cavalheiro solteiro, e esta é uma casa de jovens solteiras, que só têm a mim como acompanhante. Se eu fosse dez anos mais velha e tivesse uma reputação estabelecida, talvez fosse diferente, mas do jeito que são as coisas...

– Sou membro desta casa – protestou West. – Isso não torna as coisas mais fáceis?

– Você está brincando, não está?

West revirou os olhos.

– O fato é que se alguém tentar ver algum significado impróprio no presente de Winterborne, minha presença...

Ele parou ao ouvir um som engasgado de Helen, que ficara muito vermelha.

– Helen? – perguntou Kathleen, preocupada, mas a moça deu as costas a eles, dando de ombros.

Kathleen se virou para West com uma expressão alarmada.

– Helen? – chamou ele com calma, adiantando-se e segurando a jovem pelos braços com determinação. – Meu bem, está se sentindo mal? O que...

Ele se interrompeu quando ela balançou a cabeça com violência e balbuciou alguma coisa, sacudindo a mão frouxamente na direção de algo atrás deles. Em alerta, West seguiu a direção do gesto. Sua expressão mudou na mesma hora, e ele começou a rir.

– O que está acontecendo com vocês dois? – quis saber Kathleen.

Ela olhou ao redor do saguão de entrada e percebeu que o caixote não estava mais lá. As gêmeas provavelmente haviam descido as escadas correndo assim que o caixote fora mencionado. Então, cada uma segurando de um lado, o haviam arrastado furtivamente para a sala de visitas.

– Meninas – chamou Kathleen com severidade –, tragam esse caixote de volta agora mesmo!

Mas já era tarde demais. As portas duplas da sala de visitas foram fechadas e logo se ouviu o clique da chave girando na fechadura. Kathleen cerrou o maxilar.

West e Helen ficaram entregues à hilaridade da situação.

– Vou lhes dizer uma coisa – manifestou-se a Sra. Church, espantada –, foram necessários dois criados robustos para trazerem aquele caixote para dentro de casa. Como essas duas jovens damas conseguiram levá-lo embora com tanta rapidez?

– Pu-pura determinação – disse Helen com dificuldade.

– Tudo o que mais quero nesta vida – disse West a Kathleen – é ver você tentar tirar aquele caixote de perto daquelas duas.

– Eu não ousaria – respondeu ela, resignada. – Sofreria ataques físicos.

Helen secou uma lágrima de riso.

– Venha, Kathleen, vamos ver o que o Sr. Winterborne mandou. Venha também, Sra. Church.

– Elas não vão nos deixar entrar – resmungou Kathleen.

Helen sorriu para ela.

– Deixarão, se eu pedir.

As gêmeas, atarefadas como esquilos, já haviam desembrulhado grande parte dos enfeites quando finalmente deixaram todos entrarem na sala de visitas.

O mordomo, seu ajudante e os criados se aventuraram até a porta para dar uma espiada no conteúdo do caixote. Parecia o baú do tesouro de um pirata, transbordando de esferas de vidro pintadas para parecerem frutas, além de pássaros de papel machê decorados com penas de verdade e dançarinas, soldados e animais de metal muito bem-feitos.

Havia até uma caixa grande com minúsculos copos de vidro coloridos, ou luzinhas decorativas, que deveriam ser preenchidos com óleo de lamparina e uma vela flutuante, para então serem pendurados na árvore.

– Será impossível evitar um incêndio – comentou Kathleen, preocupada, olhando para a infinidade de copinhos.

– Deixaremos dois meninos com baldes de água perto da árvore, quando estiver acesa – assegurou a Sra. Church para tranquilizá-la. – Se algum dos galhos pegar fogo, eles o apagarão na mesma hora.

Todos arquejaram quando Pandora desencavou um enorme anjo de Natal. O rosto de porcelana era emoldurado por cabelos dourados, enquanto um par de asas do mesmo tom emergia das costas de um vestidinho de cetim bordado com pérolas e fios de ouro.

Enquanto a família e os criados se aglomeravam para reverenciar a magnífica criação, Kathleen pegou West pelo braço e o puxou para fora da sala.

– Está acontecendo alguma coisa – disse ela. – Quero saber o verdadeiro motivo para o conde ter convidado o Sr. Winterborne.

Eles pararam embaixo da grande escadaria, atrás da árvore.

– Devon não pode demonstrar hospitalidade a um amigo sem algum motivo oculto? – desconversou West.

– Não. Tudo o que seu irmão faz tem um motivo oculto. Por que ele convidou o Sr. Winterborne?

– Winterborne tem parte em vários projetos. Acredito que Devon espera se beneficiar de seus conselhos e, em algum momento, venha a fazer negócio com ele.

Aquilo pareceu bastante razoável. Mas a intuição dela a avisava de que ainda havia algo suspeito na situação.

– Como eles se conheceram?

– Cerca de três anos atrás, Winterborne foi indicado para integrar dois clubes de cavalheiros de Londres, mas foi rejeitado por ambos. Winterborne é um plebeu, o pai era um galês dono de mercearia. Então, depois de ouvir a história de como Winterborne fora recusado, entre risinhos abafados, Devon deu um jeito para que o nosso clube de cavalheiros, o Brabbler's, o aceitasse. E Winterborne nunca esquece um favor.

– Brabbler's? – repetiu Kathleen. – Que nome esquisito.

– É a palavra que usamos para descrever uma pessoa que tem tendência a discutir por bobagens. – West baixou os olhos e limpou mais um pouco de seiva que grudara nas costas de sua mão. – O Brabbler's é um clube de cavalheiros de segunda categoria, para aqueles que não são aceitos no

White's ou no Brook's, mas tem como membros alguns dos homens mais inteligentes e bem-sucedidos de Londres.

– Como o Sr. Winterborne.

– Exato.

– Como ele é fisicamente? E sua personalidade?

West deu de ombros.

– É um tipo meio quieto, mas também sabe ser encantador como o diabo quando o interessa.

– É velho ou novo?

– Tem 30 anos, mais ou menos.

– E tem boa aparência?

– As damas certamente acham que sim. Se bem que, com a fortuna que tem, Winterborne poderia parecer um sapo e elas ainda se jogariam em cima dele.

– É um bom homem?

– Não se consegue acumular uma fortuna sendo um santo.

Kathleen sustentou o olhar dele e se deu conta de que aquilo era o máximo que conseguiria arrancar de West.

– O conde e o Sr. Winterborne devem chegar amanhã à tarde, não é isso?

– Sim, eu irei encontrá-los na estação de Alton. Gostaria de me acompanhar?

– Obrigada, mas meu tempo será mais bem empregado com a Sra. Church e a cozinheira, para garantir que tudo esteja preparado. – Ela suspirou e lançou um olhar severo na direção da árvore que se agigantava, sentindo-se culpada e desconfortável. – Espero que ninguém da aristocracia local ouça falarem de nossas festividades. Mas estou certa de que saberão. Eu não deveria permitir nada disso. Você sabe.

– Mas já que permitiu – disse West, dando um tapinha carinhoso no ombro dela –, pode muito bem tentar aproveitar.

CAPÍTULO 15

— Você vai ser indicado para o White's – disse Rhys Winterborne enquanto o trem chacoalhava e balançava ao longo da rota que ia de Londres a Hampshire.

Embora a cabine privativa dos dois no vagão da primeira classe pudesse acomodar com folga mais quatro passageiros, Winterborne pagara para que os assentos restantes não fossem ocupados, de modo que eles tivessem o espaço apenas para si. O valete de Devon, Sutton, estava em um dos vagões das classes mais baixas, nos fundos do trem.

Devon encarou o amigo com surpresa.

— Como sabe disso?

A resposta de Winterborne foi um olhar enviesado. Ele com frequência sabia de assuntos particulares antes mesmo que os próprios envolvidos soubessem. Como todos em Londres solicitavam crédito na sua instituição financeira, o homem conhecia os mínimos detalhes das finanças deles, suas compras e seus hábitos pessoais. Além disso, muito do que os empregados da financeira ouviam acabava chegando ao escritório do dono.

— Eles não precisam se incomodar – falou Devon, esticando as pernas no espaço entre os assentos. – Eu não aceitaria.

— O White's tem mais prestígio do que o Brabbler's.

— Assim como a maioria dos clubes – acrescentou Devon com ironia. – Mas o ar é um pouco rarefeito demais em círculos de classe tão alta. E se o White's não me quis antes de eu ser conde, não há razão para que me queira agora. Não mudei em absolutamente nada, a não ser pelo fato de que agora estou tão afundado em dívidas quanto o resto da nobreza.

— Essa não é a única mudança. Você ganhou poder político e social.

— Poder sem capital. Eu preferia ter dinheiro.

Winterborne balançou a cabeça.

— Sempre escolha o poder. O dinheiro pode ser roubado ou perder valor, e não lhe sobrará nada. Com poder, sempre se pode conseguir mais dinheiro.

— Espero que tenha razão.

— Sempre tenho – disse Winterborne sem rodeios.

Poucos homens conseguiriam fazer uma declaração dessas de forma convincente, e Rhys Winterborne com certeza era um deles.

Ele era um desses raros indivíduos que nascem na época e no lugar perfeitos para o melhor proveito de suas habilidades. Em um espaço de tempo curtíssimo, Winterborne transformara a loja desorganizada do pai enfermo em um império do comércio. Tinha faro para qualidade e uma percepção especial para as demandas do mercado. De algum modo, Winterborne sempre conseguia identificar o que as pessoas queriam comprar antes que elas mesmas soubessem. Como uma figura pública muito conhecida, ele tinha inúmeros amigos, conhecidos e inimigos, mas ninguém poderia alegar com franqueza que o conhecia bem.

Winterborne estendeu a mão para a garrafa que fora colocada sobre a prateleira gradeada presa ao painel de teca sob a janela, serviu duas doses de uísque e entregou uma delas a Devon. Depois de um brinde silencioso, eles se recostaram nos assentos aveludados e observaram a vista em constante mudança através da janela.

O luxuoso compartimento era um dos três do vagão, cada um com o próprio conjunto de portas, que eram abertas apenas por fora. As portas haviam sido trancadas por um porteiro, prática padrão nos trens para evitar que passageiros sem passagem se esgueirassem a bordo. Pelas mesmas razões, as janelas tinham barras de metal. Para se distrair da vaga sensação de estar encarcerado, Devon se concentrou na paisagem.

A Inglaterra se tornara muito menor agora que era possível percorrer certa distância em questão de horas, em vez de dias. Mal havia tempo para absorver o cenário antes que ele passasse apressado, o que inspirara algumas pessoas a chamarem a estrada de ferro de "caminho mágico". O trem atravessou pontes, pastos, vias públicas e vilarejos antigos, em alguns momentos passando por estradas estreitas, em outros apitando em espaços abertos. As colinas de Hampshire surgiram à vista, encostas cobertas por um verde escuro invernal, apequenando-se sob o céu esbranquiçado da tarde.

A perspectiva de chegar em casa encheu Devon de expectativa. Ele estava levando presentes para todos da família, mas pensara muito antes de decidir o que dar a Kathleen. Em um dos balcões de joalheria da Winterborne's, encontrara um camafeu fora do comum, que mostrava, em uma belíssima gravação, uma deusa grega cavalgando. O camafeu ficava sobre uma base de ônix e era emoldurado por minúsculas pérolas brancas.

A vendedora dissera a Devon que a peça era adequada para uma dama de luto justamente por estar sobre ônix. Até mesmo as pérolas eram aceitáveis, já que se dizia que representavam lágrimas. Devon comprara na mesma hora. A joia lhe fora entregue naquela manhã, e ele a guardara no bolso antes de partir para a estação de trem.

Devon estava impaciente para ver Kathleen de novo, faminto pela visão da figura dela e pelo som de sua voz. Sentira falta dos sorrisos da moça, de seu cenho franzido, das encantadoras frustrações com situações impróprias – como porcos e encanadores.

Cheio de expectativa, ele ficou contemplando o cenário enquanto o trem subia com dificuldade a colina e então começava a descida. Logo atravessariam o rio Wey, e faltariam menos de 2 quilômetros para chegar à estação de Alton. Os vagões tinham metade de sua capacidade ocupada – um número muito maior de passageiros viajaria no dia seguinte, a noite de Natal.

O trem ganhou velocidade conforme se aproximaram da ponte, mas a potência do motor foi perturbada por um solavanco súbito e uma guinada. No mesmo instante, os ouvidos de Devon se encheram com o guincho metálico dos freios. O vagão se sacudiu com tremores violentos. Em um reflexo, Devon agarrou uma das barras de metal da janela para evitar ser lançado do assento.

No instante seguinte, um tremendo impacto fez com que a barra de metal que ele segurava se soltasse, e o vidro da janela se estilhaçou quando o vagão saiu dos trilhos. Devon foi lançado em um caos de vidro, madeira, metal retorcido e um barulho profano. Um movimento violento foi acompanhado pelo rompimento dos eixos, e então houve a sensação de precipitação e queda, enquanto os dois homens eram arremessados para o outro lado do compartimento. Uma luz branca ofuscante encheu a cabeça de Devon, enquanto ele tentava encontrar um ponto fixo em meio a toda aquela loucura. Ele continuou no chão, sem conseguir parar, até seu corpo sofrer um impacto e ele sentir uma dor imensa lhe queimando o peito, como se tivesse sido atravessado por um arpão. Sua mente girou e mergulhou na escuridão.

CAPÍTULO 16

O frio violento trouxe Devon de volta à consciência, arrancando arquejos do fundo de seus pulmões. Ele esfregou o rosto úmido e tentou se erguer. A água malcheirosa do rio entrava em um fluxo constante no compartimento do trem, ou no que restara dele. Devon escalou o vidro partido e os destroços e conseguiu chegar até a abertura da janela quebrada e olhar através das barras de metal.

Parecia que a locomotiva havia caído no parapeito da ponte, levando três vagões com ela e deixando os dois restantes pendurados no barranco acima. Perto deles, o volume imenso de um dos vagões boiava na água como um animal caído. Gritos apavorados de socorro enchiam o ambiente.

Devon se virou, procurando desesperadamente por Winterborne, afastando placas de teca até encontrar o amigo inconsciente embaixo de um assento que se soltara do piso. A água começava a cobrir o rosto dele.

Devon ergueu o amigo, cada movimento provocando uma pontada excruciante de dor no peito e na lateral do corpo.

– Winterborne! – chamou Devon com brusquidão, sacudindo-o um pouco. – Acorde. Vamos. *Agora!*

Winterborne tossiu e deixou escapar um gemido.

– O que aconteceu? – perguntou com a voz rouca.

– O trem descarrilhou – respondeu Devon, arquejando. – O vagão caiu no rio.

Winterborne esfregou o rosto ensanguentado e grunhiu de dor.

– Não consigo enxergar.

Devon tentou erguer mais o homem, pois a água continuava a subir.

– Você terá que se mover, ou vamos nos afogar.

Frases indecifráveis em galês cortaram o ar antes que Winterborne dissesse, em inglês:

– Minha perna está quebrada.

Devon praguejou, afastou mais escombros para o lado e encontrou uma barra de metal da janela que fora arrancada dos rebites. Ele se arrastou para cima de outro assento e ergueu a mão para a porta lateral, que estava virada na direção da corrente do rio. Ofegante com o esforço, ele usou a barra de ferro como uma alavanca improvisada para abrir a porta. A inclinação diagonal do vagão dificultava o trabalho. E a água continuava entrando, chegando agora aos joelhos deles.

Depois de conseguir quebrar a tranca, Devon empurrou a porta até ela se soltar e abrir para a lateral externa do veículo.

Ele enfiou a cabeça para fora e calculou a distância até a margem do rio. A água parecia não passar da altura do quadril.

O problema era o frio extremo, que acabaria rápido com eles. Não poderiam se permitir esperar por ajuda.

Tossindo por causa do ar carregado de fumaça, Devon voltou para dentro do vagão. Encontrou Winterborne tirando cacos de vidro dos cabelos, os olhos ainda fechados, o rosto marcado por uma série de arranhões, sangrando.

– Vou puxá-lo para fora e guiá-lo até a beira do rio – falou Devon.

– Em que condições você está? – perguntou Winterborne, parecendo surpreendentemente lúcido para um homem que acabara de ficar cego e estava com uma perna quebrada.

– Melhores do que as suas.

– A que distância estamos de terra firme?

– Cerca de 6 metros.

– E a corrente? Está muito forte?

– Isso não tem a menor importância. Não podemos ficar aqui.

– Suas chances são melhores sem mim – observou Winterborne com calma.

– Não vou deixá-lo aqui, seu cretino desgraçado. – Devon pegou o pulso de Winterborne e o passou sobre os próprios ombros. – Se estiver com medo de ficar me devendo um favor depois de eu salvar a sua vida... – com esforço, ele puxou o amigo na direção da porta – ... você está certo. Um *enorme* favor.

Ele pisou errado e os dois cambalearam. Devon estendeu a mão livre e segurou a maçaneta para garantir o equilíbrio.

Uma pontada dilacerante pareceu rasgar o peito dele, roubando por um instante o ar de seus pulmões.

– Cristo, você é pesado – conseguiu dizer Devon, por fim.

Não houve resposta. Devon percebeu que Winterborne estava tentando não ficar inconsciente.

A cada respiração dolorosa, Devon sentia as pontadas no peito se transformarem em uma agonia constante e penetrante. Os músculos travaram e se contraíram.

Muitas complicações se acumulavam... o rio, o frio, os ferimentos de Winterborne e agora algo que estava provocando aquela dor tão forte. Mas não havia escolha além de seguir adiante.

Ele cerrou os dentes e conseguiu puxar Winterborne do vagão.

Ainda carregando o amigo, Devon lutou para firmar os pés no fundo lamacento do rio. A água estava mais alta do que ele estimara, bem acima da cintura.

Em um momento de choque, o frio o paralisou. Devon se concentrou em forçar os músculos travados a se moverem.

– Winterborne – disse entre os dentes –, não estamos longe. Vamos conseguir.

A resposta do amigo foi um palavrão sucinto, o que fez com que Devon desse um breve sorriso. Seguindo contra a corrente arduamente, Devon foi na direção dos juncos na margem do rio, onde outros sobreviventes do acidente estavam aglomerados.

Foi um percurso duro e exaustivo, a lama prendendo os pés dele, a água gelada drenando sua coordenação e o deixando entorpecido.

– Milorde! Milorde, estou aqui!

Sutton estava na margem do rio, acenando para ele, ansioso. Ao que parecia, o valete descera a encosta, onde os vagões descarrilhados ainda estavam pendurados na ponte.

O valete entrou na água e arquejou por causa da temperatura congelante.

– Pegue-o – disse Devon bruscamente, arrastando Winterborne, semiconsciente, por entre os juncos.

Sutton passou os braços ao redor do peito de Winterborne e o puxou para a margem.

Devon sentiu os joelhos cederem e cambaleou ainda na água, lutando para não desmoronar. Seu cérebro exausto trabalhou para reunir as últimas reservas de força, e o rapaz se atirou para a margem.

Parou quando se deu conta de que estava ouvindo gritos agudos e desesperados. Ele olhou por sobre o ombro e viu que ainda havia passageiros em um dos compartimentos de um vagão alagado que aterrissara no rio inclinado.

Eles não haviam conseguido arrombar a porta trancada. Ninguém fora ajudá-los, pois os sobreviventes que haviam conseguido sair da água haviam desmoronado de frio e só naquele momento é que os grupos de resgate começavam a chegar. Quando conseguissem alcançar a beira do rio, seria tarde demais.

Sem se dar tempo para pensar, Devon se virou e voltou a se jogar na água.

– *Senhor!* – chamou Sutton.

– Tome conta de Winterborne – disse Devon de forma brusca.

Quando conseguiu alcançar o vagão, estava com o corpo entorpecido da cintura para baixo e se esforçando para se manter consciente em meio à névoa que confundia sua mente. Graças à pura força de vontade, Devon abriu caminho para dentro do vagão, através do espaço em uma parede que fora arrancada pelo impacto da queda.

Ele foi até uma janela e agarrou uma barra de metal. Foi preciso muita concentração para fazer com que a mão se fechasse corretamente ao redor da barra. De algum modo, Devon conseguiu arrancá-la da lateral, e então voltou a atravessar o vagão e entrar no rio.

Enquanto usava a barra como alavanca para arrombar a porta do compartimento, ele ouviu os gritos de alívio lá dentro. A porta se abriu com um ranger do metal, e os passageiros se aglomeraram na abertura. O olhar turvo de Devon percebeu uma mulher de meia-idade segurando um bebê que berrava, duas moças chorosas e um rapaz muito jovem.

– Há mais pessoas aí dentro? – perguntou Devon ao garoto.

A voz dele saiu arrastada, como se estivesse bêbado.

– Ninguém vivo, senhor – respondeu o garoto, tremendo.

– Está vendo aquelas pessoas na margem do rio?

– A-acho que sim, senhor.

– Vá para lá. Dê o braço às moças. Mantenha o corpo de lado na correnteza, é mais fácil. *Vão!*

O rapaz acenou e se jogou no rio, ofegante por causa do frio intenso da água que chegava ao seu peito. As moças assustadas o seguiram, dando gritinhos, agarradas aos braços dele. O trio seguiu junto em direção à margem, apoiando-se um no outro para enfrentar a correnteza.

Devon se virou para a mulher apavorada e disse apenas:

– Passe a criança para mim.

Ela balançou a cabeça desesperadamente.

– Por favor, senhor, por que...
– Agora!

Ele não conseguiria permanecer de pé por muito mais tempo.

A mulher obedeceu, chorando, e a criança continuou a se lamuriar enquanto passava os bracinhos ao redor do pescoço dele. A mãe agarrou o braço livre de Devon e saiu do vagão, deixando escapar um grito agudo quando entrou na água. Passo a passo, Devon a arrastou pelo rio, o peso das saias da mulher tornando o progresso deles ainda mais difícil. Logo Devon perdeu qualquer noção de tempo.

Não tinha bem certeza de onde estava, ou do que estava acontecendo. Não sabia direito se suas pernas ainda estavam funcionando, porque já não as sentia mais. O bebê tinha parado de chorar e investigava o rosto de Devon com curiosidade, as mãozinhas parecendo uma estrela do mar. Ele estava vagamente consciente de que a mulher gritava alguma coisa, mas as palavras se perderam no latejar letárgico que tomava os ouvidos dele.

Havia pessoas ao longe, lanternas, luzes dançando e se inclinando no ar carregado de fumaça. Devon continuou seguindo em frente, impelido pela vaga noção de que se hesitasse, mesmo por um momento, perderia o último fio de consciência.

A mente dele registrou a criança sendo puxada de seus braços. E outro puxão, mais forte, quando ele resistiu por um breve momento. A criança estava sendo pega por estranhos, enquanto outros se adiantavam para ajudar a mulher a passar pelo lodo e pelos juncos.

Devon perdeu o equilíbrio e cambaleou para trás, os músculos já não obedecendo mais aos seus comandos. A água o cobriu no mesmo instante, fechando-se sobre a cabeça dele e o arrastando.

Enquanto sentia a correnteza o puxando, Devon visualizou mentalmente a cena como se a visse de cima, uma forma lenta – o corpo dele – girando na água escura. Não conseguiria se salvar, percebeu, atordoado. Ninguém iria salvá-lo. Ele encontrara o mesmo destino prematuro de todos os homens Ravenels, deixando muito por fazer, e não conseguia se importar com isso. Em algum lugar de seus pensamentos confusos, Devon sabia que West seguiria bem sem ele. West sobreviveria.

Mas Kathleen...

Ela nunca saberia o que significara para ele.

Aquilo trouxe de volta um pouco da consciência que já cedera. Santo

Deus, por que esperara, por que presumira que tinha todo o tempo do mundo pela frente? Se tivesse mais cinco minutos para dizer a ela... maldição, *um* minuto que fosse... mas era tarde demais.

Kathleen seguiria sem ele. Algum outro homem se casaria e envelheceria com ela, e Devon não seria nada além de uma lembrança vaga.

Se ela ao menos se lembrasse dele para sempre...

Devon se debateu e lutou, um uivo silencioso preso dentro do peito. Kathleen era o destino dele, *dele*. Moveria céus e terras para ficar com ela. Mas não adiantava, o rio continuava a levá-lo para a escuridão.

Algo o segurou. Faixas duras e fortes foram passadas ao redor de seu braço e de seu peito, como membros de um monstro das profundezas. Uma força inexorável o puxou para trás com uma violência dolorosa. Devon sentiu ter sido agarrado e arrastado com rapidez contra a correnteza.

– Ah, não, você não vai fazer isso – grunhiu um homem perto do ouvido dele, arquejando com o esforço. O aperto no peito de Devon ficou mais forte e ele começou a tossir, uma dor agoniante. E a voz continuou: – Você não vai me deixar sozinho para cuidar daquela maldita propriedade.

CAPÍTULO 17

– O trem deve ter se atrasado – comentou Pandora, contrariada, enquanto brincava com os cães no chão da sala de visitas. – Odeio esperar.

– Você poderia se ocupar com uma tarefa útil – sugeriu Cassandra, indicando o bordado em que trabalhava. – O tempo passaria mais rápido.

– As pessoas sempre dizem isso, mas não é verdade. A espera demora exatamente o mesmo tempo, esteja a pessoa sendo útil ou não.

– Talvez os cavalheiros tenham parado para comer algo no caminho ao voltar de Alton – arriscou Helen, inclinando-se sobre o bastidor de seu bordado para se concentrar em um ponto complicado.

Kathleen levantou os olhos de um livro sobre agronomia que West lhe havia recomendado.

– Se for esse o caso, é melhor que ainda estejam famintos quando chegarem – falou, com uma indignação brincalhona. – Depois do banquete que a cozinheira preparou, nada menos do que gula será suficiente. – Ela fez uma careta ao ver Napoleão se acomodar entre as dobras do vestido de Pandora. – Querida, você vai estar coberta de pelos quando os cavalheiros chegarem.

– Eles não vão perceber – garantiu a moça. – Meu vestido é preto, assim como o cão.

– Pode ser, mas ainda assim... – Kathleen se interrompeu quando Hamlet entrou trotando na sala de visitas com seu sorriso permanente. Na agitação que haviam sido os preparativos para a celebração do Natal, naquela noite, ela se esquecera do porco. Já estava tão acostumado a vê-lo seguindo Napoleão e Josephine por toda parte que começara a pensar nele como um terceiro cão. – Ah, Deus, temos que fazer alguma coisa com Hamlet. Ele não pode ficar andando pela casa enquanto o Sr. Winterborne estiver aqui.

– Hamlet é muito limpo – argumentou Cassandra, estendendo a mão para acariciar o porco, que se aproximara dela e grunhia com afeição. – Mais limpo do que os cães, na verdade.

Isso era verdade. Hamlet era tão comportado que seria injusto bani-lo da casa.

– Não há escolha – disse Kathleen em tom triste. – Temo que o Sr. Winterborne não compartilhe de nossa visão benevolente em relação a porcos. Hamlet terá que dormir no celeiro. Vocês podem arrumar uma bela cama para ele, com palha e mantas.

As gêmeas ficaram contrariadas e protestaram ao mesmo tempo.

– Mas ele ficará magoado...

– Pensará que está sendo punido!

– Hamlet ficará perfeitamente confortável... – começou Kathleen, mas se interrompeu ao perceber que os dois cães, alertados por um barulho, haviam saído correndo da sala, abanando o rabo.

Hamlet seguiu atrás deles guinchando com determinação.

– Há alguém à porta – disse Helen, deixando o bordado de lado.

Ela foi até a janela para checar a entrada da frente e o pórtico.

Devia ser Devon chegando com o convidado. Kathleen ficou de pé de um pulo e ordenou às gêmeas:

– Levem o porco para o celeiro! Rápido!

E disfarçou um sorriso quando as meninas correram para obedecer.

Kathleen alisou as saias, ajeitou as mangas do vestido e foi para o lado de Helen na janela. Para sua surpresa, não havia carruagem nem parelhas de cavalos na entrada, apenas um pônei robusto e arfante, as laterais do corpo marcadas pelo suor, indicando que ele havia cavalgado a toda velocidade até ali.

Ela reconheceu o pônei: pertencia a Nate, filho mais novo do chefe dos correios, que entregava telegramas. Mas Nate não cavalgava como louco para fazer suas entregas.

Um arrepio de apreensão desceu pela espinha de Kathleen.

O mordomo entrou na sala.

– Milady.

A respiração ficou presa na garganta de Kathleen quando ela viu que ele trazia um telegrama. Sims nunca lhe entregara uma carta ou um telegrama diretamente, em mãos. Ele sempre colocava a correspondência em uma pequena bandeja de prata.

– O rapaz disse que é uma questão de grande urgência – falou Sims, o rosto tenso com a emoção reprimida quando entregou o telegrama a ela.
– O chefe dos correios recebeu várias notícias urgentes. Parece que houve um acidente de trem em Alton.

Kathleen sentiu a cor fugir do rosto. Seus ouvidos latejavam. Desajeitada por causa da pressa em ler a mensagem, ela pegou o telegrama da mão de Sims e o abriu.

DESCARRILHAMENTO PERTO DA ESTAÇÃO. TRENEAR E WINTERBORNE FERIDOS. PROVIDENCIEM UM MÉDICO. VOLTAREI EM CARRUAGEM ALUGADA.

SUTTON

Devon... ferido.

Kathleen se pegou cerrando os punhos, como se a notícia terrível fosse algo que ela pudesse combater fisicamente. Seu coração disparou no peito.
– Sims, mande um criado buscar o médico. – Foi difícil falar em meio ao pânico que ameaçava dominá-la. – O mais rápido possível... Lorde Trenear e o Sr. Winterborne precisarão de cuidados.

– Sim, milady.

O mordomo deixou a sala de visitas com uma agilidade impressionante para um homem de sua idade.

– Posso ler? – pediu Helen.

Kathleen estendeu o telegrama a ela, as bordas do papel oscilando como uma borboleta capturada.

A voz sussurrada de Nate veio da porta. Era um rapaz pequeno, o corpo magro e firme, os cabelos cor de ferrugem e o rosto redondo e cheio de sardas.

– Meu pai me contou assim que ficou sabendo. – Ao ver que tinha a atenção das duas, ele continuou, empolgado: – Aconteceu na ponte, pouco antes da estação. Um trem estava cruzando a linha férrea e não saiu a tempo. O de passageiros bateu nele e alguns vagões caíram da ponte, no rio Wey. – Os olhos do rapaz estavam arregalados de espanto. – Mais de uma dúzia de pessoas morreram e outro tanto está desaparecido. Meu pai disse que é provável que mais gente apareça sem vida nos próximos dias. Talvez tenham perdido braços e pernas, ou tido os ossos esmagados...

– Nate – interrompeu-o Helen, enquanto Kathleen se virava de costas –, por que não corre até a cozinha e pede um biscoito ao cozinheiro, ou um pedaço de bolo de gengibre?

– Obrigado, lady Helen.

Kathleen apertou os olhos com os punhos cerrados. O medo e a angústia a fizeram tremer da cabeça aos pés.

Não conseguia suportar a ideia de Devon ferido. Naquele exato momento, aquele homem lindo, arrogante, extremamente saudável, estava sentindo dor, talvez até morrendo. Ela tossiu algumas vezes, e algumas lágrimas escorreram por entre seus punhos cerrados. Não, não podia se permitir chorar, havia muito a fazer. Precisavam estar prontos para quando ele chegasse. Tudo o que fosse necessário para socorrê-lo deveria estar disponível prontamente.

– O que posso fazer? – perguntou Helen.

Kathleen passou os punhos do vestido pelo rosto molhado. Era difícil pensar, seu cérebro estava anuviado.

– Conte às gêmeas o que aconteceu e não deixe que estejam presentes quando os homens forem trazidos para dentro. Não sabemos em que condições eles estão, ou qual a gravidade dos ferimentos, e... eu não gostaria que as meninas vissem...

– É claro.

Kathleen se virou para encará-la, sentindo o sangue latejar nas têmporas.
– Vou procurar a Sra. Church – disse com a voz trêmula. – Vamos precisar reunir todos os itens de primeiros socorros que temos na casa, além de lençóis limpos, panos...

Ela sentiu a garganta se fechar.

– West está com eles – lembrou Helen, pousando a mão no ombro da cunhada. Estava muito calma, apesar do rosto pálido e tenso. – Ele vai tomar conta do irmão. Não se esqueça, o conde é um homem grande e muito forte. Sobreviveria a riscos a que outros homens talvez não sobrevivessem.

Kathleen assentiu de modo automático, mas as palavras de Helen não a confortaram. Sim, Devon era um homem grande e forte, mas um acidente de trem era diferente de qualquer outro tipo de desastre. Ferimentos decorrentes de colisões e descarrilhamentos raramente eram leves. Não importava quão forte, corajosa ou inteligente fosse uma pessoa, se fosse arremessada de um vagão a quase 100 quilômetros por hora. Nesse caso, o que valia era a sorte... que nunca fora abundante na família Ravenel.

∼

Para alívio de Kathleen, o criado que fora mandado em busca do Dr. Weeks voltou de imediato com ele. Weeks era um médico competente e talentoso que estudara em Londres. Ele estivera na propriedade na manhã do acidente de Theo e dera às meninas Ravenels a notícia da morte do irmão delas. Sempre que um membro da casa ficava doente, Weeks chegava de pronto, tratando os criados com a mesma consideração e o mesmo respeito que dedicava à família. Kathleen rapidamente passara a gostar do médico e a confiar nele.

– Ainda não tinha tido o prazer de conhecer lorde Trenear – disse Weeks, abrindo a valise em um dos quartos que foram preparados para os pacientes que logo chegariam. – Lamento ter que encontrá-lo pela primeira vez nestas circunstâncias.

– Eu também – falou Kathleen, fitando o conteúdo dos grandes estojos pretos: bandagens para curativos, agulhas e linha, instrumentos de metal e pequenos frascos de medicamentos. Ela continuava relutante em acreditar no que acontecera enquanto se perguntava quando Devon chegaria e que tipo de ferimentos sofrera.

Santo Deus, aquela situação era terrivelmente semelhante à manhã em que Theo morrera.

Kathleen cruzou os braços e segurou os cotovelos, tentando controlar os tremores. A última vez que Devon deixara o Priorado Eversby, ela estava irritada demais com ele para se despedir, lembrou.

– Lady Trenear – chamou o médico –, sei que esta lamentável situação e minha presença aqui devem lembrar à senhora a morte do seu marido. Ajudaria se eu lhe ministrasse um sedativo leve?

– Não, obrigada. Quero me manter bem consciente. É só que... não consigo acreditar... outro Ravenel...

Ela não conseguiu terminar a frase.

Weeks franziu o cenho e acariciou a barba bem aparada enquanto comentava:

– Parece que os homens dessa família não têm a bênção da longevidade. No entanto, não vamos presumir o pior. Logo saberemos a condição de lorde Trenear.

Enquanto o médico arrumava vários itens sobre uma mesa, Kathleen ouviu Sims, em um quarto mais afastado, mandando um criado correr para os estábulos e pegar muitas varas de treinamento para fazerem macas improvisadas. Ouviam-se passos rápidos nas escadas e os estrépitos de latas de água e baldes de carvão sendo levados para cima. A Sra. Church estava repreendendo uma criada que lhe entregara uma tesoura cega, mas não terminou a frase.

Kathleen ficou tensa ao perceber um silêncio repentino. Depois de um momento, ouviu a voz tensa da governanta no corredor.

– Milady, a carruagem da família está chegando.

Kathleen deu um salto para a frente, como se tivesse sido escaldada, e saiu em disparada do quarto. Passou pela Sra. Church no caminho para a grande escadaria.

– Lady Trenear, a senhora vai tropeçar! – exclamou a governanta, seguindo-a.

Kathleen ignorou o aviso, desceu as escadas às pressas e saiu em direção ao pórtico, onde Sims e um grupo de criados aguardavam. Todos os olhares estavam no veículo que se aproximava.

Mesmo antes de as rodas pararem, o criado que vinha de pé na parte de trás da carruagem saltou para o chão, e a porta do veículo foi aberta por dentro.

O ar se encheu de reações de surpresa quando West saiu. Estava com uma péssima aparência, as roupas sujas e molhadas. Todos tentaram chegar perto dele ao mesmo tempo.

West ergueu a mão para mantê-los a distância e se apoiou na lateral da carruagem. Tremores incessantes percorriam seu corpo, e seus dentes batiam com tanta força que faziam um barulho alto.

– Não... cuidem do conde primeiro. O-onde está o maldito médico?

O Dr. Weeks já estava ao lado dele.

– Estou aqui, Sr. Ravenel. O senhor está ferido?

West fez que não com a cabeça.

– É só fr-frio. Ti-tive que tirar meu irmão d-d-do rio.

Kathleen, que abrira caminho através do grupo, pegou West pelo braço para lhe dar apoio. Ele tremia e cambaleava, a pele acinzentada. Exalava um cheiro fétido de rio, as roupas fedendo a lama e água poluída.

– Como está Devon? – perguntou ela, aflita.

West se apoiou com força em Kathleen.

– Pouco consciente. Dizendo coisas sem m-muito sentido. Na água t-tempo demais.

– Sra. Church – chamou Weeks –, o Sr. Ravenel deve ser levado direto para a cama. Coloque lenha na lareira e o cubra com mantas. Ninguém deve lhe servir bebida alcoólica de nenhum tipo. Isso é muito importante, entende? E a senhora pode lhe dar chá morno para beber, mas *não* quente.

– Não preciso ser ca-carregado – protestou West. – Veja, estou de p-pé bem aqui, na sua frente!

Mas ainda enquanto falava, ele começara a escorregar. Kathleen firmou as pernas para sustentar o peso dele, tentando evitar que caísse. Dois criados se adiantaram de imediato, o levantaram e o colocaram em uma maca.

Como West ficou se debatendo para tentar sair da maca, o médico falou com severidade:

– *Fique quieto*, Sr. Ravenel. Até que esteja muito, muito bem aquecido, qualquer esforço pode ser fatal para o senhor. Se o sangue gelado em suas extremidades chegar ao seu coração muito rápido... – Ele se interrompeu e se dirigiu aos criados: – Levem-no para dentro.

Kathleen começara a subir o degrau móvel da carruagem. Em seu interior reinava um silêncio sombrio.

– Milorde? Devon, o senhor pode...

– Permita-me vê-los primeiro – disse o médico atrás dela, puxando-a com firmeza para longe do veículo.

– Diga-me como está lorde Trenear – exigiu ela.

– Assim que eu souber.

Weeks entrou na carruagem.

Kathleen contraiu todos os músculos do corpo no esforço de ser paciente. Mordeu o lábio inferior até começar a latejar.

Um instante depois, a voz do médico emergiu com um novo tom de urgência.

– Vamos retirar o Sr. Winterborne primeiro. Preciso de um homem forte para ajudar, imediatamente.

– Peter – chamou Sims, e o criado se apressou em atender.

E quanto a Devon? Kathleen estava louca de preocupação. Tentou olhar dentro da carruagem, mas não conseguiu ver nada com o médico e o criado bloqueando o caminho.

– Dr. Weeks...

– Em um instante, milady.

– Sim, mas...

Ela se afastou um passo enquanto uma forma longa e escura cambaleou para fora da carruagem.

Era Devon, em trapos e quase irreconhecível. Ele ouvira a voz dela.

– Lorde Trenear – veio a ordem firme do médico –, *não* faça esforço. Eu o examinarei assim que cuidar do seu amigo.

Devon o ignorou e cambaleou novamente quando seus pés encostaram no chão. Ele se segurou na beira da porta aberta para não cair. Estava imundo e machucado da cabeça aos pés, a camisa molhada e manchada de sangue. Mas enquanto observava cada mínimo detalhe dele, Kathleen notou, com alívio, que não havia nenhum membro faltando, nenhum ferimento aberto. Ele estava inteiro.

O olhar desorientado encontrou o dela com um ardor de um azul profano, e seus lábios formaram o nome de Kathleen sem emitir som.

Ela o alcançou em duas passadas, e ele a abraçou com força. Uma das mãos dele segurou a massa de tranças presas em um coque na nuca, um movimento que lhe causou dor. Um gemido baixo vibrou na garganta de Devon, que colou a boca à dela em um beijo punitivo, sem dar atenção a qualquer um que os estivesse vendo. O corpo dele estremeceu, seu equilíbrio comprometido, e Kathleen firmou as pernas para lhe dar apoio, como fizera com West.

– Você não deveria estar de pé – disse ela, a voz trêmula. – Deixe-me ajudá-lo... vamos nos sentar no chão. Devon, por favor...

Mas ele não estava ouvindo nada. Com um grunhido primitivo e apaixonado, virou-se, empurrou-a contra a lateral da carruagem e a beijou de novo. Mesmo ferido e exausto, ele era incrivelmente forte. Devon usou a boca para capturar a de Kathleen com intensidade, parando apenas para arquejar por ar. Por sobre o ombro dele, ela viu a Sra. Church e dois criados vindo na direção dos dois com uma maca.

– Devon – implorou ela –, você precisa se deitar. Há uma maca bem aqui. Precisam levá-lo para dentro de casa. Vou ficar com você, eu prometo.

Ele permaneceu imóvel, tomado pelos violentos tremores que lhe percorriam o corpo.

– Querido – sussurrou Kathleen no ouvido dele em um tom que misturava preocupação e angústia –, por favor, solte-me.

Ele respondeu com um som indecifrável, abraçando-a mais forte... e começou a cair, enquanto perdia a consciência.

Por sorte, os criados estavam a postos para dar suporte antes que ele esmagasse Kathleen sob seu peso. Enquanto o afastavam dela e o deitavam na maca, o cérebro aturdido dela compreendeu a palavra que ele dissera.

Nunca.

CAPÍTULO 18

Enquanto acomodavam Devon na maca, ergueram a bainha de sua camisa molhada. Kathleen e a Sra. Church arquejaram ao mesmo tempo quando viram um horrível hematoma roxo do tamanho de um prato de jantar espalhando-se pelo tórax e pelo peito dele.

Kathleen ficou pálida ao pensar na força do impacto que teria causado um ferimento daqueles. Com certeza ele estava com algumas costelas quebradas. Ela se perguntou, desesperada, se um dos pulmões não teria sido atingido e danificado irremediavelmente. Com cuidado, inclinou-se para ajeitar um dos braços dele ao lado do corpo. Era muito chocante ver um homem tão cheio de vida daquele jeito, imóvel e sem forças.

A Sra. Church cobriu-o com uma manta e ordenou aos criados:

– Subam com ele para o quarto principal. Devagar... sem balançar demais. Tratem-no como a um recém-nascido.

Depois de contarem até três em uníssono, os criados ergueram a maca.

– Um bebê de 90 quilos – grunhiu um deles.

A Sra. Church tentou manter a expressão severa, mas os cantos de seus lábios se curvaram levemente em um sorriso.

– Cuidado com a língua, David.

Kathleen foi atrás dos homens, secando com impaciência o véu de lágrimas que caía dos olhos.

A governanta, que seguia ao lado dela, murmurou em tom de consolo:

– Pronto, pronto. Não fique nervosa, milady. Logo o teremos todo remendado e novo em folha.

Embora Kathleen ansiasse por acreditar, comentou em um sussurro tenso:

– Ele está tão ferido e febril... deve ter ferimentos internos.

– Ele não pareceu assim tão febril um instante atrás – observou a governanta com ironia.

Kathleen ficou muito vermelha.

– Ele estava exaurido, sem noção dos próprios atos.

– Se a senhora está dizendo, milady. – O sorrisinho da Sra. Church desapareceu quando ela continuou: – Acho que devemos guardar nossa preocupação para o Sr. Winterborne. Pouco antes de ser carregado para dentro, o Sr. Ravenel disse que a perna do Sr. Winterborne está quebrada e que ele está cego.

– Ah, não! Precisamos saber se ele quer que mandemos buscar alguém.

– Eu ficaria surpresa se ele quisesse – disse a governanta em tom objetivo, quando entraram na casa.

– Por que diz isso?

– Se o Sr. Winterborne tivesse alguém, não teria vindo passar o Natal sozinho aqui.

Enquanto o Dr. Weeks cuidava dos ferimentos de Devon, Kathleen foi visitar West.

Mesmo antes de chegar à porta aberta do quarto dele, ela ouviu barulho e risadas escapando para o corredor. Kathleen ficou parada à porta, observando, com um toque de terna resignação, West sentado na cama entretendo um grupo que incluía meia dúzia de criados, Pandora, Cassandra, os dois cães e Hamlet. Helen estava de pé ao lado do lampião, verificando a temperatura em um termômetro de vidro.

Felizmente, West já parecia não estar mais tremendo, e sua cor melhorara.

– ... então vi de relance um homem caminhando dentro da água, voltando para dentro do rio, na direção de um vagão semissubmerso que estava com pessoas presas dentro. E falei para mim mesmo: "Aquele homem é um herói. E também um idiota. Porque ele já está na água há tempo demais e não vai conseguir salvar aquelas pessoas. Vai acabar sacrificando a vida por nada." Comecei a descer a ribanceira e encontrei Sutton. "Onde está o conde?", perguntei. – West fez uma pausa para efeito dramático, mantendo cativa a atenção da audiência. – E para onde acham que Sutton apontou? Para o rio, onde aquele tolo temerário acabara de salvar três jovens e voltava atrás deles com um bebê em um dos braços e uma mulher no outro.

– O homem era *lorde Trenear*? – quis saber uma das criadas, em um arquejo.

– Ele mesmo.

Todo o grupo exclamou com prazer e um orgulho possessivo.

– Nada de mais para alguém grande como o patrão – disse um dos criados, com um sorriso.

– Acho que ele vai aparecer nos jornais por isso! – exclamou outro.

– Espero que sim – falou West –, nem que seja só porque sei que ele odiaria isso.

Ele parou ao ver Kathleen à porta.

– Todos vocês – disse ela aos criados, em uma voz baixa e tranquila –, é melhor voltarem a seus postos antes que Sims ou a Sra. Church os pegue aqui.

– Estou chegando à melhor parte! – protestou West. – Estou prestes a descrever o meu aflitivo, e ao mesmo tempo comovente, resgate do conde.

– Você pode contar isso mais tarde – falou Kathleen, que permaneceu à porta enquanto os criados se apressavam em sair. – Por enquanto, precisa descansar. Como está a temperatura dele, Helen?

– Precisa subir mais alguns graus.

– O diabo que preciso – resmungou West. – Com esse fogo tão alto na lareira, o quarto está um forno. Logo estarei tão tostado quanto um peru de Natal. Falando nisso... estou faminto.

– O médico disse que não podemos alimentá-lo até que seu corpo recupere a temperatura – lembrou Pandora.

– Você tomaria outra xícara de chá? – perguntou Cassandra.

– Quero conhaque, uma fatia de torta de frutas vermelhas, queijo, purê de batata e nabo, e um bife – retrucou West.

Cassandra sorriu.

– Vou perguntar ao médico se você pode tomar um pouco de caldo.

– Caldo? – repetiu ele, indignado.

– Venha, Hamlet – chamou Pandora –, antes que West decida que também quer bacon.

– Espere – falou Kathleen, franzindo o cenho. – Hamlet não deveria estar nos celeiros?

– A cozinheira não permitiu – explicou Cassandra. – Ela disse que ele encontraria um modo de derrubar as latas de lixo e comer todos os vegetais podres. – Ela olhou orgulhosa para o porquinho de expressão alegre. – Porque ele é um animal *muito* criativo e audaz.

– A cozinheira não citou essa última parte – denunciou Pandora.

– Não – admitiu Cassandra –, mas ficou implícito.

As gêmeas tiraram os cães e o porco do quarto e saíram em seguida.

Helen estendeu o termômetro para West.

– Coloque embaixo da língua, por favor – pediu com gravidade.

Ele obedeceu com uma expressão sofrida.

– Querida, poderia conversar com a Sra. Church sobre o jantar? – pediu Kathleen a Helen. – Com três enfermos na casa, acho melhor termos uma refeição informal esta noite.

– *Dois* enfermos – balbuciou West, indignado, ainda com o termômetro na boca. – Estou perfeitamente bem.

– Sim, claro – respondeu Helen a Kathleen. – E servirei algo para o Dr. Weeks. Ele talvez permaneça um bom tempo ocupado com lorde Trenear e o Sr. Winterborne, e com certeza merece jantar.

– Boa ideia – disse Kathleen. – Não se esqueça de incluir um pote de creme turco de limão. Pelo que me lembro, o Dr. Weeks tem um fraco por doces.

– Isso mesmo – intrometeu-se West, ainda com o termômetro na boca –, vamos conversar sobre comida na frente de um homem faminto.

Antes de sair do quarto, Helen parou para erguer o queixo dele, fechando sua boca.

– Calado.

Depois que Helen saiu, Kathleen serviu chá para West e, pegando o termômetro de sua boca, examinou a linha de mercúrio com atenção.

– Um grau acima, e você poderá comer.

West relaxou o corpo, a animação suavizando as linhas de tensão no rosto.

– Como está meu irmão?

– O Dr. Weeks está cuidando dele. Vimos um hematoma horrível no peito e na lateral do tórax... talvez tenha fraturado algumas costelas. Mas estava consciente quando desceu da carruagem e abriu os olhos quando foi levado para o quarto.

– Graças a Deus. – West deixou escapar um longo suspiro. – É um milagre se não tiver sequelas em outra parte do corpo. Aquele acidente... meu Deus, os vagões estavam por toda parte, como brinquedos na casa de uma criança. E as pessoas que não sobreviveram... – Ele engoliu em seco. – Eu gostaria de conseguir esquecer o que vi.

Kathleen, que se sentara na cadeira ao lado da cama, apertou a mão dele com carinho.

– Você está exausto – murmurou.

West deu uma risadinha triste.

– Estou tão arrasado de cansaço que uma simples exaustão seria lucro.

– É melhor eu deixá-lo descansar.

West virou a mão e a fechou na de Kathleen.

– Ainda não – falou baixinho. – Não quero ficar sozinho.

Ela assentiu e permaneceu na cadeira.

Ele soltou a mão dela e pegou a xícara de chá.

– A história que você estava contando sobre Devon é verdadeira? – perguntou Kathleen.

Depois de acabar com o chá em dois goles, West a encarou com uma expressão assombrada.

– Tudo verdade. O filho da mãe quase conseguiu se matar.

Kathleen pegou a xícara dos dedos frouxos dele.

– Não sei como ele fez aquilo – continuou West. – Não fazia nem dois minutos que eu estava na água, e minhas pernas já estavam dormentes até os ossos. Uma agonia. Esse tolo inconsequente passou pelo menos 15 minutos dentro daquele rio.

– Salvando crianças – disse Kathleen, fingindo desdém. – Como ele ousou?

– Sim – falou West, sem qualquer traço de bom humor. Ele fitou as chamas da lareira, pensativo. – Agora compreendo o que você me disse uma vez sobre todas as pessoas que dependem de Devon. E eu me tornei uma delas. Maldito seja. Meu irmão não pode correr riscos de vida idiotas de novo, ou juro que o matarei.

– Entendo – comentou ela, percebendo o medo sob as palavras cáusticas dele.

– Não, você não entende. Não estava lá. Meu Deus, quase não consegui alcançá-lo a tempo. Se eu tivesse chegado só alguns segundos mais tarde... – West deixou escapar um suspiro trêmulo e desviou o rosto. – Ele não teria feito uma coisa dessas antes. Devon tinha muito bom senso, não arriscaria o pescoço por outra pessoa. Muito menos um estranho. O cabeça-oca.

Kathleen sorriu. Ela acariciou os cabelos dele e se esforçou para falar, mesmo com um nó na garganta.

– Meu caro amigo, lamento dizer, mas você teria feito a mesma coisa.

~

Em algum momento depois da meia-noite, Kathleen saiu da cama para ver como estavam os pacientes. Abotoou um roupão sobre a camisola, pegou a vela que estava na mesinha de cabeceira e se encaminhou para o corredor.

Primeiro, enfiou a cabeça no quarto de Winterborne.

– Posso entrar? – perguntou ao Dr. Week, que estava sentado em uma poltrona perto da cama.

– É claro, milady.

– Não se incomode – pediu ela, antes que o médico se levantasse. – Só quero ter notícias do paciente.

Kathleen sabia que havia sido uma noite difícil de trabalho para o médico, que precisara da ajuda do mordomo e de dois criados para realinhar a perna quebrada de Winterborne. Segundo Sims descrevera depois para Kathleen e para a Sra. Church, os músculos grandes da perna ferida haviam se contraído, e foi necessário um enorme esforço para esticá-los o suficiente para que retornassem à posição original. Depois que a perna fora estabilizada, Sims ajudara o médico a envolvê-la com faixas de linho ensopadas em gesso, que endureceriam ao secar.

– O Sr. Winterborne está melhor do que se poderia esperar – murmurou o Dr. Weeks. – A sorte dele foi que a fratura no perônio foi do tipo limpa. Além disso, por ter sido exposto a um frio muito extremo, a pressão sanguínea dele estava tão baixa que isso reduziu a perda de sangue. Acredito que, se não houver complicações, a perna terá uma boa recuperação.

– E quanto à visão?

Kathleen foi para a cabeceira de Winterborne e baixou os olhos para ele, preocupada. Winterborne estava sedado e a parte superior do seu rosto fora enrolada em ataduras margeando os olhos.

– Ele sofreu arranhões na córnea, por causa dos estilhaços de vidro. Retirei alguns cacos e apliquei um unguento. Nenhum desses pequenos cortes parece ser profundo, o que me dá uma boa razão para esperar que ele recobre a visão. Para que tenha a maior chance de recuperação, deve permanecer imóvel e sedado pelos próximos dias.

– Pobre homem – comentou Kathleen, baixinho. – Vamos tomar conta dele muito bem. – Ela voltou os olhos para o médico. – Lorde Trenear também terá que ser sedado?

– Só se tiver dificuldade para dormir à noite. Acredito que as costelas dele estejam fissuradas, mas não quebradas. Normalmente é possível sentir o movimento de uma costela quebrada quando a apalpamos. É doloroso, sem dúvida, mas em poucas semanas Devon estará novo em folha.

A vela se inclinou um pouco na mão dela, e uma gota de cera quente caiu em seu pulso.

– O senhor não tem ideia de como fico feliz por ouvir isso.

– Acho que tenho – comentou o Dr. Weeks, com ironia. – É impossível não notar seu afeto por lorde Trenear.

O sorriso de Kathleen se apagou.

– Ah, não é afeto, é só... bem, minha preocupação com a família, com a propriedade, e... eu não posso desenvolver... afeto... por um homem quando ainda estou de luto. Seria realmente muito errado.

– Milady... – O Dr. Weeks a observou por alguns segundos, os olhos cansados e bondosos. – Conheço muitos fatos científicos sobre o coração humano, e um deles é que é muito mais fácil fazer um coração parar de bater em definitivo do que evitar amar a pessoa errada.

∼

Kathleen foi para o quarto de Devon em seguida. Como não houve resposta a sua batida suave na porta, ela entrou. Ele estava dormindo de lado, o corpo longo imóvel sob as cobertas. Sua respiração soava profunda e estável, o que a tranquilizou.

Ela parou ao lado da cama e baixou os olhos para ele num gesto que demonstrou sua intenção de mantê-lo protegido. A boca de Devon estava relaxada em linhas suaves em meio à barba por fazer que cobria o queixo. Os cílios eram longos e pretos como carvão. Dois pequenos curativos cobriam cortes na face e na testa. Os cachos na lateral direita da testa estavam desalinhados de um modo que ele jamais teria permitido durante o dia. Kathleen teve que se conter para não acariciá-lo, mas perdeu a batalha consigo mesma e passou a mão com ternura pelo cacho tentador.

A respiração de Devon se alterou. Conforme ele foi despertando, seus olhos se entreabriram, pesados por causa da exaustão e do tônico à base de ópio.

– Kathleen.

A voz dele era baixa e rouca.

– Só queria ver como você estava. Precisa de alguma coisa? Um copo de água?

– De você. – Devon segurou a mão livre dela e a puxou para si. Kathleen sentiu nos dedos os lábios dele. – Preciso falar com você.

Ela parou de respirar. Todos os lugares vulneráveis do seu corpo começaram a latejar.

– Você... você foi medicado com láudano o bastante para sedar um elefante – comentou ela, tentando manter o tom leve. – Seria mais inteligente não me dizer nada no momento. Vá dormir, e pela manhã...

– Deite-se comigo.

Ela sentiu um nó no estômago na ânsia de aceitar.

– Você sabe que não posso – sussurrou.

Implacável, ele a segurou pelo pulso e começou a puxá-la com uma determinação ferrenha.

– Espere. Vai se machucar... – Kathleen ficou tentando pousar a vela na mesa próxima, enquanto ele continuava a puxá-la. – Não! Suas costelas... ah, *por que* tem que ser tão teimoso? – Preocupada e ansiosa, ela subiu na cama, para que ele não corresse o risco de se machucar. – Só por um minuto – avisou. – *Um* minuto.

Devon se acalmou, mas seus dedos permaneceram no pulso dela, mais frouxos agora.

Kathleen se deitou de lado para encará-lo e no mesmo instante se arrependeu da decisão. Era uma situação desastrosamente íntima, se deitar tão próximo dele. Enquanto encarava os olhos azuis cansados, uma pontada dolorosa de desejo atravessou seu corpo.

– Tive medo por você – disse ela, a voz fraca. – Devon tocou o rosto dela com a ponta do dedo, traçando o contorno da face. – Como foi?

A ponta do dedo dele desceu pelo nariz dela até a curva sensível acima do lábio superior.

– Em um instante, tudo estava normal – começou ele lentamente –, e no seguinte... o mundo explodiu. Barulho, vidro voando, coisas caindo e caindo, dor... – Devon fez uma pausa, e Kathleen pegou a mão dele, levando-a ao rosto. – A pior parte foi o frio. Não conseguia sentir nada. Estava cansado demais para continuar. Em um momento me pareceu que não seria... tão terrível... desistir. – A voz dele começou a falhar conforme a exaustão o dominava. – Minha vida não passou diante dos meus olhos. Tudo o que vi foi você. – As pálpebras dele se fecharam e a mão deslizou do rosto dela. E Devon só conseguiu sussurrar mais uma coisa antes de adormecer: – Cheguei a pensar que... morreria querendo você.

CAPÍTULO 19

Foi o láudano.

Kathleen ficou repetindo isso para si mesma até adormecer, e foi esse seu primeiro pensamento ao acordar. À frágil luz cinzenta do amanhecer, ela saiu da cama e buscou os chinelos, que não estavam em lugar algum.

Ainda zonza, foi descalça até o lavatório de mármore no canto, lavou o rosto e escovou os dentes. Ao encarar a própria imagem no espelho oval, viu que estava com olheiras, os olhos injetados.

Cheguei até a pensar que morreria querendo você.

Ele provavelmente não se lembraria, pensou Kathleen. Era raro que as pessoas se lembrassem do que haviam dito sob a influência do ópio. Devon talvez nem se lembrasse de tê-la beijado ao lado da carruagem, embora os criados fossem comentar a respeito indefinidamente. Ela fingiria que nada acontecera, e, com alguma sorte, Devon esqueceria, ou teria a delicadeza de não comentar nada.

Kathleen estendeu a mão para o sininho, para chamar Clara, mas pensou melhor e desistiu. Ainda estava cedo. Antes de começar o complicado processo de se vestir e arrumar os cabelos, checaria os pacientes. Vestiu o xale de caxemira sobre a camisola e foi ver Devon primeiro.

Embora não esperasse encontrá-lo acordado, a porta do quarto dele estava aberta, assim como as cortinas.

Ele estava sentado na cama, apoiado nos travesseiros. Os cachos fartos estavam úmidos e limpos, a pele cintilando depois de ter sido meticulosamente barbeada. Mesmo em um leito de doente, parecia robusto e um tanto inquieto, como se estivesse irritado com o confinamento.

Kathleen parou à porta. Enquanto um silêncio tenso preenchia a distância entre eles, uma onda de timidez excruciante a fez ruborizar. Não ajudou que ele a estivesse olhando de um modo como nunca fizera antes: ousado, um pouco possessivo. Algo mudara, pensou ela.

Um leve sorriso tocou os lábios de Devon quando ele a examinou de cima a baixo, o olhar se demorando no xale colorido.

Kathleen fechou a porta mas hesitou, nervosa em se aproximar.

– Por que está desperto tão cedo?

– Acordei faminto e precisava me lavar e me barbear, então chamei Sutton.

– Está sentindo alguma dor? – perguntou ela, preocupada.

– Sim – respondeu ele, enfático. – Venha cá me fazer me sentir melhor.

Ela obedeceu com cautela, os nervos tensos como cordas de piano. Quando se aproximou da cama, notou um cheiro forte, que não combinava com ele mas que ainda assim lhe era estranhamente familiar. Uma mistura de poejo e cânfora.

– Sinto cheiro de unguento – comentou ela, confusa. – Do tipo que usamos em cavalos.

– O Sr. Bloom mandou um pote desses dos estábulos e exigiu que aplicássemos um cataplasma nas minhas costelas. Não ousei recusar.

– Ah. – A expressão dela se suavizou. – Funciona muito bem – garantiu. – Cura os músculos estirados dos cavalos na metade do tempo habitual.

– Tenho certeza disso. – Um sorriso cansado atravessou os lábios dele. – Se ao menos a cânfora não parecesse queimar a minha pele...

– Sutton aplicou esse unguento puro, direto na pele? – perguntou Kathleen, voltando a franzir o cenho. – Essa concentração foi pensada para cavalos... ele deveria ter misturado com óleo ou com cera de abelhas.

– Ninguém o avisou.

– Precisa ser removido com urgência. Deixe-me ajudar.

Kathleen começou a estender a mão para ele, mas se deteve, incerta. O cataplasma fora aplicado por baixo da camisa de dormir branca que Devon usava. Ela teria que levantar a camisa e passar a mão por baixo ou precisaria desabotoá-la na frente.

Ao notar o desconforto dela, Devon sorriu e balançou a cabeça.

– Esperarei até Sutton voltar.

– Não, sou perfeitamente capaz de fazer isso – insistiu Kathleen, o rosto ruborizado. – Afinal, fui uma mulher casada.

– Que mundana – zombou Devon com ternura, seu olhar enternecedor.

Ela cerrou os lábios em uma expressão determinada. Tentando fingir indiferença, começou a desabotoar a camisa dele. A peça era feita de um linho branco excepcionalmente suave, o tecido pesado, com um leve brilho.

– É uma camisa de dormir muito elegante – comentou Kathleen, sem ter mais o que dizer.

– Eu não tinha ideia de que possuía uma camisa de dormir até Sutton trazê-la para mim.

Kathleen parou, perplexa.

– O que usa para dormir, então?

Devon a encarou com um olhar expressivo, um dos cantos da boca erguido.

Ela ficou boquiaberta ao perceber o que ele queria dizer.

– Isso a deixa chocada? – perguntou ele, com o brilho de uma risada nos olhos.

– Não mesmo. Eu já sabia que o senhor é um bárbaro. – Mas ela ficou da cor de uma romã madura enquanto se concentrava nos botões de forma resoluta. A camisa de dormir se abriu, revelando o peito musculoso, levemente coberto de pelos. Kathleen pigarreou antes de perguntar: – Consegue erguer o corpo?

Como resposta, Devon se afastou dos travesseiros com um gemido.

Ela deixou o xale cair e estendeu a mão por trás do corpo dele, procurando a extremidade da atadura. Estava enfiada no meio do curativo.

– Só um momento...

Ela passou o outro braço ao redor do corpo dele para puxar a extremidade da atadura. Era mais comprida do que esperara, e exigiu que Kathleen puxasse várias vezes para tentar soltá-la.

Como não conseguiu mais ficar na posição em que estava por causa da dor, Devon se deixou cair contra os travesseiros com um gemido, e seu peso prendeu as mãos dela.

– Desculpe – conseguiu dizer ele.

Kathleen puxou as mãos presas.

– Não tem problema... mas se não se importar...

Depois de recuperar o fôlego, Devon foi lento em reagir, conforme foi se dando conta da situação.

Ela se sentiu dividida entre achar graça e se sentir ultrajada ao ver o brilho travesso nos olhos dele.

– Deixe eu tirar as mãos daí, seu *patife*.

Ele pousou as mãos quentes nos ombros dela, acariciando devagar, em círculos.

– Suba na cama comigo.

– Está louco?

Enquanto Kathleen tentava se soltar, Devon segurou a trança apoiada no ombro e ficou mexendo nela.

– Você fez isso na noite passada – argumentou ele.

Kathleen ficou imóvel, os olhos arregalados.

Então ele se lembrava.

– Não pode esperar que eu faça disso um hábito – disse ela, ofegante. – Além do mais, logo a minha camareira aparecerá, procurando por mim.

Devon se afastou para o lado e a puxou para a cama.

– Ela não entrará aqui.

– Você é impossível! – repreendeu Kathleen. – Eu deveria deixar a cânfora lhe queimar algumas camadas de pele.

Ele ergueu as sobrancelhas.

– Imaginei que você me trataria no mínimo tão bem quanto a um de seus cavalos.

– Qualquer um dos cavalos é mais bem-comportado que você – informou ela, passando a mão por baixo da camisa de dormir dele e pelas costas, com um dos braços. – Até mesmo as mulas se comportam melhor. – Ela puxou a extremidade da atadura até soltá-la. O emplastro se soltou e Kathleen conseguiu puxá-lo e jogá-lo no chão.

Devon ficou imóvel enquanto ela agia, obviamente muito satisfeito consigo mesmo.

Quando baixou os olhos para o belo canalha, Kathleen sentiu-se tentada a sorrir também. Em vez disso, encarou-o com uma expressão de reprovação.

– O Dr. Weeks disse que você deveria evitar os movimentos que colocam pressão sobre as costelas. Não deveria puxar nem erguer, *nada*. Precisa descansar.

– Descansarei, desde que você fique comigo.

A sensação do corpo dele tão limpo, quente e convidativo a deixou fraca. Com cuidado, Kathleen se acomodou na dobra do braço dele.

– Assim machuca?

– Estou me sentindo melhor a cada minuto.

Ele puxou as cobertas sobre os dois, aconchegando-a em um ninho de lençóis brancos e macias mantas de lã.

Kathleen ficou deitada de frente para ele, tremendo de prazer e nervosismo, enquanto notava que os contornos firmes e quentes do corpo dele se encaixavam com perfeição aos contornos do seu.

– Alguém vai acabar nos vendo.

– A porta está fechada. – Devon levantou a mão para brincar com a curva delicada da orelha dela. – Não está com medo de mim, está?

Ela fez que não com a cabeça, embora sua pulsação estivesse disparada. Devon enfiou o nariz entre os cabelos dela.

– Tive medo de ter machucado ou assustado você ontem, em meu... – ele fez uma pausa, procurando por uma palavra – ... entusiasmo – concluiu com ironia.

– Você... você não sabia o que estava fazendo.

O tom dele ao responder estava carregado de humildade:

– Eu sabia exatamente o que estava fazendo. Só não consegui fazer direito. – Devon deixou o polegar correr ao redor do lábio inferior dela, provocando-a. Kathleen prendeu a respiração enquanto os dedos dele chegavam ao seu maxilar, fazendo-a levantar o rosto e acariciando a pele macia sob o queixo. – Minha intenção era tê-la beijado... assim.

A boca dele cobriu a dela com uma pressão sedutora. Com ardor e lentidão, os lábios de Devon deixaram Kathleen sem alternativa que não retribuir o beijo antes que pudesse pensar em se afastar. Com muita suavidade, a boca firme provocava pontadas de prazer em partes do corpo de Kathleen que ela nem sabia que existiam. Os beijos continuaram, um novo começando antes que o anterior terminasse. Embaixo das cobertas, ele roçou a perna coberta de pelos na dela. Kathleen passou a mão ao redor do pescoço dele e deixou os dedos afundarem entre os cabelos sedosos de Devon, sentindo seu couro cabeludo.

Ele desceu a mão pela coluna dela até moldar os quadris de Kathleen contra os seus. Mesmo com as camadas de flanela e linho que os separavam, ela sentiu os corpos de ambos se encaixarem de forma íntima, a suavidade se submetendo à rigidez. Devon a beijou com mais intensidade, a língua invadindo, buscando mais fundo, e ela gemeu de prazer.

Nada existia fora daquela cama. Havia apenas a fricção sensual dos membros entrelaçados e as mãos tateando com suavidade. Kathleen gemeu mais uma vez quando Devon segurou seu traseiro e a puxou contra a extensão rígida de seu membro ereto. Ele guiou os quadris dela em um ritmo lento, esfregando-a voluptuosamente contra si, até Kathleen começar a gemer a cada movimento. O lugar sensível que ele provocava começou a inchar e latejar com as sensações que o dominavam, e Kathleen ruborizou de vergonha. Não deveria se sentir daquela forma, não deveria querer... o que queria. Por mais próximo que pressionasse o corpo ao dele, ela precisava de mais. Quase poderia tê-lo atacado, tamanho era o desejo que sentia.

Quando ela se contorceu junto ao corpo dele, Devon se encolheu e arquejou, e Kathleen percebeu que, sem querer, apertara as costelas dele.

– Ah, desculpe!

Ela começou a rolar o corpo para longe dele, ofegante.

– Não machucou. – Devon manteve-a onde ela estava. – Não vá!

Ele respirava com dificuldade. Devia estar sentindo dor, mas parecia não se importar.

– Temos que parar – protestou Kathleen. – Isso é errado, e perigoso para você. E sinto...

Ela se deteve. Não havia palavra em seu vocabulário que expressasse o anseio desesperado que a dominava, a tensão agonizante que preenchia seu corpo.

Devon cutucou-a intimamente, o movimento sutil provocando um arrepio intenso em Kathleen.

– *Não!* – disse ela em um gemido. – Estou me sentindo quente, doente, e não consigo pensar. Não consigo nem respirar.

Kathleen não conseguia entender por que Devon parecia estar se divertindo, e, quando ele roçou os lábios em seu rosto, ela sentiu a forma de um sorriso.

– Deixe-me ajudá-la, meu amor.

– Você não pode – disse ela em uma voz abafada.

– Posso, sim. Confie em mim.

Devon deitou-a de costas e deixou os lábios descerem pelo pescoço e pelo colo dela. Kathleen não percebeu que ele a estava despindo até a camisola ser aberta.

Kathleen se surpreendeu ao sentir o ar frio sobre a pele nua.

– Devon...

– Quieta.

A palavra foi assoprada no bico do seio dela.

Kathleen gemeu quando a boca de Devon o cobriu, sugando a pele tenra com firmeza.

Parecia que a forma dele de ajudá-la era atormentando-a ainda mais. Com os seios dela nas mãos, ele sugou-os com a máxima delicadeza, até Kathleen erguer os quadris, desesperada para aliviar a tensão impiedosa. A palma da mão dele passou por baixo da camisola e colou-se aos quadris dela.

– Você é muito linda – sussurrou ele –, sua pele, sua forma, cada parte do seu corpo. – A mão de Devon se insinuou por entre as coxas de Kathleen, afastando-as. – Abra-as para mim... um pouco mais... sim... Deus, como você é macia, aqui... e aqui...

Ele continuou por entre os pelos crespos e acariciou os lisos, usando os dedos para separar a carne úmida até revelar o ponto mais sensível, latejante. Com habilidade, ele a excitou ali e seguiu traçando os contornos da intimidade dela até encontrar a entrada que procurava. Um sobressalto a fez tremer quando a ponta do dedo dele deslizou para dentro da carne firme. Kathleen abriu os olhos e abaixou a mão em um reflexo, agarrando o pulso musculoso.

Devon ficou imóvel, parecendo confuso enquanto encarava o rosto ruborizado dela. A expressão dele mudou para um misto de deslumbramento, prazer e desejo.

– Dói, amor? – perguntou com a voz rouca.

O corpo dela ficou tenso, latejando e dolorido ao redor do dedo que a invadia.

– Um... um pouco.

Constrangida, ela puxou o pulso dele, mas Devon resistiu à súplica silenciosa.

Com delicadeza, ele deixou o polegar ficar circulando pelo ponto de prazer sensível e firme. O outro dedo deslizou mais fundo dentro dela, acariciando, provocando uma umidade tão abundante que Kathleen se contorceu e tentou olhar acima do tecido da camisola que se emaranhava ao redor da cintura.

Respirando com dificuldade, Devon beijou a linha de tensão na testa dela.

– Não, não precisa se preocupar. Você fica úmida... aqui... quando seu corpo está pronto para mim. É adorável, me faz querer você ainda mais... Ah, que delícia... sinto-a me envolvendo.

Kathleen também sentia a própria carne no íntimo do corpo latejando, querendo recebê-lo. A invasão recuou por um breve momento, e agora eram dois dedos dentro dela. A mão inteira de Devon a cobriu, o punho pressionando a elevação suave, os dedos arremetendo mais fundo, e mais fundo, até Kathleen não conseguir evitar arquear o corpo em uma confusão ardente. Muitas sensações a dominavam, fazendo seu coração disparar tanto que a assustou.

– Pare – sussurrou ela entre os lábios secos. – Por favor, vou desmaiar...

O sussurro sensual roçou a orelha dela:

– Então desmaie.

A tensão aumentou de forma insuportável. Kathleen abriu as pernas, impulsionando o corpo para a mão dele. Então, a energia acumulada se expandiu com uma intensidade surpreendente, envolvendo-a por completo em um alívio tão pleno que Kathleen teve medo de estar morrendo. A sensação continuou se expandindo, desabrochando, provocando estremecimentos de prazer. Enquanto ela gemia e arquejava, Devon a beijava, sugando seus lábios como se assim conseguisse saborear os sons do prazer dela. Outra onda de prazer a dominou, o calor se espalhando pela cabeça, pelos seios, pelo estômago, pelo ventre, enquanto ele não parava de devorar sua boca.

Depois que os últimos tremores arrefeceram, Kathleen se deixou cair sobre ele, a cabeça zonza. Mal se dera conta de ter se virado de lado, o rosto agora descansando nos pelos macios do peito de Devon. Ele voltara a abaixar a camisola dela, arrumando-a sobre o quadril, uma das mãos acariciando seu traseiro em movimentos circulares, enquanto a respiração dele voltava aos poucos ao ritmo normal. Kathleen nunca quisera dormir tanto quanto naquele momento, envolvida no calor do corpo dele, aconchegada em seus braços. Mas já ouvia ao longe as criadas começando as tarefas da manhã, limpando as lareiras, varrendo os tapetes. Se ficasse muito mais tempo ali, seria descoberta.

– Seu corpo voltou a ficar muito tenso – disse Devon, sonolento, acima da cabeça dela. – Depois de todo o trabalho que acabei de ter para relaxá-la! – Um riso escapou dos lábios dele diante do silêncio absoluto de Kathleen. Devon subiu a mão pelas costas dela, acariciando toda a extensão da coluna. – Isso nunca lhe havia acontecido antes?

Kathleen fez que não com a cabeça.

– Eu não sabia que isso acontecia com mulheres.

A voz dela, baixa e lânguida, soou estranha aos próprios ouvidos.

– Ninguém conversou com você antes de sua noite de núpcias?

– Lady Berwick conversou, mas tenho certeza de que ela não falou nada sobre isso. Ou então... – Kathleen fez uma pausa, enquanto uma ideia desconfortável lhe ocorria. – Talvez não seja algo que aconteça com mulheres respeitáveis.

A mão dele continuou a subir e descer devagar pelas costas dela.

– Não sei por que não deveria acontecer. – Devon abaixou a cabeça e sussurrou perto do ouvido dela. – Mas não vou contar a ninguém.

Timidamente, Kathleen deixou os dedos traçarem o contorno do grande hematoma que se espalhava pela lateral do corpo dele.

– Os outros homens sabem como fazer... isso?

– Dar prazer a uma mulher, você quer dizer? Sim, só é preciso paciência. – Ele brincou com alguns cachos de cabelo dela que haviam se soltado da trança. – Mas vale muito a pena. O prazer de uma mulher torna todo o ato muito mais satisfatório.

– É mesmo? Por quê?

– É bom para o orgulho de um homem saber que consegue fazer uma mulher desejá-lo. Além disso... – Devon deixou a mão descer até cobrir o vale macio entre as coxas dela, e o acariciou através da camisola. – O modo como você se retesou nos meus dedos... isso proporciona prazer para um homem quando está dentro de você.

Kathleen escondeu o rosto no ombro dele.

– Lady Berwick fez tudo parecer muito simples, mas estou começando a achar que ela deixou de mencionar alguns detalhes importantes.

Devon deu uma risadinha silenciosa.

– Qualquer um que diga que o ato sexual é simples nunca o fez direito.

Eles ficaram deitados juntos, ouvindo os sons que vinham de fora do quarto. No exterior da casa, os jardineiros começavam a usar os aparadores de grama, as lâminas cilíndricas zumbindo baixinho. O céu estava cor de aço, e um vento forte agitava as últimas folhas marrons dos galhos de um carvalho perto da janela.

Devon lhe deu um beijo na cabeça.

– Kathleen... você me contou que, na última vez que Theo falou com você, ele disse "Você não é minha esposa".

Ela ficou imóvel, sentindo o sangue congelar nas veias quando percebeu o que ele iria perguntar.

– Era verdade?

A voz dele era gentil.

Kathleen tentou se afastar, mas Devon a manteve firme onde estava.

– Não importa o que vai responder – garantiu. – Só quero entender o que aconteceu.

Ela arriscaria tudo se contasse a ele. Tinha tanto a perder... Mas uma parte de Kathleen ansiava por contar a verdade a Devon.

– Sim – forçou-se a dizer, baixinho. – Era verdade. O casamento nunca foi consumado.

CAPÍTULO 20

— Então foi por isso que vocês discutiram – murmurou Devon, ainda acariciando as costas dela em movimentos lentos.

– Sim. Porque não permiti que Theo... – Ela parou e deixou escapar um suspiro trêmulo. – Não tenho o direito de ser chamada de lady Trenear. Não deveria ter permanecido no Priorado Eversby depois de tudo, a menos que... Eu não sabia se teria permissão de manter minha renda de viúva e não queria voltar a morar com lorde e lady Berwick. Além disso, eu sentia vergonha. Então menti.

– Alguém chegou a perguntar diretamente a você se havia dormido com ele? – perguntou Devon, parecendo incrédulo.

– Não, mas menti por omissão. O que é tão ruim quanto qualquer outro tipo de mentira. A verdade deplorável é que sou virgem. Uma fraude. – Ela ficou surpresa ao perceber que ele estava prendendo uma gargalhada. – Não sei como você consegue achar graça nisso!

– Desculpe. – Mas o sorriso permaneceu na voz dele. – Eu estava só pensando... entre os problemas de drenagem dos arrendatários, os encanadores, as dívidas da propriedade e centenas de outras questões que estou enfrentando... finalmente há algo por aqui que eu posso resolver.

Ela o encarou com uma expressão reprovadora, e Devon deu um sorrisinho. Beijou-a antes de se colocar em uma posição mais confortável, mais alto na cama. Kathleen arrumou travesseiros atrás dos ombros dele e se sentou, com as pernas dobradas sob o corpo, fechando a camisola.

Devon descansou a mão na coxa dela.

– Conte-me o que aconteceu, meu bem.

Era impossível esconder qualquer coisa agora. Kathleen desviou os olhos, os dedos ainda na abertura da camisola.

– Você precisa compreender... Eu nunca havia estado sozinha com Theo antes da nossa noite de núpcias. Lady Berwick nos acompanhava a cada minuto, até depois do casamento. Nos casamos na capela da propriedade. Foi tudo muito imponente, durou uma semana, e... – Ela fez uma pausa quando algo lhe ocorreu. – Você e West deveriam ter sido convidados. Sinto muito.

– Eu não lamento – retrucou Devon. – Não sei o que eu teria feito se a tivesse conhecido antes do casamento.

Kathleen achou que ele estava brincando, mas o olhar de Devon estava fatalmente sério.

– Continue – pediu ele.

– Depois da cerimônia, Theo foi até uma taverna com os amigos e passou a tarde e a noite toda fora. Fui obrigada a permanecer no meu quarto, porque... é muito constrangedor para a noiva. Ela não deve se demorar conversando com pessoas antes da noite de núpcias. Então eu me banhei, Clara cacheou meus cabelos com ferros quentes, vesti minha camisola de renda branca e fiquei sentada sozinha para esperar, esperar e esperar... Estava nervosa demais para comer e não tinha nada para fazer. Fui para a cama à meia-noite. Não conseguia dormir, por isso apenas fiquei ali, inquieta.

A mão de Devon se enrijeceu sobre a coxa dela.

Kathleen olhou rapidamente para ele e o encontrou encarando-a com tanta preocupação que ficou derretida por dentro.

– Finalmente, Theo entrou no quarto – continuou ela –, e tinha bebido muito além da conta. Estava com as roupas sujas e um cheiro azedo, e nem sequer se lavou, só se despiu e subiu na cama e começou...

Kathleen parou, pegou a longa trança e ficou puxando a ponta. Não havia como descrever o transtorno de ser apalpada e subjugada, sem ter se acostumado à sensação do corpo nu de um homem. Theo não a beijara... Não que ela quisesse isso, mas ele nem sequer demonstrou enxergá-la como uma pessoa.

– Tentei suportar – voltou a falar Kathleen. – Foi isso que lady Berwick disse que eu deveria fazer. Mas ele era muito pesado e muito bruto, e estava irritado porque eu não sabia o que fazer. Comecei a protestar e ele tentou me calar. Cobriu minha boca com as mãos, e foi quando perdi o controle. Não consegui evitar. Lutei com ele, chutei-o, e de repente ele se afastou, o corpo dobrado ao meio. Falei que ele estava cheirando a estrume e que eu não queria que me tocasse.

Ela fez uma pausa e levantou os olhos, apreensiva, esperando censura ou zombaria. Mas a expressão dele não mostrava nada disso.

– Saí correndo do quarto – continuou Kathleen – e passei o resto da noite no divã, no quarto de Helen. Ela foi muito gentil e não fez perguntas.

Na manhã seguinte, me ajudou a costurar a renda rasgada da minha camisola, antes que as empregadas vissem. Theo estava furioso comigo no dia seguinte, mas acabou admitindo que não deveria ter bebido tanto. Ele me pediu que recomeçássemos. E eu... – Ela engoliu em seco, dominada pela culpa ao confessar: – Eu recusei as desculpas dele. Disse que nunca dividiria a cama com ele, fosse naquela noite ou em qualquer outra.

– Ótimo – disse Devon, em um tom que ela jamais o escutara usar antes.

Ele desviou o olhar, como se não quisesse que Kathleen visse o que seus olhos expressavam.

– Não, foi terrível da minha parte. Quando procurei lady Berwick e perguntei o que deveria fazer, ela disse que uma esposa deve tolerar as investidas do marido mesmo depois de ele ter tomado algumas doses, e que nunca é agradável, mas que faz parte do casamento. A esposa abre mão da própria liberdade em troca da proteção que o marido lhe dá.

– O marido não deveria proteger a esposa de si mesmo, se necessário?

Kathleen franziu o cenho diante da pergunta, feita em tom suave.

– Não sei.

Devon ficou em silêncio, esperando que ela continuasse.

– Ao longo dos dois dias seguintes, todos os convidados do casamento partiram, mas eu não consegui ir para a cama de Theo. Ele ficou magoado e furioso, exigindo seus direitos. E continuou bebendo muito, então eu falei que não queria nada com ele até que ficasse sóbrio. Tivemos uma discussão terrível. Theo disse que nunca teria se casado comigo se soubesse que eu era frígida. Na terceira manhã, ele saiu para cavalgar e... o resto você sabe.

Devon passou a mão por baixo da bainha da camisola dela, acariciando de leve a coxa nua. Então a observou, o olhar quente e interessado.

– Quer saber o que eu teria feito se houvesse cometido os mesmos erros que Theo? – perguntou Devon, por fim. Kathleen assentiu com cautela: – Eu teria implorado seu perdão, de joelhos, e juraria nunca mais deixar que aquilo acontecesse. Teria compreendido que você estava zangada e assustada, e com razão. Teria esperado o tempo que fosse preciso, até ganhar novamente a sua confiança. Então a levaria para a cama e faria amor com você por dias. Quanto a você ser frígida... acho que já provamos o contrário.

Kathleen enrubesceu.

– Antes de eu ir embora... – disse ela. – Sei que os homens têm necessidades. Há algo que eu deva fazer por você?

Devon abriu um sorriso sofrido.

– Agradeço sua oferta, mas no momento dói até quando respiro fundo. Receber o prazer que você poderia me dar acabaria me matando de vez. – Ele apertou a coxa dela. – Fica para a próxima.

– Não pode haver uma próxima vez – disse Kathleen, triste. – Tudo deve voltar a ser como era antes.

Ele ergueu ligeiramente as sobrancelhas.

– Acha mesmo isso?

– Sim, por que não?

– Certos apetites, uma vez despertados, são difíceis de ignorar.

– Não importa. Sou uma viúva, não posso fazer isso de novo.

Devon segurou-a pelo tornozelo e a puxou para si, apesar da dor que isso deve ter lhe causado.

– Pare – sussurrou Kathleen, com firmeza, tentando puxar para baixo a bainha da camisola, que subira até seus quadris. – Você vai se machucar...

– Olhe para mim.

Ele a tomou pelos ombros. Relutante, Kathleen fitou os olhos dele, e encontrou um ardor firme que lhe provocou um frio no estômago.

– Sei que você lamenta a morte de Theo – falou Devon, baixinho. – Sei que se casou com ele com a melhor das intenções e que tentou velar a perda dele com sinceridade. Mas Kathleen, meu amor... você não é uma viúva, da mesma forma que nunca foi uma esposa.

As palavras dele foram como uma bofetada no rosto. Chocada e ofendida, Kathleen se arrastou para fora da cama e pegou o xale.

– Eu nunca deveria ter confiado em você!

– Estou apenas lembrando, ao menos em particular, que você não está presa às mesmas obrigações de uma verdadeira viúva.

– Sou uma verdadeira viúva!

Devon a encarou com sarcasmo.

– Você mal conheceu Theo.

– Eu o amava – insistiu ela.

– Ah, é? O que amava nele?

Furiosa, Kathleen abriu a boca para responder, mas não saiu uma única palavra. Ela apertou a barriga quando se deu conta de uma verdade nauseante. Agora que sua culpa pela morte de Theo havia sido suavizada, não conseguia identificar nenhum sentimento por ele que não uma piedade distante, a mesma que sentiria por um completo estranho que tivesse tido o mesmo destino.

Apesar disso, ela assumira seu lugar como viúva, morando na casa dele, tornando-se amiga das irmãs dele, aproveitando todos os benefícios de ser lady Trenear. Theo soubera que ela era um blefe. Soubera que Kathleen não o amava, mesmo quando a própria não sabia disso. Por isso as últimas palavras dele tinham sido uma acusação.

Furiosa e envergonhada, Kathleen se virou e seguiu na direção da porta, que abriu sem parar para considerar a necessidade de discrição. Passou correndo pelo umbral, mas quase perdeu o ar quando colidiu com uma forma rígida.

– O que... – começou West, enquanto a amparava para que não caísse. – O que houve? Posso ajudar?

– Sim – retrucou Kathleen, irritada. – Pode jogar seu irmão de volta no rio.

E saiu pisando firme antes que ele pudesse responder.

~

West entrou devagar no quarto.

– Vejo que voltou ao seu modo de ser encantador.

Devon deu um sorrisinho e deixou o ar escapar com dificuldade, torcendo para que o ardor dos últimos minutos se dissipasse. Ter Kathleen ali, na cama dele, fora a tortura mais refinada que podia imaginar. O corpo dele estava uma massa de dores, pontadas e desejo.

E nunca se sentira melhor em toda a vida.

– Por que ela está tão furiosa? – perguntou West. – Deixe para lá, não quero saber. – Ele pegou a cadeira que ficava na beira da cama com uma das mãos e a virou. – Você me deve um par de sapatos.

Ele montou na cadeira e pousou os braços no encosto.

– Eu lhe devo mais do que isso. – Alguns meses antes, pensou Devon, ele teria dúvidas se o irmão teria força física, sem falar em presença de espírito, para tirá-lo de um rio. – Obrigado – disse apenas, os olhos fixos nos de West.

– Posso lhe assegurar que fui totalmente egoísta. Não pretendo ser o conde de Trenear.

Devon deu uma risadinha.

– Nem eu.

– Sério? Nos últimos tempos, parece que o papel tem se encaixado em você melhor do que eu esperava. – West olhou especulativo para o irmão. – Como estão as costelas?

– Fissuradas, mas não quebradas.

– Você deu bem mais sorte que Winterborne.

– Ele estava à janela. – Devon se lembrou do momento em que os trens colidiram, e fez uma careta. – Como ele está?

– Dormindo. Weeks quer mantê-lo sedado para ajudar com a dor e melhorar as chances de ele se recuperar por completo. E também aconselhou mandar buscar um oftalmologista em Londres.

– Winterborne vai recuperar a visão?

– O médico acha que sim, mas só saberemos com certeza quando ele for examinado.

– E a perna?

– A fratura foi limpa, vai se curar. No entanto, terá que ficar conosco por mais tempo do que planejáramos. Pelo menos um mês.

– Ótimo. Mais tempo para ele ficar próximo de Helen.

West ficou pálido.

– Você continua com essa ideia de um casamento arranjado entre os dois? E se Winterborne acabar coxo e cego?

– Ainda será rico.

– É claro que um esbarrão com a morte não mudou suas prioridades – comentou West, em tom sarcástico.

– Por que mudaria? O casamento dos dois beneficiaria a todos.

– Como exatamente *você* se beneficiaria?

– Estipularei que Winterborne pague um dote polpudo para se casar com Helen e que me nomeie tutor das finanças dela.

– Então você usará o dinheiro como achar melhor? – perguntou West, incrédulo. – Santa mãe de Deus, como pode arriscar a vida para salvar crianças se afogando em um dia e dizer algo tão frio no dia seguinte?

Irritado, Devon estreitou os olhos para o irmão.

– Não encare isso como se Helen fosse ser presa em correntes e arrastada para o altar. Ela terá possibilidade de escolha.

– Algumas palavras podem acorrentar com mais eficiência do que correntes. Você a manipulará para fazer o que quer, sem se importar com os sentimentos dela.

– Aproveite a vista aí do seu pedestal moral – falou Devon. – Infelizmente, tenho que manter os pés no chão.

West se levantou, foi até a janela e ficou observando a vista com uma expressão carrancuda.

– Há uma falha em seu plano. Winterborne pode achar que Helen não atende ao gosto dele.

– Ah, ele vai querê-la – assegurou Devon. – Casar-se com uma filha da nobreza é a única forma de ele conseguir um lugar na sociedade. Pense, West. Winterborne é um dos homens mais ricos de Londres, e metade da nobreza está em débito com ele. Ainda assim, os mesmos aristocratas que lhe imploram para ampliar seus créditos se recusam a recebê-lo em seus salões. Se ele se casar com a filha de um conde, no entanto, as portas que sempre estiveram fechadas para ele se abrirão no mesmo instante. – Devon fez uma pausa reflexiva. – Helen faria bem a ele.

– Ela pode não querê-lo.

– Será que preferiria se tornar uma solteirona sem um tostão?

– Talvez – retrucou West, impaciente. – Como vou saber?

– Minha pergunta foi retórica. É claro que Helen vai concordar com o casamento. Casamentos aristocráticos sempre são arranjados para benefício da família.

– Sim, mas as noivas costumam se casar com homens do mesmo nível social delas. Você está propondo que Helen seja rebaixada, vendida a um plebeu qualquer com bolsos cheios para que você, Devon, se beneficie.

– Ele não é *qualquer* plebeu – retrucou Devon. – É um amigo nosso.

West deixou escapar uma risada hesitante e se virou para encarar o irmão.

– Ser nosso amigo não é suficiente para que ele seja recomendável. Eu preferiria deixar Winterborne para Pandora ou Cassandra, que ao menos têm personalidade para fazer frente a ele.

~

Helen ficou feliz e aliviada pelo fato de a festa da noite de Natal e o baile dos criados terem sido mantidos como planejado. O assunto fora debatido entre a família, todos preocupados com o pobre Sr. Winterborne em sua condição de invalidez. No entanto, Devon e West garantiram que Winterborne seria a última pessoa a querer que as celebrações fossem canceladas por causa dele, ainda mais quando significariam tanto para criados e arrendatários que haviam trabalhado duro o ano todo. Manter as festas seria bom para os ânimos de toda a casa, e, na opinião de Helen, era importante honrar o espírito do Natal. Nunca faria mal estimular o amor e a boa vontade.

A casa se agitou com renovada empolgação, enquanto todos embrulhavam presentes e se envolviam com os preparativos, os aromas de doces e assados que vinham da cozinha preenchendo o ar. Cestos de laranjas e maçãs foram colocados no saguão de entrada, junto com cestas contendo piões, animais entalhados em madeira, cordas de pular e bilboquês.

– Sinto pena do Sr. Winterborne – comentou Pandora. Ela e Cassandra estavam ocupadas embrulhando amêndoas açucaradas em pequenos pedaços de papel, enquanto Helen arrumava flores em um vaso grande. – Vai ficar sozinho no quarto enquanto aproveitamos os itens decorativos que ele nos mandou, e que não consegue nem ver!

– Também lamento por ele – disse Cassandra. – Mas o quarto do Sr. Winterborne é longe daqui, o barulho não deve perturbá-lo. E como o remédio do Dr. Weeks o faz dormir a maior parte do tempo, é provável que ele nem saiba o que está acontecendo.

– Ele não está dormindo agora – avisou Pandora. – De acordo com a Sra. Church, o Sr. Winterborne se recusou a tomar a dose da tarde. Derrubou o copo da mão dela, disse algo muito grosseiro e nem se desculpou!

Helen parou de arrumar o vaso grande em que juntava rosas vermelhas, galhos de sempre-verdes, lírios brancos e crisântemos.

– O Sr. Winterborne está sentindo muita dor e deve estar assustado, como estaria qualquer homem na mesma situação. Não seja injusta, querida.

– Acho que você tem razão – falou Pandora. – Deve ser terrivelmente tedioso ficar deitado ali sem qualquer diversão. Sem nem poder ler! Kathleen disse que ia visitá-lo e tentar convencê-lo a tomar um pouco de caldo ou de chá. Espero que ela tenha mais sorte do que a Sra. Church.

Helen franziu o cenho, cortou outro caule de rosa e a acrescentou ao arranjo.

– Vou subir e perguntar se há algo que eu possa fazer para ajudar. Cassandra, pode terminar esse arranjo de flores para mim?

– Se o Sr. Winterborne gostar da ideia, Cassie e eu podemos ler *As aventuras do Sr. Pickwick* para ele – ofereceu Pandora. – Faremos as vozes de todos os personagens e será muito divertido.

– Eu poderia levar Josephine para visitá-lo depois que terminar com as flores – sugeriu Cassandra. – Ela é muito mais calma do que Napoleão, e sempre me faz sentir melhor ter um cão comigo quando estou doente.

– Talvez ele gostasse de conhecer Hamlet! – ressaltou Pandora.

Helen sorriu para as expressões radiantes no rosto das irmãs mais novas.

– Vocês são muito bondosas. Não há dúvida de que o Sr. Winterborne ficará bastante grato pela distração quando estiver um pouco mais descansado.

Ela saiu da sala de jantar e atravessou o saguão de entrada, deleitando-se com a visão da árvore cintilante. Sob os galhos decorados, uma criada cantarolava uma canção de Natal enquanto varria as agulhas caídas. Helen subiu as escadas e encontrou Kathleen e a Sra. Church paradas do lado de fora do quarto de Winterborne. As duas pareciam preocupadas e exasperadas, enquanto confabulavam em sussurros.

– Vim ver como está nosso hóspede – disse Helen, juntando-se a elas.

Kathleen respondeu com um franzir de cenho.

– Ele está com febre e não consegue manter nada no estômago, nem mesmo um gole de água. A situação é bem preocupante.

Helen olhou pela fresta da porta, para dentro do quarto na penumbra. Ouviu um som baixo, algo entre um gemido e um grunhido, e os cabelos em sua nuca se arrepiaram.

– Devo mandar buscar o Dr. Weeks? – perguntou a Sra. Church.

– Acho melhor – disse Kathleen –, embora ele tenha passado acordado a maior parte da noite, velando o Sr. Winterborne, e precise desesperadamente de algumas horas de descanso. Além disso, se não conseguimos persuadir nosso paciente a tomar água ou remédios, aí que ele de fato precisa de assistência.

– Posso tentar? – ofereceu Helen.

– Não – responderam as outras duas em uníssono.

Kathleen se virou para Helen e explicou:

– Até agora não ouvimos nada além de obscenidades do Sr. Winterborne. Por sorte, pelo menos metade delas é em galês, mas ainda assim vulgar demais para os seus ouvidos. Além disso, você ainda é solteira, e ele não está vestido de forma decente, portanto está fora de questão.

Palavras ofensivas vieram das profundezas do quarto, seguidas por um grunhido prolongado.

Helen sentiu uma onda de piedade invadi-la.

– O quarto de um enfermo não guarda qualquer surpresa para mim. Depois que mamãe faleceu, cuidei do meu pai ao longo de mais de uma doença.

– Sim, mas Winterborne não é um parente.

– Ele certamente não está em condições de comprometer ninguém... e você e a Sra. Church já estão sobrecarregadas. – Ela lançou um olhar de súplica a Kathleen. – Deixe-me vê-lo.

– Tudo bem – concordou Kathleen com relutância. – Mas deixe a porta aberta.

Helen assentiu e entrou.

A atmosfera no quarto estava quente e abafada, o ar carregado com o cheiro de suor, remédios e gesso. A forma grande e escura do corpo de Winterborne se contorcia sobre a cama entre lençóis amarfanhados. Embora ele usasse uma camisa de dormir, com uma das pernas engessada do joelho para baixo, Helen teve um vislumbre da pele morena e dos membros cobertos de pelos. Os cabelos dele eram negros como a obsidiana e um pouco encaracolados. Os dentes muito brancos estavam cerrados no esforço doloroso de tentar arrancar as bandagens dos olhos. Helen hesitou. Por mais que se considerasse a gravidade do seu estado, Winterborne parecia uma besta feroz. Mas quando ela viu as mãos dele tatearem o ar, agitadas, seu coração se encheu de compaixão.

– Não, não... – disse, correndo até ele. Helen pousou a mão com gentileza na testa do homem, que estava seca e quente como um tabuleiro no forno. – Acalme-se. Fique parado.

Winterborne começou a afastá-la, mas, ao sentir os dedos frios de Helen, deixou escapar um som baixo e ficou imóvel. Ele parecia delirante de febre. Seus lábios estavam secos e rachados nos cantos.

Helen apoiou a cabeça de Winterborne no próprio ombro, e voltou a prender a bandagem nos olhos dele.

– Não puxe o curativo – murmurou ela. – Seus olhos precisam ficar cobertos enquanto se curam. – Ele permaneceu apoiado nela, a respiração saindo em arquejos curtos. – Quer tentar tomar um pouco de água? – perguntou ela.

– Não consigo – disse Winterborne, a voz desesperada.

Helen voltou-se para olhar para a governanta, que estava à porta do quarto.

– Sra. Church, por favor, abra a janela.

– O Dr. Weeks disse para mantermos o quarto aquecido.

– Ele está febril – insistiu Helen. – Acho que a janela aberta o ajudaria a se sentir mais confortável.

A Sra. Church foi até a janela e a abriu após destravar a tranca. Uma lufada de ar gelado varreu o ambiente, levando embora o cheiro de doença.

Helen sentiu o movimento do peito de Winterborne quando ele inspirou fundo. Os músculos fortes de suas costas e seus braços relaxaram, aliviados, a tensão feroz abandonando-o. A cabeça dele se acomodou no ombro de Helen como a de uma criança exausta. Consciente da pouca roupa que ele usava, Helen não ousou olhar para baixo.

Enquanto o apoiava, ela estendeu a mão para o copo de água na mesinha de cabeceira.

– Tente tomar uns goles de água – animou-o.

Quando a sentiu levar o copo a seus lábios, Winterborne deixou escapar um protesto débil, mas permitiu que ela os umedecesse.

Helen percebeu que aquilo era o máximo que ele conseguiria fazer, então deixou o copo de lado e sussurrou:

– Pronto, está melhor agora.

Ela continuou a apoiá-lo enquanto a governanta, sem dizer uma palavra, começou a arrumar a cama.

Helen sabia que era escandaloso que ela se comportasse daquela forma com qualquer homem, quanto mais com um estranho. Não havia dúvidas de que Kathleen ficaria chocada. Mas Helen fora isolada da sociedade por toda a vida, e, embora estivesse disposta a seguir as regras sempre que possível, também não se incomodaria em descartá-las quando necessário. Além do mais, embora Winterborne fosse um homem poderoso e influente, naquele momento estava doente e sofrendo, e ela quase conseguia pensar nele como uma criança que precisava de ajuda.

Ela tentou pousar a cabeça de Winterborne no travesseiro, mas ele resistiu com um grunhido. Ele a pegou pelo pulso. Embora não a estivesse segurando com força, Helen sentiu a intensidade em seu toque. Se Winterborne desejasse, poderia ter quebrado os ossos dela com facilidade.

– Vou pegar algo que vai fazê-lo se sentir melhor – disse ela em tom gentil. – Voltarei logo.

Winterborne deixou que Helen o acomodasse nos travesseiros, mas não a soltou. Perturbada, ela contemplou a mão grande dele antes que seu olhar chegasse ao rosto. Os olhos e a testa estavam ocultos pelas ataduras, mas a estrutura óssea por baixo dos hematomas e arranhões tinha ângulos austeros, os malares marcados, o maxilar vigoroso e imponente. Não havia linhas de sorriso ao redor da boca nem qualquer toque de suavidade em nenhuma parte.

– Voltarei em meia hora – disse Helen. – Prometo.

Winterborne não a soltou.

– Prometo – repetiu ela.

Com a mão livre, Helen acariciou os dedos dele levemente, instando-o a soltá-la.

Winterborne tentou umedecer os lábios com a língua antes de falar:

– Quem é você? – perguntou ele, a voz rouca.

– Lady Helen.

– Que horas são?

Helen lançou um olhar de dúvida para a Sra. Church, que foi até o relógio no consolo da lareira.

– São quatro da tarde – informou a governanta.

Ele pretendia marcar o tempo que ela dera, percebeu Helen. E que Deus a ajudasse se ela se atrasasse.

– Voltarei às quatro e meia – prometeu ela. Depois de um instante, acrescentou com suavidade: – Confie em mim.

Aos poucos, a mão de Winterborne se abriu, soltando-a.

CAPÍTULO 21

A primeira coisa de que Rhys Winterborne se lembrou depois do acidente foi uma pessoa – um médico, talvez – lhe perguntando se ele queria que alguém fosse chamado. Ele fez que não imediatamente. O pai já morrera, e a mãe idosa, uma mulher cruel e mal-humorada que morava em Londres, era a última pessoa que ele queria ver. Mesmo se pedisse que a mãe o confortasse, ela não saberia como fazê-lo.

Rhys nunca fora seriamente ferido nem ficara doente na vida. Mesmo quando menino, sempre teve boa estrutura óssea e era destemido. Os pais, galeses, o espancavam com uma ripa de baú a cada malcriação ou momento de preguiça, e ele recebia os piores castigos sem sequer se encolher. O pai era dono de uma mercearia, e eles moravam em uma rua de comerciantes, onde Rhys mais do que aprendeu a arte de compra e venda, absorvendo-a tão naturalmente quanto o ar que respirava.

Depois de abrir o próprio negócio, Rhys nunca deixou qualquer relação pessoal desviá-lo do caminho que traçara. Houve mulheres, é claro, mas apenas as que estavam dispostas a ter um relacionamento nos termos dele: puramente sexual, desprovido de sentimento. Agora, enquanto jazia, sufocando, em um quarto desconhecido, rasgado pela dor, ocorreu a Rhys que talvez ele houvesse sido independente demais. *Deveria* haver alguém a quem pudesse chamar, alguém que pudesse cuidar dele naquela situação lamentável.

Apesar da brisa fria que entrava pela janela, cada centímetro de seu corpo ardia. Na perna, o peso do gesso o enlouquecia quase tanto quanto a dor implacável provocada pelo osso quebrado. O quarto parecia girar e oscilar, deixando-o com uma náusea violenta. Tudo o que Rhys podia fazer era esperar, um minuto impotente após outro, até que a mulher retornasse.

Lady Helen... uma das criaturas refinadas que ele sempre observara com desdém. Que estavam acima dele na sociedade.

Depois do que pareceu uma eternidade, Rhys ouviu alguém entrar: um leve raspar de vidro ou porcelana em metal.

– Que horas são? – perguntou de forma brusca.

– Quatro e vinte e sete. – Era a voz de Lady Helen, luminosa, com um toque de humor. – Eu ainda teria três minutos.

Rhys ouviu um intenso farfalhar de saias... depois, algo sendo derramado e mexido, o estrepitar de água e gelo. Se a dama achava que ele ia beber algo, estava enganada; a mera ideia de sorver alguma coisa lhe provocava um estremecimento de repulsa.

Lady Helen estava próxima agora. Rhys a sentiu se debruçando sobre ele e, logo em seguida, o toque de flanela úmida e fria acariciando sua testa, o rosto e o pescoço. A sensação foi tão boa que Rhys deixou escapar um suspiro. Quando o pano foi removido por um instante, ele estendeu a mão para trazê-lo de volta e pediu, em um arquejo:

– Não pare.

Ficou furioso em seu íntimo, por ter chegado ao ponto de implorar por pequenos atos de misericórdia.

– Shhhh...

Ela voltou a molhar a flanela, deixando-a mais fria e mais úmida. Conforme o tecido continuava a ser passado em movimentos lentos, os dedos de Rhys encontraram as dobras da saia dela e a seguraram com tanta força que nada conseguiria soltá-los. Lady Helen passou a mão com gentileza por baixo da cabeça dele e a ergueu apenas o bastante para passar o pano na nuca dele. O prazer que Rhys sentiu o fez dar um gemido mortificante de alívio.

Quando ele já estava relaxado e respirando fundo, o pano foi deixado de lado. Rhys sentiu que a moça andava ao redor, elevando sua cabeça e seus ombros, arrumando os travesseiros sob seu corpo. Ao perceber que ela pretendia lhe dar mais água, ou mais uma dose do tônico de que haviam lhe dado mais cedo, ele protestou por entre os dentes cerrados.

– Não... maldita...

– Apenas tente.

Ela era gentil, mas implacável. Seu peso suave afundou um pouco a lateral do colchão e um braço esguio foi passado atrás do enfermo. Quando se viu naquele semiabraço, Rhys considerou a ideia de empurrá-la da cama. Mas ela tocou o rosto dele com tanta ternura que de algum modo o fez desistir.

Um copo foi levado à boca dele e um líquido doce e gelado tocou seus lábios. Hesitante, Rhys tomou um gole, e a superfície grossa de sua língua absorveu o líquido um tanto adstringente no mesmo instante. Era delicioso.

– Mais devagar – alertou ela.

Rhys estava tão seco quanto um saco de farinha, e precisava de mais. Ele apalpou o ar buscando a mão com o copo, segurou-a e tomou um gole grande, antes que a dama pudesse impedi-lo.

– Espere. – O copo foi tirado do alcance dele. – Vamos ver se consegue manter a bebida no estômago.

Rhys se sentiu tentado a xingá-la, embora uma parte distante de seu cérebro compreendesse.

Algum tempo depois, o copo voltou a encontrar os lábios dele.

Rhys se forçou a beber com calma. Depois que ele terminou, lady Helen esperou com paciência, ainda sustentando-o. O movimento da respiração dela era manso e estável, o peito como uma almofada embaixo da cabeça dele. Ela cheirava a baunilha e a algum suave perfume floral. Rhys nunca se vira em um estado de tanta vulnerabilidade em sua vida adulta. Estava sempre bem-vestido e no controle da situação, mas tudo o que aquela mulher via era um inválido indefeso e terrivelmente desleixado. Era enfurecedor.

– Melhor? – perguntou ela.

– *Ydw* – retrucou Rhys, em galês, sem pensar.

Sim. Parecia impossível, mas o quarto parara de girar. Embora ondas de dor ainda subissem por suas pernas como se ele estivesse levando tiros a intervalos regulares, agora se sentia disposto a tolerar tudo, já que a náusea passara.

Lady Helen começou a levantar a cabeça dele de seu colo, mas Rhys passou um braço firme ao redor dela. Precisava que tudo permanecesse exatamente como estava, ao menos por alguns minutos. Para satisfação dele, ela voltou à posição de antes.

– O que a senhorita me deu? – perguntou.

– Um chá que fiz com orquídeas.

– Orquídeas – repetiu ele, confuso.

Nunca ouvira falar de algum uso para aquelas flores esquisitas e feias que não como enfeites exóticos.

– Duas variedades de *Dendrobium* e uma de *Spiranthes*. Muitas orquídeas têm propriedades medicinais. Minha mãe as colecionava, e preencheu uma pilha de cadernos com as informações que recolheu.

Ah, ele gostava da voz dela, uma melodia baixa e tranquilizante. Sentiu que ela voltava a se mover em outra tentativa de colocá-lo de lado, e se apoiou com ainda mais firmeza no colo da jovem, a cabeça prendendo o braço dela em um esforço determinado de fazê-la continuar onde estava.

– Sr. Winterborne, preciso deixá-lo descansar agora...

– Converse comigo.

Ela hesitou.

– Se é o que deseja. Sobre o que vamos conversar?

Winterborne quis perguntar se ficaria cego para sempre. Se alguém lhe havia explicado algo a respeito, ele estivera drogado demais para se lembrar. Mas não conseguiu. Tinha muito medo da resposta. E não conseguia parar de pensar sobre isso quando se via sozinho no quarto silencioso. Precisava de alguém que o distraísse e o reconfortasse.

Precisava dela.

– Que tal se eu lhe falar sobre orquídeas? – perguntou lady Helen. Ela continuou sem esperar por resposta, ajeitando o corpo para ficar mais confortável. – A palavra vem da mitologia grega. Orchis era filho de um sátiro e de uma ninfa. Durante um banquete em celebração a Baco, Orchis bebeu vinho demais e direcionou suas atenções para uma sacerdotisa. Baco ficou muito aborrecido e reagiu destruindo Orchis em pedaços. Esses fragmentos foram espalhados por todo lado, e sempre que um pousava em algum lugar, uma orquídea brotava. – A jovem fez uma pausa e se inclinou para trás por alguns segundos, para pegar algo. Alguma coisa macia e delicada tocou os lábios rachados de Winterborne. Ela estava aplicando unguento com a ponta do dedo. – A maior parte das pessoas não sabe que a baunilha é o fruto de uma orquídea trepadeira. Cultivamos uma dessas em uma estufa aqui na propriedade. É tão longa que sobe pelas laterais da parede. Quando uma das flores está totalmente desenvolvida, ela abre pela manhã, e se não for polinizada, fecha à noite e nunca mais abre. As flores brancas e as vagens de baunilha dentro dela têm o aroma mais doce do mundo.

Ela continuava, e Rhys tinha a sensação de flutuar, a maré vermelha da febre arrefecendo. Como era estranho e delicioso ficar deitado ali, meio que cochilando nos braços dela. Possivelmente ainda melhor do que fazer amor, mas aquele pensamento o levou à pergunta indecente de como seria ter relações com ela, como ela ficaria deitada tranquila sob o corpo dele, como ele devoraria toda aquela maciez de pétalas e doçura de baunilha... E logo Rhys adormeceu nos braços de lady Helen.

CAPÍTULO 22

No fim daquela tarde, Devon saiu da cama com a intenção de se juntar à família na sala de jantar para a noite de Natal. Ele conseguiu se vestir com a ajuda do valete, mas demorou mais do que imaginara. Para começar, precisou ter o torso enfaixado com firmeza para suportar as costelas fissuradas e restringir movimentos súbitos. Mesmo com a ajuda de Sutton, foi excruciante enfiar os braços pelas mangas da camisa. Até o mais leve giro do torso era agoniante. Antes que vestisse o paletó, se viu obrigado a tomar meia dose de láudano para amortecer a dor.

Por fim, Sutton amarrou o lenço de pescoço em um nó preciso e se afastou para examinar o patrão.

— Como se sente, milorde?

— Bem o bastante para ficar lá embaixo por algum tempo — respondeu Devon —, mas longe de minha plena atividade. Se eu espirrar, é quase certo que comece a berrar como uma criança.

O valete deu um sorrisinho.

— O senhor não terá poucas pessoas querendo ajudá-lo. Os criados tiraram no palitinho para decidir quem terá o privilégio de acompanhá-lo quando o senhor descer as escadas.

— Não preciso que ninguém me acompanhe — falou Devon, não gostando nada da ideia de ser tratado como um velhote que sofre de gota. — Posso me apoiar no corrimão.

— Temo que Sims será inflexível. Ele orientou toda a equipe de criados sobre a necessidade de proteger o senhor de qualquer outro ferimento. Além disso, o senhor não pode desapontar os criados recusando a ajuda deles. Tornou-se um herói para essa gente, depois de salvar todas aquelas pessoas.

— Não sou um herói. Qualquer um teria feito o que fiz.

— Acho que o senhor não está entendendo, milorde. De acordo com o que está nos jornais, a mulher que o senhor resgatou é a esposa de um moleiro. Ela havia ido a Londres para buscar o sobrinho pequeno, depois da morte da mãe do menino. E o rapaz e as irmãs são filhos de operários da fábrica, que foram mandados para morar no campo com os avós. — Sutton fez uma pausa, antes de continuar com ainda mais ênfase: — Todos eles são passageiros de segunda classe.

Devon o encarou sem entender.

— Se o senhor tivesse arriscado a vida por *qualquer um* já teria sido um ato heroico — disse o valete. — Mas o fato de um homem da sua posição social ter se disposto a sacrificar tudo por pessoas tão humildes... Ora, para todos no Priorado Eversby, foi como se o senhor houvesse feito o que fez por cada um dos criados. — Sutton começou a sorrir ao ver a expressão envergonhada de Devon. — E é por isso que o senhor será atormentado pela admiração e adoração dos seus criados pelas próximas décadas.

— Maldição — resmungou Devon, o rosto quente. — Onde está o láudano?

O valete deu um sorrisinho e foi puxar a campainha para chamar os criados. Assim que deixou o quarto, Devon foi inundado por um excesso de atenção indesejada. Não apenas um, mas dois criados o acompanharam escadas abaixo, apontando possíveis perigos ansiosamente, como uma beirada de degrau em particular que não estava muito lisa ou a parte curva da balaustrada que talvez estivesse escorregadia por ter sido polida havia pouco tempo. Depois de superar os perigos aparentes da escada, Devon continuou pelo corredor principal e foi obrigado a parar ao longo do caminho enquanto uma fileira de criadas se inclinava em cortesia e ele ouvia um coro de "Feliz Natal" e "Que Deus o abençoe, milorde" acompanhado de abundantes votos de boa saúde.

Constrangido pelo papel em que tinha sido colocado, Devon apenas sorriu e agradeceu a todos. E seguiu com esforço até a sala de jantar, que estava cheia de majestosos arranjos de flores de Natal e decorada com guirlandas de sempre-verdes entrelaçadas com fita dourada. Kathleen, West e as gêmeas estavam sentados, rindo e conversando em um bom humor relaxado.

– Sabíamos que você estava chegando – disse Pandora a Devon –, por todas as vozes felizes que ouvimos no saguão de entrada.

– Devon não está acostumado com pessoas exclamando de alegria quando ele chega – explicou West, muito sério. – Normalmente elas fazem isso quando ele vai embora.

Devon lançou um olhar ameaçador e zombeteiro ao irmão e foi se sentar no lugar vazio ao lado de Kathleen. No mesmo instante, o ajudante de mordomo, que estivera esperando na lateral da sala, puxou a cadeira para trás e, com cautela exagerada, o ajudou a se sentar.

Kathleen parecia ter dificuldade para encontrar o olhar dele.

– Não deve se sobrecarregar – alertou ela, com uma preocupação sutil.

– Pode deixar – retrucou ele. – Vou tomar chá e ajudar a família a recepcionar os arrendatários que forem chegando. Depois disso, imagino que já estarei exausto. – Devon deu uma olhada ao redor. – Onde está Helen?

– Fazendo companhia ao Sr. Winterborne – comentou Cassandra, animada.

Como aquilo tinha acontecido? Devon lançou um olhar questionador ao irmão, que deu de ombros levemente.

– O Sr. Winterborne teve um dia muito difícil – explicou Kathleen. – Está febril, e o láudano o deixa nauseado. É contra todo o decoro, claro, mas Helen perguntou se poderia tentar ajudá-lo.

– É muito gentil da parte dela – comentou Devon. – E muito gentil da sua parte também, por permitir que ela o ajude.

– A Sra. Church me disse que o Sr. Winterborne já não está mais irritado nem praguejando – intrometeu-se Pandora. – Ele está repousando sobre os travesseiros e tomando chá de orquídea. E Helen não para de tagarelar há horas.

Cassandra pareceu estupefata.

– Helen, tagarelando há horas? Não é possível.

– Eu não imaginaria que ela tivesse tanto assim a dizer – concordou Pandora.

– Talvez ela apenas nunca consiga espaço para dizer uma palavra que seja – cogitou West em tom inocente.

Alguns segundos depois, ele foi alvo de uma chuva de cubos de açúcar.

– *Meninas!* – exclamou Kathleen, indignada. – Parem com isso agora mesmo! West, não ouse rir assim, ou vai encorajá-las! – Ela olhou de forma ameaçadora para Devon, que tentava desesperadamente conter o riso. – Nem o senhor! – continuou Kathleen com severidade.

– Não vou rir – prometeu ele, encolhendo-se de dor e pensando, com tristeza, que quem disse que o riso era o melhor remédio nunca havia fissurado uma costela.

~

Kathleen considerou quase um milagre que a família tivesse conseguido adotar uma fachada razoavelmente digna na hora em que os arrendatários e as pessoas da cidade começaram a chegar.

Enquanto eles recepcionavam a procissão de convidados, Devon se mostrou gentil e seguro de si, sem o menor toque de arrogância. Ele se empenhou em se mostrar encantador, recebendo elogios e comentários de admiração com uma humildade graciosa. Crianças muito asseadas foram empurradas para a frente dele, os meninos se inclinando, as meninas fazendo uma cortesia, e Devon se inclinou em resposta, sem mostrar qualquer sinal da dor que com certeza sentia.

No entanto, depois de uma hora e meia, Kathleen percebeu marcas sutis de tensão no rosto dele e pensou que estava na hora de parar. West e as meninas poderiam dar conta dos últimos que chegassem.

Antes que ela conseguisse tirá-lo dali, um casal se aproximou com uma menina pequena, de bochechas rosadas, os cachos louros presos por uma fita.

– Poderia segurá-la, milorde? – perguntou a jovem mãe, esperançosa. – Para dar sorte?

Ficou claro que ela não sabia nada sobre os ferimentos que Devon sofrera no acidente de trem.

– Ah, por favor, deixe-me segurá-la! – exclamou Kathleen, antes que ele respondesse qualquer coisa.

Ela estendeu a mão para a criança, que mais parecia um querubim, sentindo-se um pouco constrangida, já que sabia muito pouco sobre crianças pequenas. Mas o bebê ficou tranquilo nos seus braços e a encarou com os olhos redondos como botões. Kathleen sorriu para ela, maravilhada com a delicadeza da pele e com a boquinha perfeita, no formato de um botão de rosa.

Lady Trenear se virou para Devon, ergueu o bebê e sugeriu:

– Um beijo para dar sorte?

Ele obedeceu sem hesitar e se inclinou para beijar a cabeça da menina.

No entanto, quando Devon se levantou, seu olhar foi do bebê para o rosto de Kathleen, e por um breve momento os olhos dele ficaram de um azul gélido. A expressão foi logo disfarçada, mas não antes que ela visse. Instintivamente, Kathleen compreendeu que a visão dela com o bebê no colo havia aberto uma porta para emoções que Devon não queria confrontar.

Ela abriu um sorriso forçado e devolveu o bebê para a mãe orgulhosa, exclamando:

– Que menininha linda. Um anjo!

Por sorte, houve uma trégua na fila de convidados e Kathleen de pronto aproveitou a vantagem. Passou o braço pelo de Devon e disse baixinho:

– Vamos.

Ele a acompanhou sem dizer uma palavra, deixando escapar um suspiro de alívio quando já atravessavam o saguão de entrada.

Kathleen tivera a intenção de encontrar um lugar tranquilo para que eles ficassem sentados sem serem perturbados, mas Devon a surpreendeu ao puxá-la para trás da árvore de Natal. Entrou com ela no espaço embaixo da escada, onde galhos pesados de sempre-verdes deixavam os dois fora de vista.

– O que está fazendo? – perguntou Kathleen, espantada.

Luzes de centenas de minúsculas velas dançaram nos olhos dele.

– Tenho um presente para você.

– Ah, mas... a família vai trocar presentes amanhã de manhã – retrucou ela, desconcertada.

– Infelizmente, perdi no acidente os presentes que eu trouxe de Londres. – Ele enfiou a mão no bolso do paletó e continuou: – Essa foi a única coisa que consegui salvar. Prefiro dar a você a sós, já que não tenho nada para os outros.

Hesitante, Kathleen pegou o objeto da palma da mão dele.

Era um camafeu preto, pequeno e delicado, emoldurado por pérolas. Uma mulher sobre um cavalo.

– É Atenas – explicou Devon. – De acordo com a lenda, ela inventou a rédea e foi a primeira a conseguir domar um cavalo.

Kathleen baixou os olhos para o presente, maravilhada. Primeiro o xale, agora aquilo. Objetos pessoais, lindos, carregados de sentido. Jamais haviam compreendido o gosto dela com tanta exatidão.

Maldito fosse ele.

– É adorável – disse ela, hesitante. – Obrigada.

Por trás de um véu de lágrimas incipientes, ela o viu sorrir.

Kathleen abriu o alfinete e tentou prender o broche no centro da gola do vestido.

– Está reto?

– Não muito. – As costas dos dedos de Devon roçaram o pescoço dela, enquanto ele ajeitava o camafeu e o prendia. – Na verdade, ainda preciso vê-la montar – comentou ele. – West alega que você é mais talentosa do que qualquer outra pessoa que ele já tenha visto em cima de um cavalo.

– É um exagero da parte dele.

– Duvido. – Ele tirou os dedos da gola dela. – Feliz Natal – murmurou, e se inclinou para beijar a testa dela.

Quando ele afastou os lábios, Kathleen deu um passo para trás, tentando ficar a uma distância adequada. O calcanhar dela roçou em algo sólido, vivo, e um guincho agudo de indignação a assustou.

– Ah! – Kathleen se inclinou para a frente por instinto e colidiu com o corpo de Devon. Os braços dele se fecharam ao redor dela em um gesto automático, enquanto ele dava um grunhido de dor. – Ah, me desculpe! O que, em nome de Deus...

Ela se virou para trás e começou a rir quando viu Hamlet, que se enfiara por baixo da árvore de Natal para fuçar doces perdidos que tivessem caído dos cones de papel já removidos dos galhos. O porco fuçou por entre as dobras da saia que ficava ao redor da base da árvore e por entre os presentes embrulhados em papel colorido. Quando encontrou algo que podia comer, roncou de satisfação.

Kathleen balançou a cabeça e se agarrou a Devon enquanto o riso fazia os dois se moverem.

– Eu o machuquei? – perguntou ela, pousando a mão com delicadeza na lateral do colete dele.

Os lábios sorridentes dele roçaram a têmpora dela.

– É claro que não, você é leve como um contrapeso.

Eles permaneceram juntos naquele momento delicioso de luz fragmentada, galhos aromáticos e atração irresistível. O saguão de entrada estava silencioso agora, os convidados haviam seguido para a sala de visitas.

Devon abaixou a cabeça e beijou a lateral do pescoço dela.

– Quero você na minha cama de novo – sussurrou.

Ele desceu pelo pescoço de Kathleen e encontrou um ponto sensível que a fez estremecer e arquear o corpo, enquanto, com a ponta da língua, acariciava uma área em que havia uma veia saltada, sentindo sua pulsação. Parecia que o corpo dela se afinara ao dele, que ela agora ficava logo excitada quando estavam próximos, o prazer se acumulando, ardente, em seu ventre. Como seria fácil deixar que ele tivesse dela o que quisesse... entregar-se ao prazer que ele podia lhe dar, e pensar apenas no momento presente.

E então algum dia tudo desmoronaria, e ela ficaria devastada.

Kathleen se afastou dele e o encarou com um misto de infelicidade e determinação.

– Não posso ter um caso com você.

A expressão de Devon ficou distante na mesma hora.

– Você quer mais do que isso?

– Não – respondeu ela, a voz intensa. – Não consigo conceber qualquer tipo de relacionamento com você que termine em algo diferente de infelicidade.

Aquilo pareceu atingir o distanciamento dele como uma flecha.

– Gostaria que eu lhe desse referências para atestar o meu desempenho satisfatório na cama? – perguntou Devon, com um toque de frieza.

– É claro que não – disse Kathleen, ríspida. – Não seja desagradável.

O olhar dele prendeu o dela, um fogo baixo começando a arder aos poucos nas profundezas do azul ácido.

– Então por que me recusa? E por que nega a si mesma algo que quer? Você foi casada, ninguém esperaria que fosse virgem. Não faria mal a ninguém se tivéssemos prazer na companhia um do outro.

– Acabaria me fazendo mal.

Ele a encarou confuso e com raiva.

– Por que diz isso?

– Porque eu me conheço. E conheço você o bastante para ter certeza de que jamais ia querer magoar mulher alguma. Mas você é perigoso para mim. E quanto mais tentar me convencer do contrário, mais óbvio isso se tornará.

~

Helen passou três dias no quarto de Rhys Winterborne, falando sem parar, enquanto ele permaneceu deitado, febril e em silêncio na maior parte do tempo. Acabou exausta de ouvir o som da própria voz e disse algo parecido com isso no fim do segundo dia.

– Mas eu não estou – disse ele sem hesitar. – Continue.

A combinação da perna quebrada de Winterborne com a febre e o repouso forçado na cama o havia deixado rabugento e mal-humorado. Parecia que sempre que Helen não estava lá para entretê-lo, ele descontava a frustração em qualquer pessoa que estivesse por perto, esbravejando até com a pobre criada que entrava no quarto todo dia para fazer a limpeza e recolher as cinzas da lareira.

Depois de passar pelas lembranças de infância, pelas histórias detalhadas da família Ravenel, de descrever toda as governantas, os animais de estimação favoritos e os caminhos mais belos ao redor do Priorado Eversby, Helen fora em busca de material para ler. Embora tivesse tentado prender o interesse de Winterborne em um romance de Dickens, ele rejeitara de forma categórica, pois não tinha interesse por ficção ou poesia. Então, Helen tentou jornais, que foram muito mais bem aceitos. Na verdade, ele quis que ela lesse cada palavra, incluindo as propagandas.

– Estou impressionada com sua disposição para ler qualquer coisa para ele – comentou Kathleen quando Helen lhe contou a respeito mais tarde. – Se fosse eu, não me daria ao trabalho.

Helen a encarou com certa surpresa. As duas estavam na estufa de orquídeas, e Kathleen a estava ajudando na meticulosa tarefa de polinizar à mão flores de baunilha.

– Parece que você não gosta do Sr. Winterborne.

– Ele é terrível com as criadas, amaldiçoa a Sra. Church, insulta Sims e é muito mal-humorado comigo – retrucou Kathleen. – Estou começando a achar que o único membro da família que ele ainda não ofendeu foi o porco, e isso só porque Hamlet ainda não entrou naquele quarto.

– Ele tem tido febre – protestou Helen.

– Você precisa ao menos concordar que ele é rabugento e exigente.

Helen cerrou os lábios para disfarçar um sorriso e admitiu:

– Talvez seja um pouco exigente.

Kathleen riu.

– Nunca fiquei mais impressionada com a sua habilidade de lidar com pessoas difíceis.

Helen arrancou uma flor amarelo-clara para encontrar o pistilo com pólen na ponta, dentro dela.

– Se morar em uma casa de Ravenels não tiver sido uma preparação adequada, não posso imaginar o que foi.

Ela usou um palito de dentes para recolher grãos de pólen e os aplicou no néctar, que estava escondido sob uma minúscula aba no estigma. Helen tinha muita habilidade manual para fazer aquilo, depois de anos de prática.

Ao terminar uma flor, Kathleen virou-se confusa para a cunhada.

– Sempre me perguntei por que você é a única que não tem o temperamento difícil da família. Nunca a vi tendo um ataque de fúria.

– Sou perfeitamente capaz de sentir raiva – garantiu Helen em tom irônico.

– Raiva, sim. Mas não o tipo de fúria em que a pessoa grita, atira coisas e faz comentários horríveis dos quais se arrepende depois.

Helen trabalhava com dedicação na vinha de baunilha quando retrucou:

– Talvez eu desabroche tarde. Posso desenvolver um temperamento desse tipo no futuro.

– Santo Deus, espero que não. Se isso acontecer, não teremos nenhuma pessoa calma e gentil para acalmar bestas selvagens como o Sr. Winterborne.

Helen deu um sorrisinho de lado.

– Ele não é um selvagem. Acostumou-se a ficar sempre em plena atividade. É difícil para um homem com uma natureza intensa estar ocioso e doente.

– Aliás, ele está melhor hoje?

– Bem melhor. E o oftalmologista chega hoje para examinar a visão dele. – Helen fez uma pausa enquanto abria outra flor. – Espero que a disposição do Sr. Winterborne melhore cem por cento depois que ele voltar a enxergar.

– E se ele não voltar a ver?

– Rezo para que não seja o caso. – Helen pareceu perturbada enquanto pensava na pergunta. – Acho... Ele não conseguiria suportar em si mesmo nada que considerasse uma fraqueza.

Kathleen a encarou com uma expressão que misturava tristeza e ironia.

– Há momentos na vida em que todos temos que suportar o insuportável.

~

Depois que a última flor de baunilha foi polinizada, Helen e Kathleen voltaram para casa e descobriram que o oftalmologista, Dr. Janzer, já chegara e estava examinando os olhos de Winterborne, na companhia de Dr. Weeks e Devon. Apesar de algumas tentativas desavergonhadas de ouvir atrás da porta fechada, ninguém conseguiu escutar nada.

– Eu poderia contar nos dedos de uma só mão os especialistas em olhos na Inglaterra que sejam competentes como Janzer – comentou West, enquanto ele e o resto da família esperavam na sala de estar no segundo andar. – Ele foi treinado para usar um oftalmoscópio, que é um aparelho que reflete a luz de modo a permitir que o médico olhe diretamente dentro de um olho vivo.

– Dentro da pupila? – perguntou Cassandra, parecendo encantada. – O que pode ser visto ali?

– Nervos e vasos sanguíneos, imagino.

Pandora, que saíra da sala alguns minutos antes, chegou correndo à porta e anunciou de modo dramático:

– O Sr. Winterborne está enxergando!

Helen deixou o ar escapar com força, o coração disparado.

– Como você sabe disso, querida? – perguntou com calma.

– Eu o ouvi lendo letras de um cartaz para exame de vista.

Kathleen dirigiu um olhar severo a Pandora.

– Eu lhe pedi para não ouvir atrás da porta, Pandora.

– Não ouvi atrás da porta. – Pandora ergueu um copo vazio. – Entrei no quarto ao lado e encostei esse copo na parede. Quando se encosta o ouvido bem pertinho, é possível ouvir o que estão dizendo do outro lado.

– Quero tentar! – exclamou Cassandra.

– Você não vai fazer nada disso – reclamou Kathleen, gesticulando para que Pandora entrasse na sala e se sentasse. – O Sr. Winterborne tem direito à privacidade. Logo saberemos se a visão dele está intacta.

– Está – afirmou Pandora, presunçosa.

– Tem certeza?

Helen não conseguiu evitar a pergunta.

Pandora assentiu de forma enfática.

Helen manteve a postura de dama, mas por dentro estava quase desfalecendo de alívio, e fez uma breve prece de agradecimento.

– Graças a Deus – ouviu West dizer baixinho, sentado no pequeno sofá ao lado dela.

Enquanto a conversa continuava na sala, Helen perguntou a West:

– Você não estava otimista em relação à visão do Sr. Winterborne?

– Eu torci para que tudo terminasse bem, mas ainda havia uma chance de que algo saísse errado. Eu odiaria que isso acontecesse a Winterborne. Ele não é do tipo que aguenta golpes fortes com paciência e graça.

Helen percebeu, então, que a impaciência de Winterborne também se devia a outros fatores além de estar confinado em um quarto de doente.

– Eu imaginaria que um homem que é proprietário de uma loja de departamentos fosse muito encantador, que colocasse as pessoas à vontade.

West riu disso.

– Ele consegue ser assim. Mas os momentos em que está sendo muito encantador e colocando as pessoas à vontade são aqueles em que é mais perigoso. Nunca confie nele quando estiver sendo gentil.

Ela arregalou os olhos.

– Achei que o Sr. Winterborne fosse seu amigo.

– E é, mas não tenho ilusões sobre ele. Não é como nenhum outro homem que você já tenha conhecido, e também não é alguém com quem seus pais teriam permitido que você se relacionasse.

– Meus pais não tinham a intenção de permitir que eu conhecesse ninguém na sociedade – retrucou Helen.

West a encarou com atenção e perguntou:

– Mas por que isso?

Ela ficou em silêncio, já arrependida de ter feito o comentário.

– Sempre achei estranho – voltou a falar West – que você tenha sido obrigada a viver como uma freira enclausurada. Por que seu irmão não a levou para a temporada social de Londres quando foi cortejar Kathleen?

Ela o encarou de volta.

– Não tenho o menor interesse na cidade grande. Fui mais feliz aqui.

West pousou a mão sobre a dela e apertou por um momento.

– Minha amiga... deixe eu lhe dar um conselho que pode se provar útil no futuro, quando você estiver em meio à sociedade. Quando mentir, não fique mexendo as mãos. Mantenha-as imóveis e relaxadas no colo.

– Eu não estava... – Ela se interrompeu de modo brusco. Depois de respirar fundo, voltou a falar, agora calma: – Eu queria ir, mas Theo achou que eu não estava pronta.

– Melhor. – Ele sorriu para ela. – Ainda uma mentira... mas melhor.

Helen foi poupada da necessidade de retrucar quando Devon apareceu na porta. Ele se dirigiu a todos na sala, sorrindo:

– De acordo com o Dr. Janzer, os olhos de Winterborne se curaram, e a visão dele está excepcional. – Devon fez uma pausa enquanto muitos exclamaram de alegria. – Winterborne está cansado, depois do exame. Mais tarde poderemos visitá-lo a intervalos, é melhor do que irmos todos juntos e nos aglomerarmos ao redor do homem como se ele fosse um macaco no zoológico de Bristol.

CAPÍTULO 23

Com a visão recuperada e sem febre, Rhys sentia-se quase restabelecido. Uma onda de impaciência o dominou enquanto sua mente foi invadida por preocupações com a loja. Precisava se comunicar com seus gerentes, com o responsável pelo contato com a imprensa, com sua secretária particular, além de fornecedores e fabricantes. Embora confiasse em sua equipe para manter tudo funcionando com competência a curto prazo, o trabalho deles logo se tornaria desleixado se não fosse supervisionado. A loja acabara de abrir um departamento de livros; como teriam sido as primeiras duas semanas de venda? Um espaço para lanches, expandido e remodelado, seria inaugurado em um mês; será que os carpinteiros e técnicos estavam mantendo o cronograma?

Rhys passou a mão pelo maxilar e descobriu que estava barbudo como um ouriço. Frustrado, tocou a campainha ao lado da cama. Depois de um bom tempo sem que ninguém aparecesse, estava prestes a tocar a campainha de novo quando um senhor de cabelos brancos chegou. Era baixo e robusto, vestido com uma casaca preta simples e calça cinza-escura. O rosto comum, sem nada que o destacasse, tinha a aparência de um pão que crescera disforme, o nariz meio inchado... mas os olhos escuros como groselha sob as sobrancelhas cor de neve demonstravam inteligência e bondade. Ele se apresentou como Quincy, o valete, e perguntou como poderia ser útil.

– Preciso me lavar e me barbear – disse Rhys. E, em um raro momento de humildade, acrescentou: – Com certeza você terá bastante trabalho.

O valete não sorriu, apenas respondeu de forma agradável:

– De maneira alguma, senhor.

Quincy saiu para fazer os preparativos necessários e logo voltou com uma bandeja cheia de apetrechos para barbear, tesouras e objetos de metal, além de frascos de vidro com vários líquidos. A pedido do valete, um criado chegou com uma pilha de toalhas, dois baldes grandes de água quente e uma tina.

Com certeza o valete pretendia fazer mais do que uma simples limpeza e um barbear. Rhys olhou para o acúmulo de apetrechos com certa suspeita. Ele não tinha um valete pessoal. Era algo que sempre considerara um luxo desnecessário das classes mais altas, para não mencionar uma invasão de privacidade. Normalmente, ele mesmo se barbeava, cortava as próprias unhas, se banhava com um sabonete simples, mantinha os dentes limpos e, duas vezes por mês, ia a um barbeiro em Mayfair para aparar os cabelos. Esse era o limite de sua vaidade.

O valete se pôs a trabalhar primeiro nos cabelos. Colocou uma toalha no pescoço e nos ombros de Rhys e umedeceu os cachos desalinhados.

– Tem preferência em relação a comprimento e estilo, senhor?

– O que você achar melhor.

Depois de colocar um par de óculos, Quincy começou a cortar os cabelos de Rhys, aparando as camadas pesadas com uma confiança tranquila. Ele respondia de pronto às perguntas de Rhys e contou que servira como valete ao antigo conde de Trenear e ao conde anterior, e já trabalhava para a família Ravenel fazia 35 anos. Agora que o atual conde trouxera seu próprio valete, Quincy fora relegado a oferecer assistência aos visitantes e, quando não era esse o caso, auxiliava o ajudante de mordomo em tarefas como polir prata e ajudar a governanta com as costuras.

– Você sabe costurar?

– É claro, senhor. É responsabilidade do valete manter as roupas do patrão em perfeito estado, sem fios soltos ou botões faltando. Se for necessário fazer alterações, um valete deve ser capaz de providenciá-las na hora.

Durante as duas horas seguintes, Quincy lavou os cabelos de Rhys e alisou-os com um pouco de creme; envolveu o rosto dele com toalhas quentes, barbeou-o e cuidou das mãos e dos pés com vários apetrechos. Por fim, Quincy ergueu um espelho e Rhys viu o próprio reflexo com certa surpresa. Seus cabelos estavam mais curtos e bem penteados, o rosto barbeado, a pele lisa como uma casca de ovo. As mãos nunca lhe haviam parecido tão limpas, a superfície das unhas polidas até mostravam um leve brilho.

– Está do seu agrado, senhor? – quis saber Quincy.

– Sim.

O valete começou a recolher o material, enquanto Rhys o observava pensativo. Ao que parecia, estivera errado sobre valetes. Não era de estranhar que Devon Ravenel e seus pares estivessem sempre tão elegantes e impecáveis.

O valete passou a ajudá-lo a vestir uma camisa de dormir, emprestada de West, e um roupão acolchoado, feito com losangos de veludo preto, com uma gola de seda ampla e uma faixa também de seda para fechá-lo. Tanto a camisa quanto o roupão eram de melhor qualidade do que qualquer peça de roupa que Rhys já possuíra.

– Acha que um plebeu deve ousar se vestir como alguém de sangue azul? – perguntou Rhys quando Quincy puxou a bainha do roupão por cima das pernas dele.

– Acredito que todo homem deve se vestir da melhor forma que puder.

Rhys estreitou os olhos.

– Acha certo que as pessoas julguem um homem pelo que ele usa?

– Não cabe a mim decidir se é certo, senhor. Mas o fato é que julgam.

Nenhuma resposta poderia ter agradado mais a Rhys. Aquele era o tipo de pragmatismo que ele sempre compreendera e em que confiava.

Decidiu que contrataria Quincy, não importava o que fosse necessário para isso. Ninguém mais se encaixaria tão bem no cargo: Rhys precisava de alguém mais velho e experiente, que tivesse familiaridade com as complicadas regras de moda e etiqueta da aristocracia. Quincy, que já fora valete de dois condes, lhe garantiria a segurança necessária para não fazer papel de tolo.

– Qual é o seu salário anual? – questionou Rhys.

O valete pareceu surpreso.

– Senhor?

– Trinta libras, imagino. – Pela expressão do homem, Rhys deduziu que o valor fora um pouco alto. – Eu lhe pagarei 40 – disse de modo objetivo – se aceitar ser meu valete em Londres. Preciso de sua orientação e seu talento. Sou um patrão exigente, mas sou justo e pago bem, e você terá oportunidades de crescimento.

Para ganhar tempo, o valete tirou os óculos, limpou as lentes e guardou-os no bolso do paletó. Então pigarreou e disse:

– Na minha idade, um homem não costuma considerar uma mudança de vida assim tão drástica, para um lugar desconhecido.

– Você tem esposa aqui? Família?

Depois de um breve mas significativo momento de hesitação, o valete respondeu:

– Não, senhor. No entanto, tenho amigos em Hampshire.

– Pode fazer outros em Londres – argumentou Rhys.

– Permita-me perguntar, o senhor reside em uma casa?

– Sim, fica ao lado da minha loja, em uma construção contígua. Sou dono de toda a propriedade na Cork Street, e das cavalariças atrás dela, e há pouco tempo comprei a quadra do Clifford que corre contra Savile Row. Meus criados trabalham seis dias por semana com folga nos feriados. Assim como os empregados da loja, você terá os benefícios de um médico particular e de um dentista. Pode comer na cantina dos empregados sem custo e terá desconto para qualquer coisa que quiser comprar na Winterborne's. – Rhys fez uma pausa, farejando a indecisão de Quincy com a mesma precisão de uma raposa em plena caçada. – Vamos, homem – continuou, em tom suave –, você está sendo desperdiçado aqui. Por que passar o resto dos seus anos definhando no campo, quando poderia me ser tão útil? Você ainda tem bastante capacidade de trabalho e não está velho demais para aproveitar os prazeres de Londres. – Percebendo que Quincy permanecia incerto, ele deu uma cartada decisiva: – Quarenta e cinco libras por ano. É minha última oferta.

O valete engoliu em seco enquanto considerava a proposta.

– Quando devo começar? – perguntou.

Rhys sorriu.

– Hoje.

~

A notícia se espalhou rápido pela casa. Quando Devon apareceu para visitar Rhys, mais tarde naquela noite, já sabia do novo cargo de Quincy.

– Parece que você já começou a contratar meus criados para tirá-los de mim – comentou Devon com ironia.

– Você faz alguma objeção?

Rhys levou uma taça de vinho aos lábios.

Ele acabara de jantar, que lhe fora levado até o quarto, e estava se sentindo inquieto, impaciente. Contratar o valete lhe dera uma satisfação que só durara poucos minutos. Agora, sentia-se ansioso para tomar decisões, conquistar coisas, reassumir as rédeas da própria vida. Mas parecia que ficaria enfiado naquele quarto pequeno para sempre.

– Você deve estar brincando – disse Devon. – Tenho criados demais. Contrate mais dez e dançarei de alegria.

– Ao menos um de nós consegue dançar – resmungou Rhys.

– Você não era capaz de dançar nem antes de quebrar a perna.

Rhys deu um sorriso relutante. Devon era um dos pouquíssimos homens no mundo que não tinha medo de zombar dele.

– Você não vai se decepcionar com Quincy – continuou Devon. – O velho é ótimo.

Ele se acomodou na poltrona ao lado da cama, esticou as pernas e cruzou-as.

– Como você está? – perguntou Rhys, percebendo que o amigo se movia com uma cautela pouco característica.

– Grato por estar vivo. – Devon parecia mais relaxado e satisfeito do que Rhys já vira. – Depois de certa reflexão, percebi que não posso morrer ao menos pelos próximos 40 anos. Há muito a fazer no Priorado Eversby.

Rhys suspirou, seus pensamentos voltando à loja.

– Vou enlouquecer aqui, Trenear. Preciso voltar a Londres o mais rápido possível.

– O Dr. Weeks disse que você poderá começar a caminhar com a perna engessada, com a ajuda de muletas, em três semanas.

– Terá que ser em duas.

– Compreendo.

– Se você não fizer objeção, quero mandar buscar alguns membros da minha equipe, chamá-los para uma visita de um dia. Preciso descobrir o que tem acontecido na minha ausência.

– É claro. Diga-me como posso ajudar.

Rhys se sentia grato a Devon de um modo como nunca acontecera antes. Não era uma sensação confortável. Não gostava de se ver em dívida com homem algum.

– Você já me ajudou mais do que o bastante salvando o meu pescoço. Agora quero retribuir o favor.

– Ficaremos quites se você continuar a me aconselhar na questão do arrendamento da terra para a companhia ferroviária de Severin.

– Farei mais do que isso, se você me deixar examinar as finanças da propriedade e os cálculos de pagamento de aluguel. A agricultura inglesa é um investimento ruim. Você precisa conseguir rendimentos de outras fontes.

– West está fazendo mudanças que vão aumentar os rendimentos anuais em pelo menos 50 por cento.

– É um bom começo. Com talento e sorte, você pode acabar conseguindo que a propriedade seja autossustentável, mas nunca terá lucro com ela. Isso só vai acontecer se apostar em outras fontes que não a terra, como produção e propriedades urbanas.

– Capital é um problema.

– Não precisa ser.

O olhar de Devon tornou-se mais penetrante, interessado. No entanto, antes que pudesse se explicar melhor, Rhys por acaso viu uma forma escura e esguia passar pelo corredor. Foi um breve relance, mas o bastante para que ele se sobressaltasse, ao reconhecer a figura.

– *Você!* – chamou bem alto, para ser ouvido no corredor. – Você que passou pela porta. Venha cá.

No silêncio que se seguiu, uma jovem apareceu na porta. As feições dela eram delicadamente marcadas, os olhos azul-prata muito grandes e separados. Como ela estava ao alcance do lampião, a pele clara e os cabelos claros pareciam conter um brilho próprio, um efeito que Rhys já vira em pinturas de anjos do Antigo Testamento.

"Há um algo a mais aí", costumava dizer o pai de Rhys sempre que queria descrever alguma coisa elegante, bela e perfeita, de alta qualidade. Ah, havia um algo mais naquela mulher. Era de altura mediana, mas tão delgada que dava a impressão de ser mais alta. Seus seios eram empinados e arredondados por baixo do vestido de gola alta. Por um momento delicioso e desorientador, Rhys se lembrou de descansar a cabeça sobre eles, enquanto ela lhe servia goles de chá de orquídea.

– Diga alguma coisa – ordenou ele, brusco.

O brilho tímido do sorriso dela iluminou o ar.

– Fico feliz por vê-lo em melhor estado de saúde, Sr. Winterborne.

A voz de Helen.

Ela era mais bela do que a luz das estrelas, e tão inatingível quanto. Enquanto a encarava, Rhys lembrou-se com amargura das damas de classe alta que o olhavam com desprezo quando ele era vendedor, de como afastavam as saias se ele passava perto delas na rua, o modo como o evitavam, como se ele fosse um vira-lata sujo.

– Há algo que eu possa fazer pelo senhor? – perguntou ela.

Rhys fez que não com a cabeça, ainda incapaz de desviar o olhar.

– Só queria ter um rosto para encaixar na voz.

– Talvez mais para o fim da semana a senhorita possa tocar piano para Winterborne, quando ele já puder se sentar na sala de estar – sugeriu Devon a Helen.

Ela sorriu.

– Sim, se o Sr. Winterborne não considerar um entretenimento medíocre.

Devon olhou de relance para Rhys.

– Não se deixe enganar por essa demonstração de falsa modéstia – disse. – Lady Helen é uma pianista incrivelmente talentosa.

– Não é falsa modéstia – protestou Helen, com uma risada. – Na verdade, tenho pouco talento. Só passei muitas horas praticando.

Rhys baixou o olhar para as mãos pálidas da moça, lembrando-se de como ela passara unguento nos lábios dele com o toque muito leve dos dedos. Fora um dos momentos mais eróticos da vida dele. Para um homem que não tinha restrições para aproveitar os prazeres carnais, aquilo não era pouca coisa.

– Muitas vezes o empenho garante melhores resultados do que o talento por si só – falou ele em resposta ao comentário dela.

Helen enrubesceu um pouco e baixou os olhos.

– Boa noite, então. Deixarei os dois voltarem a conversar.

Rhys não falou mais nada, apenas ergueu a taça de vinho e deu um grande gole. Mas seu olhar a acompanhou por cada segundo, até que ela deixasse o quarto.

Devon se recostou na cadeira, os dedos entrelaçados descansando sobre a barriga.

– Lady Helen é uma jovem cheia de predicados. Estudou história, arte e literatura, e é fluente em francês. Também sabe lidar com os criados e gerenciar uma casa da nobreza. Depois que o período de luto terminar, pretendo mandá-la para Londres, junto com as gêmeas, para sua primeira temporada social.

– Sem dúvida ela terá muitas ofertas esplêndidas – comentou Rhys, em tom amargo.

Devon negou com a cabeça.

– No melhor dos cenários, receberá propostas adequadas. Nenhuma será esplêndida, nem sequer apropriada para uma moça com as qualidade que ela tem. – Em resposta ao olhar perplexo de Rhys, ele explicou: – O falecido conde não lhe providenciou um dote.

– Uma pena. – Se Devon estava tentando conseguir dinheiro emprestado para aumentar as chances de lady Helen se casar com um aristocrata, Rhys o mandaria pastar. – O que eu tenho a ver com isso?

– Nada, se ela não o agrada. – Ao ver a expressão desnorteada de Rhys, Devon balançou a cabeça com uma risada exasperada. – Não seja obtuso, Winterborne. Estou tentando lhe oferecer uma oportunidade, se você tiver algum interesse em lady Helen.

Rhys ficou em silêncio. Estupefato.

Devon escolheu as palavras com óbvio cuidado:

– À primeira vista, não é o arranjo mais óbvio.

Arranjo? Um arranjo de *casamento*? O desgraçado obviamente não compreendia o que estava sugerindo. Mesmo assim... Rhys sentiu a alma se agarrar à ideia.

– No entanto – continuou Devon –, há vantagens para ambos os lados. Helen ganharia uma vida de segurança e conforto. Teria a própria casa. Já você teria uma esposa com ótima criação, cuja linhagem lhe garantiria entrada em muitas das portas que hoje se fecham. – Depois de uma breve pausa, ele acrescentou casualmente: – Como filha de um conde, ela manteria o título que carrega, mesmo depois de se tornar sua esposa. Lady Helen Winterborne.

Devon era astuto o bastante para saber como o som daquele título afetaria o amigo. Lady Helen Winterborne... Sim, Rhys realmente tinha *adorado* aquilo, maldição. Nunca sonhara em se casar com uma mulher respeitável, menos ainda uma filha da nobreza.

Mas ele não combinava com ela. Era um galês com sotaque grosseiro e a boca suja, de origem vulgar. Um comerciante. Por melhor que se vestisse e por mais que refinasse seus modos, sua natureza sempre seria rude e competitiva. As pessoas cochichariam ao ver os dois juntos. Concordariam que ela se rebaixara ao se casar com ele. Helen seria objeto de piedade e talvez de desprezo.

E o odiaria em segredo.

Rhys não deu a mínima para isso.

Ele não tinha ilusões, é claro, de que Devon lhe oferecesse a mão de lady Helen sem pedir nada em troca. Haveria um preço alto: a necessidade dos Ravenels por dinheiro era enorme. Mas Helen valia qualquer valor. A fortuna de Rhys era ainda mais alta do que as pessoas suspeitavam. Ele poderia comprar um pequeno país, se desejasse.

– Você já discutiu isso com lady Helen? – perguntou Rhys. – Foi por isso que ela ficou bancando a Florence Nigthingale enquanto eu estava com febre? Para me amaciar em preparação para a barganha?

– Dificilmente – disse Devon, com uma risadinha. – Helen está acima desse tipo de manipulação. Ela o ajudou porque tem uma natureza compassiva. Não, a jovem não tem ideia de que andei considerando um casamento arranjado para ela.

Rhys decidiu ser direto:

– O que o faz pensar que ela se disporia a casar com alguém como eu?

Devon respondeu com franqueza:

– Helen tem poucas opções no momento. Não há ocupação adequada para uma mulher da nobreza que lhe garantisse uma renda decente, e ela jamais se rebaixaria à prostituição. Além disso, sua consciência não lhe permitiria ser um fardo para outra pessoa, o que significa que terá que arrumar um marido. Sem um dote, ela se verá forçada a se casar com algum velho caduco, que já não consiga mais manter o membro ereto, ou com o quarto filho de alguém. Ou... com alguém de outra classe social. – Devon deu de ombros e sorriu com prazer. Era o sorriso de um homem com uma boa mão de cartas. – Você não é obrigado a nada, é claro. Também posso apresentá-la a Severin.

Rhys era um negociante experiente demais para mostrar qualquer reação, embora tenha se sentido ultrajado diante da sugestão de Devon. Ele manteve uma aparência relaxada e murmurou:

– Talvez devesse fazer isso. Severin a aceitaria na hora. Enquanto eu provavelmente estaria melhor me casando com o tipo de mulher que mereço. – Ele fez uma pausa, encarando a taça de vinho e girando-a de modo que apenas uma gota se moveu lá dentro. – No entanto, sempre quero mais do que mereço.

Toda a ambição e determinação dele haviam convergido para um único desejo: casar-se com lady Helen Ravenel. Ela carregaria os filhos dele, belas crianças de sangue azul. Rhys garantiria que fossem criados e educados em meio ao luxo, e colocaria o mundo aos pés deles.

Algum dia, se Deus quisesse, as pessoas *implorariam* para se casar com Winterbornes.

CAPÍTULO 24

Uma semana depois do acidente, Devon ainda não estava recuperado o suficiente para sair em sua cavalgada matinal diária. Ele se acostumara a começar o dia com algum tipo de exercício físico extenuante, e uma simples caminhada não era o bastante. Seu humor piorou com a inatividade forçada e, para completar, estava cheio de desejo acumulado, mas sem forma de aliviar o problema. Ainda se sentia confuso com a recusa de Kathleen em considerar a hipótese de um caso amoroso com ele. *Você é perigoso para mim...* A declaração o desnorteara e enfurecera. Ele nunca faria mal a ela. Por que Kathleen pensaria o contrário?

A criação decorosa por parte de lady Berwick dera a Kathleen uma consciência excessiva, concluiu ele. Ela decerto precisava de tempo para se ajustar à ideia de que já não estava mais presa às regras que sempre seguira tão estritamente.

Devon sabia que teria que conquistar a confiança dela.

Ou então seduzi-la.

O que acontecesse primeiro.

Ele saiu andando pelo campo seguindo uma trilha que levava ao longo da floresta, passando pelo que restava de um celeiro medieval. O dia estava úmido, o ar gelado com a geada, mas a caminhada a passos rápidos o manteve agradavelmente aquecido. Devon reparou em uma ave de rapina conhecida como tartaranhão-azulado, voando baixo, e parou para observá-la caçar. O pássaro parecia planar enquanto buscava a presa, sua plumagem cinza e branca fantasmagórica à luz da manhã. A distância, um bando de tentilhões se agitou no céu.

Devon continuou pela trilha, enquanto refletia sobre como se apegara à propriedade. A responsabilidade de preservá-la, de restaurar a casa, já não era um castigo. Invocava nele um instinto ancestral.

Se ao menos as últimas gerações de Ravenels não tivessem sido tolos tão sem perspectiva... Pelo menos duas dúzias de cômodos no Priorado Eversby haviam ficado inabitáveis. As infiltrações tinham tomado conta das paredes, agora cobertas de umidade e mofo, arruinando o gesso e as mobílias. As obras de restauração precisavam ser feitas logo, antes que os estragos se tornassem irreparáveis.

Ele precisava de dinheiro, de uma alta soma, o quanto antes. Teria adorado vender a Casa Ravenel em Londres e investir o lucro de imediato no Priorado Eversby, mas parceiros de negócios e agentes financiadores em potencial veriam isso como uma fraqueza. E se arriscasse vender a terra que tinha em Norfolk? Atrairia bem menos atenção. Mas os lucros seriam inexpressivos... e já podia ouvir os uivos de reclamação de Kathleen e West se despejasse os arrendatários de Norfolk.

Um sorriso sem graça curvou os lábios de Devon quando ele se lembrou de que, não fazia muito tempo, seus problemas haviam consistido em questões como a copeira servindo chá fraco ou o cavalo precisando ter as ferraduras trocadas.

Pensativo, começou a voltar, a silhueta intrincada da casa se destacando contra o céu de dezembro. Enquanto examinava a infinidade de parapeitos abertos, arcadas curvas e chaminés finas encimadas com pináculos decorativos, Devon se perguntou, sombrio, quais daquelas partes tinham mais probabilidade de desmoronar primeiro. Ele passou pelas construções externas e se aproximou de uma fileira de pátios de treinamento atrás dos estábulos. Um cavalariço estava de pé na cerca do pátio maior, observando uma pessoa pequena e delgada fazendo um cavalo trotar.

Kathleen e Asad.

A pulsação de Devon se acelerou. Ele foi se juntar ao rapaz na cerca e apoiou os braços em uma das traves.

– Milorde – disse o rapaz, tirando o boné e fazendo um aceno de cabeça em sinal de respeito.

Devon acenou em retorno, enquanto observava atentamente Kathleen montar o árabe dourado na extremidade mais distante do pátio.

Ela usava um paletó muito sério e um chapeuzinho com a copa estreita. Da cintura para baixo, calça e botas até o calcanhar. Assim como os calções que ele a vira usando antes, a calça fora feita para ser usada por baixo da saia de montar, nunca sozinha. No entanto, Devon teve que admitir que o figurino um tanto estranho dava a Kathleen uma liberdade e uma agilidade que saias muito pesadas jamais permitiriam.

Ela guiou Asad em um série de meios círculos, transferindo o próprio peso de lado com toda destreza, o lado do quadril que estava para dentro da volta impulsionando para a frente com um movimento do joelho. A forma dela era tão perfeita e cômoda que Devon sentiu os cabelos na nuca se arrepiarem só de olhar. Nunca vira ninguém, homem ou mulher, que montasse com tamanha economia de movimentos. O árabe estava bastante consciente da pressão sutil dos joelhos e coxas dela, seguindo as orientações de Kathleen como se fosse capaz de ler a mente dela. Os dois formavam uma dupla perfeita, ambos elegantes, rápidos e de compleição delicada.

Ao notar a presença de Devon, Kathleen o brindou com um sorriso cintilante. Ela não era imune à vontade de se exibir, e instou o cavalo a um trote suave, os joelhos elevados, as patas traseiras flexionadas. Depois de completar um padrão sinuoso, Asad trotou antes de executar uma volta perfeita, girando em um círculo para a direita, e então para a esquerda, a cauda dourada balançando efusivamente.

O danado do cavalo estava dançando.

Devon balançou a cabeça ligeiramente enquanto assistia, maravilhado.

Depois de guiar o cavalo ao redor do pátio em um meio galope suave, Kathleen o fez diminuir a velocidade para um trote e o levou até a cerca.

Asad relinchou em cumprimento a Devon e enfiou o focinho entre as traves da cerca.

– Muito bem – disse Devon, acariciando a pelagem dourada do cavalo. Ele levantou os olhos para Kathleen. – Você monta lindamente. Como uma deusa.

– Asad faz qualquer um parecer talentoso.

Ele sustentou o olhar dela.

– Ninguém além de você conseguiria montá-lo como se ele tivesse asas.

Kathleen enrubesceu e se virou para o cavalariço.

– Freddie, poderia caminhar com Asad pela rédea e depois levá-lo para o pátio de limpeza?

– Sim, milady!

O menino passou por entre as traves, enquanto Kathleen apeava em um movimento fluido.

– Eu a teria ajudado a desmontar – comentou Devon.

Kathleen passou por cima da cerca.

– Não preciso de ajuda – disse ela, com um toque de presunção que ele achou adorável.

– Vai voltar para casa agora? – perguntou ele.

– Sim, mas primeiro passarei para pegar minha saia no compartimento das selas.

Devon caminhou com ela e aproveitou para lançar uns olhares discretos para seu traseiro e seus quadris. A visão nítida das curvas firmes e femininas fez a pulsação dele acelerar.

– Acho que me lembro de uma regra em relação a calções – comentou ele.

– Isto não é um calção, é uma calça.

Devon arqueou a sobrancelha.

– Então você acha que tem o direito de quebrar a essência da lei desde que se mantenha fiel à letra da lei?

– Sim. Além disso, antes de mais nada, você não tem o direito de impor regras sobre o que eu visto.

Devon conteve um sorriso. Se o atrevimento dela tinha a intenção de desencorajá-lo, acabou surtindo o efeito oposto. Afinal, ele era um homem, um Ravenel da cabeça aos pés.

– De qualquer modo, haverá consequências – replicou.

Kathleen o encarou, incerta.

Ele manteve a expressão impassível enquanto eles passavam pelos estábulos até o compartimento das selas.

– Não há necessidade de me acompanhar – falou Kathleen, acelerando o passo. – Estou certa de que tem muito que fazer.

– Nada é tão importante quanto isto.

– Isto o quê? – perguntou ela, desconfiada.

– Descobrir a resposta para uma pergunta.

Kathleen parou perto da parede dos apoios para selas, empertigou-se e se virou para encará-lo com determinação.

– Qual?

De forma meticulosa, ela puxou os dedos das luvas de montar e as descalçou.

Devon adorava a disposição de Kathleen para enfrentá-lo, mesmo tendo metade do tamanho dele. Lentamente, o conde estendeu a mão e tirou o chapéu dela, jogando-o para um canto. Parte da tensão desafiadora abandonou o corpo leve de Kathleen quando ela se deu conta de que Devon estava brincando. O rosto ruborizado e os cabelos um tanto desalinhados dela, por ter andado a cavalo, a faziam parecer muito mais jovem.

Devon se adiantou, obrigando-a a encostar na parede, entre duas fileiras vazias de apoios de sela, literalmente prendendo-a no espaço pequeno. Ele segurou as lapelas estreitas do paletó de montar da moça, levou a boca ao ouvido de Kathleen e perguntou baixinho:

– O que as damas usam sob a calça de montar?

Uma risada ofegante escapou dos lábios de Kathleen, que deixou as luvas caírem no chão.

– Eu imaginaria que um renomado canalha já soubesse a resposta para essa pergunta.

– Nunca fui renomado. Na verdade, sou apenas um canalha bem padrão.

– Os que negam são os piores. – Ela ficou tensa quando Devon começou a beijar seu pescoço. A pele de Kathleen estava quente por causa do exercício, um pouco salgada, e o aroma dela era divinamente excitante: cavalos, ar fresco de inverno, suor, rosas. – Estou certa de que já causou inúmeras confusões em Londres com bebedeiras, jogatina, festas, perseguição a rabos de saia...

– Bebedeiras moderadas – contestou Devon, a voz abafada. – Muito pouca jogatina. Admito as festas.

– E os rabos de saia?

– Nenhum. – Diante da risadinha cética dela, Devon levantou a cabeça. – Nenhum desde que a conheci.

Kathleen recuou e olhou perplexa para ele.

– Não houve mulheres em sua vida desde...

– Não. Como eu conseguiria levar outra mulher para a cama? Pela manhã, eu ainda despertaria querendo você. – Ele se aproximou mais, enfiando os pés grandes entre os pés delicados dela. – Você não respondeu a minha pergunta.

Ela se afastou até encostar a cabeça na parede de placas de madeira.

– Você sabe que não posso.

– Então terei que descobrir por mim mesmo.

Devon passou os braços ao redor dela, uma das mãos descendo até a barra do paletó de montaria, nas costas. As pontas dos dedos dele passaram pela superfície estriada do espartilho de montaria, mais curto e mais leve do que os habituais. Ele seguiu explorando por baixo da cintura da calça, até encontrar um tecido fino e sedoso que imaginou ser linho ou algodão. Fascinado, usou uma das mãos para abrir os botões da calça, enquanto enfiava a outra por trás.

– São ceroulas? De que são feitas?

Kathleen começou a empurrá-lo, mas se lembrou do machucado dele e parou. Suas mãos ficaram suspensas no ar enquanto Devon puxava os quadris dela contra os seus. Sentindo como ele estava excitado, Kathleen deixou o ar escapar em um arquejo.

– *Alguém vai ver* – sibilou ela.

Devon estava ocupado demais com as ceroulas dela para se importar.

– Seda – disse ele, a mão descendo ainda mais por dentro da calça dela.

– Sim, para que o tecido não suba e fique embolado entre... Ah, pare...

As pernas da roupa de baixo eram embainhadas, de modo que cobrissem apenas a parte superior das coxas. Conforme continuava a explorar, ele descobriu que não havia qualquer abertura nelas.

– A frente é costurada.

Ao ver a expressão perplexa dele, Kathleen deixou escapar uma risada nervosa por entre os lábios, apesar da indignação que sentia.

– A ideia é que não abra enquanto estivermos montando.

Ela estremeceu quando uma das mãos de Devon desceu até a frente da roupa de baixo para acariciá-la por cima da seda.

Ele traçou os relevos delicados da carne feminina, sentindo o calor dela irradiar além do tecido. As pontas dos dedos dele brincaram ali, provocando e acariciando, e ele sentiu uma mudança no corpo dela, que começou a ficar mais receptivo. Devon voltou a encostar a boca no pescoço de Kathleen e beijou a curva suave abaixo da gola do paletó. De forma muito gentil, ele usou os nós dos dedos para acariciar os pelos entre as coxas dela e arrancou um gemido.

Kathleen começou a dizer alguma coisa em um sussurro desesperado, mas Devon engoliu as palavras na própria boca, beijando-a com voracidade. As mãos dela alcançaram os ombros dele, e ela se agarrou a ele com um som arfante. A relutância de Kathleen estava cedendo, dissolvendo-se deliciosamente, e Devon não permitiu que ela tivesse um segundo de descanso, continuou a beijá-la e acariciá-la até que a excitação dela umedecesse a seda.

Kathleen se debateu até Devon soltá-la, e recuou. Fechou a frente da calça e foi pegar a saia em um gancho na parede. Lutou contra as pesadas camadas de tecido, e seus dedos se atrapalharam com os fechos.

– Gostaria que eu... – começou Devon.

– *Não!*

Bufando de frustração, ela desistiu e deixou a saia dobrada nos braços.

Por instinto, Devon estendeu a mão. Kathleen recuou com uma risadinha ansiosa.

O som o excitou de um modo insuportável, o calor disparando de nervo para nervo.

– Kathleen. – Ele nem tentou esconder o desejo no olhar. – Se ficar quieta, eu a ajudo com a saia. Mas se fugir de mim, com certeza a alcançarei. – Ele deu um suspiro trêmulo antes de acrescentar baixinho: – E a farei gozar para mim de novo.

Ela arregalou os olhos.

Devon deu um passo determinado para a frente. Kathleen disparou como uma lebre sendo caçada, passou pelo portal mais próximo e entrou correndo na garagem de carruagens. Devon chegou aos calcanhares dela no mesmo instante, seguindo-a quando ela passou pela oficina, com seus longos bancos de carpinteiro e armários de ferramentas. A garagem tinha um cheiro agradável de serragem, graxa, verniz e polidor de couro. Era silenciosa e sombreada, iluminada apenas por uma fileira de claraboias acima de portas maciças que podiam ser abertas para a saída de carruagens.

Kathleen disparou por entre as fileiras de veículos usados para diferentes propósitos: charretes, carroças, um carro fechado leve, um landau com capota retrátil, um faetonte, uma carruagem coberta para o verão. Devon deu a volta nos veículos e a interceptou ao lado do coche da família, um veículo enorme e grandioso que só se movimentava com a força de seis cavalos. Fora projetado como um símbolo de poder e prestígio, e nas laterais havia o brasão da família Ravenel: um trio de corvos negros sobre um escudo branco e dourado.

Kathleen parou de repente e o encarou na semiescuridão.

Devon pegou a saia que ela segurava, jogou-a no chão e imprensou Kathleen contra a lateral da carruagem.

– Minha saia de montar, você vai arruiná-la! – exclamou ela, consternada.

Devon riu.

– Você nunca vai usá-la mesmo.

Ele começou a desabotoar o paletó de montar dela, enquanto Kathleen reclamava, impotente.

Devon a silenciou com a boca, enquanto abria a fileira de botões. Depois que a frente do paletó foi aberta, ele a segurou pela nuca e a beijou com mais intensidade, devorando-lhe a boca, e ela reagiu como se não estivesse conseguindo se conter. Um choque de prazer atravessou o corpo de Devon quando sentiu a língua sendo sugada por ela com um puxão tímido, e ele tateou em busca da maçaneta em forma de anel na porta da carruagem.

Kathleen percebeu o que ele pretendia fazer e disse, zonza:

– Não podemos...

Devon estava mais excitado e envolvido no momento do que jamais se sentira na vida. Depois de abrir a porta, ele abaixou o degrau dobrável.

– Você tem duas opções: aqui fora, à plena vista de qualquer um que passar... ou dentro da carruagem, onde ninguém verá.

Ela piscou, atordoada, e o encarou, parecendo horrorizada. Mas não havia como disfarçar o forte rubor de excitação no rosto.

– Aqui fora, então – disse Devon sem misericórdia, buscando a cintura da calça dela.

Kathleen pareceu despertar, virou-se com um gritinho e entrou na carruagem.

Devon a seguiu no mesmo instante.

O interior do veículo era luxuosamente estofado em couro e veludo, com ornamentos de madeira laqueada, compartimentos para copos de cristal e vinho e cortinas adamascadas com franjas de seda cobrindo as janelas. A princípio, estava escuro demais para que conseguissem enxergar qualquer coisa, mas, quando sua visão se acostumou, Devon percebeu o brilho pálido da pele de Kathleen.

Ela se moveu com hesitação, tirando os braços de dentro do paletó de montar, que Devon puxava. Ele estendeu a mão para abrir os botões nas costas da blusa dela e a sentiu estremecer. Capturou o lóbulo da orelha dela entre os dentes, mordiscou-os e os lambeu com a ponta da língua.

– Eu paro se você pedir – sussurrou ele. – Até isso acontecer, seguiremos as minhas regras.

Ele tirou o próprio casaco com uma careta de esforço. Então, sorriu quando sentiu as mãos dela alcançarem o nó do lenço no pescoço dele.

A cada item de roupa removido – colete... suspensórios... camisa... –, Devon questionava a sério quanto do autocontrole conseguiria manter. Quando puxou Kathleen para seu peito nu, ela passou os braços ao redor dele e descansou as mãos nos seus ombros. Gemendo, Devon foi beijando até a curva acima dos seios dela, onde o espartilho os deixava ainda mais empinados. Ele ansiava por abrir aquela peça de roupa, mas no escuro não teria como voltar a amarrá-la.

Ao enfiar a mão pela cintura solta da calça dela, Devon encontrou a fita que fechava o calção de seda e a desamarrou com um puxão. Kathleen enrijeceu, mas não protestou quando ele desceu as roupas dela pelos quadris e ainda mais embaixo, ficando com as mãos trêmulas. O coração de Devon estava disparado, e cada músculo do seu corpo, tenso de desejo. Ele se ajoelhou no piso atapetado e correu as mãos pelas curvas suaves dos quadris nus e ao longo da extensão das coxas. A calça de montaria havia ficado presa nas botas curtas, emboladas nos tornozelos dela. Graças às chapas laterais e às linguetas de couro na parte de trás, as botas puderam ser facilmente removidas. Depois de livrá-la da calça, Devon deixou um único dedo correr pela linha das coxas cerradas dela.

– Abra-as para mim – sussurrou ele.

Kathleen não obedeceu.

Gentil e ternamente entretido, Devon acariciou as pernas dela com mãos pacientes.

– Não fique tímida. Não há qualquer parte sua que não seja linda. – A mão dele chegou ao topo das coxas dela e o polegar deslizou por entre os pelos macios. – Deixe-me beijá-la aqui – pediu ele. – Só uma vez.

– Ah, Deus... não. – Kathleen abaixou a mão e afastou a dele sem muita firmeza. – É pecado.

– Como você sabe?

– Porque parece ser.

Ele riu baixinho e puxou os quadris dela com uma determinação que arrancou um gritinho de Kathleen.

– Nesse caso... nunca peco pela metade.

CAPÍTULO 25

– Nós vamos para o inferno – disse Kathleen enquanto Devon beijava o vão entre as coxas cerradas dela.

– Eu sempre presumi que iria.

Ele não parecia nem um pouco perturbado diante da perspectiva.

Ela se contorceu em sua decência violada, perguntando-se como acabara seminua dentro de uma carruagem com ele. O ar estava frio, o estofamento de veludo gelado sob seu traseiro nu, e as mãos quentes e a boca de Devon provocaram arrepios por todo o corpo de Kathleen.

Ele agarrou as pernas dela, sem forçá-las a abrir, apenas apertando os músculos contraídos, e a sensação foi tão delirantemente boa que Kathleen gemeu de desespero. Os polegares dele alcançaram o topo do triângulo macio, massageando com suavidade. Um tremor de prazer despertou no fundo do estômago de Kathleen, que então o deixou abrir suas pernas. Estava entregue, incapaz de pensar, todos os sentidos concentrados nos beijos que Devon pressionava na parte interna de suas coxas, demorando-se onde a pele era mais delicada e sensível. Os joelhos de Kathleen se separaram quando Devon alcançou os lábios macios do sexo dela, ainda fechados, e os lambeu, abrindo-os com a língua. Ele parou pouco antes de alcançar o ponto mais sensível acima. Arquejando, Kathleen estendeu a mão para a cabeça dele e deslizou os dedos por seus cabelos, sem saber se queria empurrá-lo para longe ou puxá-lo mais. Ele mordiscou o grande lábio, a respiração quente e provocante, e continuou devagar, rondando, sem alcançar o ponto que latejava à espera dele.

Um demônio sussurrou na escuridão:

– Quer que eu a beije?

– Não. – Meio segundo depois, ela deixou escapar um suspiro trêmulo e falou: – Sim.

Uma risada baixa vibrou contra sua carne úmida, e Kathleen quase desmaiou ao senti-la.

– E então? – perguntou Devon. – Sim ou não?

– Sim. Sim.

Não foi agradável descobrir que a determinação moral de uma pessoa tem a mesma firmeza de um papelão molhado.

– Mostre-me onde – murmurou ele.

Respirando com dificuldade, sôfrega e excitada, Kathleen fez o que ele pediu, levando a mão ao ponto minúsculo em seu sexo. A boca de Devon a cobriu lenta e ternamente, a língua descansando no ponto tão íntimo. As mãos de Kathleen caíram para o lado e agarraram as almofadas de veludo sob seu corpo, apertando o tecido com força. Ele a lambeu. Uma vez. Trêmula e prestes a desfalecer, ela deixou escapar um gemido suplicante.

Outra lambida lânguida, terminando com uma pressão.

– Diga do que você precisa.

O hálito de Devon fazia cócegas na carne macia enquanto ele esperava.

– Preciso de você – veio a resposta, em um arquejo.

Ele ficou usando a língua em um círculo malicioso e provocante.

– Agora diga que é minha.

Ela teria dito quase qualquer coisa, tão consumida que estava pelo desejo. Mas ouvira uma mudança sutil no tom de Devon, uma nota de possessividade que a alertou de que ele não estava mais brincando.

Quando Kathleen não respondeu, Devon insinuou um dedo na entrada do corpo dela. Não: dois dedos, abrindo caminho suavemente entre as montanhas e os vales. A sensação de preenchimento foi desconfortável mas deliciosa ao mesmo tempo. Ela sentia os músculos internos pulsando, quase puxando os dedos dele mais para dentro. Devon continuou os movimentos, tocando-a mais fundo, encontrando um lugar extremamente sensível que a fez erguer os joelhos e torcer os dedos dos pés.

A voz dele agora estava mais baixa, mais perigosa.
– Diga.
– Sou sua – cedeu Kathleen.
Ele deixou escapar um som de satisfação, quase um ronronar.

Ela arqueou os quadris, implorando para que ele voltasse a tocar naquele ponto sensível lá dentro, e impulsionou o corpo para cima quando ele o encontrou. Todos os seus membros ficaram fracos.

– *Ah.* Sim, aí, aí...

A voz de Kathleen se dissolveu enquanto ela sentia os lábios de Devon abrirem sua carne, sugando, excitando. Ele a recompensou com um ritmo uniforme, a mão livre deslizando para baixo do traseiro dela, que se contorcia, e guiando-a, puxando-a com mais firmeza contra a boca dele. Cada vez que Kathleen descia os quadris, ele a lambia mais em cima, a ponta da língua atingindo, úmida, logo abaixo da pequena pérola do sexo dela, uma vez, e mais outra. Ela se ouviu arquejar, gemer e balbuciar. Já não controlava nada agora, nem os próprios pensamentos, nem a própria vontade. Naquele momento, existia apenas uma terrível necessidade que disparava cada vez mais alto, até começarem os espasmos arrebatadores. Com um gritinho, Kathleen arremeteu o corpo na direção de Devon, as coxas se contraindo de forma incontrolável sobre os ombros dele.

Depois que os últimos longos e incontroláveis tremores cederam, Kathleen caiu para trás nas almofadas de veludo, como uma boneca de trapo que alguém deixara de lado. Devon manteve a boca sobre ela, estimulando o prazer até que se tornasse relaxamento. Kathleen conseguiu forças apenas para acariciar os cabelos dele.

Isso valeu a pena ir para o inferno, pensou ela, e não percebeu que havia balbuciado em voz alta até senti-lo sorrir.

~

Algumas poucas palavras guturais fizeram Helen diminuir os passos quando já se aproximava da sala de estar do segundo andar. O som de injúrias em galês havia se tornado familiar ao longo da última semana, conforme o Sr. Winterborne se debatia com as limitações de seus ferimentos e com o gesso pesado na perna. Embora nunca gritasse, algo em sua voz a fazia parecer mais alta do que a de outros homens: um timbre forte como o de um sino de bronze. O sotaque de Winterborne era agradável aos ouvidos de Helen, com as vogais cantadas e os R's ligeiros quase guturais, as consoantes macias como veludo.

A presença de Winterborne enchia a casa, não importava que ele ainda estivesse confinado aos cômodos do segundo andar. Era um homem vigoroso, que se entediava com facilidade e se irritava diante de qualquer restrição. Ele ansiava por atividade e barulho, e chegara ao extremo de insistir para que os carpinteiros e encanadores retomassem a cacofonia de seu trabalho diário, apesar de Devon ter pedido a eles que parassem enquanto Winterborne se recuperava. Ao que parecia, a última coisa que o hóspede queria era paz e tranquilidade.

Até então, ele mantivera o antigo valete do pai de Helen em atividade constante, o que teria sido motivo para preocupação, a não ser pelo fato de que Quincy parecia empolgado com sua nova posição como criado pessoal de Winterborne. Poucos dias antes, o valete contara a novidade a Helen, quando estava saindo para ir até a cidade postar alguns telegramas em nome do novo patrão.

– Estou tão contente por você! – exclamara Helen, depois de passada a surpresa inicial. – Embora deva confessar que não consigo imaginar o Priorado Eversby sem a sua presença.

– Sim, milady.

Quincy a olhava com uma expressão calorosa, demonstrando um carinho que ele jamais expressaria em palavras. Era um homem disciplinado e discreto, mas sempre tratara Helen e as gêmeas com imensa bondade, interrompendo o trabalho para ajudar a procurar uma boneca perdida ou para enrolar o próprio lenço em um cotovelo arranhado. No fundo, Helen sempre soubera que, das três irmãs, era ela a favorita de Quincy, talvez por ter uma natureza similar à dele. Ambos gostavam que tudo estivesse em paz, tranquilo e no lugar.

O elo silencioso entre Helen e Quincy fora cimentado pela experiência compartilhada de tomar conta do antigo conde de Trenear nos últimos dias de vida dele, quando caíra doente após um longo dia de caçada no frio e na umidade. Embora Sims e a Sra. Church tivessem feito o que podiam para minimizar o sofrimento do conde, foram Helen e Quincy que se revezaram ao lado do leito do doente. Não havia mais ninguém para isso: as gêmeas não tinham permissão para entrar no quarto, para não correrem o risco de pegar a doença do pai, e Theo não chegara de Londres a tempo de se despedir.

Ao saber que Quincy deixaria o Priorado Eversby, Helen tentou ficar feliz por ele, em vez de ceder ao desejo egoísta de que o antigo valete do pai permanecesse na casa.

– Vai gostar de morar em Londres, Quincy?

– Espero que sim, milady. Encararei como uma aventura. Talvez eu esteja precisando disso para pensar com mais clareza sobre a vida.

Ela deu um sorriso trêmulo.

– Sentirei sua falta, Quincy.

O valete permaneceu composto, mas em seus olhos surgiu um brilho suspeito, que sugeriu a existência de lágrimas contidas.

– Quando visitar Londres, milady, quero que se lembre de que estarei sempre a seu serviço. Basta mandar me chamar.

– Fico feliz em saber que passará a tomar conta do Sr. Winterborne. Ele precisa de você.

– Sim – retrucou Quincy com intensidade. – Ele precisa.

Levaria algum tempo, pensou Helen, para Quincy se familiarizar com os hábitos do novo patrão, suas preferências e excentricidades. Por sorte, Quincy passara décadas lidando com pessoas temperamentais. Winterborne não poderia ser pior que os Ravenels.

Durante os dois dias anteriores, um grupo de empregados de Winterborne, incluindo gerentes de loja, um contador e um jornalista, haviam chegado em visita, de Londres. Eles passaram horas com Winterborne, na sala de estar da família, apresentando relatórios e recebendo instruções. Embora o Dr. Week houvesse alertado que esforço exagerado poderia atrapalhar a convalescença, Winterborne pareceu ganhar energia com a presença de seus empregados.

– Aquela loja é mais do que um mero negócio para ele – disse West a Helen, enquanto Winterborne estava no andar de cima, conversando com seus gerentes. – Ele é assim. O trabalho consome todo o tempo e interesse do homem.

– Mas por que ele faz isso? – perguntou Helen, perplexa. – Em geral, um homem deseja ganhar dinheiro para realizar ambições mais importantes, como ter tempo com a família e amigos, desenvolver seus talentos, o eu interior...

– Winterborne não tem eu interior – retrucou West, com ironia. – Ele provavelmente se ressentiria de qualquer sugestão do contrário.

Os empregados dele haviam partido naquela manhã, e Winterborne passara a maior parte do dia ou na sala de estar ou no quarto, manobrando as muletas com obstinação e sem ajuda, apesar das instruções do médico para que não apoiasse o peso do corpo na perna que quebrara.

Ao olhar da porta, Helen viu Winterborne sentado sozinho na sala de estar, em uma cadeira ao lado de uma mesa de nogueira com tampo de mármore. Ele derrubara por acidente uma pilha de papéis que haviam se espalhado no chão ao seu redor. Inclinado e desajeitado, Winterborne tentava recolher as folhas sem cair da cadeira.

A preocupação levou a melhor sobre a timidez de Helen, que entrou no quarto sem pensar duas vezes.

– Boa tarde, Sr. Winterborne.

Helen se pôs de joelhos e recolheu os papéis.

– Não se preocupe com isso – disse Winterborne, rabugento.

– Não foi nada.

Ainda ajoelhada, ela o fitou, hesitante. Seu coração parou por um instante, depois outro, quando olhou dentro dos olhos mais escuros que já vira, de um castanho tão profundo que pareciam negros, encimados por cílios grossos que se destacavam na tez morena. Poderia ser o próprio Lúcifer sentado ali. Winterborne era muito maior do que ela se dera conta. Nem mesmo o gesso na perna o fazia parecer menos formidável.

Helen entregou os papéis a ele, e os dedos dos dois se tocaram por um momento. Impressionada com o choque que o toque lhe provocou, ela recolheu os dedos de pronto. A boca de Winterborne se tornou uma linha implacável, as sobrancelhas grossas cerradas.

Helen ficou de pé.

– Há algo mais que eu possa fazer para deixá-lo mais confortável? Devo pedir para trazerem chá ou algum lanche?

Ele fez que não com a cabeça.

– Quincy logo trará uma bandeja.

Ela não soube como responder. Fora mais fácil conversar com Winterborne quando ele estava convalescente e indefeso.

– O Sr. Quincy me disse que vai trabalhar para o senhor em Londres. Fico feliz, pelos dois, que o senhor tenha dado essa oportunidade a ele. O Sr. Quincy será um excelente valete.

– Pelo que estou pagando, é bom que ele seja o melhor da Inglaterra – comentou Winterborne.

Helen ficou constrangida por um instante.

– Não tenho dúvida de que ele será – arriscou-se a dizer.

Winterborne organizou a pilha de papéis de forma meticulosa.

– Ele quer começar descartando as minhas camisas.

– Suas camisas – repetiu Helen, perplexa.

– Um dos meus gerentes trouxe algumas das minhas roupas de Londres. Quincy logo notou que as camisas eram compradas prontas. – Ele olhou cauteloso para ela, avaliando a reação de Helen. – Para ser preciso, as camisas são vendidas semiprontas, e assim podem ser adaptadas às preferências do freguês. A qualidade do tecido é tão boa quanto a de qualquer camisa feita sob medida, mas ainda assim Quincy torceu o nariz.

Helen considerou com cuidado a resposta que daria.

– Um homem com a profissão de Quincy tem o olho treinado para os detalhes. – Ela deveria ter parado ali. As roupas de um homem eram um assunto extremamente impróprio, mas ela achou que precisava ajudar Winterborne a compreender a preocupação de Quincy. – É mais do que apenas o tecido. A costura é diferente em uma camisa feita sob medida, os pontos são perfeitamente retos e lisos, e as casas de botões costumam ser feitas à mão, com uma fôrma em um dos lados para reduzir a pressão da base do botão. – Ela fez uma pausa, sorrindo. – Eu poderia discorrer sobre carcelas e punhos, mas temo que o senhor adormeça na cadeira.

– Sei o valor dos detalhes. Mas no que diz respeito a camisas... – Winterborne hesitou. – Faço questão de usar o que vendo, assim os clientes sabem que terão roupas da mesma qualidade das do proprietário da loja.

– Parece uma inteligente estratégia de vendas.

– E é. Vendo mais camisas do que qualquer outra loja de Londres. Mas nunca tinha me ocorrido que a nobreza prestasse tanta atenção a casas de botão.

Ele ficara com o orgulho dele, pensou Helen, ao perceber que se colocara em desvantagem em comparação com uma classe social superior.

– Mas penso que não deveriam – disse ela, em tom de lamento. – Há coisas bem mais importantes com que se preocupar.

A expressão dele se tornou confusa.

– A senhorita fala como se não fosse um deles.

Helen deu um sorrisinho.

– Vivi afastada do mundo por tanto tempo, Sr. Winterborne, que às vezes me pergunto quem sou ou se pertenço a algum lugar.

Winterborne a examinou.

– Trenear planeja levar a senhorita e suas irmãs para Londres quando seu período de luto terminar.

Helen assentiu.

– Não vou a Londres desde menina. Lembro que era um lugar muito grande e animado. – Ela parou um pouco, vagamente surpresa por estar fazendo confidências a ele. – Agora, acredito que vou achar a cidade... intimidante.

Um sorriso curvou o canto dos lábios de Winterborne.

– O que acontece quando a senhorita se sente intimidada? Corre para o canto mais perto e se esconde?

– Devo dizer que não – retrucou Helen, séria, se perguntando se ele a estaria provocando. – Faço o que tem que ser feito, não importa a situação.

O sorriso de Winterborne se alargou até que ela visse o brilho dos dentes muito brancos em contraste com a pele bronzeada.

– Suponho que eu saiba disso melhor do que a maioria – disse ele, baixinho.

Helen compreendeu que Winterborne se referia ao modo como ela o ajudara quando ele estava com febre, à forma dela de apoiar a cabeça de cabelos negros na dobra do braço, e banhar o rosto e o pescoço dele. Helen sentiu que começava a ruborizar. Não era o rubor comum, que desaparecia em instantes. Era do tipo que a acometia, ficava cada vez mais intenso e se espalhava por todo o corpo, deixando-a tão desconfortável que mal conseguia respirar. Helen cometeu o erro de fitar os olhos escuros como café, que pareciam ferver em fogo brando, e se sentiu prestes a ser imolada.

Seu olhar desesperado pousou no piano em mau estado que ficava no canto.

– Devo tocar algo para o senhor?

Ela se levantou sem esperar por uma resposta. Era a única alternativa para não sair em disparada da sala. Pela visão periférica, viu Winterborne segurar os braços da cadeira de pronto, preparando-se para se levantar, antes de se lembrar que estava com a perna engessada.

– Sim – falou ele. – Seria ótimo.

Ele aproximou a cadeira alguns centímetros para ver o perfil de Helen enquanto ela tocava.

O piano pareceu oferecer pouca proteção quando Helen se sentou diante dele e ergueu a tampa que protege as teclas. Ela respirou fundo e lentamente arrumou as saias, endireitou a postura e pousou os dedos sobre as teclas. Então começou a tocar uma peça que conhecia de cor: o alegro da "Sonata para piano em fá maior", de Handel. Era uma melodia cheia de vida e complexidade, e desafiadora o bastante para forçá-la a pensar em outra coisa além do rubor que a dominava. Os dedos de Helen dançaram em um borrão sobre as teclas, o ritmo exuberante executado à perfeição por dois minutos e meio. Quando ela terminou, olhou para Winterborne, torcendo para que ele tivesse gostado.

– A senhorita tem muita habilidade para tocar – comentou ele.

– Obrigada.

– É sua peça favorita?

– É a peça mais difícil que sei tocar – respondeu Helen –, mas não a minha favorita.

– O que toca quando ninguém está ouvindo?

A pergunta, feita em tom suave, com aquele sotaque que tornava as vogais tão largas quanto os ombros dele, provocou um frio agradável no estômago de Helen. Perturbada pela sensação, ela demorou a responder.

– Não me lembro do nome. Um professor de piano me ensinou há muito tempo. Por anos, tentei descobrir que música era, mas ninguém reconheceu a melodia.

– Toque-a para mim.

Recorrendo à memória, Helen tocou os acordes docemente assombrosos, as mãos tocando com suavidade as teclas. Os acordes tristes sempre a comoviam, fazendo seu coração ansiar por coisas que não conseguiria identificar. Quando terminou, Helen ergueu os olhos e encontrou Winterborne encarando-a como se estivesse petrificado. Ele logo disfarçou a expressão, mas não antes que ela percebesse nele a mistura de perplexidade, fascínio e um toque de algo ardente e inquietante.

– É uma peça galesa – informou ele.

Helen balançou a cabeça com uma risada incrédula e encantada.

– O senhor conhece?

– "A Ei Di'r Deryn Du". Todo galês nasce sabendo essa música.

– É sobre o quê?

– Um apaixonado que pede a um melro para levar uma mensagem a sua amada.

– Por que ele mesmo não pode levar?

Helen percebeu que os dois estavam falando em tom abafado, como se estivessem trocando confidências.

– Ele não consegue encontrá-la. Está apaixonado demais... isso impede que veja com clareza.

– O melro a encontra?

– A canção não diz – respondeu ele, com um dar de ombros.

– Mas preciso saber o fim da história – protestou Helen.

Winterborne riu. Era um som irresistível, rouco e misterioso. Quando respondeu, seu sotaque estava mais acentuado.

– Esse é o resultado de ler romances demais. Uma história não precisa de um final. Não é isso que importa.

– O que importa, então? – ousou perguntar Helen.

O olhar escuro dele prendeu o dela.

– Que ele a ama. Que a está buscando. Como todos nós, pobres diabos, ele não tem como saber se encontrará o desejo do seu coração.

E o senhor?, quis perguntar Helen. *O que está buscando?* A pergunta era pessoal demais para ser feita mesmo a alguém que conhecesse há muito tempo, quanto mais a um estranho. Mesmo assim, as palavras pairaram em sua língua, implorando para serem ditas. Ela desviou os olhos e se esforçou para engolir o que queria dizer. Quando voltou a olhar para Winterborne, a expressão dele voltara a ficar distante. O que veio a calhar, porque, por um momento, Helen tivera a alarmante sensação de que estava a um passo de confidenciar a ele todos os desejos e pensamentos que nunca contara a ninguém.

Para grande alívio de Helen, Quincy chegou com a bandeja de jantar. Quando a viu sozinha na sala com Winterborne, o valete ergueu as sobrancelhas brancas de modo quase imperceptível, mas não disse nada. Quincy começou a arrumar talheres, copos e pratos sobre a mesa, e então Helen recuperou a compostura. Ela se levantou do banco acolchoado do piano e dirigiu um sorriso neutro a Winterborne.

– Vou deixá-lo para saborear seu jantar.

Ele a fitou de cima a baixo, o olhar se demorando no rosto dela.

– Tocará de novo para mim, uma noite dessas?

– Sim, se o senhor desejar.

Helen ficou aliviada em sair da sala, e precisou se controlar para não sair correndo.

Rhys ficou encarando a porta por onde Helen saíra, enquanto seu cérebro repassava cada detalhe dos minutos anteriores. Estava claro que ela o desprezava: havia recuado ao sentir seu toque e tivera problemas em encontrar seu olhar. E mudara de assunto de forma abrupta quando a conversa se desviara para temas mais pessoais.

Talvez a aparência dele não a agradasse. Não havia dúvida de que seu sotaque galês era repulsivo. E, tal como outras jovens resguardadas da classe social dela, era provável que Helen considerasse os galeses bárbaros de quinta categoria. Ela sabia que era refinada demais para gente como ele. E Rhys jamais questionaria isso.

Mas a teria de qualquer modo.

– O que acha de lady Helen? – perguntou Rhys, enquanto Quincy arrumava a refeição na mesa em frente a ele.

– Ela é a joia dos Ravenels – respondeu o valete. – O senhor nunca conhecerá uma jovem de coração mais bondoso. Lamentavelmente, lady Helen sempre foi negligenciada. O irmão mais velho ficou com os louros no que se referiu ao interesse dos pais, e o pouco que restou foi para as gêmeas.

Rhys havia conhecido as gêmeas alguns dias antes, duas garotas divertidas, de olhos vivos, que fizeram uma infinidade de perguntas sobre sua loja de departamentos. Gostou delas, mas nenhuma das duas capturou seu interesse. Não se comparavam em nada a Helen, cuja discrição era misteriosa e sedutora. Ela era como uma concha de madrepérola, que à primeira vista tem apenas uma cor, mas que, observada de outros ângulos, revela cintilações delicadas de lavanda, rosa, azul, verde. Um lindo exterior que demonstra pouco de sua verdadeira natureza.

– Ela é distante com todos os estranhos ou é só comigo? – perguntou Rhys, abrindo o guardanapo no colo.

– Distante? – O valete pareceu de fato surpreso. Antes que pudesse continuar, uma dupla de pequenos spaniels pretos entrou na sala, arfando felizes enquanto se jogavam em cima de Rhys. – Santo Deus! – murmurou Quincy, franzindo o cenho.

Rhys, que por acaso gostava de cães, não se incomodou com a interrupção. O que ele achou desconcertante, no entanto, foi o terceiro animal, que entrou trotando atrás dos cães e se sentou com muita autoconfiança perto deles.

– Quincy, por que há um porco na sala? – perguntou Rhys com tranquilidade.

O valete, que estava ocupado enxotando os cachorros, respondeu casualmente:

– É um animal de estimação da família, senhor. Eles tentam mantê-lo no celeiro, mas o porquinho insiste em entrar na casa.

– Mas por que... – Rhys parou, dando-se conta de que, fosse qual fosse a explicação, não faria sentido para ele. – Por que será que, se fosse eu que mantivesse animais de fazenda em casa, as pessoas me chamariam de ignorante ou doido, mas se um porco vagueia livremente pela mansão de um conde, este é chamado de excêntrico? – resolveu perguntar.

– Há três coisas que todos esperam de um aristocrata – começou a responder o valete, puxando com firmeza a coleira do porco. – Que tenha uma casa de campo, que tenha o queixo pequeno e que seja excêntrico. – Quincy ficou puxando a coleira com cada vez mais determinação, mas a criatura apenas se sentou mais pesadamente. – Juro que vou transformar você em linguiça e toucinho para o desjejum de amanhã – sibilou o valete, puxando Hamlet um centímetro por vez.

O porco ignorou o determinado valete e encarou Rhys com olhos pacientes e esperançosos.

– Quincy, preste atenção.

Ele pegou um pãozinho do prato e o jogou ao acaso no ar.

O valete pegou o pão com habilidade na mão enluvada de branco.

– Obrigado, senhor.

Enquanto Quincy caminhava para a porta com o pão na mão, o porco seguiu trotando atrás dele.

Rhys observou a cena com um sorrisinho.

– O desejo sempre é uma motivação melhor do que o medo – falou. – Lembre-se disso, Quincy.

CAPÍTULO 26

Theo! Theo, não!
O pesadelo foi tão vívido e intolerável como sempre, o chão se movendo, de modo que cada passo era incerto enquanto ela corria na direção dos estábulos. Ela ouvia os relinchos enlouquecidos de Asad a distância. Dois cavalariços seguravam as rédeas do cavalo, forçando-o a permanecer quieto, enquanto a figura imponente do marido dela oscilava no dorso do animal. A luz da manhã lançava um brilho ameaçador à forma dourada de Asad, que se agitava e batia os cascos.

O coração de Kathleen saltou no peito quando ela viu que o marido segurava um chicote. Asad morreria antes de ser submetido àquilo. *Pare!*, gritou Kathleen, mas os cavalariços haviam soltado a rédea e o cavalo projetara o corpo para a frente. Com os olhos vidrados em pânico, Asad empinou, recuou, agitou o corpo para se livrar das pernas que o envolviam. O chicote descia sobre o cavalo sem parar.

O árabe se contorceu e resistiu, e Theo foi arremessado da sela. O corpo dele voou por um longo trecho antes de atingir o chão com uma força nauseante.

Kathleen cambaleou pelos últimos metros até alcançar a forma imóvel, já sabendo que era tarde demais. Ela caiu de joelhos e encarou a face do marido morto.

Mas não era Theo.

Um grito queimou sua garganta.

Kathleen acordou do pesadelo e lutou para se sentar em meio às cobertas emboladas. A respiração saía em arquejos ásperos, difíceis. Abalada, ela secou o rosto com a colcha e descansou a cabeça sobre os joelhos dobrados.

– Não foi real – sussurrou para si mesma, esperando que o terror arrefecesse.

Kathleen voltou a se deitar, mas os músculos tensos das costas e das pernas não permitiram que esticasse o corpo.

Com o nariz congestionado, ela rolou para o lado e voltou a se sentar. Então passou uma perna pela borda do colchão, e depois a outra. *Fique na cama*, disse a si mesma, mas seus pés já estavam indo para baixo. No momento em que tocaram o chão, não havia mais volta.

Ela saiu rápido do quarto e correu pela escuridão, com fantasmas e lembranças em seu encalço.

Só parou quando chegou ao quarto principal.

No momento em que bateu de leve na porta, já se arrependia do impulso que a levara ali, mas ainda assim não conseguiu se convencer a parar de bater até a porta se abrir de forma abrupta.

Não via o rosto de Devon, apenas sua forma enorme, escura, mas ouviu a familiar voz de barítono.

– Qual é o problema? – Ele a puxou para dentro do quarto e fechou a porta. – O que aconteceu?

Os braços de Devon envolveram o corpo trêmulo dela. Pressionada a ele, Kathleen percebeu que Devon estava nu, a não ser pela bandagem no torso. Mas ele era tão firme, quente e reconfortante que ela não conseguiu se afastar.

– Tive um pesadelo – sussurrou, descansando o queixo nos pelos macios do peito dele. Kathleen ouviu um murmúrio tranquilizador e indistinguível acima de sua cabeça. – Eu não deveria ter incomodado você. Desculpe, mas foi muito real.

– Com o que você sonhou? – perguntou ele de modo gentil, acariciando os cabelos dela.

– Com a manhã em que Theo morreu. Já tive esse mesmo pesadelo várias vezes, mas esta noite foi diferente. Eu corri para ele, que estava no chão, e, quando olhei, não era ele, era... era...

Ela parou, deixou escapar um som angustiado e fechou os olhos com mais força.

– Eu? – perguntou Devon com calma, as mãos apoiando a cabeça dela.

Kathleen assentiu com um soluço.

– Co-como você soube?

– Os sonhos costumam misturar lembranças e preocupações. – Devon roçou os lábios na testa dela. – Depois de tudo o que tem acontecido, não é de surpreender que sua mente faça conexões com o acidente do seu falecido marido. Mas não foi real. – Ele inclinou a cabeça dela para trás e beijou os cílios úmidos. – Estou aqui. E nada vai acontecer comigo.

Kathleen deixou escapar um suspiro trêmulo.

Devon continuou a abraçá-la até sentir o tremor ceder.

– Quer que eu a leve de volta para o seu quarto? – perguntou ele, por fim.

Um longo momento se passou antes que Kathleen conseguisse responder. A resposta certa era sim, mas a resposta sincera era não. Maldita fosse: ela optou por um ligeiro balançar de cabeça. *Não*.

Devon ficou imóvel. Respirou fundo e a soltou devagar. Mantendo um braço ao redor dela, levou-a até a própria cama.

Confusa com a mistura de culpa e prazer que sentia, Kathleen subiu no colchão e se enfiou sob o peso quente das cobertas.

Devon ficou parado ao lado da cama. Um fósforo foi aceso, e ela logo viu um breve cintilar azul seguido pelo brilho da chama de uma vela.

O corpo de Kathleen ficou tenso quando Devon se juntou a ela embaixo das cobertas. Não havia dúvidas do rumo que aquilo tomaria: não se dividia a cama com um exemplar robusto, adulto e nu do sexo masculino esperando-se continuar virgem. Mas ela também sabia aonde aquilo *não* levaria. Vira o rosto de Devon na noite de Natal, quando ela segurara no colo a filhinha do arrendatário. A expressão dele ficara congelada por um breve e brutal momento de terror.

Se ela escolhesse deixar aquilo seguir adiante, teria que aceitar que, fossem quais fossem os planos de Devon para a propriedade, não incluíam se casar e ter filhos.

– Isto não é um caso – disse Kathleen, mais para si mesma do que para ele. – É só uma noite.

Devon deitou de lado, um cacho caindo sobre a testa quando baixou os olhos para ela.

– E se você quiser mais do que isso? – perguntou com a voz rouca.

– Ainda assim não será um caso.

Ele a acariciou por cima das cobertas, mapeando a forma dos quadris e do abdômen dela.

– Por que a palavra importa?

– Porque casos sempre terminam. Portanto, chamar assim o que tivermos tornará ainda mais difícil o momento em que um de nós partir.

A mão de Devon ficou imóvel. Ele a encarou, os olhos azuis escuros como piche. A luz da vela oscilou sobre os malares altos e firmes.

– Não vou a lugar algum.

Devon segurou o queixo de Kathleen e capturou sua boca em um beijo forte e urgente, um beijo possessivo. Ela se abriu para ele, deixando que fizesse como preferisse, enquanto Devon continuava a beijá-la com um ardor agressivo.

Ele afastou as cobertas do corpo dela e se inclinou sobre seus seios. O hálito dele era como vapor quando penetrou a cambraia fina da camisola de Kathleen, fazendo com que os mamilos dela se enrijecessem. Devon tocou ali com os dedos, moldando a carne firme antes de cobri-la com a boca e lamber por cima do tecido. A cambraia ficou úmida sob a língua dele, esfriando sobre o mamilo rígido quando ele recuou e assoprou de leve.

Kathleen gemeu e levou as mãos aos minúsculos botões que mantinham o corpete da camisola no lugar, tentando abri-los com puxões frenéticos.

Devon pegou os pulsos dela e os segurou ao lado de seu corpo, mantendo-a cativa com facilidade enquanto continuava a chupar e mordiscar por cima da camisola. E se acomodou entre as coxas abertas dela, o peso firme e estimulante. Enquanto se contorcia, lutando contra as mãos que a prendiam, Kathleen sentiu o membro de Devon se enrijecer mais, a fricção deixando ambos ofegantes.

Devon soltou os pulsos dela e voltou a atenção para a fileira de botões da camisola. Começou a abrir um por um com cuidado meticuloso. A bainha da camisola já subira até os quadris de Kathleen. Ela sentia o calor íntimo, tenso, do membro de Devon roçando a parte interna de suas coxas.

Quando o último botão foi aberto, Kathleen estava fraca e arquejante.

Por fim, Devon tirou a camisola e a jogou de lado. Ele se ajoelhou com as pernas dobradas entre as coxas de Kathleen e fitou com intensidade o corpo dela, iluminado pela chama da vela. O pudor a fez enrubescer quando ela se deu conta de que era a primeira vez que o via completamente nu. Em um reflexo, procurou cobrir o próprio corpo com as mãos. Devon as manteve afastadas.

Deus, o modo como ele a olhava, sério e terno ao mesmo tempo, o olhar devorando-a.

– Você é a coisa mais linda que eu já vi.

A voz de Devon saiu um tanto rouca.

Ele a soltou e deslizou a mão pelo abdômen dela, deixando uma trilha ardente até o triângulo coberto de pelos macios entre as pernas. Um gemido silencioso ficou preso na garganta de Kathleen enquanto ele brincava com seu corpo, passando a mão nos pelos crespos, desnudando a pele secreta sob eles.

Ela cerrou as mãos ao lado do corpo. A respiração dele estava áspera e tomada de luxúria, mas as mãos continuaram suaves, provocando com delicadeza os recantos pálidos ou rosados do sexo dela, pressionando os polegares, acariciando-a para que se abrisse. As sensações dominavam todo o corpo de Kathleen, até ela não conseguir mais evitar se contorcer e erguer o corpo para cima, impotente.

Devon apoiou a mão no abdômen dela e murmurou:

– Fique calma.

Ele deslizou a ponta dos dedos entre as coxas macias, fazendo carinhos logo acima do ponto mais sensível do sexo dela, despertando delicadas ondas de calor. Kathleen estremeceu e pressionou as pernas contra as laterais dos quadris de Devon.

Ele desceu o polegar até a entrada do corpo dela, recolhendo umidade antes de voltar ao ponto sensível.

Eram absurdamente devassas as coisas que ele sabia fazer.

Kathleen fechou os olhos e desviou o rosto ruborizado enquanto ele brincava e a excitava, provocando mais umidade e mais latejar até que o sexo dela ficasse dolorosamente sensível. Ela sentiu o polegar de Devon deslizar de novo para baixo, provocando, acariciando, penetrando. E sentiu uma pontada quando o dedo foi mais fundo na carne tenra e tensa. Mas Devon foi gentilíssimo, os dedos abertos mais acima massageando-a em um ritmo suave e cauteloso. Ela arquejou, o prazer deixando-a derretida por dentro, seu traseiro se contraindo e relaxando em um desejo desavergonhado, a carne parecendo dissolver de prazer.

Devon afastou a mão e Kathleen choramingou em protesto. A forma escura da cabeça dele e os ombros largos pairaram sobre ela, enquanto ele a segurava pelos joelhos, abrindo-a. Kathleen empinou os quadris até que seu sexo ficasse descaradamente exposto. Ela se ouviu gemer quando ele se inclinou, a língua levando mais umidade ao longo da reentrância suave. Quando chegou ao ponto mais sensível do sexo dela, Devon chupou e lambeu sem piedade, fazendo o prazer disparar por cada nervo, guiando-a de forma implacável até que o alívio finalmente a inundou.

Quando o clímax arrefeceu em espasmos descontrolados, Kathleen sentiu Devon abaixando os quadris dela até o colchão. Ele a beijou na boca, a língua com um sabor salgado sutilmente erótico. Ela deixou as mãos vaguearem até os músculos firmes do abdômen dele, tocando, hesitante, toda a extensão da ereção de Devon. Estava mais firme do que ela imaginara que a carne humana poderia ser, e a pele, mais sedosa do que seda. Para sua surpresa, uma veia saltada pulsava contra os dedos dela.

Com um som baixo, Devon se acomodou de modo ainda mais pesado entre as pernas de Kathleen, abrindo-as mais.

Ela o guiou desajeitadamente. Devon a penetrou até o corpo de Kathleen começar a recuar, e persistiu, mesmo quando ela tentou se desvencilhar da dor aguda. Ele arremeteu mais fundo na carne macia, abrindo-a até que ela desse um gritinho baixo e ficasse rígida ao sentir o ardor da entrada.

Devon se manteve imóvel, murmurando palavras carinhosas e tranquilizadoras. Para tentar acalmá-la, ele acariciou seus quadris e suas coxas, enquanto o corpo dela se fechava ao redor do dele em um pulsar dolorido. Devon puxou-a para mais perto, a barriga colada à dela, o calor dele fundo dentro dela. Aos poucos, os músculos internos de Kathleen começaram a relaxar, como se reconhecessem que não adiantava resistir.

– Pronto – sussurrou ele, ao senti-la relaxar.

Ele a beijou no queixo e no pescoço e baixou os olhos para o rosto dela enquanto começava a arremeter devagar e com cuidado. O prazer suavizou as feições duras, e o rosto anguloso de Devon ganhou mais rubor. Quando alcançou o ponto de fusão, ele levou a boca à de Kathleen, enquanto se entregava a intensos arrepios.

Devon saiu dela e apoiou o membro úmido no ventre de Kathleen. Um jato de calor jorrou entre eles quando Devon enfiou o rosto nos cabelos dela com um gemido.

Kathleen abraçou-o com força, saboreando os tremores de satisfação que o percorriam. Quando recuperou o fôlego, Devon a beijou preguiçosamente, um macho saciado aproveitando sua pilhagem.

Mais tarde, Devon deixou a cama e voltou com um copo de água e um pano úmido. Enquanto Kathleen bebia a água com gosto, ele limpou do ventre dela a evidência do amor que haviam feito.

– Não quis machucá-la – murmurou, passando o pano no lugar dolorido entre as coxas dela.

Kathleen devolveu o copo vazio.

– Eu estava preocupada com você – confessou ela. – Estava com medo de que acabasse se machucando.

Ele sorriu, deixando o copo e o pano de lado.

– Como? – zombou. – Caindo da cama?

– Não, com toda essa atividade vigorosa.

– Não foi vigorosa. Foi contida. – Ele se juntou a ela na cama e a puxou para si, acariciando-a com ousadia. – Amanhã à noite – disse, beijando o ombro de Kathleen – eu lhe mostrarei algum vigor.

Ela passou os braços por trás da cabeça dele e beijou seus cabelos negros brilhantes.

– Devon – disse Kathleen com cautela –, acho que não vou querer dividir a cama com você amanhã.

Ele levantou a cabeça e a encarou com preocupação.

– Se estiver dolorida, eu só ficarei abraçando você.

– Não é isso. – Ela afastou um cacho de cabelo que havia caído na testa dele. – Como eu lhe disse, não podemos ter um caso.

Devon ficou confuso.

– Acho melhor começarmos definindo alguns termos – disse ele devagar. – Agora que dormimos juntos, que diferença faz se vamos repetir isso amanhã?

Kathleen mordeu o lábio, enquanto pensava em uma forma de fazê-lo entender.

– Devon, como costumam ser os seus relacionamentos com as mulheres? – perguntou por fim.

Ficou nítido que ele não gostou da pergunta.

– Não há um padrão.

Ela o encarou com ceticismo.

– Estou certa de que sempre começam da mesma maneira – falou ela em tom neutro. – Você se interessa por alguém e, depois de algum flerte e certo empenho, acaba seduzindo-a.

Ele ergueu as sobrancelhas.

– Elas sempre consentiram.

Kathleen olhou para o homem magnífico ao seu lado e deu um sorrisinho.

– Não tenho dúvidas – comentou. – Não é nenhum sacrifício ir para a cama com você.

– Então por que...

– Espere – murmurou ela. – Quanto tempo duravam em média os seus relacionamentos? Alguns anos? Dias?

– Em média, uma questão de meses – respondeu ele, seco.

– E durante esse tempo você visitava a cama da dama sempre que era conveniente. Até acabar se cansando dela. – Kathleen fez uma pausa. – Presumo que em geral fosse você quem terminava o relacionamento.

Devon a encarou carrancudo.

– Estou começando a me sentir na Suprema Corte.

– Vou entender isso como um sim.

Devon recolheu os braços e se sentou.

– Sim. Sempre fui eu que terminei o relacionamento. Costumava levar um presente de despedida para a mulher em questão, dizer a ela que sempre guardaria com carinho as lembranças dos nossos momentos juntos e partia o mais rápido possível. O que isso tem a ver com a nossa relação?

Kathleen puxou as cobertas, cobrindo os seios, e disse com franqueza:

– É isso que eu quero dizer quando me refiro a não querer ter um caso. Não quero que você presuma que estarei disponível sempre que desejar satisfazer suas necessidades. Não quero que nenhum de nós tenha qualquer direito sobre o outro. Não quero complicações, ou o risco de um escândalo, e não quero um presente de despedida.

– Que diabo você *quer*?

Meio sem graça, ela começou a dobrar a ponta do lençol em pequenas pregas.

– Acho... que gostaria de passar uma noite com você algumas vezes, quando nós dois desejarmos. Sem obrigações nem expectativas.

– Defina "algumas vezes". Uma vez por semana?

Ela deu de ombros e deixou escapar uma risadinha constrangida.

– Eu não queria ter uma agenda para isso. Não poderíamos só deixar acontecer naturalmente?

– Não – respondeu Devon, duro. – Homens gostam de agendas. Não gostamos de perguntas não respondidas. Preferimos saber o que e quando vai acontecer.

– Mesmo com assuntos tão íntimos?

– Especialmente nesses casos. Maldição, por que você não pode ser como as outras mulheres?

Os lábios de Kathleen se curvaram em um sorriso torto e pesaroso.

– E entregar todo o controle para você? Correr para a cama sempre que você estalar os dedos, com a frequência que você desejar, até que perca o interesse por mim? E então suponho que eu deveria ficar parada na porta, esperando pelo meu presente de despedida.

Um músculo saltou no maxilar dele, e seus olhos cintilaram.

– Eu não a trataria assim.

Era óbvio que trataria. Era como sempre havia tratado as mulheres.

– Sinto muito, Devon, mas não posso fazer isso do seu jeito. Teremos que fazer do meu jeito, ou não faremos.

– Maldição, nem sei se entendi qual é o seu jeito – retrucou ele, indignado.

– Eu o deixei zangado – lamentou Kathleen, sentando-se. – Quer que eu vá embora?

Devon deitou-a novamente e se debruçou sobre ela.

– Nem pensar. – Ele afastou as cobertas em um movimento brusco. – Como não tenho ideia de quando terei permissão para deitar com você de novo, tenho que aproveitar ao máximo a oportunidade.

– Mas estou dolorida – protestou ela, cobrindo os seios e o ventre com as mãos.

Ele abaixou a cabeça.

– Não vou machucá-la – resmungou Devon na barriga dela.

Ele ficou mordiscando ao redor do umbigo dela, então deixou a língua escorregar para dentro, fazendo-a arquejar. Repetiu o movimento de forma cautelosa uma vez, e outra, até senti-la tremer.

Quando ele deixou a boca descer, o coração de Kathleen disparou e sua visão ficou nublada. Ela deixou as mãos caírem e relaxou as coxas, abrindo-as rapidamente ao comando dele. Com uma gentileza diabólica, Devon excitou-a com os lábios, os dentes, a língua, levando-a ao limite do clímax, mas sem permitir que ela chegasse lá. Ele a segurou entre os cotovelos e continuou a sedução enlouquecedora, até Kathleen se ouvir implorar. Então a língua arremeteu dentro dela em uma penetração macia e úmida, profunda e determinada, até que ela se entregasse a uma série de espasmos. Kathleen baixou as mãos trêmulas e envolveu a cabeça dele, mantendo-o junto ao corpo. Ele a lambeu como se não conseguisse se saciar com o sabor de Kathleen, que ronronou e arqueou o corpo, os nervos dançando em resposta. Conforme seu coração se acalmava, Kathleen se espreguiçou embaixo dele com um suspiro de exaustão.

Ele recomeçou.

– Não – disse ela, com uma risada trêmula. – Devon, por favor...

Mas ele já voltara a atormentar a carne sensível, tão implacável e determinado que Kathleen não teve outra escolha senão se render com um gemido. A vela queimou até se apagar e as sombras dominaram o quarto, até não restar nada além de escuridão e prazer.

CAPÍTULO 27

Conforme janeiro avançou, Kathleen permaneceu firme em sua decisão de não permitir que Devon conquistasse um lugar cativo em sua cama. Em um único assalto, ela assumira o controle do relacionamento. Como resultado, Devon ficou dominado por um misto de ultraje, desejo e perplexidade genuína, em proporções variáveis.

Teria sido mais fácil se ela tivesse se entregado completamente ou se negado, mas Kathleen deixara a situação nebulosa de um modo que o chocava.

Típico de uma mulher.

"Quando nós dois desejarmos", dissera ela. Como se não soubesse que ele estava *sempre* desejando.

Se aquilo era uma estratégia para deixá-lo louco de desejo, sem saber quando poderia tê-la, estava funcionando perfeitamente. Mas Devon a conhecia bem o bastante para saber que não era de caso pensado. Por algum motivo, o fato de saber que ela estava tentando se proteger tornava a situação ainda pior. Ele compreendia as razões de Kathleen, chegando a concordar a princípio, mas, ainda assim, estava ficando louco.

Ele não conseguiria mudar a própria natureza e, por Deus, também não queria. Jamais seria capaz de entregar seu coração, ou sua liberdade. No entanto, não havia percebido até ali que era quase impossível ter um caso com uma mulher que também estava determinada a resguardar o próprio coração e a própria liberdade.

Kathleen continuava a mesma de sempre, falante, ardente, divertida e pronta para discutir sempre que discordava dele.

Mas Devon estava diferente. Tornara-se obcecado por Kathleen, tão fascinado por tudo o que ela pensava e fazia que não conseguia afastar o olhar dela. Passava metade dos dias fazendo todo o possível para enchê-la de felicidade, enquanto no resto do tempo sentia-se tentado a esganá-la. Nunca conhecera uma frustração tão angustiante, querendo-a, querendo muito mais do que ela estava disposta a dar.

Agora só lhe restava persegui-la, tentando encurralá-la em algum canto como um lorde libidinoso qualquer fazendo joguinhos de sedução com alguma criada. Apalpando-a e beijando-a na biblioteca, deslizando a mão por baixo das saias nas escadas dos fundos. Certa manhã, depois de saírem para cavalgar, Devon a puxou para um canto escuro no local onde ficam as selas e a seduziu e acariciou até finalmente conseguir fazer amor com ela contra a parede. E mesmo assim, nos segundos desorientadores que se seguiram a um magnífico gozo, ele já queria mais dela. Cada segundo do dia.

Foi inevitável que o resto da casa percebesse como ele se tornara interessado em Kathleen, mas até então ninguém dissera sequer uma palavra a respeito. West acabou perguntando por que Devon mudara de ideia sobre voltar a Londres em meados do mês.

– Você partiria com Winterborne amanhã – disse West. – Por que não vai com ele? Deveria estar em Londres, preparando-se para as negociações de arrendamento da terra. A última informação que tive foi que começariam em 1º de fevereiro.

– Os advogados e contadores têm capacidade para preparar tudo sem mim – retrucou Devon. – Posso permanecer aqui, onde sou necessário por pelo menos mais uma semana.

– Necessário em quê? – perguntou West, com uma risadinha.

Devon estreitou os olhos.

– Entre a reforma da casa, as valas de drenagem, a plantação de sebes e a debulha do milho, acredito que eu consiga encontrar algo para fazer.

Eles estavam voltando para casa, depois de saírem de um galpão perto dos estábulos, onde uma nova trilhadora mecânica, a vapor, havia acabado de ser guardada. Embora fosse de segunda mão, o equipamento parecia estar em excelentes condições. West havia traçado um plano de várias famílias o usarem em revezamento.

– Posso administrar a propriedade – argumentou West. – Você seria mais útil em Londres, concentrando-se em nossos problemas financeiros. Precisamos de dinheiro, em especial agora que concordamos em dar perdão ou redução de dívidas para os arrendatários.

Devon deixou escapar um suspiro tenso.

– Eu falei que era melhor esperarmos.

– Essas famílias não podem esperar. E, ao contrário de você, não consigo tirar o pão da boca de crianças famintas.

– Você parece Kathleen falando – resmungou Devon. – Chegarei a um acordo com Severin o mais rápido possível. Seria mais fácil se ele deixasse o diretor dele tocar as negociações, mas por algum motivo o homem resolveu tratar disso pessoalmente.

– Como nós dois sabemos, não há nada que Severin adore mais do que discutir com os amigos.

– O que explica o fato de ele não ter muitos.

Devon parou antes de entrar na casa, enfiou as mãos nos bolsos e olhou para a janela da sala de estar do segundo andar. Helen estava tocando piano, uma melodia suave que repercutia pela casa com tanta delicadeza que era quase possível ignorar a desafinação do instrumento.

Maldição, ele estava cansado de coisas que precisavam ser consertadas.

West seguiu o olhar do irmão.

– Você falou com Winterborne sobre Helen?

– Sim. Ele quer cortejá-la.

– Ótimo.

Devon ergueu as sobrancelhas.

– Agora você aprova o casamento dos dois?

– Em parte.

– Como assim?

– A parte de mim que adora dinheiro e quer ficar fora da prisão acha uma ideia esplêndida.

– Você não seria preso. Apenas iria à falência.

– Um destino pior do que acumular dívidas – ironizou West, e deu de ombros. – Cheguei à conclusão de que não seria um mau negócio para Helen. Se ela não se casar com ele, terá que escolher entre as sobras da aristocracia.

Devon olhou novamente para a janela, pensativo.

– Venho considerando levar a família para Londres comigo – murmurou.

– A família toda? Santo Deus, por quê?

– Para Helen ficar mais próxima de Winterborne.

– E – enfatizou West, indo direto ao ponto – Kathleen, perto de você. – Ao notar o olhar alerta do irmão, ele continuou, irônico: – Quando lhe falei para não seduzi-la, eu estava preocupado com o bem-estar dela. Agora parece que tenho que ficar igualmente preocupado com o seu. – Uma pausa. – Você não tem sido o mesmo esses dias, Devon.

– Deixe isso para lá – pontuou ele, tenso.

– Tudo bem. Mas só um pequeno conselho... Eu não comentaria com

Kathleen sobre seus planos para Helen. Ela está determinada a ajudar as três meninas a encontrarem a felicidade. – West deu um sorriso amargo. – Parece que ainda não percebeu que, nesta vida, felicidade é opcional.

∼

Quando entrou no salão de desjejum, Kathleen viu que Helen e as gêmeas não estavam ali. West e Devon estavam à mesa lendo a correspondência e os jornais, enquanto um criado removia pratos e talheres usados.

– Bom dia – disse Kathleen. Os dois homens se levantaram de imediato quando ela entrou. – As meninas já terminaram?

West assentiu.

– Helen foi acompanhar as gêmeas à fazenda dos Luftons.

– Com que propósito? – perguntou ela, enquanto Devon lhe puxava uma cadeira.

– Foi sugestão minha – explicou West. – Os Luftons se ofereceram para ficar com Hamlet, desde que assumíssemos a despesa de construir um chiqueiro coberto. As gêmeas estão dispostas a entregar o porco se o Sr. Lufton em pessoa garantir que ele será bem cuidado.

Kathleen sorriu.

– Como chegamos a isto?

O criado trouxe uma bandeja de chá e a segurou enquanto Kathleen media algumas colheres de folhas em uma pequena chaleira.

West espalhou uma quantidade generosa de geleia sobre uma fatia de pão torrado.

– Eu disse às gêmeas, com o maior tato possível, que infelizmente Hamlet não havia sido castrado na infância, como deveria ter sido. Eu não tinha ideia de que o procedimento era necessário, senão teria providenciado.

– Castrado? – perguntou Helen, perplexa.

West fez um gesto com dois dedos imitando uma tesoura.

– Ah.

– Como permaneceu, hã… intacto – continuou West –, Hamlet acabou se tornando inadequado para ser consumido no futuro, portanto não há razão para temer que ele acabe numa mesa de jantar. Mas ele ficará cada vez mais agressivo conforme atravessar a puberdade. Parece que também se tornará fedorento. Hamlet agora só é adequado para um propósito.

– Você quer dizer... – começou Kathleen.

– Isso pode esperar até depois do desjejum? – perguntou Devon por trás de um jornal.

West deu um sorriso sem graça para Kathleen.

– Explicarei mais tarde.

– Se vai me falar sobre a inconveniência de ter um macho não castrado em casa, adianto que já sei como é – falou Kathleen.

West se engasgou de leve com a torrada. Não houve qualquer som vindo de Devon.

O criado retornou com o chá e Kathleen se serviu de uma xícara. Depois que ela colocou açúcar e tomou um gole da bebida quente, o mordomo se aproximou.

– Milady – disse ele, e estendeu uma bandeja de prata com uma carta e um abridor com cabo de marfim.

Ela pegou o envelope e viu, com prazer, que era de lorde Berwick. Abriu o envelope, devolveu o abridor para a bandeja e começou a ler em silêncio. A carta começava de forma bastante inofensiva, com notícias sobre a família Berwick. Estava tudo bem por lá. Ele seguiu descrevendo um potro puro-sangue que acabara de comprar. No entanto, no meio da carta, lorde Berwick escrevera: *Recebi há pouco tempo notícias perturbadoras do administrador da fazenda do seu pai em Glengarrif. Embora parecesse que ele não achava necessário que você fosse informada, também não se opôs ao meu desejo de contar a você sobre um ferimento que seu pai sofreu...*

Quando Kathleen tentou pousar a xícara no pires, a porcelana tilintou. Embora fosse um som comum, atraiu a atenção de Devon. Depois de um único olhar para o rosto muito pálido dela, ele dobrou o jornal e o deixou de lado.

– O que foi? – perguntou, observando-a com atenção.

– Nada sério – respondeu Kathleen. O rosto dela parecia rígido. O coração começara a bater de um modo desagradável, muito rápido e intenso, o espartilho espremendo cada inspiração curta. Ela baixou os olhos para a carta e a leu novamente, tentando lhe dar algum sentido. – É de lorde Berwick. Ele conta que meu pai se feriu, mas está recuperado agora.

Ela não percebera que Devon havia se movido até descobri-lo sentado na cadeira ao lado, a mão quente envolvendo a dela.

– Conte-me o que aconteceu.

O tom dele era muito gentil.

Kathleen fitou a carta que segurava na mão, tentando respirar apesar da pressão sufocante no peito.

– Eu não... não sei há quanto tempo aconteceu isso. Parece que meu pai estava cavalgando em um pátio interno e o cavalo empinou, fazendo meu pai bater a cabeça em uma trave de madeira. – Ela parou e balançou a cabeça, com uma expressão de desamparo. – De acordo com o administrador da fazenda, foi bem doloroso e ele ficou desorientado, mas o médico enfaixou sua cabeça e prescreveu descanso. Meu pai ficou três dias de cama e agora parece estar mais ciente de si.

– Por que você não foi imediatamente avisada? – perguntou Devon, com o cenho franzido.

Kathleen deu de ombros, sem saber responder.

– Talvez seu pai não quisesse preocupá-la – foi o comentário neutro de West.

– Imagino que sim – conseguiu dizer Kathleen.

Mas a verdade era que não importava para o pai se ela ficaria preocupada ou não. Ele nunca sentira afeição pela filha. Nunca se lembrava do aniversário dela, nem viajara para passarem um Natal juntos. Depois que a mãe de Kathleen morreu, ele não mandou buscar a moça para morar com ele. E quando ela o procurou em busca de conforto depois da morte de Theo, o pai a avisou para não esperar que houvesse lugar para ela sob o teto dele, na Irlanda. Sugeriu que voltasse a morar com os Berwicks, ou que se arranjasse sozinha.

Depois de tantas rejeições, Kathleen imaginara que já não se magoaria mais àquela altura. Mas a dor foi profunda como nas outras vezes. Ela sempre abrigara em segredo a fantasia de que o pai precisaria dela algum dia, que mandaria buscá-la se estivesse doente ou ferido. Kathleen o atenderia de pronto e cuidaria dele com carinho, e os dois enfim teriam o relacionamento pelo qual ela tanto ansiara. Mas a realidade, como de costume, não guardava qualquer semelhança com a fantasia. O pai, ao se machucar, não apenas ignorou a possibilidade de mandar buscá-la, como nem sequer a avisou do que acontecera.

Com os olhos marejados ainda fitando a carta, agora um borrão, Kathleen não viu o olhar que Devon dirigiu ao irmão. Só o que soube foi que, quando se soltou de Devon e estendeu a mão para a xícara de chá, o lugar de West estava vazio. Ela olhou aturdida ao redor. West saíra de modo muito discreto, junto com o mordomo e o criado, e haviam fechado a porta.

– Você não precisava tê-los feito sair! – exclamou Kathleen, enrubescendo. – Não vou fazer uma cena.

Ela tentou beber o chá, mas o líquido quente se derramou pela borda, e Kathleen pousou a xícara, desgostosa.

– Você está chateada – comentou Devon, baixinho.

– Não estou chateada, estou só... – Ela fez uma pausa e passou a mão trêmula pela testa. – Chateada – admitiu.

Devon estendeu a mão e ergueu Kathleen da cadeira com facilidade surpreendente.

– Sente-se comigo – murmurou ele, acomodando-a no colo.

– Eu estava sentada com você. Não preciso me sentar *em cima* de você. – Ela se viu sentada de lado com os pés balançando. – Devon...

– Shh. – Ele manteve um braço ao redor dela para apoiá-la, estendeu a outra mão, pegou a xícara de chá e a levou aos lábios de Kathleen. Ela tomou um gole da bebida quente e doce. Devon roçou os lábios na têmpora dela. – Tome mais um pouco – falou baixinho, e segurou a xícara enquanto a moça bebia de novo.

Kathleen se sentiu muito tola, permitindo que ele a confortasse como se ela fosse uma criança... mas ainda assim uma sensação de alívio começou a envolvê-la quando ela se recostou no peito largo de Devon.

– Meu pai e eu nunca fomos próximos – disse ela, por fim. – Nunca entendi por quê. Tem algo... algo a ver comigo, suponho. Ele só amou uma pessoa na vida, que foi minha mãe. E ele também foi o único amor que ela teve. O que é romântico, mas... é difícil para uma criança compreender.

– Onde você adquiriu uma visão tão perversa de romance? – perguntou Devon, agora sendo sarcástico.

Kathleen olhou surpresa para ele.

– Amar uma única pessoa no mundo não é romântico – explicou Devon –, não é amor. Não importa como seus pais se sentiam um em relação ao outro, nada justifica o tratamento que lhe dispensaram. Embora Deus saiba que você ficou muito melhor morando com os Berwicks. – Ele apertou a mão dela. – Se a ideia lhe agradar, mandarei um telegrama para o administrador da fazenda para sabermos melhor como está seu pai.

– Eu gostaria que isso fosse feito – admitiu Kathleen –, mas provavelmente irritaria meu pai.

– Melhor ainda.

Devon ajeitou o camafeu de ébano na gola dela.

Kathleen o encarou muito séria.

– Eu lamentava não ter nascido menino. Achava que só assim meu pai teria se interessado por mim. Ou talvez se eu fosse mais bonita, ou mais inteligente.

Devon segurou o rosto dela nas mãos.

– Você já é bonita e inteligente demais, meu bem. E não teria adiantado nascer menino. Nunca foi esse o problema. Seus pais eram dois tolos egocêntricos. – Ele acariciou o rosto dela com o polegar. – E você pode até ter alguns defeitos, mas ser difícil de amar não é um deles.

Ao longo daquela última frase extraordinária, a voz dele foi ficando mais baixa até quase chegar a um sussurro.

Kathleen estava fascinada.

Ele não tivera a intenção de dizer aquilo, pensou ela. Sem dúvida se arrependia.

Mas os olhares deles permaneceram fixos um no outro. Fitar os olhos azul-escuros de Devon era como se afogar, descer a profundezas insondáveis das quais ela talvez nunca emergisse. Kathleen estremeceu e conseguiu desviar o olhar, quebrando o momento.

– Venha para Londres comigo – convidou Devon.

– O quê? – perguntou ela, espantada.

– Venha para Londres comigo. Tenho que partir em duas semanas. Leve as meninas e sua camareira. Vai ser bom para todos, inclusive para você. Nesta época do ano não há nada a fazer em Hampshire, e Londres oferece inúmeras diversões.

Kathleen olhou para Devon de cenho franzido.

– Você sabe que isso é impossível.

– Por causa do luto?

– É claro que é por causa do luto.

Ela não gostou das centelhas de malícia que brilharam nos olhos dele.

– Já pensei nisso – falou Devon. – Como não tenho tanto conhecimento quanto você do que é apropriado ou não, me encarreguei de consultar o oráculo da sociedade sobre as atividades permitidas para jovens na sua condição.

– Que oráculo? Do que está falando?

Devon ajeitou o peso dela no colo e pegou uma carta de uma bandeja próxima.

– Você não foi a única a receber correspondência hoje. – Ele tirou a carta do envelope com um floreio. – De acordo com uma renomada especialista em etiqueta do luto, comparecer a uma peça ou a um baile está fora de cogitação, mas é permitido ir a um concerto ou a uma galeria de arte. – Essa dama entendida do assunto escreveu: *Teme-se que o isolamento prolongado de pessoas jovens possa encorajar a melancolia constante em personalidades muito maleáveis. Apesar de ser importante que as meninas demonstrem o respeito devido à memória do falecido conde, seria não só inteligente como bondoso da sua parte permitir a elas algumas diversões inocentes. Eu recomendaria o mesmo para lady Trenear, que, por ser cheia de vida, não tolerará por muito tempo uma dieta de monotonia e solidão. Portanto, o senhor conta com o meu estímulo para...*

– Quem escreveu isso? – quis saber Kathleen, arrancando a carta da mão dele. – Quem poderia presumir que... – Ela arquejou e arregalou os olhos quando viu a assinatura. – Santo Deus! Você consultou *lady Berwick*?

~

Devon sorriu.

– Eu sabia que você não aceitaria outro veredicto que não o dela.

Ele a balançou de leve no colo. O pouco peso dela estava ancorado em camadas farfalhantes de saias e anáguas, as belas curvas do corpo envolvidas pelo espartilho, estreitando-lhe o tronco. A cada movimento que Kathleen fazia, lufadas de sabonete e rosas pairavam ao redor deles. Ela lembrava aqueles sachês cheirosos que as mulheres guardam em cômodas e guarda-roupas.

– Vamos – disse ele –, Londres não é uma ideia assim tão pavorosa, não acha? Você nunca ficou na Casa Ravenel... que está em condições bem melhores do que esta pilha de escombros. Você verá coisas novas, visitará novos lugares. – Devon não conseguiu resistir a acrescentar em tom zombeteiro: – E o mais importante: estarei disponível para servi-la sempre que você desejar.

Ela ergueu as sobrancelhas.

– Não fale assim.

– Perdoe-me, isso foi rude. É que sou um macho não castrado. – Ele sorriu ao perceber que não havia mais ultraje na expressão dela. – Considere o bem-estar das meninas – continuou, persuasivo. – Elas já tiveram que suportar um período de luto muito maior do que o seu. Não merecem um alívio? Além disso, seria bom que se familiarizassem com Londres antes da temporada social do próximo ano.

Ela franziu o cenho.

– Quanto tempo propõe que fiquemos? Duas semanas?

– Talvez um mês.

Ela brincou com as pontas do lenço de seda que usava no pescoço enquanto refletia.

– Vou conversar com Helen sobre o assunto.

Sentindo que ela estava inclinada a concordar, Devon decidiu pressionar um pouco mais.

– Você *vai* para Londres. Você se tornou um hábito em minha vida. Se não estiver comigo, temo que comece a buscar substitutos para você. Tabaco. Estalar os nós dos dedos.

Kathleen se virou no colo de Devon para encará-lo, as mãos nos ombros do paletó dele.

– Você poderia aprender a tocar um instrumento – sugeriu ela.

Devon a puxou para si lentamente e sussurrou junto às curvas cheias e suaves da boca de Kathleen.

– Mas você é a única coisa que quero tocar.

Ela passou os braços ao redor do pescoço dele.

Os dois estavam em uma posição desajeitada, o corpo dela virado de lado e o espartilho rígido apertando o torso, o casal sufocado por camadas de roupas que não haviam sido feitas para garantir liberdade de movimentos. O colarinho rígido da camisa de Devon lhe apertava o pescoço e a camisa começou a se embolar embaixo do colete, enquanto o elástico dos suspensórios repuxava de forma desconfortável. Mas ela brincou com ele dando uma lambidinha, imitando uma gata, e aquilo bastou para deixá-lo com o membro totalmente ereto.

Kathleen o beijou, contorcendo-se dentro da pilha de tecidos do vestido. Ela abaixou a mão para puxar a massa enorme de saias e, para diversão de Devon, quase caiu do colo dele. Devon a puxou para cima, enquanto Kathleen chutava as saias pesadas para conseguir montá-lo, mesmo com todo aquele tecido entre os dois. Foi uma cena ridícula, os dois se remexendo na maldita cadeira, mas Devon estava achando bom demais.

Kathleen desceu a mão pela camisa dele e agarrou toda a extensão do membro rijo de Devon por cima da calça. Ele avançou sobre ela. Antes que se desse conta do que estava fazendo, já tateava embaixo das saias. Quando encontrou a abertura do calção, puxou o tecido até rasgar a costura com um som que o encheu de prazer, alcançando a carne úmida e macia pela qual tanto ansiava.

Kathleen gemeu quando ele enfiou dois dedos nela, e inclinou os quadris para a frente, querendo mais, a umidade e o calor de seu sexo pulsando. Qualquer pensamento racional desapareceu. Nada importava além de estar dentro dela. Afoito, Devon recolheu os dedos para abrir a calça. Kathleen tentou ajudá-lo, lutando contra os botões obstinados. Os esforços dela acabaram atrapalhando de uma forma que o teria feito rir se ele não estivesse tão louco de desejo. De algum modo, os dois acabaram no chão, com Kathleen ainda montada nele, as saias ondulando e inflando como uma sobrenatural flor gigante.

Por baixo da confusão de tecidos, a carne nua dele encontrou a dela. Devon se posicionou, e, antes mesmo de guiá-la, Kathleen abaixou o corpo, o sexo pequeno e úmido engolindo-o mais fundo que nunca. Os dois estremeceram e gemeram com a sensação, a textura aveludada dela fechando-se sobre o pulsar intenso dele.

Kathleen se agarrou aos ombros de Devon e começou a rolar para o lado, tentando inverter as posições e puxá-lo para que ficasse em cima dela. Devon resistiu e segurou-a pelos quadris. Aturdida, Kathleen ficou observando-o, e nisso ele espalmou as mãos nos quadris e no traseiro dela, deliciando-se com a forma do seu corpo. Devon mostrou como deveria ser o movimento, arremetendo para cima e trazendo-a para baixo com cuidado. Ele retardou a descida pelo tempo necessário para que o corpo dela se adiantasse apenas alguns centímetros sobre o membro dele, e Kathleen deixou escapar um suspiro trêmulo. Outro arremeter de quadris, seguido por um sedoso mergulho erótico.

Kathleen começou a se mover, ainda hesitante, o rosto rosado e reluzente. Seguindo seus instintos, ajustou a posição do corpo e se movimentou em cima dele com confiança crescente, terminando cada descida com um menear de corpo para a frente que absorvia as arremetidas dele.

Deus, pensou Devon, ele estava sendo montado, com firmeza e eficiência. Kathleen se satisfez em um ritmo agressivo, cada vez mais rápido, provocando uma onda de prazer que fez Devon suar por baixo das roupas e dentro dos sapatos. A transpiração brotou em sua testa. Ele fechou os olhos e tentou se controlar, mas era terrivelmente difícil fazer isso no ritmo que ela impusera. Na verdade, era impossível.

– Devagar, meu bem – disse Devon, a voz rouca. Ele passou a mão por baixo do vestido de Kathleen para segurar os quadris dela. – Desejo você demais...

Mas ela continuou a montá-lo com determinação, o corpo todo tenso.

O clímax estava chegando para ele... A sensação foi se intensificando, por mais que Devon tentasse contê-la.

– Kathleen – falou ele entre os dentes cerrados –, não consigo... não consigo me conter...

Ela já não ouvia, apenas cavalgava. Devon sentiu-a alcançar o clímax, os espasmos e tremores suaves se fechando ao redor do membro dele. Em uma autodisciplina agoniante, ele se manteve imóvel, cada músculo contraído e muito rígido. Forçou-se a esperar, a deixá-la saborear o prazer, embora o coração dele ameaçasse explodir de tanto esforço. Devon deu a ela dez segundos... os dez segundos mais excruciantes da vida dele... Foi tudo o que conseguiu esperar. Ele tentou tirá-la de cima, grunhindo ao fazer força.

No entanto, não contara com a força das coxas de Kathleen, os músculos de uma amazona experiente agarrando-o com uma tenacidade que nem mesmo um cavalo árabe de 450 quilos conseguiria enfrentar. Enquanto tentava afastá-la, Devon sentiu que Kathleen instintivamente usava os movimentos contra ele, as pernas prendendo-o com mais força a cada tentativa. Ela era demais... Um clímax escaldante o dominou, derramando-se por seu corpo em um prazer tão absoluto quanto a morte. Arremeteu mais algumas vezes enquanto Kathleen ainda o cavalgava, o corpo dela absorvendo cada gota de sensação, sem piedade.

Com um gemido, ele se deixou cair de costas no chão.

Conforme o êxtase vertiginoso cedia, ele ficou petrificado ao se dar conta de que havia gozado dentro dela. Nunca fizera aquilo com mulher nenhuma. Na verdade, sempre usara protetores de borracha para se garantir. Mas, por pura arrogância, havia presumido que não seria difícil sair de Kathleen antes de chegar ao clímax. A verdade era que quisera estar dentro dela sem barreiras.

O preço que talvez tivesse que pagar por isso era inimaginável.

Kathleen se deitou em cima dele, o corpo esguio subindo e descendo, acompanhando a respiração entrecortada de Devon.

– Me desculpe – disse ela em um arquejo, parecendo chocada. – Não consegui parar. Simplesmente... não consegui.

Devon ficou em silêncio, tentando pensar em meio ao pânico.

– O que fazemos agora? – perguntou Kathleen, a voz abafada.

Embora Devon conhecesse meios de prevenir uma gravidez, os detalhes e particularidades do que fazer *depois* do ato consumido eram território da mulher.

– Ouvi falar que se usa champanhe – conseguiu dizer ele.

Mas tinha apenas uma vaga ideia de como uma ducha contraceptiva era administrada, e não podia correr o risco de machucar Kathleen.

– Beber champanhe vai ajudar? – perguntou ela, esperançosa.

Ele deu um sorriso.

– Beber não, minha inocente. Mas não adianta... já deveria ter sido feito.

O peso de Kathleen sobre seus quadris já estava lhe provocando dor. Ele a tirou de cima e se levantou, arrumando as roupas com uma eficiência indecente. Então deu a mão a ela e a ajudou a se levantar.

Quando Kathleen já estava de pé e viu a expressão dele, toda a cor sumiu de seu rosto.

– Me desculpe – repetiu, a voz hesitante. – Por favor, acredite que não importa o que aconteça, não lhe cobrarei a responsabilidade.

O medo de Devon no mesmo instante se transformou em raiva, as palavras dela acionando seu temperamento explosivo como a um barril de pólvora.

– Acha que isso faz alguma diferença, maldição? – perguntou ele, agressivamente. – Já sou responsável por mil coisas pelas quais nunca pedi.

Ela retrucou com o máximo de dignidade que se pode ter enquanto se arruma a roupa de baixo.

– Não quero ser incluída nessa lista.

– Ao menos uma vez, não importa o que você quer. Se tivermos um filho, nenhum de nós dois poderá fingir que ele não existe. E ele será metade meu.

Devon não conseguiu evitar que seu olhar horrorizado descesse pelo corpo dela, como se sua semente já estivesse criando raízes ali. Kathleen deu um passo para trás, um breve movimento que o enfureceu.

– Quando seu fluxo deve começar? – perguntou ele, tentando não se alterar.

– Em duas, talvez três semanas. Mandarei um telegrama quando descer.

– *Se* descer – corrigiu ele com amargura. – E você não vai precisar mandar um maldito telegrama... ainda vai comigo para Londres. Não se dê ao trabalho de perguntar por quê, estou cansado de ter que explicar cada decisão que tomo a cada pessoa nesta propriedade esquecida por Deus.

Ele saiu da sala antes que dissesse mais alguma coisa, afastando-se com rapidez, como se o diabo estivesse em seu encalço.

CAPÍTULO 28

A viagem de trem até Londres foi cumprida em milagrosas duas horas, pelo menos quatro vezes mais rápido do que faria uma carruagem. Foi uma sorte, já que logo ficou claro que a família Ravenel não fazia viagens tranquilas.

Pandora e Cassandra estavam loucas de empolgação, já que nunca haviam colocado os pés em um trem. Tagarelavam e davam gritinhos, disparando pela plataforma como pombos atrás de migalhas, implorando a West para comprar as edições de romances populares baratos vendidos na estação, sanduíches embalados em interessantes caixinhas de papel e lenços com estampa de cenas pastoris. Carregadas de lembrancinhas, elas embarcaram no vagão de primeira classe reservado pela família e insistiram em experimentar cada assento para escolherem os que ocupariam.

Helen insistia em levar uma de suas orquídeas envasadas, o caule longo e frágil sustentado por uma vareta e uma fita. Era uma espécie rara e frágil de Vanda azul. Apesar de a planta não reagir bem a locomoções, Helen acreditava que ela ficaria melhor em Londres, junto dela. Carregou a orquídea no colo o caminho todo, o olhar concentrado na paisagem do lado de fora.

Logo que o trem deixou a estação, Cassandra se sentiu nauseada depois de tentar ler um dos romances que West comprara para ela na estação. A jovem fechou o livro e se acomodou no assento de olhos fechados, gemendo de vez em quando, enquanto o trem balançava. Pandora, ao contrário, não conseguia permanecer sentada por mais que alguns minutos, pondo-se de pé toda hora só para ter a sensação de se levantar em uma locomotiva em movimento e ver o cenário através de janelas diferentes. Mas a pior passageira entre eles foi certamente Clara, a camareira, cujo medo da velocidade em que seguiam se mostrou resistente a todas as tentativas de tranquilizá-la. Cada pequeno sacolejo ou guinada do vagão a fazia dar um grito de medo. Devon teve que lhe dar um copinho de conhaque, para lhe acalmar os nervos.

– Eu avisei que deveríamos tê-la colocado no vagão da segunda classe, com Sutton – disse ele a Kathleen.

Desde o episódio no salão de desjejum, os dois vinham tomando o cuidado de se evitarem o máximo possível. Quando se viam juntos, como no trem, refugiavam-se em uma polidez escrupulosa.

– Achei que ela se sentiria mais segura conosco – respondeu Kathleen. Ao olhar de relance para trás, viu Clara dormindo com a cabeça inclinada para trás e a boca semiaberta. – Ela parece estar bem melhor depois de um gole de conhaque.

– Um gole? – Devon a olhou indignado. – Deve ter tomado quase meio litro a essa altura. Pandora ficou ministrando pequenas doses a Clara por uma boa meia hora.

– O quê? Por que não falou nada?

– Porque só assim ela se acalmou.

Kathleen se levantou de um salto e correu para tirar a garrafa da mão de Pandora.

– Querida, o que você está fazendo com isso?

A menina a fitou muito séria.

– Estava ajudando Clara.

– Foi muito gentil da sua parte, mas ela já bebeu o bastante. Não dê mais bebida a ela.

– Não sei por que Clara ficou tão sonolenta. Tomei quase a mesma quantidade de remédio que ela e não estou nem um pouco cansada.

– Você bebeu conhaque? – questionou West do outro lado do vagão, erguendo as sobrancelhas.

Pandora se levantou e foi até a janela oposta para ver um forte celta construído em uma colina e um vale com gado pastando.

– Sim, quando estávamos atravessando a ponte sobre a água. Fiquei um pouco nervosa, mas depois de uma dose de remédio me senti bem mais calma.

– Sem dúvida – falou West, olhando para a garrafa quase vazia nas mãos de Kathleen, antes de voltar a olhar para Pandora. – Venha se sentar comigo, querida. Vai estar tão bêbada quanto Clara quando chegarmos a Londres.

– Não seja bobo.

A menina desabou na poltrona ao lado dele. Conversou e riu muito, até deixar a cabeça cair no ombro de West e começar a roncar.

Finalmente eles chegaram a uma das duas partes cobertas da estação de Waterloo, lotada de passageiros em busca das respectivas plataformas de embarque. Devon se levantou, alongou os braços e disse:

– O motorista e a carruagem estão esperando do lado de fora da plataforma. Vou pedir para um carregador ajudar Clara. Todos os outros, fiquem juntos. Cassandra, nem pense em sair correndo para olhar bugigangas ou livros. Helen, segure firme a sua orquídea, pois podem esbarrar em você no meio da multidão. Quanto a Pandora...

– Deixe-a comigo – garantiu West, puxando a menina desfalecida. – Acorde, mocinha. Está na hora de irmos.

– Minhas pernas estão no pé errado – murmurou Pandora, enfiando o rosto no peito dele.

– Segure-se no meu pescoço.

Ela estreitou os olhos.

– Por quê?

West a encarou com um misto de diversão e impaciência.

– Para que eu a carregue daqui.

– *Gosto* de trens. – Pandora deu um soluço quando West a ergueu. – Ah, ser carregada é muito melhor do que andar. Estou me sentindo tão mole-mente-levemente zonza...

O grupo acabou conseguindo deixar a plataforma sem contratempos. Devon orientou os carregadores e criados a colocarem a bagagem em uma carroça que seguiria a carruagem. Sutton, relutante, assumiu a responsabilidade por Clara, que ameaçava tombar como um saco de feijão perto dele, no banco da carroça.

A família se acomodou na carruagem, enquanto West escolheu se sentar no alto, com o cocheiro. Quando o veículo deixou a estação e seguiu em direção à ponte de Waterloo, uma chuva fina acompanhou o lento baixar da névoa cinzenta.

– O primo West não vai ficar desconfortável lá fora, exposto ao tempo? – perguntou Cassandra, preocupada.

Devon fez que não com a cabeça.

– West se sente revigorado na cidade. Ele vai querer dar uma boa olhada em tudo.

Pandora se espreguiçou e se sentou para observar por onde passavam.

– Eu achava que todas as ruas fossem pavimentadas com pedras.

– Apenas algumas são – comentou Devon. – A maior parte é pavimentada com blocos de madeira, que garantem melhor apoio para os cascos dos cavalos.

– Como os prédios são altos! – observou Helen, curvando o braço para proteger a orquídea. – Alguns devem ter pelo menos sete andares.

As gêmeas colaram o nariz na janela, os rostos ansiosos diante da plena vista da cidade.

– Meninas, os véus... – começou Kathleen.

– Deixe-as – interrompeu Devon discretamente. – É o primeiro vislumbre que têm da cidade.

Ela cedeu e se recostou no assento.

Londres era uma cidade de maravilhas, cheia de belezas e odores. O ar estava denso de sons: o latir dos cães, o bater dos cascos dos cavalos e o balido dos carneiros, o guinchar das rodas das carruagens, a aflição dos violinos e o lamento dos órgãos na rua, fragmentos de canções de vendedores e cantores das ruas, e milhares de vozes que discutiam, barganhavam, riam e gritavam umas com as outras.

Veículos e cavalos se movimentavam pelas ruas em um fluxo vigoroso. Nas calçadas, pedestres andavam apressados sobre a palha que fora espalhada pelos caminhos e frentes de loja para absorver a umidade. Havia vendedores, homens de negócios, desocupados, aristocratas, mulheres vestidas de todas as formas, limpadores de chaminés com suas vassouras esfarrapadas, engraxates carregando bancos dobráveis e vendedoras de fósforos com um monte de caixas na cabeça.

– Não consigo decifrar o cheiro do ar – comentou Cassandra. Uma confusão de aromas entrava por uma fresta na janela aberta abaixo do assento do cocheiro. Era uma mistura de fumaça, fuligem, cavalos, estrume, tijolos molhados, peixes, açougues, padarias, salgados assados com linguiça, tabaco, suor humano, cera, sebo e flores, e o aroma metálico de máquinas a vapor. – Como você descreveria, Pandora?

– Aromavastador.

Cassandra balançou a cabeça com um sorriso torto e colocou o braço nos ombros da irmã.

Embora a névoa tivesse acinzentado as ruas e os prédios, uma abundância de cores dava vida à cena. Vendedores de rua empurravam carrinhos de mão cheios de flores, frutas e verduras, passando por lojas com placas pintadas penduradas e belas vitrines. Pequenos jardins semelhantes a joias e calçadas cobertas de cal se destacavam entre as casas de pedra com colunas e balaustradas de ferro.

A carruagem dobrou na Regent Street, onde homens e mulheres bem-vestidos passeavam ao longo de fileiras de lojas e clubes com majestosas fachadas geminadas. Devon abriu a janelinha no teto e gritou para o cocheiro:

– Vá pelos Burlington Gardens e pela Cork Street.

– Sim, milorde.

Devon voltou a se sentar e falou:

– Vamos fazer um breve desvio. Imagino que todas gostariam de passar pela Winterborne's.

Pandora e Cassandra deram gritinhos.

Quando eles entraram na Cork, o pesado tráfego de veículos obrigou a carruagem a se mover muito lentamente, passando por uma fila de edifícios com fachada de mármore que se estendia por todo o quarteirão. Uma rotunda central de vitrais acrescentava 4,5 metros em altura.

As fachadas tinham as maiores vitrines que Kathleen já vira, com gente em frente se aglomerando para ver a exótica exibição de mercadorias. Arcadas suportadas por colunas e janelas em arco adornavam os andares de cima, com várias pequenas cúpulas quadradas de vidro uma ao lado da outra, distribuídas sobre o parapeito alto do telhado. Para uma estrutura tão carregada de elementos, era uma construção arejada e muito bem iluminada.

– Onde é a loja do Sr. Winterborne? – perguntou Kathleen.

Devon a encarou confuso e surpreso com a pergunta.

– Isso tudo é a Winterborne's. Parecem ser vários prédios, mas é apenas um.

Ela olhou pela janela, fascinada. A estrutura tomava toda a rua. Era grande demais para se encaixar em qualquer ideia que ela já tivesse tido de "loja". Era um reino em si mesma.

– Quero conhecê-la – enfatizou Cassandra.

– Não sem mim! – exclamou Pandora.

Devon não disse nada, o olhar pousado em Helen, como se tentasse adivinhar os pensamentos da jovem.

Chegando ao fim da Cork Street, manobraram para entrar na South Audley. Aproximaram-se de uma casa grande e de bela arquitetura, protegida por uma cerca de ferro imponente e um portão com colunas de pedras. A construção tinha tantas características do estilo jacobino utilizado no Priorado Eversby que Kathleen soube na hora que pertencia aos Ravenels.

A carruagem parou e as gêmeas quase saltaram antes que um criado chegasse para ajudá-las.

– Você nunca esteve aqui? – perguntou Devon a Kathleen, enquanto entravam.

Ela fez que não com a cabeça.

– Vi por fora uma vez. Não seria adequado visitar um homem solteiro em sua residência. Theo e eu planejávamos voltar depois do verão.

Uma desordem coordenada enchia o saguão de entrada enquanto os criados tiravam as bagagens da carroça e acompanhavam os membros da família aos seus quartos. Kathleen gostou do ambiente confortável, com sua mobília sólida e tradicional, seus pisos de carvalho e cerejeira, suas paredes cheias de telas dos grandes mestres da pintura. No segundo andar ficavam os quartos, uma pequena sala de visitas e uma antessala. Mais tarde ela se aventuraria no terceiro andar; Devon lhe contara que consistia em um opulento salão de baile que ocupava toda a extensão da mansão, com portas francesas se abrindo para um balcão externo.

Por ora, no entanto, ela queria ir para o quarto que lhe cabia e se refrescar.

Enquanto subia, acompanhada por Devon, Kathleen notou uma estranha música etérea preenchendo o ar. As notas delicadas não vinham de um piano.

– Que som é esse? – perguntou ela.

Devon balançou a cabeça, sem saber a resposta.

Eles entraram na sala de visitas, onde Helen, Cassandra e Pandora haviam se reunido ao redor de uma pequena mesa retangular. O rosto das gêmeas reluzia de empolgação, enquanto Helen estava pálida.

– Kathleen, é a coisa mais linda e mais engenhosa que já se viu! – exclamou Pandora.

Era uma caixa de música de pelo menos 1 metro de largura e 30 centímetros de altura. A caixa cintilante de pau-rosa incrustado de laca e ouro descansava sobre uma mesa própria.

– Vamos tentar outra – disse Cassandra, animada, abrindo uma gaveta.

Helen estendeu a mão para tirar da caixa um cilindro de metal com centenas de minúsculos pinos cravados. Havia muitos outros cilindros na gaveta.

– Está vendo? – disse Pandora para Kathleen, empolgadíssima. – Cada cilindro toca uma música diferente. Você pode escolher o que quer ouvir.

Kathleen ficou maravilhada.

Helen pousou o outro cilindro na caixa e acionou uma alavanca de metal. A melodia alegre e ligeira da Abertura de Guilherme Tell se espalhou pela sala, fazendo as gêmeas rirem.

– Feito na Suíça – disse Devon, lendo uma placa no interior da tampa. – Os cilindros são todos de aberturas de óperas. *Il Bacio, Zampa...*

– Mas de onde veio isso? – perguntou Kathleen.

– Parece que foi entregue hoje – respondeu Helen, a voz estranhamente apagada. – Para mim. Presente do... Sr. Winterborne.

O silêncio pairou no cômodo.

Helen pegou um bilhete dobrado e o entregou a Devon. Embora o semblante dela estivesse neutro, o espanto cintilava em seus olhos.

– Ele... – começou ela, parecendo desconfortável –, digo, o Sr. Winterborne... parece pensar...

Devon a encarou.

– Dei permissão a ele para cortejá-la – anunciou Devon sem rodeios. – Só se você desejar. Caso contrário...

– O quê? – explodiu Kathleen, deixando a fúria dominá-la. – Por que não mencionou nada a respeito? Você deve saber que eu faço objeção.

Na verdade, cada fibra do corpo dela fazia objeções. Winterborne não era adequado para Helen sob nenhum ponto de vista. *Qualquer um* perceberia isso. Casar-se com ele exigiria que Helen se adequasse a uma vida que lhe era completamente desconhecida.

A Abertura Guilherme Tell fluía pela sala com uma animação horrorosa.

– De forma alguma – continuou Kathleen, furiosa. – Diga a ele que mudou de ideia.

– Cabe a Helen decidir o que quer – retrucou Devon, com calma. – Não a você.

Com aquele maxilar obstinado, ele ficou parecendo o imbecil arrogante que se mostrara quando se conheceram.

– O que Winterborne lhe prometeu? – quis saber Kathleen. – O que a propriedade ganha se ele se casar com Helen?

O olhar dele endureceu.

– Discutiremos isso em particular. Há um escritório no primeiro piso.

Quando Helen se adiantou para acompanhá-los, Kathleen a deteve com um toque gentil no braço.

– Querida – apressou-se a dizer –, por favor, deixe-me falar com lorde Trenear primeiro. Há coisas particulares que preciso perguntar a ele. Nós duas conversaremos depois. *Por favor.*

Helen a encarou sem piscar, os olhos singulares muito pálidos, com contornos claros. Quando a jovem falou, sua voz estava tranquila e equilibrada.

– Antes que qualquer coisa seja discutida, quero esclarecer algo. Confio em você e a amo como se fosse minha irmã, Kathleen querida, e sei que sente o mesmo por mim. Mas acredito que a visão que tenho da minha situação seja mais pragmática do que a sua. – Ela se voltou para Devon e continuou: – Se o Sr. Winterborne de fato tem a intenção de me cortejar... isso não é algo que eu possa simplesmente dispensar.

Sem confiar em si mesma para responder, Kathleen engoliu o ultraje que sentiu. Considerou a possibilidade de tentar sorrir, mas seu rosto estava rígido demais para isso. Optou por dar um tapinha carinhoso no braço de Helen.

Então, girou nos calcanhares e deixou a sala de visitas, enquanto Devon a seguia.

CAPÍTULO 29

West deu o azar de estar no escritório na mesma hora em que Kathleen e Devon entraram ali para uma batalha.

– O que está acontecendo? – perguntou West, olhando de um para o outro.

– Helen e Winterborne – informou Devon, sucinto.

Ao ver a expressão acusadora de Kathleen, West se encolheu e ajeitou o lenço de pescoço.

– Não é necessário que eu tome parte nessa discussão, é?

– Você sabia? – perguntou Kathleen.

– Talvez... – murmurou ele.

– Então sim, você vai ficar e explicar por que não o convenceu a desistir dessa ideia pavorosa.

West pareceu indignado.

– Quando foi que eu consegui convencer algum de vocês dois a desistir de alguma coisa?

Kathleen se virou para dirigir um olhar furioso a Devon.

– Se pretende mesmo fazer isso com Helen, então você tem o coração tão frio quanto imaginei que tivesse quando o conheci.

– Fazer isso o quê? Ajudar a arranjar um casamento que vai dar a ela riqueza, posição social e uma família?

– Posição na sociedade *dele*, não na nossa. Você sabe muito bem que a nobreza vai dizer que ela se rebaixou.

– A maior parte das pessoas que dirão isso são as mesmas que se recusariam a ficar a menos de meio metro de Helen se ela decidisse participar de uma temporada social. – Devon foi até a lareira e apoiou as mãos no console de mármore. A luz do fogo bruxuleou sobre o rosto e os cabelos escuros dele. – Tenho consciência de que não é o ideal para Helen, mas Winterborne não é tão reprovável quando você o faz parecer. Helen pode até vir a amá-lo com o tempo.

– Com o tempo – ecoou Kathleen, desdenhando –, Helen conseguiria se convencer a amar até um rato infestado com praga ou um leproso desdentado. Isso não significa que ela deva se casar com ele.

– Estou certo de que Helen nunca se casaria com um rato – comentou West.

Devon pegou um atiçador e cutucou as brasas na lareira, provocando uma tempestade de fagulhas esvoaçantes.

– Até agora, Helen nunca teve a oportunidade de ser cortejada. – Ele lançou um olhar sombrio para Kathleen, por cima do ombro. – Parece que você não está disposta a admitir que nenhum cavalheiro de status vai escolher um futuro de pobreza com uma moça que ele ama em detrimento de riqueza com uma moça que mal tolera.

– Deve haver alguns. – Ao notar o olhar zombeteiro de Devon, Kathleen continuou, na defensiva: – Deve haver ao menos *um*. Por que não podemos dar a Helen a chance de encontrá-lo?

West se intrometeu:

– Isso significaria desistir de qualquer possibilidade de que ela se casasse com Winterborne. Então, se Helen não encontrar alguém durante a temporada social, não lhe restará ninguém.

– Nesse caso, ela pode viver comigo – rebateu Kathleen. – Encontrarei um chalé no campo, onde nós duas viveremos da minha renda de viúva.

Devon se virou e a encarou com os olhos semicerrados.

– Onde eu me encaixo nos seus planos futuros?

Um silêncio hostil se seguiu.

– Sinceramente, acho que eu não deveria estar aqui – comentou West, olhando para o teto.

– Você é capaz de tomar conta de si mesmo – respondeu Kathleen a Devon. – Helen não é. Ela não terá proteção se ele a maltratar.

– É claro que terá. West e eu sempre a protegeremos.

– Vocês deveriam estar protegendo Helen agora.

West se levantou e foi até a porta.

– *Isso* é ter uma família? – perguntou Devon, irritado. – Discussões sem fim, conversas sobre sentimentos dia e noite? Quando diabo poderei fazer o que quiser sem ter que levar em conta meia dúzia de pessoas?

– Quando você viver sozinho numa ilha, com um único coqueiro e um coco – retrucou Kathleen, ríspida. – E mesmo assim, tenho certeza de que acharia o coco exigente demais.

Já impaciente, West olhou de um para o outro.

– Para mim já chega disso. Se me derem licença, vou encontrar uma taberna onde possa pagar a uma mulher com pouca roupa para se sentar em meu colo e fingir que está satisfeita comigo enquanto eu me encho de bebida.

E ele saiu e fechou a porta do escritório com uma força desproporcional.

Kathleen cruzou os braços e encarou Devon com severidade.

– Helen jamais admitirá o que quer. Ela passou a vida tentando não perturbar ninguém. E se casaria com o próprio diabo se achasse que assim estaria ajudando a família. Helen está bastante consciente de que o Priorado Eversby se beneficiaria desse casamento.

– Ela não é mais criança. É uma mulher de 21 anos. Talvez você não tenha percebido que agora mesmo Helen se comportou com muito mais compostura do que você e eu. – E, em um aparte ferino porém contido, ele acrescentou: – E, embora isso possa surpreender você, talvez Helen não aprecie tanto assim a ideia de passar a vida toda sob seu jugo.

Kathleen ficou abrindo e fechando a boca enquanto tentava encontrar palavras. Quando finalmente conseguiu falar, sua voz estava pesada de asco.

– Não acredito que já deixei você me tocar.

Incapaz de permanecer no mesmo cômodo que ele por mais um minuto, ela saiu correndo do escritório e subiu as escadas.

~

Por mais de uma hora, Kathleen e Helen tiveram uma conversa séria na pequena antessala adjacente à sala de visitas. Para horror de Kathleen, Helen pareceu não apenas estar disposta a ser cortejada por Rhys Winterborne como estava determinada a isso.

– Ele não a quer pelas razões certas – argumentou Kathleen, preocupada. – Quer uma esposa que dê suporte às ambições dele. E sem dúvida pensa em você como uma égua aristocrata.

Helen deu um sorrisinho.

– Não é dessa mesma forma que os homens de nossa classe social julgam o valor em potencial de uma esposa?

Um suspiro de impaciência escapou de Kathleen.

– Helen, você tem que admitir que vocês dois são de mundos completamente diferentes!

– Sim, eu admito. E por isso mesmo tenho a intenção de agir com cautela. Mas tenho minhas razões para concordar em ser cortejada. Não desejo explicar todas elas, porém... confesso que senti ter alguma conexão com o Sr. Winterborne quando ele estava no Priorado Eversby.

– Enquanto ele estava febril? Porque, se foi isso, aquilo foi pena, não conexão.

– Não, foi depois. – Helen continuou antes que Kathleen fizesse mais uma objeção. – Sei muito pouco sobre ele, mas gostaria de saber mais. – Ela pegou as mãos da cunhada e as apertou com força. – Por favor, não o impeça. Por mim.

Kathleen assentiu com relutância.

– Tudo bem.

– E quanto a lorde Trenear – arriscou-se a dizer Helen –, você não pode culpá-lo por tentar...

– Helen – interrompeu Kathleen com calma –, perdoe-me, mas devo, sim, culpá-lo... por razões que você desconhece.

~

Na manhã seguinte, Devon levou as Ravenels ao Museu Britânico. Kathleen teria preferido a companhia de West, mas ele não estava na casa, e sim em seu apartamento, que havia mantido mesmo enquanto se encontrava no Priorado Eversby.

Ainda ultrajada pela decepção que tivera com Devon e pelos comentários ferinos dele no dia anterior, Kathleen evitou falar com ele mais do que o estritamente necessário. Pela manhã, os dois trocaram palavras educadas e sorrisos afiados como armas.

Diante da enorme quantidade de obras de arte expostas no museu, as irmãs Ravenels escolheram visitar primeiro a galeria egípcia. Munidas de panfletos e catálogos, passaram a maior parte da manhã examinando cada objeto em exibição: estátuas, sarcófagos, obeliscos, blocos, animais embalsamados, ornamentos, armas, ferramentas e joias. Demoraram-se na Pedra de Roseta, maravilhadas com os hieróglifos inscritos na superfície polida da pedra.

Enquanto Devon se dedicava a uma exibição sobre armamento, próximo de onde estavam as meninas, Helen foi até Kathleen, que examinava uma vitrine de moedas antigas.

– Há tantas galerias neste museu que poderíamos visitá-lo todo dia por um ano e ainda assim não veríamos tudo.

– Nesse ritmo, certamente não – retrucou Kathleen, observando Pandora e Cassandra abrirem blocos de desenho para copiar alguns hieróglifos.

Helen acompanhou o olhar dela.

– Estão se divertindo muito. E eu também. Parece que todas nós estávamos necessitadas de mais cultura e estímulos do que o Priorado Eversby pode oferecer.

– Londres tem as duas coisas em abundância – concordou Kathleen. Tentando manter o tom leve, acrescentou: – Suponho que o Sr. Winterborne tenha esse ponto a favor... Você jamais se sentiria entediada.

– É verdade. – Helen fez uma pausa e perguntou com cautela: – Já que falamos dele, podemos convidá-lo para jantar? Eu gostaria de agradecer pessoalmente pela caixa de música.

Kathleen franziu o cenho.

– Sim. Lorde Trenear o convidará, se você desejar. No entanto... você tem consciência de como aquela caixa de música é inapropriada, não tem? Foi um presente encantador e generoso, mas devemos devolvê-la.

– Não posso – sussurrou Helen, com firmeza. – Feriria os sentimentos dele.

– E aceitá-la feriria a sua reputação.

– Ninguém precisa saber, precisa? Não poderíamos considerá-la como um presente para a família?

Antes de responder, Kathleen pensou em todas as regras que quebrara, em todos os pecados que cometera, alguns pequenos, outros muito mais graves do que aceitar um presente impróprio. Sua boca se curvou em uma resignação irônica.

– Por que não? – falou, e pegou o braço de Helen. – Venha me ajudar a deter Pandora... ela está tentando abrir o sarcófago de uma múmia.

~

Para consternação e empolgação de Helen, Winterborne aceitou o convite para jantar já na noite seguinte. Ela queria muito vê-lo, quase tanto quanto temia esse reencontro.

Winterborne chegou no horário marcado e foi levado à sala de visitas do piso principal, onde os Ravenels estavam reunidos. Seu físico poderoso estava vestido com simplicidade elegante em um paletó preto, calça e colete cinza. Embora a perna quebrada ainda não estivesse totalmente recuperada, o gesso fora removido; ele caminhava com a ajuda de uma bengala de madeira. Seria fácil distingui-lo em uma multidão, não apenas pela altura e pelo tamanho incomuns, mas também pelos cabelos negros e a tez morena. Sua cor, resultado da mistura de bascos espanhóis com galeses, não era considerada aristocrática, mas Helen a achava muito bela e atraente.

O olhar de Winterborne pousou nela, um olhar quente, escuro e emoldurado por cílios negros, que a fez estremecer de nervosismo. Helen, no entanto, manteve a compostura e dirigiu um sorriso neutro a ele, desejando ter a confiança necessária para dizer algo encantador e sedutor. Para seu constrangimento, Pandora e Cassandra, dois anos mais novas do que ela, estavam muito mais à vontade com o convidado. Elas o divertiram com bobagens como perguntar se havia uma espada escondida na bengala dele (infelizmente, não tinha) e descrever os cães mumificados na galeria egípcia.

Quando passaram à sala de jantar, houve um momento de perplexidade ao descobrirem que as gêmeas haviam usado hieróglifos para escrever os nomes nos cartões que indicavam o lugar de cada um à mesa.

– Achamos que todos iriam querer adivinhar quem é quem – informou Pandora.

– Ainda bem que estou na cabeceira da mesa – disse Devon.

– Este é meu – falou Winterborne, indicando um cartão. – E acredito que lady Helen esteja sentada ao meu lado.

– Como sabe? – perguntou Cassandra. – Conhece os hieróglifos, Sr. Winterborne?

Ele sorriu.

– Contei as letras. – Ele pegou o cartão e o examinou de perto. – Está muito bem desenhado, em especial o passarinho.

– Sabe dizer que tipo de pássaro é? – questionou Pandora, esperançosa.

– Um pinguim? – arriscou ele.

Cassandra dirigiu-se à irmã, triunfante:

– Eu *falei* que parecia um pinguim.

– É uma codorna – explicou Pandora a Winterborne, com um suspiro pesado. – Minha caligrafia em egípcio antigo é tão ruim quanto em inglês.

Depois que todos estavam sentados e os criados haviam começado a servir, Helen se virou para Winterborne, determinada a vencer a timidez.

– Vejo que o gesso foi removido. Acredito que esteja se recuperando bem.

Ele assentiu com um movimento contido.

– Muito bem, obrigado.

Ela alisou várias vezes o guardanapo no colo.

– Mal consigo encontrar palavras para lhe agradecer pela caixa de música. É o presente mais lindo que já recebi.

– Eu esperava que lhe agradasse mesmo.

– Pois agradou.

Quando fitou os olhos dele, ocorreu a Helen que um dia aquele homem poderia ter o direito de beijá-la, de abraçá-la com intimidade. Eles fariam fossem quais fossem as coisas misteriosas que ocorriam entre marido e mulher. Um intenso rubor começou a dominá-la, um vermelho penetrante que se renovava e que parecia ser provocado apenas por ele. Desesperada para disfarçar seu pudor, Helen baixou o olhar para o colarinho da camisa de Winterborne, então um pouco mais para baixo, seguindo a linha reta perfeita de uma costura à mão.

– Vejo a influência do Sr. Quincy – ela se pegou dizendo.

– A camisa? – perguntou Winterborne. – Sim, o conteúdo de cada guarda-roupa, cômoda e baú está sob o cerco de Quincy desde que chegou. Ele me informou que é necessário ter um cômodo apenas para manutenção da roupa.

– Como está o Sr. Quincy? Já se acostumou por aqui?

– Levou apenas um dia.

Winterborne passou a descrever o prazer do valete em sua nova vida, como se sentia à vontade na loja de departamentos, mais do que empregados que trabalhavam lá havia anos. Quincy fizera vários novos amigos, com exceção do secretário particular de Winterborne, com quem costumava se bicar com certa frequência. Winterborne suspeitava, no entanto, que os dois tinham um prazer secreto nos embates.

Helen ouviu atentamente, aliviada por ser poupada da necessidade de puxar assunto. Ela pensou em falar sobre livros, ou música, mas temia que fossem levados a opiniões conflitantes. Teria gostado de perguntar sobre o passado dele, mas talvez fosse um tema delicado, à luz de sua herança galesa. Não, era mais seguro se manter calada. Quando os comentários sucintos já não foram mais capazes de sustentar a conversa, Winterborne foi atraído para algo que West dizia.

Temendo que ele a achasse tediosa, Helen ficou preocupada e começou a brincar com a comida.

Winterborne acabou se voltando para ela de novo quando os pratos estavam sendo recolhidos.

– Tocará piano após o jantar? – perguntou ele.

– Eu tocaria, mas infelizmente não há um piano nesta casa.

– Nenhum piano, em lugar nenhum?

Havia um brilho calculista nos olhos escuros de Winterborne.

– Por favor, não compre um piano para mim – apressou-se em dizer Helen.

O pedido teve como resultado um sorriso súbito, um lampejo branco em contraste com a pele cor de canela, tão sedutor que provocou uma onda de calor no estômago de Helen.

– Há pelo menos uma dúzia de pianos na minha loja – contou Winterborne. – Alguns deles nunca foram tocados. Eu poderia pedir que entregassem um aqui amanhã.

Os olhos de Helen se arregalaram diante da ideia de tantos pianos em um só lugar.

– O senhor já foi generoso demais – garantiu. – A maior gentileza que pode conceder é o presente de sua companhia.

O olhar dele capturou o dela.

– Isso significa que a senhorita concordou em me deixar cortejá-la? – perguntou Winterborne, baixinho. Diante do tímido assentimento dela, ele se inclinou um pouco mais para a frente, nem 2 centímetros, mas foi o bastante para fazê-la se sentir dominada. – Então terá mais da minha companhia – murmurou ele. – Que outros presentes a agradariam?

Enrubescendo mais uma vez, Helen retrucou:

– Sr. Winterborne, não há necessidade...

– Ainda estou considerando o piano.

– Flores – apressou-se a dizer ela. – Uma lata de doces ou um leque de papel. *Pequenos* gestos.

Ele curvou os lábios em um sorriso.

– Infelizmente, sou conhecido por grandes gestos.

Ao fim do jantar, os cavalheiros permaneceram à mesa e as damas se retiraram para o chá.

– Você estava terrivelmente quieta no jantar, Helen! – exclamou Pandora assim que entraram na sala de visitas.

– Pandora... – reprovou Kathleen, em tom suave.

Cassandra saiu em defesa da gêmea:

– Mas é verdade. Helen estava tão falante quanto uma samambaia.

– Eu fiquei sem saber o que dizer a ele – admitiu Helen. – Não quis cometer um erro.

– Você se saiu muito bem – garantiu Kathleen. – Conversar com estranhos não é fácil.

– É só não se preocupar com o que diz – aconselhou Pandora.

– Ou com o que pensam de você – acrescentou Cassandra.

Kathleen e Helen se entreolharam, compartilhando um desespero cômico.

– Elas nunca estarão preparadas para uma temporada social – sussurrou Kathleen, e Helen disfarçou um sorriso.

Ao fim da noite, quando Winterborne estava recolhendo o chapéu e as luvas no saguão de entrada, Helen seguiu o impulso de pegar a orquídea que estava sobre a mesa da sala de visitas e levar para ele.

– Sr. Winterborne – disse, em tom ardente –, gostaria muito que ficasse com isto.

Ele a encarou com uma expressão de dúvida enquanto ela colocava o vaso em suas mãos.

– É uma orquídea Vanda – explicou Helen.

– O que devo fazer com ela?

– Deve mantê-la em um lugar onde possa vê-la com frequência. Lembre-se de que ela não gosta de frio nem de umidade, ou de calor e secura. Sempre que é transportada para um novo ambiente, a Vanda reage mal, por isso não se assuste se uma flor murchar e cair. Em geral é melhor não colocá-la em um lugar onde possa haver corrente de ar, sol ou sombra demais. E nunca perto de uma fruteira. – Ela lançou-lhe um olhar encorajador. – Mais tarde, eu lhe darei um tônico especial para umedecê-la.

Enquanto Winterborne observava a flor exótica nas mãos com uma relutância perplexa, Helen começou a se arrepender do ato espontâneo. Ele parecia não querer o presente, mas ela não poderia pedir a planta de volta.

– Não precisa ficar com ela se não quiser. Eu compreenderia...

– Eu quero. – Winterborne olhou dentro dos olhos dela e deu um sorrisinho. – Obrigado.

Helen assentiu e observou com uma expressão de desamparo enquanto ele partia, segurando a orquídea com firmeza.

– Você deu a Vanda a ele – comentou Pandora, chocada, chegando ao lado da irmã.

– Sim.

Cassandra surgiu do outro lado.

– A orquídea mais diabolicamente temperamental de toda a sua coleção.

Helen suspirou.

– Sim.

– Ele vai matá-la em uma semana – declarou Kathleen, sem rodeios. – Qualquer um de nós mataria.

– Sim.

– Então por que a deu a ele?

Helen franziu o cenho e gesticulou com as palmas das mãos para cima.

– Eu queria que ele tivesse algo especial.

— Winterborne tem milhares de coisas especiais vindas de todo o mundo — lembrou Pandora.

— Algo especial dado por mim — esclareceu Helen, em tom suave, e ninguém disse mais nada a respeito.

CAPÍTULO 30

— Esperei duas semanas para ver isso — disse Pandora, empolgada. Cassandra quase vibrava na carruagem, ao lado da irmã.

— Eu esperei *minha vida toda*.

Conforme prometera, Winterborne providenciara para que Kathleen e as irmãs Ravenels visitassem a loja de departamentos depois do horário de funcionamento e que fizessem compras pelo tempo que quisessem. Ele ordenou às vendedoras que deixassem à mostra itens de que jovens damas pudessem gostar, como luvas, chapéus e alfinetes, e todo tipo de acessórios. As Ravenels teriam liberdade para visitar todos os 85 departamentos da loja, incluindo o de livros, o salão de perfumes e o de comidas.

— O primo West tinha que estar com a gente... — comentou Pandora, melancólica.

West voltara para o Priorado Eversby depois de passar menos de uma semana em Londres. Ele admitira a Kathleen que não lhe restava mais novidades em canto algum de Londres.

— Já fiz várias vezes tudo o que valia a pena fazer nesta cidade. Agora, não consigo parar de pensar em tudo o que precisa ser feito na propriedade. É o único lugar onde posso ser de fato útil para alguém — confessara West.

Não tinha como disfarçar como ansiava por voltar a Hampshire.

— Também sinto saudades dele — comentou Cassandra.

— Ah, eu não estou com saudades dele — implicou Pandora, em tom travesso. — Só estava pensando que poderíamos comprar mais coisas se ele estivesse aqui para nos ajudar a carregar os pacotes.

— Vamos separar os itens que vocês escolherem e pediremos que sejam entregues na Casa Ravenel amanhã — disse Devon.

– Quero que vocês se lembrem de que o prazer de comprar só dura até a hora de pagarmos a conta – avisou Kathleen às gêmeas.

– Mas não teremos que pagar – argumentou Pandora. – Todas as notas irão para lorde Trenear.

Devon sorriu.

– Retomarei esta conversa quando não houver mais comida em casa.

– Pense só, Helen – disse Cassandra, empolgada –, se você se casar com o Sr. Winterborne, terá o mesmo sobrenome que a loja de departamentos.

Kathleen sabia que aquela ideia não era nada animadora para Helen, geralmente avessa a notoriedade ou atenção.

– Ele ainda não a pediu em casamento – lembrou Kathleen, em tom calmo.

– Ele pedirá – falou Pandora com confiança. – O Sr. Winterborne jantou em nossa casa três vezes, nos acompanhou a um concerto e deixou que todos nos sentássemos em seu camarote. Ele está indo muito bem na corte. – Ela fez uma pausa e acrescentou, meio sem graça: – Ao menos para nós.

– Ele gosta de Helen – ressaltou Cassandra. – Vejo isso no modo como olha para ela. Como uma raposa espiando uma galinha.

– Cassandra... – reprovou Kathleen.

Ela olhou para Helen, que estava com os olhos baixos, fixos nas luvas.

Era difícil dizer se a corte estava indo bem ou não. Helen se tornara uma esfinge no assunto Winterborne, não revelava nada sobre o que conversavam nem como se sentia. Até então, Kathleen não vira nada na interação entre os dois que indicasse que realmente gostavam um do outro.

Kathleen evitara discutir o assunto com Devon, pois sabia que isso levaria a outra discussão sem sentido. Na verdade, não conversara muito sobre nada com ele ao longo das duas semanas anteriores. Depois dos passeios matinais da família, Devon costumava sair para se encontrar com seus advogados, contadores ou executivos da companhia ferroviária, ou para ir à Câmara dos Lordes, que voltara à ativa. Ele retornava a casa tarde na maior parte das noites, cansado e com pouca disposição a conversar depois de se ver obrigado a ser sociável o dia todo.

Apenas para si mesma, Kathleen admitia que sentia muita falta da intimidade entre os dois. Ansiava pelas conversas amigáveis e divertidas deles, pelo encanto fácil e confortável da relação dos dois. Agora, Devon mal conseguia encontrar o olhar dela. Kathleen sentia a separação deles quase como uma fraqueza física. Parecia que nunca mais voltariam a encontrar prazer na companhia um do outro. Talvez fosse melhor assim, pensou ela, triste. Depois da frieza de Devon diante de uma possível gravidez – seu fluxo mensal ainda não havia descido – e do modo como a ludibriara a ir para Londres, apenas como um pretexto para empurrar Helen nos braços de Winterborne, Kathleen jamais confiaria nele de novo. Devon era um patife manipulador.

A carruagem chegou às cavalariças atrás da Winterborne's, onde uma das entradas dos fundos permitiria que entrassem na loja discretamente. Depois que o criado abriu a porta e pousou um degrau móvel no pavimento, Devon ajudou as jovens damas a descerem da carruagem. Kathleen foi a última a sair. Ela aceitou a mão enluvada de Devon para descer, mas a soltou o mais rápido possível. Trabalhadores passavam pelo pátio de entregas próximo, carregando e descarregando veículos.

– Por aqui – disse Devon a Kathleen, guiando-as na direção de uma entrada em arco.

As meninas os seguiram.

Um porteiro de uniforme azul abriu uma grande porta de bronze e tocou a ponta do chapéu.

– Bem-vindo à Winterborne's, milorde. A seu serviço, miladies.

Conforme o grupo atravessava a porta, o homem entregava uma caderneta a cada um. As capas em marfim e azul tinham gravado em letras douradas "Winterborne's" e, abaixo, "Lista de Departamentos".

– O Sr. Winterborne está esperando na rotunda central – avisou o porteiro.

As gêmeas estavam em completo silêncio, o que só comprovava o tamanho do deslumbramento e da empolgação delas.

A Winterborne's era um palácio de prazeres, uma caverna de Aladim projetada para deslumbrar os clientes. O interior era luxuosamente decorado com painéis de carvalho entalhados, tetos com sancas de gesso e pisos de madeira com intrincados mosaicos de cerâmica. Em vez de pequena e fechada como as lojas tradicionais, a Winterborne's era ampla e arejada, com passagens em forma de arco que permitiam transitar facilmente de um departamento para outro. Candelabros cintilantes iluminavam objetos intrigantes que haviam sido dispostos em vitrines de vidro polido, com mais tesouros ainda arrumados com capricho em cima dos balcões.

Em um dia na Winterborne's, era possível comprar tudo de que uma casa precisava, incluindo cristais e porcelana, utensílios de cozinha, ferragens, mobília, tecidos para forração, relógios, vasos, instrumentos musicais, pinturas emolduradas, selas para cavalo e refrigeradores, além de toda a comida para guardar dentro dele.

O grupo se aproximou da rotunda central, que se erguia até uma altura de seis andares, cada um deles cercado por balcões dourados cheios de arabescos. No alto, uma enorme cúpula de mosaico, com curvas e espirais, rosetas e frisos, pairava acima de tudo. Winterborne, que aguardava a um balcão de tampo de vidro, observando os itens ali expostos, ergueu o rosto quando eles se aproximaram.

– Bem-vindos – disse, com um sorriso nos olhos. – A loja é o que esperavam?

A pergunta foi endereçada ao grupo, mas o olhar dele se desviara para Helen.

As gêmeas explodiram em exclamações felizes e elogios, enquanto Helen apenas assentia e sorria.

– É muito maior do que imaginei – comentou ela.

– Deixe-me levá-la para um passeio completo. – Winterborne lançou um olhar questionador para o resto do grupo. – Alguém gostaria de nos acompanhar? Ou preferem já começar as compras?

Ele indicou a pilha de cestas de palha perto do balcão.

As gêmeas se entreolharam e responderam, decididas:

– Compras.

Winterborne deu um sorrisinho.

– A confeitaria e os livros ficam naquela direção. Remédios e perfumaria por ali. Lá atrás vão encontrar chapéus, echarpes, fitas e rendas...

Antes que ele terminasse, as gêmeas agarraram uma cesta e saíram em disparada.

– Meninas... – começou Kathleen, desconcertada com a falta de modos delas. Mas as duas já estavam fora do alcance das palavras. Ela se virou para Winterborne com uma expressão amarga. – Para sua própria segurança, tente se manter longe do caminho delas, ou será atropelado.

– Deveria ter visto como as damas se comportaram durante minha primeira liquidação semestral – comentou Winterborne. – Violência. Gritos. Eu preferiria sofrer outro acidente de trem.

Kathleen não conseguiu conter um sorriso.

Winterborne acompanhou Helen para fora da rotunda.

– Gostaria de ver os pianos? – perguntou ele.

A resposta tímida de Helen foi abafada enquanto os dois se afastavam. Devon parou ao lado de Kathleen.

Depois de um longo e desconfortável momento, ela perguntou:

– Quando olha para eles, você vê duas pessoas que sentem a mais leve atração uma pela outra? Eles não parecem ficar à vontade juntos nem compartilham os mesmos gostos. Conversam como se fossem estranhos em um transporte público.

– Vejo duas pessoas que ainda não baixaram a guarda uma com a outra – respondeu Devon de forma objetiva.

Kathleen se afastou do balcão e foi até a elegante vitrine de artigos de papelaria, em outra área da rotunda. Uma bandeja laqueada com frascos de aromatizantes ocupava o balcão. De acordo com uma pequena placa emoldurada, o aromatizante era indicado para damas que desejavam perfumar suas correspondências sem manchar o papel ou fazer a tinta escorrer.

Sem dizer nada, Devon parou atrás dela, as mãos no balcão, uma de cada lado de Kathleen. Ela inspirou fundo. Presa pelo corpo firme e quente dele, não conseguiu se mexer quando sentiu a boca de Devon tocar sua nuca. Fechou os olhos, os sentidos hipnotizados pela força masculina vital dele. O calor do hálito de Devon soprou uma mecha de cabelos ali, e a sensação foi tão maravilhosa que Kathleen estremeceu.

– Vire-se – sussurrou ele.

Kathleen apenas fez que não com a cabeça, o sangue correndo acelerado nas veias.

– Senti sua falta. – Ele acariciou a nuca de Kathleen com uma sensibilidade erótica. – Quero ir para a sua cama esta noite. Mesmo que seja só para abraçá-la.

– Sei que não terá dificuldade para encontrar uma mulher ansiosa para dividir a cama com você – retrucou ela em tom sarcástico.

Devon chegou o corpo próximo o bastante para sentir a lateral do rosto de Kathleen, a fricção do queixo barbeado roçando nela como a língua de um gato.

– Mas eu quero só você.

Ela enrijeceu o corpo na luta interna contra o prazer de senti-lo.

– Você não deveria dizer isso enquanto não descobrimos se estou ou não esperando um filho. Embora nenhuma das possibilidades vá resolver as coisas entre nós.

Um beijo suave encontrou a pele logo embaixo do queixo de Kathleen, fazendo-a estremecer.

– Desculpe-me – pediu Devon com a voz rouca. – Eu não deveria ter reagido daquela forma. Queria poder retirar cada palavra que eu disse. Não foi culpa sua... Você tem pouca experiência no ato do amor. Sei melhor do que ninguém como é difícil recuar bem no momento em que se quer ficar o mais perto possível da outra pessoa.

Ainda que surpresa com o pedido de desculpas, Kathleen não se virou. Odiava a vulnerabilidade que a invadira, a onda de solidão e desejo que a fez querer se jogar nos braços dele e começar a chorar.

Não teve tempo de formular uma resposta coerente, pois ouviu a algazarra das gêmeas e o farfalhar e tilintar de um grande número de objetos sendo carregados. Devon se afastou.

– Precisamos de mais cestas – avisou Pandora, triunfante, entrando no salão.

As duas, que obviamente estavam se divertindo muito, haviam se enfeitado da forma mais espalhafatosa. Cassandra estava com uma capa verde, do tipo usado em óperas, com um enfeite de pedras e penas preso nos cabelos. Pandora enfiara uma sombrinha de renda azul-clara embaixo de um braço e um par de raquetes de tênis do outro, e usava uma tiara de flores que escorregara parcialmente sobre um dos olhos.

– Pelo visto, já fizeram bastantes compras por hoje – comentou Kathleen.

Cassandra pareceu preocupada.

– Ah, não, ainda temos no mínimo 80 departamentos para visitar.

Kathleen teve que olhar para Devon, que tentava, sem sucesso, disfarçar um sorriso. Era a primeira vez que ela o via sorrir de verdade em dias.

Entusiasmadas, as meninas empurraram as cestas para Kathleen segurar e começaram a empilhar objetos de qualquer jeito no balcão: sabonetes, talcos, cremes, meias, livros, cadarços para espartilhos e pacotes de grampos de cabelos, flores artificiais, latas de biscoitos, balas de licor, infusor de chá, roupas de baixo enfiadas em bolsinhas de tecido telado, um conjunto de lápis de desenho, uma minúscula garrafa de vidro com um líquido vermelho.

– O que é isso? – perguntou Kathleen, pegando a garrafa e examinando-a com desconfiança.

– É um embelezador – explicou Pandora.

– Botão de Rosa – cantarolou Cassandra.

Kathleen arquejou ao ver do que se tratava.

– Isso é ruge. – Ela nunca sequer segurara uma embalagem de ruge antes. Pousou o vidro no balcão e disse com firmeza: – Não.

– Mas Kathleen...

– Não para o ruge – repetiu com a mesma firmeza –, agora e para sempre.

– Precisamos dar vida à nossa tez – protestou Pandora.

– Não fará mal algum – concordou Cassandra. – O frasco diz que Botão de Rosa é "delicado e inofensivo". Está escrito bem aqui, olhe!

– Os comentários que você receberá se usar ruge em público com certeza *não* serão delicados nem inofensivos – justificou Kathleen. – As pessoas vão achar que você é uma mulher degradante. Ou pior, uma atriz.

Pandora se virou para Devon.

– Lorde Trenear, o que acha?

– Esta é uma daquelas vezes em que é melhor o homem não achar nada – apressou-se a dizer ele.

– Que aborrecimento... – disse Cassandra. Então, pegou um pote de vidro com tampa dourada e o ofereceu a Kathleen. – Encontramos isto para você. É creme de lírio, para as rugas.

– Não tenho rugas – rebateu ela, com certa indignação.

– Ainda não – considerou Pandora. – Mas um dia terá.

Devon sorriu enquanto as gêmeas pegavam as cestas vazias e saíam em disparada para continuar a comprar.

– A maior parte das rugas que eu tiver vai ter sido causada por essas duas – comentou Kathleen, mal-humorada.

– Esse dia ainda está muito longe. – Devon segurou o rosto dela nas mãos. – Mas, quando acontecer, você ficará ainda mais linda.

Sob o toque gentil, a pele da jovem dama queimou com um rubor ainda mais ardente do que poderia ter garantido o ruge. Kathleen tentou desesperadamente se afastar, mas o toque dele a paralisara.

Ele deslizou o dedo pela nuca de Kathleen, segurando-a com firmeza enquanto capturava sua boca. Uma onda de calor a atravessou e ela se sentiu fraca, o corpo oscilando como se estivesse no convés de um navio. Devon a envolveu pela cintura, prendendo-a junto a si, e a sensação da força dele, tão natural, a devastou. *Sou sua*, ele a fizera dizer uma vez, no local das carruagens, enquanto a enlouquecia de prazer. E era verdade. Ela sempre seria dele, não importava para onde fosse ou o que fizesse.

Um gemido baixo de desespero escapou da garganta de Kathleen, mas o beijo absorveu cada som, cada respiração. Devon se saciou dela com um apetite controlado, inclinando a cabeça para mudar o ângulo do beijo e encaixar melhor. A língua dele tocou a dela, provocando arrepios, o beijo terno e exigente ao mesmo tempo. Kathleen estava perdida em uma confusão de prazer, o corpo tomado por um desejo desgovernado.

Sem aviso, Devon se afastou. Ela gemeu e estendeu o braço para ele às cegas.

– Está vindo alguém – falou ele, baixinho.

Kathleen se apoiou no balcão para não cair e se apressou em ajeitar o vestido, recuperando o fôlego.

Helen e Winterborne estavam voltando. Ela tinha os cantos da boca erguidos como se tivessem sido presos por alfinetes. Mas algo na postura da jovem lembrava uma criança perdida sendo levada em busca da mãe.

O olhar apreensivo de Kathleen foi atraído para o brilho na mão esquerda de Helen. Ela sentiu o estômago embrulhar, todo o calor sensual abandonando-a quando percebeu do que se tratava.

Um anel.

Depois de cortejar Helen por apenas duas semanas, o desgraçado a pedira em casamento.

CAPÍTULO 31

Cara Kathleen,

acabo de voltar da fazenda Lufton, onde fui ter notícias sobre o bem-estar do mais novo membro da casa. Por favor, avise a todos os interessados que Hamlet está plenamente satisfeito com seu chiqueiro, que, devo acrescentar, foi construído de acordo com os mais altos padrões suínos. Ele parece entusiasmado por ter o próprio harém de porquinhas. Eu arriscaria dizer que um porco que preza pelos prazeres simples não teria mais nada a desejar.

Todas as outras notícias sobre a propriedade dizem respeito às valas de drenagem e a contratempos de encanamento, nenhuma delas agradável de relatar.

Estou ansioso para saber como você está lidando com o noivado de Helen e Winterborne. No espírito de uma preocupação fraterna, imploro que me escreva logo, ao menos para me contar se planeja algum assassinato.

Com afeto,

West

Kathleen levantou a caneta para responder, pensando que estava sentindo mais falta de West do que imaginou que sentiria. Que estranho que aquele jovem patife bêbado que chegara ao Priorado Eversby tantos meses antes tivesse se tornado uma presença tão central na vida dela.

Caro West,

Quanto ao pedido de casamento do Sr. Winterborne a Helen na semana passada, devo confessar meus instintos iniciais de homicídio. No entanto, percebi que, se me livrasse de Winterborne, teria que fazer o mesmo com o seu irmão, e isso não daria certo. Um assassinato pode ser justificável nessas circunstâncias, mas dois seria autoindulgência.

Helen está quieta e retraída, o oposto do que se espera de uma jovem que acaba de ficar noiva. É óbvio que ela odeia o anel de noivado, mas se recusa a pedir que seja trocado. Ontem, Winterborne decidiu assumir todo o planejamento e as despesas do casamento, portanto ela também não terá voz nisso.

Parece que ele a domina sem se dar conta. Ele é como uma grande árvore projetando uma sombra sob a qual as menores não conseguem se desenvolver.

Ainda assim, o casamento parece inevitável.

Estou resignada. Ou ao menos tentando.

Sua preocupação fraternal é muito apreciada, e a retribuo com meu afeto de irmã.

Sempre sua,
Kathleen

Devon voltou para casa tarde da noite, satisfeito mas exausto.

O acordo de arrendamento com a London Ironstone fora assinado por ambas as partes.

Durante a semana anterior, Severin havia transformado as negociações em um jogo de gato e rato. Foi necessária uma disciplina inumana, além de muita disposição, para lidar com a pressa, os atrasos, as surpresas e os ajustes de Severin. Em vários momentos, os advogados permaneceram em silêncio enquanto os dois brigavam. Enfim Devon conseguiu impingir as concessões que queria, bem quando já considerava pular em cima da mesa e estrangular o amigo. A parte mais enfurecedora foi que Severin, ao contrário de todos os outros na sala, se divertiu bastante ao longo de toda a negociação.

Severin adorava agitação, conflito, tudo o que pudesse entreter seu cérebro voraz. Embora as pessoas se sentissem atraídas por ele e o homem fosse convidado para todos os eventos possíveis, era difícil aguentar sua energia febril por muito tempo. Ficar junto de Severin era como assistir a uma exibição de fogos de artifício: agradável por um curto espaço de tempo, mas cansativo se durasse demais.

Depois que o mordomo pegou seu casaco, seu chapéu e suas luvas, Devon se encaminhou ao escritório para tomar uma bebida, estava precisando muito. Quando passou pelas escadas, ouviu risadas e conversas na sala de visitas do andar de cima, enquanto a caixa de música tocava uma alegre cascata de notas.

O escritório estava iluminado por uma única luminária de mesa e pelo fogo na lareira. Ele viu o corpo pequeno de Kathleen enrodilhado em uma poltrona, os dedos dela formando curvas aleatórias na borda de uma taça de vinho vazia. Uma pontada de prazer o atravessou quando percebeu que ela usava o xale colorido que ele lhe dera de presente. Kathleen encarava o fogo pensativamente, lampejos de luz suavizando ainda mais a linha já delicada de seu perfil.

Os dois não ficavam a sós desde que Helen e Winterborne haviam ficado noivos. Kathleen se tornara calada e pouco inclinada a conversas, com certeza lutando contra a infelicidade que a situação lhe causava. Além disso, durante a semana anterior, o negócio com a London Ironstone consumira toda a atenção de Devon. Era uma questão importante demais para a propriedade, e ele não quis se arriscar a fracassar. Agora que o acordo estava assinado, Devon pretendia colocar a casa em ordem.

Quando ele entrou no escritório, Kathleen o olhou com uma expressão neutra.

– Olá. Como foi a reunião?

– O acordo de arrendamento está assinado – informou Devon, enquanto se servia de uma taça de vinho no aparador.

– Ele concordou com os seus termos?

– Com os mais importantes, sim.

– Parabéns – falou ela com sinceridade. – Eu não tinha dúvidas de que você conseguiria.

Devon sorriu.

– Eu tinha mais do que algumas dúvidas. Severin é muitíssimo mais experiente em negócios. Tentei compensar com a mais pura teimosia. – Ele gesticulou para a garrafa de vinho, indagando com o olhar se ela desejava mais.

– Obrigada, mas já tomei o bastante. – Ela apontou com a cabeça para um canto da escrivaninha. – Chegou um telegrama para você pouco antes do jantar. Está na bandeja de prata.

Devon pegou a correspondência e abriu logo o lacre. Ao ler a mensagem, franziu o cenho, curioso.

– É de West.

VENHA O MAIS RÁPIDO POSSÍVEL
W. R.

– Ele quer que eu vá para Hampshire quanto antes – falou Devon, sem compreender. – Não diz o motivo.

Kathleen olhou para ele já preocupada.

– Espero que não sejam más notícias.

– Não é mais do que um tanto ruim, ou ele teria incluído uma explicação. – Devon franziu o cenho. – Terei que pegar o primeiro trem da manhã.

Kathleen pousou a taça vazia, levantou-se e alisou as saias. Ela parecia cansada, mas adorável, à luz do fogo, com uma ruga de preocupação entre as sobrancelhas. E falou sem olhar para ele.

– Meu fluxo desceu esta manhã. Não estou grávida. Eu sabia que você gostaria de saber o mais rápido possível.

Devon a contemplou em silêncio.

Por mais estranho que parecesse, não sentiu o alívio que esperava sentir. Apenas uma vazia confusão de sentimentos. Deveria estar de joelhos, agradecendo aos céus.

– Está aliviada? – perguntou ele.

– É claro. Eu também não queria um filho.

Algo no tom calmo e razoável dela o irritou.

Conforme Devon caminhava na direção dela, cada linha do corpo de Kathleen ficou tensa, em uma rejeição sem palavras.

– Kathleen, estou cansado dessa distância entre nós. O que quer que seja necessário...

– Por favor. Agora não. Esta noite, não.

A única coisa que o impediu de ir até ela e beijá-la como louco foi a nota rouca e suave no tom de Kathleen. Ele fechou os olhos por um momento, invocando paciência. Não conseguindo, ergueu a taça e terminou o vinho em três goles.

– Quando eu voltar – falou Devon, encarando-a com determinação –, nós dois teremos uma longa conversa. A sós.

Ela cerrou os lábios diante do tom severo dele.

– Tenho alguma escolha nessa questão?

– Sim. Você terá a escolha de irmos juntos para a cama antes da conversa, ou depois.

Kathleen bufou, indignada, e saiu do escritório, enquanto Devon permaneceu onde estava, taça na mão, o olhar fixo no umbral vazio da porta.

CAPÍTULO 32

No instante em que desceu na estação de Alton, Devon foi confrontado pela visão do irmão em um casaco empoeirado, calções enlameados e botas. Havia uma expressão feroz nos olhos dele.

– West? – perguntou Devon, perplexo e preocupado. – Que diabo...

– Você assinou o arrendamento? – interrompeu West, estendendo a mão como se fosse agarrar o irmão pelas lapelas e desistisse bem a tempo. Ele estava irrequieto, balançando-se nos calcanhares como um colegial, impaciente. – O arrendamento para a London Ironstone. *Você o assinou?*

– Ontem.

West falou um palavrão que atraiu uma grande quantidade de olhares de censura das pessoas aglomeradas na plataforma.

– E os direitos minerários?

– Os direitos minerários sobre a terra que estamos arrendando para a ferrovia? – tentou entender Devon.

– *Sim*, você os cedeu a Severin? *Algum* deles?

– Mantive todos.

West o encarou sem piscar.

– Tem certeza absoluta?

– É claro que tenho. Severin me atormentou por causa dos direitos minerários por três dias. Quanto mais debatíamos, mais indignado eu ficava, até que falei que preferia vê-lo no inferno a permitir que ele tivesse direito a um estrume que fosse do Priorado Eversby. Fui embora, mas assim que cheguei à rua, ele gritou da janela do quinto andar, avisando que cedia e que era para eu voltar.

West deu um pulo para a frente, como se fosse abraçar Devon, mas se controlou. Em vez disso, apertou a mão dele de forma brusca e começou a dar tapas nas costas do irmão com um vigor doloroso.

– Por Deus, eu amo você, seu desgraçado cabeça-dura!

– Que diabo há com você? – quis saber Devon.

– Vou lhe mostrar. Vamos.

– Tenho que esperar Sutton. Ele está em um dos últimos vagões.

– Não precisamos de Sutton.

– Ele não pode ir a pé daqui até o Priorado Eversby – falou Devon, a irritação já se transformando em risada. – Maldição, West, você está inquieto como se alguém tivesse enfiado um ninho de marimbondos em seu...

– Aí está ele! – exclamou West, gesticulando para que o valete se apressasse.

Por insistência de West, a carruagem não seguiu para a mansão, mas para o perímetro leste do Priorado Eversby, acessível apenas por estradas não pavimentadas. Devon percebeu que estavam se encaminhando para a área que acabara de arrendar para Severin.

O veículo parou perto de um campo margeado por um rio e por um bosque de faias. Os campos áridos e as pequenas colinas estavam em plena atividade. Ao menos uma dúzia de homens se ocupava com equipamentos topográficos, pás, picaretas, carrinhos de mão e um motor a vapor.

– O que eles estão fazendo? – perguntou Devon, espantado. – São homens de Severin? Eles ainda não podiam estar aplainando a terra. O arrendamento só foi assinado ontem.

– Não, fui eu que contratei esses homens. – West abriu a porta da carruagem antes que o cocheiro o fizesse. E pulou para o chão. – Venha.

– Milorde – protestou Sutton quando Devon seguiu o irmão. – O senhor não está vestido de forma adequada para um terreno tão inóspito. Toda essa lama, essas pedras... seus sapatos, sua calça...

Ele olhou com angústia para a bainha impecável da calça cinza de lã angorá de Devon.

– Você pode esperar na carruagem – disse Devon ao valete.

– Sim, milorde.

Uma brisa soprava no rosto de Devon enquanto ele e West seguiam no meio da névoa até uma vala recém-cavada, marcada com bandeiras. O aroma de terra, juncos molhados e turfa os envolveu, um cheiro fresco que era típico de Hampshire.

Passaram por um homem com um carrinho de mão, que parou e tirou o chapéu, inclinando a cabeça em deferência.

– Patrão.

Devon respondeu com um breve sorriso e um aceno de cabeça.

Quando chegaram à beira da vala, West se abaixou para pegar uma pequena pedra e a entregou para Devon.

A pedra, que mais parecia um seixo, era surpreendentemente pesada para seu tamanho. Com o polegar, Devon raspou a terra que a cobria e revelou uma superfície avermelhada, rajada de um vermelho mais forte.

– É um minério? – sugeriu, examinando o seixo mais de perto.

– Hematita de alta qualidade. – A voz de West deixava transparecer uma empolgação contida. – Com isso se faz o melhor aço. E paga-se o preço mais alto do mercado.

Agora Devon passou a demonstrar interesse.

– Continue.

– Enquanto eu estava em Londres – continuou West –, parece que os topógrafos de Severin fizeram alguns testes de sondagem aqui. Um dos arrendatários, o Sr. Wooten, ouviu as máquinas e veio ver o que estava acontecendo. Os topógrafos não contaram nada a ele, é claro, mas assim que eu soube, contratei eu mesmo um geólogo e um topógrafo para fazer nossa própria sondagem. Eles estão aqui há três dias, com uma perfuradora, recolhendo várias amostras disso aí. – E indicou com a cabeça a hematita na mão do irmão.

Devon fechou os dedos ao redor do minério rígido. Estava começando a compreender.

– Há quanto disso aqui?

– Ainda estão avaliando. Mas os dois homens concordam que há um enorme leito de estratos de hematita perto da superfície, logo abaixo de uma camada de argila e calcário. Pelo que observaram até agora, a espessura do leito varia entre 2,5 metros até quase 7... e se estende por pelo menos 6 hectares. Tudo isso em terras suas. O geólogo diz que nunca tinha visto depósito como esse ao sul de Cumberland. Vale pelo menos meio milhão de libras, Devon.

Devon teve a sensação de cambalear para trás, embora permanecesse parado. Era informação demais para assimilar. Ele olhava para a cena sem realmente vê-la, o cérebro se esforçando para compreender o que aquilo significava.

O fardo imenso da dívida que pesava sobre ele desde que herdara a propriedade... não existiria mais. Todos no Priorado Eversby ficariam tranquilos. As irmãs de Theo teriam dotes grandes e atrairiam os pretendentes que escolhessem. Haveria trabalho para os homens da propriedade, e novos negócios para o vilarejo.

– E então? – perguntou West na expectativa, conforme o silêncio de Devon se estendia.

– Não vou conseguir acreditar enquanto não tiver mais informações – falou Devon enfim.

– Pode acreditar. Confie em mim, 100 mil toneladas de pedra não vão desaparecer debaixo dos nossos pés.

Um sorriso cresceu lentamente no rosto de Devon.

– Agora compreendo por que Severin estava tão empenhado em conseguir os direitos minerários.

– Ainda bem que você é tão teimoso...

Devon riu.

– É a primeira vez que você me diz isso.

– E a última – garantiu West.

Devon se virou em um círculo lento, observando os arredores, e ficou mais sério enquanto fitava o bosque ao sul.

– Não posso deixar que a madeira da propriedade seja destruída por forjas e fornalhas.

– Não, não vamos precisar garimpar nem fundir o metal. A hematita é tão pura que só precisaremos extraí-la.

Devon completou o círculo e notou um homem e um menino pequeno contornando uma perfuradora, observando-a com grande interesse.

– Primeiro um condado – dizia West –, depois o arrendamento para a companhia ferroviária e, agora, isto. Você deve ser o filho da mãe mais sortudo da Inglaterra.

A atenção de Devon permaneceu no homem e no menino.

– Quem é aquele?

West seguiu o olhar do irmão.

– Ah, é Wooten. Trouxe um dos filhos para ver a máquina.

Wooten se inclinou até ficar com o torso paralelo ao chão, e o menininho subiu nas costas do pai. O jovem fazendeiro passou os braços por baixo das pernas do filho, levantou-se e o carregou pelo campo. O menino se agarrou aos ombros do pai, rindo.

Devon observou os dois se afastarem.

A criança invocou uma imagem na mente de Devon... O rosto sem expressão de Kathleen, iluminado pelo brilho do fogo, quando ela disse que não teria um bebê.

Tudo o que ele sentiu na hora foi uma incompreensível sensação de vazio.

Só agora, em Hampshire, Devon entendeu que dera por certo que ela estava grávida, o que não lhe deixaria outra escolha além de se casar com ela. Como passara duas semanas com essa ideia na cabeça, acabara se acostumando.

Não... não era exatamente isso.

Abalado, Devon se obrigou a encarar a verdade.

Ele *queria* o bebê.

Queria uma desculpa para tornar Kathleen sua de todas as formas. Queria que o filho dele fosse também dela. Queria colocar uma aliança no dedo dela e ter todos os direitos conjugais que aquilo garantisse.

Queria dividir todos os dias do resto de sua vida com Kathleen.

– O que o está preocupando? – perguntou West.

Devon demorou a responder, tentando retomar os passos que o haviam levado até tão longe de tudo o que sempre imaginara ser.

– Antes de herdar o título – disse Devon, atordoado –, eu não teria confiado em nenhum de nós dois para tomar conta nem de um peixe de aquário, menos ainda de uma propriedade de pouco mais de 8 mil hectares. Sempre fugi de qualquer tipo de responsabilidade porque sabia que não daria conta. Sou um patife de cabeça quente, como nosso pai. Quando você me disse que eu não tinha ideia de como cuidar da propriedade e que iria fracassar...

– Aquilo foi um monte de bobagem – falou West sem rodeios.

Devon deu um sorrisinho.

– Você levantou alguns pontos válidos. – Ele começou a rolar a hematita entre as mãos, distraidamente. – Mas, contra todas as expectativas, parece que eu e você conseguimos fazer escolhas certas...

– Não – interrompeu-o West. – Eu não aceitarei crédito por isso. Você, sozinho, decidiu assumir o fardo da propriedade. Tomou as decisões que levaram ao acordo de arrendamento e à descoberta dos depósitos de minério. Já lhe ocorreu que, se algum dos condes anteriores tivesse se dado ao trabalho de fazer as melhorias que deveriam ter feito na terra, o leito de hematita teria sido descoberto décadas atrás? Você com certeza teria descoberto o minério, pois ordenou que fossem cavadas as valas de drenagem para as fazendas dos arrendatários. Como pode ver, o Priorado Eversby está em boas mãos: *as suas*. Você mudou centenas de vidas para melhor, inclusive a minha. A palavra para um homem que fez tudo isso pode ser qualquer uma, menos "patife". – West fez uma pausa. – Meu Deus, estou sentindo a sinceridade tomando meu peito como uma azia. Preciso parar. Vamos para casa, para que você troque essas botas por outras mais adequadas à caminhada no campo? Então podemos voltar aqui, conversar com o topógrafo e dar uma volta pela área.

Devon pensou na sugestão, guardou a pedra no bolso e encarou o irmão.

Um pensamento superava todos os outros na mente dele: nada daquilo importava sem Kathleen. Ele tinha que voltar logo para ela e, de algum modo, fazê-la compreender que, ao longo dos meses anteriores, ele mudara sem sequer se dar conta. Tornara-se um homem capaz de amá-la.

Santo Deus, ele a amava loucamente...

Mas precisava encontrar um modo de convencê-la disso, o que não seria fácil.

Por outro lado... não era homem de fugir de um desafio.

Não mais.

Ainda olhando para o irmão, Devon falou, a voz quase falhando:

– Não posso ficar. Tenho que voltar para Londres.

~

Na manhã da partida de Devon, Helen não desceu para o desjejum. Mandou avisar que estava com enxaqueca e que permaneceria de cama. Incapaz de se lembrar da última vez que Helen ficara doente, Kathleen ficou bastante preocupada. Depois de ministrar à jovem uma dose do Cordial de Godfrey, para aliviar a dor, ela aplicou compressas frias na testa de Helen e se certificou de que o quarto ficasse escuro e silencioso.

Pelo menos de hora em hora, enquanto Helen dormia, Kathleen ou uma das gêmeas chegava à porta do quarto para ver como ela estava. Helen não acordou em nenhuma dessas visitas, apenas se agitou, como um gato dormindo, navegando por sonhos que não pareciam nada agradáveis.

– É um bom sinal que ela não esteja com febre, não é? – perguntou Pandora, à tarde.

– Sim – respondeu Kathleen com firmeza. – Acredito que, depois da agitação da última semana, ela precise descansar.

– Não acho que seja isso – opinou Cassandra.

A gêmea estava encarapitada no sofazinho com uma tesoura, um monte de grampos e uma revista de moda no colo, testando penteados nos cabelos de Pandora. Elas estavam tentando replicar um dos penteados mais modernos da época, uma arrumação elaborada que consistia em cachos presos em montinhos no alto da cabeça, com uma trança dupla e frouxa caindo pelas costas. Infelizmente, os cabelos cor de chocolate de Pandora eram tão pesados e lisos que os grampos se recusavam a ficar presos, fazendo com que os cachos se soltassem e os montes ficassem desarrumados no alto da cabeça.

– Seja persistente – encorajou Pandora. – Use mais creme. Meu cabelo só vai obedecer à força bruta.

– Deveríamos ter comprado mais na Winterborne's – disse Cassandra, com um suspiro. – Já acabamos com metade da...

– Espere – falou Kathleen, olhando para Cassandra. – O que você acabou de dizer? Não sobre o creme, mas sobre Helen.

A menina penteou um cacho dos cabelos de Pandora enquanto respondia.

– Não acho que ela precise descansar por causa da agitação da última semana, não. Acho... – Ela fez uma pausa. – Kathleen, é indiscrição se eu contar algo sobre outra pessoa, algo particular, que eu sei que a pessoa não iria querer que fosse contado?

– Sim. A menos que seja sobre Helen e que você esteja contando para mim. Continue.

– Ontem, quando o Sr. Winterborne veio nos visitar, ele e Helen estavam na sala de estar lá de baixo, com a porta fechada. Fui pegar um livro que havia deixado no parapeito da janela, mas ouvi as vozes deles. – Cassandra fez uma pausa. – Você estava com a governanta, repassando a lista do inventário da casa, e achei que não valia a pena perturbá-la.

– Sim, sim... *E*?

– Pelo pouco que escutei, eles estavam brigando por algum motivo. Talvez eu não deva chamar de briga, já que Helen não ergueu a voz, mas... ela parecia perturbada.

– Deviam estar discutindo sobre o casamento – disse Kathleen –, já que foi ontem que o Sr. Winterborne avisou que ele mesmo queria planejá-lo.

– Não, acho que não era por isso que estavam se desentendendo. Eu gostaria de ter ouvido mais.

– Você deveria ter usado meu truque do copo de vidro – falou Pandora, impaciente. – Se fosse eu, teria ouvido cada palavra.

– Subi as escadas – continuou Cassandra – e, assim que cheguei ao segundo andar, vi que o Sr. Winterborne estava indo embora. Helen subiu alguns minutos depois, com o rosto muito vermelho, como se tivesse chorado.

– Ela comentou alguma coisa sobre o que aconteceu? – perguntou Kathleen.

Cassandra fez que não com a cabeça.

Pandora franziu o cenho e levou a mão aos cabelos. Tateou na parte em que a irmã estava mexendo e comentou:

– Não estão parecendo montinhos. Mais parecem lagartas gigantes.

Um breve sorriso curvou os lábios de Kathleen, enquanto ela observava as meninas. Que Deus a ajudasse, mas amava muito as duas. Embora não tivesse sabedoria nem idade para ser mãe delas, Kathleen era tudo o que as duas tinham no que se referia a orientação materna. Que Deus as ajudasse também.

– Vou ver com ela está – falou Kathleen, e se levantou.

Ela estendeu a mão para os cabelos de Pandora e separou uma das lagartas em dois montinhos, prendendo com um grampo de Cassandra.

– O que vai dizer se Helen lhe contar que teve uma briga com Winterborne? – perguntou Cassandra.

– Direi a ela que tenha outras – retrucou Kathleen. – Não se pode permitir que um homem faça as coisas a seu modo o tempo todo. – Ela fez uma pausa, pensativa. – Certa vez, lorde Berwick me disse que, quando um cavalo puxa as rédeas, nunca se deve puxá-las de volta. Em vez disso, solte-as. Mas não mais do que uns poucos centímetros.

∽

Ao entrar no quarto, Kathleen ouviu sons abafados de choro.

– Querida, o que há? – perguntou, apressando-se até a beirada da cama. – Está sentindo dor? O que posso fazer por você?

Helen fez que não com a cabeça e secou os olhos na manga da camisola.

Kathleen serviu um copo de água de uma jarra deixada na mesa de cabeceira e entregou à jovem. Então, arrumou um travesseiro embaixo da cabeça de Helen, ofereceu um lenço seco e ajeitou as cobertas.

– A enxaqueca ainda está incomodando muito?

– Terrivelmente – sussurrou Helen. – Até meu cérebro dói.

Kathleen puxou uma cadeira, sentou-se e observou a moça com profunda preocupação.

– O que provocou isso? – ousou perguntar. – Aconteceu alguma coisa durante a visita do Sr. Winterborne? Algo além da discussão sobre o casamento?

Helen respondeu com um minúsculo aceno de cabeça, assentindo, o queixo tremendo.

A mente de Kathleen virou uma confusão de pensamentos, enquanto ela se perguntava como ajudar Helen, que parecia à beira de um colapso. Kathleen não a via daquele jeito desde a morte de Theo.

– Eu gostaria que você me contasse – falou. – Minha imaginação está correndo solta. O que o Sr. Winterborne fez para deixá-la tão infeliz?

– Não posso falar – sussurrou Helen.

Kathleen tentou manter a voz calma.

– Ele forçou você a fazer algo?

Seguiu-se um longo silêncio.

– Não sei – disse Helen, em uma voz embargada. – Ele queria... não sei o que ele queria. Eu nunca...

Ela parou e assoou o nariz no lenço.

– Ele a machucou? – conseguiu perguntar Kathleen.

– Não. Mas continuou a me beijar, e não parava, e... eu não gostei daquilo. Não foi de forma alguma como pensei que seria um beijo. E ele pôs a mão... em um lugar onde não deveria colocar. Quando o afastei, ele pareceu zangado e disse algo ríspido... que eu achava que era boa demais para ele. Também falou outras coisas, mas muitas em galês. Fiquei sem saber o que fazer. Comecei a chorar, e ele partiu sem dizer nem mais uma palavra. – Ela deixou escapar alguns soluços. – Não entendo o que fiz de errado.

– Você não fez nada errado.

– Fiz, sim. Só pode ter sido culpa minha.

Helen levou os dedos delgados às têmporas e pressionou levemente o pano que lhe cobria a testa.

Winterborne, seu grosseirão, pensou Kathleen, furiosa. *É mesmo tão difícil para você ser gentil com uma jovem tímida na primeira vez que a beija?*

– Obviamente ele não tem ideia de como se comportar com uma moça inocente – falou baixinho.

– Por favor, não conte a ninguém. Eu morreria. *Por favor*, prometa.

– Eu prometo.

– Preciso fazer o Sr. Winterborne compreender que não tive a intenção de deixá-lo zangado...

– É claro que não teve. Ele deve saber disso. – Kathleen hesitou. – Antes de seguir com os planos de casamento, talvez devêssemos tirar algum tempo para reconsiderar o noivado.

– Não sei. – Helen se encolheu e arquejou. – Minha cabeça está latejando. Neste exato momento, sei que jamais vou querer vê-lo de novo. Por favor, poderia me dar um pouco mais do Cordial de Godfrey?

– Sim, mas primeiro você precisa comer algo. A cozinheira está preparando caldo e manjar. Logo estarão prontos. Quer que eu saia do quarto? Acho que nossa conversa está piorando a sua enxaqueca.

– Não, quero companhia.

– Ficarei, então. Descanse essa sua pobre cabeça.

Helen obedeceu e afundou nos travesseiros. Um instante depois, Kathleen ouviu uma fungadinha.

– Estou tão desapontada... – sussurrou Helen. – Com beijos.

– Não, querida – disse Kathleen, o coração se partindo um pouquinho. – Você não foi beijada de verdade. É diferente quando acontece com o homem certo.

– Não faça ideia de como deve ser. Eu achei... achei que seria como ouvir uma linda música, ou... ou assistir ao nascer do sol em uma manhã clara. Em vez disso...

– Sim?

Helen hesitou, e deixou escapar um barulhinho de repulsa.

– Ele queria que eu abrisse os lábios. *Durante* o beijo.

– Ah.

– É porque ele é galês?

Kathleen achou graça, ao mesmo tempo que sentiu compaixão pela jovem. E respondeu de forma bem objetiva:

– Acredito que esse modo de beijar não seja limitado aos galeses, querida. Talvez a ideia não pareça atraente a princípio, mas se você tentar uma ou duas vezes, pode acabar achando agradável.

– Como eu poderia? Como alguém pode achar agradável?

– Há muitos tipos de beijo – explicou Kathleen. – Se o Sr. Winterborne os tivesse apresentado a você gradualmente, talvez você se sentisse mais disposta a gostar.

– Acho que não vou gostar de tipo nenhum de beijo.

Kathleen molhou um pano branco, dobrou-o e o pousou na testa de Helen.

– Vai gostar, sim. Com o homem certo, beijar é maravilhoso. É como ter um sonho longo e doce. Você verá.

– Acho que não – sussurrou Helen, os dedos agarrados à colcha, abrindo e fechando.

Kathleen ficou à cabeceira da cama enquanto Helen relaxava e cochilava.

Sabia que a causa dos problemas de Helen teria que ser abordada antes que a saúde da moça melhorasse por completo. Como ela própria sofrera com uma terrível perturbação nervosa nas semanas após a morte de Theo, reconhecia os sintomas em outra pessoa. Seu coração doía ao ver a natureza alegre de Helen esmagada sob o peso da ansiedade.

Se aquilo se prolongasse por tempo demais, temia que Helen caísse em profunda melancolia.

Precisava fazer alguma coisa. Movida por uma intensa preocupação, ela deixou a cabeceira de Helen e tocou a campainha para chamar Clara.

Assim que a camareira chegou ao quarto, Kathleen disse, bruscamente:

– Preciso de botas de caminhada e da minha capa com capuz. Tenho que resolver algo na rua e preciso que você me acompanhe.

Clara pareceu desconcertada.

– Posso resolver o que for necessário na rua, milady, basta me dizer o que fazer.

– Obrigada, mas eu mesma tenho que resolver.

– Devo dizer ao mordomo para aprontar a carruagem?

– Não. Será muito mais fácil e mais rápido a pé. É uma distância curta, menos de 1 quilômetro. Estaremos de volta antes mesmo que terminem de arrear os cavalos.

– Um quilômetro? – Clara, que não gostava de caminhar, pareceu contrariada. – Por Londres, à noite?

– Ainda há luz lá fora. Vamos caminhar por jardins e ao longo de um passeio público. Agora, apresse-se.

Antes que eu perca a coragem, pensou.

O assunto precisava ser resolvido antes que alguém tivesse tempo de fazer alguma objeção, ou de atrasá-las. Com sorte, estariam de volta antes do jantar.

Quando já estava agasalhada e pronta para partir, Kathleen subiu as escadas até a sala de estar, onde Cassandra lia e Pandora cortava fotos de jornais para seu livro de recortes.

– Aonde vai? – perguntou Cassandra, surpresa.

– Resolver um assunto. Clara e eu voltaremos logo.

– Sim, mas...

– Nesse meio-tempo, agradeceria se uma de vocês se certificasse de que levaram a bandeja de jantar de Helen. Sentem-se com ela e façam com que coma alguma coisa. Mas nada de perguntas. É melhor que fiquem quietas, a menos que ela queira conversar.

– Mas e você? – perguntou Pandora, o cenho franzido. – Que assunto é esse, e quando estará de volta?

– Não é nada grave.

– Sempre que alguém diz isso, quer dizer exatamente o contrário – comentou Pandora. – Isso e também "É só um arranhão" ou "Coisas piores acontecem no mar".

– Ou – acrescentou Clara, mal-humorada – "Vou tomar só um gole".

~

Depois de uma rápida caminhada, durante a qual Kathleen e Clara se misturaram ao fluxo de pedestres e foram levadas por seu movimento natural, chegaram à Cork Street.

– A Winterborne's! – exclamou Clara, o rosto se iluminando. – Eu não sabia que o assunto tinha a ver com *compras*, milady.

– Infelizmente, não tem. – Kathleen percorreu toda a fachada da loja e parou diante de uma casa grande, que parecia se fundir belamente à loja. – Clara, pode ir até a porta e dizer que lady Trenear deseja ver o Sr. Winterborne?

A moça obedeceu com relutância, pois não gostou nem um pouco de executar uma tarefa geralmente reservada a criados de menor categoria.

Enquanto Kathleen esperava no degrau mais baixo, Clara girou a campainha mecânica e ficou batendo na aldrava de bronze decorada até que a porta fosse aberta. Um mordomo sisudo olhou para as duas, trocou umas poucas palavras com Clara e voltou a fechar a porta.

A camareira se virou para Kathleen e disse, com uma expressão sofrida:

– Ele foi ver se o Sr. Winterborne está.

Kathleen assentiu e cruzou os braços, estremecendo quando uma brisa gelada ergueu as dobras de sua capa. Ela ignorou os olhares curiosos de alguns passantes e esperou com uma paciência determinada.

Um homem baixo, de compleição forte e cabelos brancos passou pelos degraus e parou ao ver a camareira. Ele a encarou com atenção exagerada.

– Clara? – perguntou, surpreso.

Os olhos da jovem se arregalaram de alívio e prazer.

– Sr. Quincy!

O valete voltou-se para Kathleen, reconhecendo-a mesmo com o véu lhe cobrindo o rosto.

– Lady Trenear – disse ele, de modo reverente. – Por que estão paradas aqui?

– É bom vê-lo, Quincy – falou Kathleen, sorrindo. – Vim falar com o Sr.

Winterborne sobre um assunto particular. O mordomo disse que iria ver se ele está em casa.

– Se não estiver em casa, com certeza está na loja. Eu o encontrarei para a senhora. – Quincy estalou a língua e a acompanhou escada acima, com Clara atrás. – Deixar lady Trenear esperando na rua – murmurou, incrédulo. – Vou dar um puxão de orelha naquele mordomo que ele não esquecerá tão cedo.

Depois de abrir a porta com uma chave presa a uma corrente dourada, o valete as fez entrar. A casa era elegante e moderna; cheirava a gesso, tinta fresca e madeira encerada com óleo de imbuia.

Solícito, Quincy levou Kathleen até uma sala de leitura arejada, de pé-direito alto, e a convidou a esperar ali, enquanto levava Clara para o salão dos criados.

– Gostaria de um pouco de chá, enquanto vou em busca do Sr. Winterborne? – ofereceu ele.

Kathleen afastou o véu para trás, feliz por remover aquela nuvem negra que lhe atrapalhava a visão.

– É muito gentil da sua parte, mas não há necessidade.

Quincy hesitou, claramente ansioso por saber o motivo da visita tão pouco ortodoxa. Ele se arriscou a perguntar:

– Todos na Casa Ravenel estão em boa saúde?

– Sim, estão todos bem. Lady Helen foi acometida por uma enxaqueca, mas estou certa de que logo vai se recuperar.

Ele assentiu, as sobrancelhas cor de neve cerradas acima dos óculos.

– Vou procurar o Sr. Winterborne – disse Quincy, e saiu com Clara em seus calcanhares.

Enquanto esperava, Kathleen ficou vagando pela sala de leitura. Mais cheiro de coisas novas, combinado com um leve ranço no ar. A casa parecia inacabada. Não ocupada. Alguns poucos quadros e enfeites pareciam ter sido espalhados por ali de forma aleatória. A mobília não tinha sinais de já ter sido usada. A maior parte das prateleiras estava vazia, a não ser por um punhado de títulos ecléticos que Kathleen apostaria que haviam sido retirados com cuidado das prateleiras da livraria e depositados ali em nome das aparências.

A julgar apenas pela sala de leitura, Kathleen sabia que aquela não era uma casa em que Helen se sentiria feliz – ou que o *dono* da casa era um homem com quem ela nunca seria feliz.

Um quarto de hora se passou enquanto ela considerava o que dizer a Winterborne. Infelizmente, não havia um modo diplomático de informar que, entre outras coisas, ele deixara a noiva doente.

Winterborne entrou na sala, a presença poderosa parecendo ocupar cada centímetro de espaço.

– Lady Trenear. Que prazer inesperado.

Ele inclinou-se em cumprimento, a expressão no rosto deixando claro que a visita não lhe provocava prazer algum.

Kathleen sabia que havia colocado os dois em uma posição difícil. Era pouquíssimo ortodoxo que uma dama visitasse um homem solteiro sem mais ninguém presente, e ela lamentava por isso. No entanto, não tivera escolha.

– Por favor, perdoe-me a inconveniência, Sr. Winterborne. Não pretendo me demorar.

– Alguém sabe que a senhora está aqui? – perguntou ele de modo brusco.

– Não.

– Diga o que tem a dizer, então, e seja rápida.

– Muito bem. Eu...

– Mas se tiver algo a ver com lady Helen – interrompeu ele –, então vá embora agora mesmo. Ela própria pode me procurar se houver algo a discutirmos.

– Temo que Helen não possa ir a lugar algum no momento. Ela passou o dia de cama, doente, com uma perturbação nervosa.

A expressão nos olhos dele mudou, alguma emoção insondável cintilando nas profundezas escuras.

– Perturbação nervosa – repetiu ele, a voz fria e debochada. – Parece ser um problema comum entre as damas da aristocracia. Gostaria de algum dia saber o que as deixa tão nervosas.

Kathleen esperava alguma mostra de empatia, ou algumas poucas palavras de preocupação pela própria noiva.

– Temo que seja o senhor a causa da perturbação de Helen – disse ela, sem rodeios. – Foi a sua visita, ontem, que a colocou nesse estado. – Winterborne ficou em silêncio, os olhos sombrios e atentos. – Ela me contou muito pouco sobre o que aconteceu, mas ficou claro que o senhor não compreende muitas coisas sobre Helen. Os pais do meu falecido marido mantiveram as três filhas muito isoladas. Mais do que o recomendável. Como resultado, as três são imaturas demais para a idade. Helen tem 21 anos, mas não teve as mesmas experiências de outras moças da idade dela. Não sabe nada sobre o mundo fora do Priorado Eversby. Tudo é novo para ela. *Tudo*. Os únicos homens com quem ela já conviveu foram alguns parentes próximos, os criados e algum eventual visitante à propriedade. A maior parte do que ela sabe sobre os homens tem como fonte livros e contos de fadas.

– Não é possível que alguém seja tão reclusa – declarou Winterborne, sem titubear.

– Não no seu mundo. Mas em uma propriedade como o Priorado Eversby é totalmente possível. – Kathleen fez uma pausa. – Na minha opinião, é muito cedo para que Helen se case com alguém, mas, quando ela se casar... vai precisar de um marido com um temperamento sereno. Ou um homem que permita que ela se desenvolva no próprio ritmo.

– E a senhora julga que eu não seria esse homem.

Foi mais uma afirmativa do que um pedido de esclarecimento.

– Acho que o senhor vai comandar e governar uma esposa do mesmo modo que faz com todo o resto. Acredito que não vá fazer mal a ela fisicamente, mas irá moldá-la para que se encaixe em sua vida, e a fará muito infeliz. Este ambiente... Londres, as multidões, a loja de departamentos... tudo é tão pouco adequado à natureza de Helen que ela murcharia como uma orquídea transportada. Temo que eu não consiga apoiar a ideia de um casamento entre o senhor e Helen. – Ela ficou quieta por um instante e respirou fundo antes de dizer: – Acredito que o melhor para ela seja romper o noivado.

Um silêncio pesado caiu sobre a sala.

– É isso que ela quer?

– Ela disse hoje mais cedo que não gostaria de vê-lo novamente.

Durante o discurso de Kathleen, Winterborne desviara os olhos, como se não estivesse prestando muita atenção. Mas após essa última afirmativa, no entanto, Kathleen se viu alvo de um olhar afiado como uma navalha.

Talvez, pensou ela, sentindo-se desconfortável, fosse melhor ir embora logo.

Winterborne se aproximou de Kathleen, que estava de pé perto das estantes.

– Diga a ela que está livre, então – falou ele, com desprezo. Winterborne encostou a bengala em uma estante e apoiou a mão grande sobre uma borda estriada. – Se uns poucos beijos já deixam lady Helen de cama, duvido que ela sobreviveria à primeira noite como minha esposa.

Kathleen devolveu o olhar dele sem se intimidar, pois sabia que ele estava tentando irritá-la.

– Cuidarei para que o anel seja devolvido ao senhor o mais rápido possível.

– Ela pode ficar com ele, como compensação pelo tempo perdido.

Os nervos de Kathleen ficaram à flor da pele quando Winterborne pousou a mão livre no outro lado da estante, prendendo-a ali, sem tocá-la. Os ombros dele bloquearam de sua vista o resto da sala.

O olhar insolente de Winterborne a percorreu de cima a baixo.

– Talvez eu fique com a senhora, então – ele a surpreendeu em dizer. – A senhora tem sangue azul. Supõe-se que seja uma dama. E, apesar de pequena, parece muito mais resistente do que lady Helen.

Kathleen o encarou com frieza.

– O senhor não ganha nada zombando de mim.

– Acha que não estou falando sério?

– Pouco me importa se está falando sério ou não! – gritou ela de volta. – Não tenho interesse em nada que o senhor possa oferecer.

Winterborne sorriu, seu divertimento parecendo genuíno embora nem um pouco simpático.

Quando Kathleen fez menção de se afastar, ele se moveu com agilidade para bloquear o caminho dela.

Ela ficou imóvel, o medo começando a dominá-la.

– Nunca presuma que sabe o que alguém tem a oferecer. Deve ao menos ouvir a minha proposta antes de recusá-la. – Winterborne abaixou-se até o rosto ficar próximo ao de Kathleen. Aquele pequeno movimento continha ao menos meia dúzia de ameaças diferentes, e cada uma delas teria sido o bastante para apavorá-la. – Inclui casamento, que é mais do que terá de Trenear. – Os olhos dele cintilaram de prazer ao ver a surpresa dela. – Não, ele não me contou que vocês estão envolvidos, mas ficou óbvio em Hampshire. Ele vai se cansar logo da senhora, se já não se cansou. Trenear gosta de novidades, ah, se gosta... Mas o que eu quero é ir a lugares onde não sou bem-vindo, e por isso preciso me casar com uma dama bem-nascida. Para mim, não importa se é virgem ou não.

– Que sorte a sua, já que as virgens não parecem mesmo ser seu forte.

Kathleen não conseguiu segurar o comentário ácido. Assim que as palavras deixaram seus lábios, ela se arrependeu.

Aquele sorriso frio e desagradável de novo.

– Sim, lady Helen seria a virgem sacrificada, pelo bem do Priorado Eversby e dos Ravenels. – Em um gesto insolente, ele usou a ponta do dedo para traçar a costura do ombro do vestido dela. – A senhora não faria o mesmo por eles? Por ela?

Kathleen não se encolheu diante do toque dele, embora tenha ficado arrepiada de horror.

– Não preciso fazer nada. Lorde Trenear olhará por elas.

– Mas quem olhará por Trenear? Ele terá que maquinar e trabalhar a vida inteira para evitar que a propriedade se transforme em ruínas. Mas com uma mínima fração da minha fortuna... – Winterborne estalou os dedos na frente do rosto dela – ... todas as dívidas desapareceriam. A casa seria reformada, a terra se tornaria fértil e verde. Um final feliz para todos.

– A não ser para a mulher que se casasse com o senhor – disse Kathleen, com desprezo.

O sorriso de Winterborne agora tinha um toque de escárnio.

– Há mulheres que gostam de como as trato. Já cheguei até a satisfazer uma dama elegante ou duas que estavam cansadas dos cavalheiros impecáveis de mãos macias. – Ele avançou, imprensando-a contra a estante. A malícia permeava sua voz. – Posso ser o seu amante operário.

Kathleen não sabia o que ele pretendia ou até onde estaria disposto a ir no esforço de intimidá-la.

E nunca descobriria. Porque, antes que ela pudesse responder qualquer coisa, uma voz à porta ameaçou, sanguinária:

– Afaste-se, ou arrancarei cada membro do seu corpo.

CAPÍTULO 33

Winterborne tirou as mãos da estante e, debochado, as manteve no ar, como se estivesse sob a mira de uma arma. Com um suspiro de alívio, Kathleen se afastou dele e correu na direção de Devon. Mas parou assim que viu o rosto dele.

Ao que parecia, a sanidade de Devon estava por um fio. A violência cintilava em seus olhos, e os músculos do maxilar saltavam. O terrível temperamento difícil dos Ravenels começara a queimar todas as camadas civilizadas dele até transformá-las em cinzas, como páginas de um livro lançado ao fogo.

– Milorde – começou Kathleen, ofegante –, pensei que tivesse ido para Hampshire.

– Eu fui. – O olhar indignado dele a encontrou. – Acabei de voltar à Casa Ravenel. As gêmeas disseram que a senhora provavelmente estaria aqui.

– Achei necessário conversar com o Sr. Winterborne sobre Helen...

– Deveria ter deixado isso a meu cargo – disse Devon entre os dentes. – O mero fato de estar sozinha com Winterborne pode gerar um escândalo que a assombraria pelo resto da vida.

– Isso não importa.

A expressão dele ficou mais sombria.

– Desde o instante em que a conheci, você me torturou e a todos ao seu redor em nome do decoro. E agora *isso não importa*? – Devon a encarava com um ar sombrio, antes de se voltar para Winterborne. – Você deveria tê-la mandado embora, seu desgraçado traiçoeiro. A única razão para eu não esganar vocês é porque ainda não decidi por qual dos dois começar.

– Comece comigo – convidou Winterborne, muito gentil.

O ar estava carregado de hostilidade masculina.

– Mais tarde – disse Devon, a fúria mal contida. – Por ora, vou levá-la para casa. Mas na próxima vez que o vir, colocarei você no seu *lugar*.

Ele voltou a atenção para Kathleen e apontou para a porta.

Ela não gostou de receber ordens como se fosse um poodle desobediente. No entanto, vendo Devon naquele estado, decidiu que era melhor não provocá-lo. Assim, começou a se adiantar, ainda que com relutância.

– Espere – disse Winterborne, em tom brusco. Ele foi até uma mesa perto da janela e pegou alguma coisa. Kathleen não percebera antes... era a orquídea envasada que Helen lhe dera. – Leve embora essa coisa maldita – falou ele, empurrando o vaso nas mãos dela. – Por Deus, vou ficar feliz em me ver livre disso.

Depois que Devon e Kathleen partiram, Rhys ficou de pé à janela olhando para fora. Um poste de luz projetava um suave brilho sobre uma fila de charretes de aluguel, iluminando o vapor que saía das narinas dos cavalos à frente delas. Grupos de pedestres atravessavam apressados o pavimento de madeira rumo às vitrines da loja de departamentos.

Ele percebeu os passos pesados de Quincy se aproximando.

Depois de um momento, o valete perguntou, em tom de reprovação:

– Foi mesmo necessário assustar lady Trenear?

Rhys se virou com os olhos semicerrados. Era a primeira vez que Quincy ousava falar com ele de forma tão insolente. No passado, Rhys teria demitido empregados mais valiosos por muito menos.

Em vez disso, apenas cruzou os braços e voltou a atenção para a rua, abominando o mundo e todos que o habitavam.

– Sim – respondeu, com um toque de malícia. – Assim me sinto melhor.

~

Embora Devon não tivesse dito uma palavra durante o curto caminho de volta até a Casa Ravenel, a força de sua fúria parecia ocupar cada centímetro quadrado do interior da carruagem. Clara se encolheu em um canto, como se tentasse ficar invisível.

Oscilando entre a culpa e a vontade de desafiá-lo, Kathleen pensou que Devon estava se comportando como se tivesse direitos sobre ela, o que não tinha. Ele estava agindo como se ela tivesse feito algo para atingi-lo, o que não fizera. A situação era culpa *dele*, uma vez que encorajara Winterborne a cortejar Helen e a manipulara a aceitar o noivado.

Kathleen ficou imensamente aliviada quando eles chegaram em casa e ela pôde escapar do confinamento da carruagem.

Assim que entrou na Casa Ravenel, descobriu que um silêncio absoluto se instalara em sua ausência. Mais tarde, saberia pelas gêmeas que Devon ficara enlouquecido ao descobrir que ela não estava em casa, e todos haviam tido a prudência de desaparecer da vista dele.

Ela pousou a orquídea sobre uma mesa e esperou que Clara recolhesse sua capa, seu véu e suas luvas.

– Por favor, leve a flor para a sala de estar lá de cima – murmurou para a camareira – e depois vá para o meu quarto.

– Você não vai precisar dela esta noite – disse Devon, ríspido.

E dispensou Clara com um aceno de cabeça.

Antes que Kathleen pudesse absorver as palavras, arrepios de indignação já percorriam seus ombros e sua nuca.

– O que disse?

Devon esperou que a camareira começasse a subir as escadas para voltar a falar.

– Vá esperar por mim no meu quarto. Irei depois de beber alguma coisa.

Kathleen arregalou os olhos.

– Você enlouqueceu? – perguntou, num fiapo de voz.

Ele de fato acreditava que poderia ordenar a ela que esperasse no quarto dele, como se fosse uma prostituta sendo paga para servi-lo? Kathleen decidiu se recolher no próprio quarto e trancar a porta. Aquela era uma casa respeitável. Nem mesmo Devon ousaria fazer uma cena que seria testemunhada pelos criados, por Helen e as gêmeas, e...

– Nenhuma tranca vai me deter – avisou Devon, lendo os pensamentos dela com uma precisão impressionante. – Mas tente se quiser.

O modo como ele falou, com uma polidez casual, deixou o rosto dela muito ruborizado.

– Quero ver como está Helen – falou Kathleen.

– As gêmeas estão tomando conta dela.

Ela tentou outro caminho:

– Não jantei.

– Nem eu.

Ele apontou com determinação para as escadas.

Kathleen teria adorado fazer algum comentário ferino para acabar com ele, mas sua mente parecia vazia. Ela lhe deu as costas, o corpo rígido, e subiu as escadas sem olhar para trás.

Sentia que ele a observava.

A mente de Kathleen parecia girar em uma agitação frenética. Talvez, depois de um drinque, Devon se acalmasse.

Ou então tomasse mais de um... vários... e fosse até ela da mesma forma que Theo fizera, bêbado e determinado a ter o que queria.

Relutante, Kathleen foi para o quarto de Devon, racionalizando que seria mais fácil do que tentar fugir dele e acabar provocando uma cena grotesca. Entrou e fechou a porta, sentindo a pele ardendo, mas gelada de medo por dentro.

O quarto era amplo, o chão coberto por um tapete grosso e macio. A imensa cama antiga era ainda maior que a do Priorado Eversby, com uma cabeceira que chegava ao teto e colunas desproporcionalmente enormes adornadas com entalhes sobrepostos. Uma colcha bordada com cenas estilizadas de uma floresta cobria o interminável colchão. Era uma cama feita para a procriação de gerações de Ravenels.

Kathleen ficou de pé perto da lareira, onde o fogo já fora aceso, e flexionou os dedos gelados diante do calor.

Em poucos minutos a porta se abriu e Devon entrou.

O coração de Kathleen começou a bater com tanta força que ela sentia a caixa torácica vibrando.

Não havia qualquer sinal de que o drinque acalmara Devon. O rosto estava de um rubor ainda mais intenso. Ele se movia com excessiva cautela, como se não pudesse se permitir relaxar para não liberar a tempestade de violência contida sob a superfície.

Kathleen se viu compelida a quebrar o silêncio.

– O que aconteceu em Hampshire...

– Discutiremos isso mais tarde. – Devon tirou o casaco e o jogou em um canto com tanto descaso que teria feito o valete chorar. – Primeiro vamos falar sobre o impulso louco que a fez se colocar em risco esta noite.

– Eu não estava correndo risco. Winterborne não teria me feito mal. Ele é seu amigo.

– Você é tão ingênua assim? – Ele estava de fato feroz enquanto despia o colete. A peça de roupa foi atirada com tanta força que Kathleen ouviu os botões atingindo a parede. – Você foi até a casa de um homem sem ser convidada e conversou sozinha com ele. Sabe que a maior parte dos homens interpretaria isso como um convite para fazer o que quisesses com você. Diabo, você não ousou visitar nem Theo quando ele era seu noivo!

– Fiz isso por Helen.

– Deveria ter falado comigo primeiro.

– Achei que você não ouviria nem concordaria com o que eu tinha a dizer.

– Sempre ouvirei. Nem sempre concordarei. – Devon puxou o nó do lenço de pescoço e arrancou o colarinho removível da camisa. – Entenda uma coisa, Kathleen: você *nunca* mais vai se colocar nessa posição. Ver Winterborne se inclinando sobre você... Meu Deus, o desgraçado não sabe como eu cheguei perto de matá-lo.

– Pare com isso! – gritou ela, determinada. – Você vai me enlouquecer.

Quer que eu me comporte como se pertencesse a você, mas não pertenço e jamais pertencerei. Seu maior pesadelo é se tornar marido e pai, e ainda assim você parece disposto a formar algum tipo de vínculo menor comigo, em que não estou interessada. Mesmo se eu estivesse grávida e você se sentisse na obrigação de me pedir em casamento, ainda assim eu recusaria, porque sei que o tornaria tão infeliz quanto a mim.

A intensidade de Devon não diminuiu, mas a fúria deu lugar a alguma outra coisa. Ele a encarou com ardor na infinitude dos olhos azuis.

– E se eu dissesse que a amo? – perguntou ele, baixinho.

A pergunta provocou uma pontada de dor que atravessou o peito dela.

– Não. – Kathleen ficou com os olhos marejados. – Você não é o tipo de homem capaz de dizer isso a sério.

– Eu não era. – Ele falava com firmeza. – Mas agora eu sou. Você me mostrou como ser.

Por pelo menos trinta segundos, o único som no quarto foi o do fogo crepitando na lareira.

Kathleen não compreendia o que Devon de fato pensava ou sentia. Mas seria uma tola se acreditasse nele.

– Devon – disse por fim –, no que se refere a amor... nem você nem eu podemos confiar em suas promessas.

Ela não conseguia enxergar em meio às lágrimas de tristeza que se acumulavam nos olhos, mas estava consciente de que ele ia até o casaco que jogara de lado e procurava alguma coisa no bolso.

Devon foi até ela, pegou em seu braço com delicadeza e a levou até a cama. O colchão era tão alto que ele precisou erguê-la. Então, colocou algo no colo dela.

– O que é isso?

Kathleen baixou os olhos para uma caixinha de madeira.

A expressão dele estava indecifrável.

– Um presente para você.

A língua afiada de Kathleen levou a melhor sobre ela:

– Um presente de despedida?

Devon a fitou com severidade.

– Abra.

Ela obedeceu. A caixa era forrada de veludo vermelho. Kathleen afastou uma camada protetora de tecido e viu um minúsculo relógio de bolso de ouro, com uma longa corrente, a caixa delicadamente gravada com flores e folhas. Um painel de vidro protegia a frente deixando visível um mostrador de esmalte branco e ponteiros pretos.

– Pertenceu a minha mãe – explicou Devon. – Só tenho isso dela, já que eu nunca o usava. – Havia um toque de dureza na voz dele. – O tempo nunca foi importante para ela.

Kathleen estava impressionada. Abriu os lábios para falar, mas Devon pousou os dedos em sua boca.

– Tempo é o que eu estou lhe dando – disse ele, encarando-a. A mão de Devon se curvou sob o queixo dela, obrigando-a a encontrar o olhar dele. – Só há um modo de eu provar que a amarei e serei fiel a você pelo resto da vida: amando e sendo fiel a você pelo resto da vida. Mesmo se você não me quiser. Mesmo se escolher não ficar comigo. Estou lhe dando todo o tempo que me resta. Eu lhe juro que deste momento em diante jamais tocarei em outra mulher, ou darei meu coração a alguém que não você. Se eu tiver que esperar sessenta anos, nem um minuto será desperdiçado, porque terei passado todo esse período amando você.

Kathleen o observou maravilhada, e sentiu um calor perigoso se erguendo dentro de si, até que mais lágrimas escorreram de seus olhos.

Devon segurou o rosto dela entre as mãos e se inclinou para beijá-la, em um sopro de fogo brando.

– Dito isso – sussurrou ele –, espero que considere a possibilidade de se casar comigo o mais rápido possível. – Outro beijo, lento e devastador. – Porque anseio por você, Kathleen, meu amor. Quero dormir com você todas as noites e acordar todas as manhãs ao seu lado. – A boca de Devon a acariciou em uma pressão crescente até que ela passasse os braços ao redor do pescoço dele. – E quero filhos com você. Logo.

A verdade estava ali, na voz dele, nos olhos, nos lábios. Kathleen conseguia saboreá-la.

Ainda maravilhada, ela se deu conta de que, de algum modo, nos meses anteriores, o coração de Devon de fato mudara. Ele estava se tornando o homem que o destino tivera a intenção que se tornasse... o Devon de verdade... um homem capaz de assumir compromissos, de cumprir com suas responsabilidades e, acima de tudo, de amar sem limites.

Sessenta anos? Um homem como aquele não deveria ter que esperar nem 60 segundos.

Kathleen se atrapalhou um pouco com a corrente do relógio, mas conseguiu passá-lo pela cabeça. A peça dourada se acomodou sobre seu coração. Ela levantou os olhos marejados para Devon.

– Amo você, Devon. Sim, eu me casarei com você, *sim*...

Devon a puxou contra o peito e a beijou sem reservas. E continuou a beijá-la, voraz, enquanto a despia, a boca suave e ardente devorando cada centímetro de pele. Ele removeu cada peça, menos o reloginho dourado, que Kathleen insistiu em manter.

– Devon – disse Kathleen, ofegante, quando os dois estavam nus e ele havia se deitado ao lado dela. – Devo... devo confessar um pequeno equívoco.

Ela queria que a honestidade entre eles fosse completa. Sem segredos.

– Sim? – perguntou Devon, com os lábios no pescoço dela, uma das coxas entre as dela.

– Até pouco tempo atrás, eu não havia checado meu calendário para me certificar de que estava... – Ela se interrompeu quando ele usou a ponta do dente para arranhar delicadamente seu pescoço. – ... contando os dias direito. E já havia resolvido assumir total responsabilidade pelo... – a língua de Devon agora brincava no vale da base do pescoço dela – ... que aconteceu naquela manhã. Depois do desjejum. Você lembra.

– Lembro – disse ele, os beijos chegando agora aos seios dela.

Kathleen segurou a cabeça de Devon, obrigando-o a olhar para ela e prestar atenção.

– Devon. O que estou tentando dizer é que posso ter enganado você na noite passada... – ela engoliu em seco e fez esforço para terminar – ... quando falei que minhas regras mensais haviam começado.

Ele ficou imóvel. Seu rosto não mostrava qualquer expressão quando a encarou.

– Não começaram?

Ela negou com a cabeça, o olhar ansioso buscando o dele.

– Na verdade, estou bem atrasada.

Devon pousou a mão no rosto dela, os longos dedos trêmulos.

– Você pode estar grávida? – perguntou ele.

– Tenho quase certeza de que estou.

Devon ficou estupefato e um rubor cobriu seu rosto.

– Meu amor lindo e doce, meu anjo... – Ele começou a examiná-la com atenção, espalhando beijos ao longo de todo o seu corpo, acariciando sua barriga. – Meu Deus. Isso só confirma que de fato sou o desgraçado mais sortudo da Inglaterra. – Devon riu baixinho, as mãos passeando pelo corpo de Kathleen com uma suavidade reverente. – Também tenho algumas boas notícias, mas ficam ofuscadas em comparação à sua.

– Que notícias? – perguntou Kathleen, entrelaçando os dedos pelos cabelos dele.

Devon estava prestes a explicar quando um novo pensamento lhe ocorreu. Ele se ajeitou na cama para olhar diretamente nos olhos dela.

– Seu estado não demoraria a se tornar óbvio. O que você faria? Quando me diria?

Kathleen ficou envergonhada.

– Considerei a possibilidade de... ir para algum lugar... antes que você descobrisse.

– Ir para algum lugar? – ecoou ele, atônito. – *Me deixar?*

– Eu não cheguei a tomar uma decisão...

Um grunhido baixo a interrompeu, não deixando dúvidas do que ele achava da ideia. Devon se inclinou sobre ela, irradiando um calor feroz.

– Eu a teria encontrado. Você jamais ficaria livre de mim.

– Não quero ficar... – começou Kathleen, e teria dito mais, mas Devon capturou sua boca em um beijo profundo e possessivo.

Ele segurou seus pulsos acima da cabeça para esticar seu corpo sob o dele. Depois de prendê-la com seu peso, penetrou-a em uma única estocada. Enquanto Devon arremetia mais fundo, repetidas vezes, Kathleen se esforçava para conseguir respirar em meio à confusão de sons de prazer que saíam de sua garganta, gemidos e palavras que não conseguia terminar de pronunciar. Ela se abriu para ele e tentou capturar o máximo de seu corpo.

Ele a estava reivindicando, penetrando-a devagar agora, parando por uma fração de segundo, antes de cada arremetida, para permitir que Kathleen empurrasse o corpo contra o dele. Entrelaçou os dedos nos dela, a boca voraz, devorando-a com beijos. O prazer avançou em ondas crescentes, obrigando Kathleen a se contorcer, até seu corpo sair do ritmo do dele.

Devon segurou-a pelos quadris e a prendeu com firmeza na cama, de modo que nenhum movimento fosse possível. Ela gemeu em protesto, recebendo cada arremetida sem poder reagir, enquanto seu sexo envolvia o dele em espasmos convulsivos, como se para compensar a imobilidade externa.

Devon prendeu a respiração quando a sentiu alcançar o clímax, os tremores de prazer fazendo-a se agitar com tanto desespero que seus quadris esguios quase conseguiriam erguer o peso dele. Gemendo, Devon arremeteu fundo e parou, deixando seu calor inundá-la, enquanto ela se agarrava a ele com cada parte do corpo, absorvendo cada pulsar do alívio dele.

Muito tempo depois, quando estavam deitados entrelaçados, conversando languidamente, Devon murmurou:

– Amanhã você pode contar a Helen que ela não vai mais se casar com Winterborne?

– Sim, se você quiser.

– Ótimo. Há limites para o número de conversas sobre noivados que um homem consegue suportar por dia.

Ele pegou o relógio de ouro, ainda no pescoço de Kathleen, e traçou seu contorno sobre o peito dela, em uma trilha ociosa.

Ela fez biquinho.

– Você ainda precisa me pedir em casamento.

Devon não conseguiu resistir a capturar os lábios dela com os seus e chupá-los.

– Já pedi.

– Quis dizer adequadamente, com um anel.

O relógio acompanhou o erguer do peito dela, o ouro aquecido pela pele deslizando por cima do mamilo túmido.

– Parece que terei que ir ao joalheiro amanhã. – Devon sorriu ao ver o brilho de expectativa nos olhos de Kathleen. – Isso a agrada, não é?

Ela assentiu e passou os braços ao redor do pescoço dele.

– Adoro seus presentes – confessou. – Nunca tinham me dado coisas tão lindas.

– Meu amorzinho – murmurou ele, os lábios roçando nos dela. – Farei chover tesouros sobre você. – Ele deixou o relógio descansar entre os seios dela e ergueu a mão para acariciar seu rosto. E continuou, com um toque de ironia: – Imagino que queira um pedido de casamento completo, eu de joelhos.

Ela fez que sim, abrindo um sorriso.

– Adoro ouvir você pedir por favor.

Um brilho de divertimento cintilou nos olhos dele.

– Então imagino que a gente forme um bom par. – Devon cobriu o corpo dela com o seu e se acomodou nela antes de sussurrar: – Porque eu também adoro ouvir você dizer sim.

EPÍLOGO

Em segurança de novo, pensou Helen, vagando sem rumo pelos cômodos do segundo andar da Casa Ravenel. Depois da conversa que tivera naquela manhã com Kathleen, ela sabia que deveria se sentir aliviada por não estar mais noiva de Rhys Winterborne, mas estava abalada e desorientada.

Parecia que não tinha ocorrido a Kathleen ou a Devon que a decisão sobre seu relacionamento com Rhys Winterborne deveria ser tomada por ela. Helen compreendia que eles haviam sido movidos pelo amor e pela preocupação, mas...

Tinham feito com que ela se sentisse tão oprimida quanto estava em relação ao então noivo.

– Quando eu disse que gostaria de nunca mais voltar a ver o Sr. Winterborne – dissera Helen a Kathleen, infeliz –, foi por causa da forma como eu me sentia naquele momento. Minha cabeça estava me matando e eu estava muito nervosa. Mas não quis dizer que *jamais* queria vê-lo de novo.

Kathleen estava com um bom humor tão luminoso que pareceu não notar a diferença.

– Bem, está feito, e tudo está novamente como deve ser. Você pode tirar esse anel detestável que o devolveremos de imediato.

No entanto, Helen ainda não tirara o anel. Ela baixou os olhos para a mão esquerda e observou o enorme diamante de corte facetado capturar a luz que entrava pelas janelas da sala de estar. De fato odiava aquela coisa grande e vulgar. Era pesado e ficava escorregando do dedo, dificultando as mais simples tarefas. Era quase o mesmo que carregar uma maçaneta com um dedo.

Ah, como eu queria um piano..., pensou, ansiando por bater nas teclas e fazer barulho. Beethoven ou Vivaldi.

Seu noivado estava acabado, sem que ninguém tivesse perguntado o que ela queria.

Nem mesmo Winterborne.

Tudo voltaria ao que era antes. Agora não haveria nada para intimidá-la ou distraí-la. Nenhum pretendente de olhos escuros querendo coisas que ela não sabia como dar. Mas Helen não sentia o alívio que deveria estar sentindo. A sensação de prisão, o aperto no peito, estavam piores do que nunca.

Quanto mais ela pensava na última vez que vira Winterborne... a impaciência dele, os beijos exigentes, as palavras amargas... mais achava que deveriam ter conversado sobre o que acontecera.

Ela gostaria de ter pelo menos tentado.

Mas provavelmente tudo terminara da melhor forma. Ela e Winterborne não teriam conseguido se entender. Ele a enervava, e Helen estava certa de que o entediava, e não via como poderia ter encontrado um lugar no mundo dele.

Mas acontece que... gostara do som da voz de Winterborne, de como ele olhava para ela. E aquela sensação que provocava nela, de estar prestes a descobrir algo novo, assustador, maravilhoso, perigoso... sentiria falta daquilo. Temia que ele estivesse com o orgulho ferido. Era possível que estivesse se sentindo perdido e solitário, exatamente como ela.

Enquanto ela se cobrava e andava de um lado para outro na sala, seu olhar pousou por acaso em um objeto na mesa perto da janela. Arregalou os olhos quando percebeu que era o vaso de Vanda azul que dera a Winterborne. A orquídea que ele não quisera, mas que aceitara mesmo assim. Winterborne a devolvera.

Helen correu para a orquídea, imaginando em que condições estaria.

Um raio fraco de sol iluminava a mesa, pontilhado de partículas cintilantes de pó, muitas delas girando ao redor das pétalas azul-claras. Ela ficou confusa ao ver que havia brotos. As folhas largas e ovais estavam limpas e brilhosas, e as raízes ancoradas entre cacos de argila tinham sido cuidadosamente podadas e mantidas úmidas.

A Vanda não adoecera sob os cuidados de Winterborne... ela vicejara.

Helen se debruçou sobre a orquídea, tocando o belo arco do caule com a ponta do dedo. Balançou a cabeça, encantada, e sentiu algo fazer cócegas em seu queixo. Só percebeu que era uma lágrima ao vê-la cair em uma das folhas.

– Ah, Sr. Winterborne – sussurrou, e secou o rosto com as mãos. – Rhys. Houve um erro.

CONHEÇA OS LIVROS DE LISA KLEYPAS

De repente uma noite de paixão
Mais uma vez, o amor
Onde nascem os sonhos

Os Hathaways
Desejo à meia-noite
Sedução ao amanhecer
Tentação ao pôr do sol
Manhã de núpcias
Paixão ao entardecer
Casamento Hathaway (e-book)

As Quatro Estações do Amor
Segredos de uma noite de verão
Era uma vez no outono
Pecados no inverno
Escândalos na primavera
Uma noite inesquecível

Os Ravenels
Um sedutor sem coração
Uma noiva para Winterborne
Um acordo pecaminoso
Um estranho irresistível
Uma herdeira apaixonada
Pelo amor de Cassandra
Uma tentação perigosa

Os mistérios de Bow Street
Cortesã por uma noite
Amante por uma tarde
Prometida por um dia

editoraarqueiro.com.br